N & K

KOLLEKTION

NAGEL & KIMCHE

*Herausgegeben von*
*Peter von Matt*

*Für Alva, meine Frau*

H. Kasper

Lesekreis 2013

Arnold Kübler

# Der verhinderte Schauspieler

Roman

*Mit einem Nachwort von*
*Peter von Matt*

Nagel & Kimche

Der Verlag dankt
dem Präsidialdepartement der Stadt Zürich
und der Cassinelli-Vogel-Stiftung
für ihre freundliche Unterstützung.

1 2 3 4 5 10 09 08 07 06

Die Erstausgabe erschien 1934 bei Weltbuchhandel, Leipzig

Herstellung: Meike Harms und Hanne Koblischka
Satz: Filmsatz Schröter GmbH
Druck und Bindung: Friedrich Pustet
Printed in Germany
ISBN-10: 3-312-00371-7
ISBN-13: 978-3-312-00371-6

# Die große Rolle

Vier Anfänger hatte der Direktor der städtischen Bühnen in Zürich zu Anfang der Spielzeit verpflichtet, drei davon behielt er am Schluß, den vierten ließ er fallen. Das war Raben Drahtzaun. Was sollte er tun? Wohin sich wenden? Fort aus Helvetien ziehen? Auf was sich berufen? Was hatte er gespielt? Wo sich ausgezeichnet? Als Esel im Weihnachtsmärchen vielleicht, aber auch nur darum, weil er den Kopf zwischen die Beine nehmen und auf den Vorderbeinen stehen konnte. Was konnte er sonst? Was versprach er? Wenig genug anscheinend, da man keinen Wert darauf legte, die Versuche mit ihm fortzusetzen.

«Bestechen Sie einen Bühnenvermittler», sagte der magere Bühnenwart.

Drahtzaun folgte dem Rat. Der Erfolg war verblüffend. Das Örlewitzer Stadttheater verpflichtete ihn durch Drahtbescheid und ungesehen als ersten Männerspieler für den kommenden Winter. Das vereinbarte Gehalt war allerdings so, daß ein Kaufmann Drahtzauns Auftreten als schmutzigen Wettkampf bezeichnet hätte. Aus den Einkünften des vorausgesehenen halben Jahres konnte nicht einmal der bestochene Vermittler bezahlt werden. Zugleich mit der Vertragsbestätigung kam die erste Rolle: Herzog Alba im Egmont von Goethe. Ein Herzog! Bis jetzt, wie gesagt, war er nur als Esel hervorgetreten. Im

Märchen vom gestiefelten Kater und hatte I–a gebrüllt. Aber jetzt sollte er reden. Sätze!

Der Sommer verging schnell. Drahtzaun war unruhig. Mitten in den Ferien noch packte er seinen Koffer und machte sich auf nach Örlewitz. Es war die Zeit nach dem Großen Krieg. Noch wuchs kein Gräslein auf den Feldern, darüber er weggezogen. Noch versuchten rings um Helvetien in allen Krankenhäusern die Ärzte mit seiner Hinterlassenschaft fertig zu werden, noch klangen den Menschen die Drahtnachrichten der Heeresleiter im Ohr und der Ton der Kriegsberichterstatter, die sie jahrelang vernommen. Aber jenseits des Bodensees hingen die Äpfel an den Bäumen wie daheim, daß Drahtzaun sich wunderte, und als er nachts durch Bayern und Franken fuhr und der Vollmond auf den Feldern lag und auf die Dächer schien, darunter die Menschen schliefen, die im Kriege gewesen, während er den Esel im Weihnachtsmärchen gespielt hatte, da schämte sich Drahtzaun jetzt, dahinein zu dringen, wo er bisher nicht gewesen, und es war ihm, als dürfe er nur ganz bescheiden auftreten und sozusagen auf den Zehenspitzen das fremde Land betreten. – In Dresden nahm er ein Bad und wusch sich mit Kriegsseife, die kein Fett, aber viel Lehm enthielt und die ihm ein Fräulein lächelnd durch den Schalter gereicht hatte. Am andern Tag setzte er die Reise nach Örlewitz fort. – Das Land lag eben, weite Stoppelfelder zogen an den Fenstern vorbei; die Wälder sahen anders aus als jene, drin Drahtzaun Erdbeeren gesucht hatte, und in den Zeitungen standen lauter fremde Dinge. In Örlewitz stand auf dem Bahnhofplatz ein Festbogen mit Tannenreisig umwunden und mit der Aufschrift «Willkommen» geschmückt. Der galt aber nicht ihm, sondern den heimkehrenden Kriegsgefangenen.

Im Hotel ließ er sich sofort einen Lindenblütentee geben. Den goß er glühendheiß durch seine Kehle, nicht wegen des Durstes, sondern wegen der Stimme. Die lange Reise war ihm nicht gut bekommen, das hatte er gleich gemerkt, vorhin, als er das Zimmer bestellte! Ganz dünn und schwächlich war sie zum Vorschein gekommen. Ja, da lag's, die Stimme, die Stimme! Die war und blieb heiser. Monatelang schon! Heiser und unansehnlich, anstatt ehern und überzeugend. – Da unten gingen sie vor seinem Fenster, die Leute von Örlewitz, die nächstens im Theater sitzen würden, um den neuen Männerspieler zu sehen. Da schlenkerten sie die Hände, die später zum Beifallklatschen verwendet werden sollten, und er saß hinter den Gardinen und trank Tee gegen die Heiserkeit. Mut! Nur Mut. Aber eben, es war ja eine Bestechung, die ihm den Platz des Männerspielers in Örlewitz eingebracht hatte ... Ob die Leute da wohl bald hinter seine Heiserkeit kämen? In Helvetien hatte niemand viel davon gemerkt, da war er halt kaum zu Wort gekommen, und als Esel hatte er beim I–a-Schreien die Luft einziehen können, aber als Alba konnte er sie nicht einziehen, sondern mußte sie ausstoßen. Alba sollte er sein, der finstere, gelbhäutige, gesinnungsschwarze Kerl, dessen Sätze schneidend in die Reden der andern fielen. Und was für Sätze! Jeder ein Vielfaches dessen, was ihm der Zürcher Bühnenleiter im Verlaufe eines Jahres zugestanden. Auswendig konnte er sie längst, das verstand sich! Auswendig mit allen Satzzeichen und I-Punkten, mit allen Gegenreden und allem andern, was weiter vorn im Stück vor sich ging oder lang hintennach kam.

Wo er ging und stand, begleitete ihn Albas Geist. Sein Gasthauszimmer wurde zur Bühne. Dort wiederholte er täglich dreimal zu bestimmten Zeiten seinen gewichtigen Auftritt, sein Erscheinen im Stück, damit er eines Volkes Schicksal besiegelte. In seinen vier Wänden baute er sich in Gedanken die Umgebung auf, darin er sichtbar zu werden gedachte, stellte er seine Nebenspieler auf die Beine, baute er seine eigenen Worte und Bewegungen zusammen, so wie er sich's dachte, derart, daß sein ganzes Spiel festlag und ihm in deutlicher Form zur Gewohnheit wurde, ehe er noch von seinen Mitspielern auch nur das Geringste gesehen oder gehört hatte.

Er sprach dabei immer nur im Flüsterton, unter äußerster Schonung der Stimme: mit Tee und Eukalyptus-Zucker war sie – man konnte nie wissen – bis zum Erstlingsabend vielleicht noch zur Klarheit zu bringen. Das Wetter war strahlend schön, die Fensterbänke und die Hauswand oben vor seinem Fenster im vierten Stock strahlten abends wie heiße Öfen die aufgesogene Wärme aus, drinnen bei Drahtzaun aber dampfte der heiße Pfefferminz- oder Lindenblütentee, indessen Drahtzaun zum aberhundertsten Male, jeden andern Umgangs bar, zwischen Bett und Kommode den gewaltigen Mann spielte.

Schließlich begannen die Proben. Aus dem finstern Zuschauerraum herauf schallte nach der Bühne die befehlerische Stimme des Theaterleiters, der ihn berufen. Oben aber bewegten sich im Schatten der notdürftig aufgestellten Versatzstücke und im Scheine der spärlichen Bühnenbeleuchtung seine Künstlerkameraden, seine Freunde oder Feinde, je nachdem die Zukunft sie erweisen würde. Draußen aber, vor den Versatzstücken, wo die Probenlampe ihr

Licht auf sie warf, wurden aus den eben hergereisten Herren und Frauen die Gestalten des Stücks, darin Drahtzaun eine so umstürzende Rolle zugeteilt war. Die Spannung war groß. Der Theaterleiter war neu für Örlewitz, die meisten Spieler neu für ihn. Viele hatte er spielen sehen, mit den wenigsten aber selber gearbeitet. Wie wohl der billige Männerspieler aus Helvetien sich erweisen würde? Noch war ja Zeit, man war bei den ersten Bildern und Vorgängen. Drahtzaun kam später an die Reihe, sehr viel später erst kam die Reihe an ihn. Nun würde er hier, vor so viel Augen und Ohren wiederholen müssen, was er sich im einsamen Hotelzimmer ausgedacht und zurechtgelegt hatte. Es war ein ständiges Kommen und Gehen, eine große Unruhe, ein Flüstern und Wispern hinter den Kulissen, ein Reden, Rufen, Verkünden draußen auf den Bühnenbrettern nach dem leeren Zuschauerraum hinunter, wo der Leiter saß. Die Gestalten des Stücks waren nun schon keine Luftgebilde mehr, wie Drahtzauns Hirn sie lange ausgedacht, es waren nun Erscheinungen aus Fleisch und Blut: dick, dünn, groß, klein, leidenschaftlich oder langweilig, wie eben die Darsteller sie zu verkörpern imstande waren, diese selber aber liefen im Theater aus und ein, in Kragen und Schlips, in Schuhen und Hosen, wie jeder andere alltägliche Mensch der Zeit, ein Schritt aber genügte, der Schritt durch die Kulisse hinaus auf die Bühnenfläche genügte, um sie völlig zu verändern: da vergaßen sie mit einem Schlag ihre platten Alltagsunterhaltungen und begannen in wohlgeformter Weise in eines Dichters Worten zu reden.

Da war Brackenburg, Klärchens unglücklicher Liebhaber, der sonst in Dresden mit irgendeinem kleinbürgerlichen Namen in den Einwohnerlisten stand, da war Klärchen selbst, die Heldin des Stücks, groß, blond, blauäugig, aus Süddeutschland gekommen, eines Arztes Tochter, etwas nüchtern und ehrgeizig oder neugierig. Mit Spinti aber, hatte Drahtzaun sofort gemerkt, war etwas Besonderes los, der hatte bei der ersten Begrüßung den Kopf wie ein Geißbock gesenkt und von unten schräg zu Drahtzaun hinaufgeblickt, und was hatte er gesagt, als dieser ihn mit leicht heiserem Ton gefragt, wo er die vorige Spielzeit verbracht habe: «Im Feld», hatte er gesagt, hatte tückisch dabei ausgesehen, denn ihm hätte nach seiner Meinung die Rolle des Alba zufallen sollen, die der Direktor diesem Unbekannten gegeben, der mit seinem merkwürdigen Deutsch aus Helvetien heraufgekommen war. Spintis Frau war erst recht gegen Drahtzaun von einer aufreizenden, freundlichen Kühle oder kühlen Freundlichkeit, die etwas Geringschätziges an sich hatte. Es war geradezu, als betrachtete sie ihn Punkt für Punkt auf sein schauspielerisches Können hin. Je mehr Drahtzaun sich bemühte, ihr durch Liebenswürdigkeiten eine kleine Zuneigungsbezeigung zu entlocken, um so gelassener wurde sie. Er schenkte ihr das letzte Stück seiner Reiseschokolade helvetischer Herkunft, die weltberühmte Marke, für welche ihm zu dieser Zeit der gestörten Handelsbeziehungen die umworbenste Frau mit einem entzückenden Lächeln gedankt hätte, Eleonore Spinti aber empfing das seltene Geschenk mit triumphierender Miene und ohne ihr Benehmen gegen Drahtzaun im mindesten zu ändern. Dabei war sie schon vor vielen Jahren aus dem Fach der jugendlichen Liebhaberinnen in das der komischen Alten übergegangen.

Der Bühnenleiter kannte die Besonderheiten seiner

neuen Spieler noch nicht. Man rückte also bei den Proben nur sehr langsam vorwärts. Die volkreichen Bilder am Anfang des Stückes gaben ihm viel zu schaffen. Er quälte sich mit Nebensächlichkeiten und verlor Wesentliches aus den Augen. Drahtzauns großer Auftritt mußte hinter allerlei Belanglosigkeiten zurückstehen. Es war kurz vor dem Aufführungstage, als er zum erstenmal als Alba die Bühnenbretter betrat. Die Probe hatte sich schon bis spät in den Nachmittag hineingezogen. Ein paar übriggebliebene Spieler guckten hinter den Versatzstücken hervor. Drahtzaun wiederholte mit allen Einzelheiten das Spiel, das er hundertmal still für sich im Gasthauszimmer gespielt. Der Herr Bühnenleiter mischte sich in keiner Weise ein und schien zufrieden zu sein.

Zur Aufführung am übernächsten Tag klebte ein geschickter Haarkünstler einen säbelhaften Spitzbart in Drahtzauns blasses Gesicht. Dessen Nase, mittels Schminke und Knetstoff nach oben und unten verlängert, saß nicht mehr wie ein menschliches Gebrauchsorgan im Gesicht, sondern leuchtete im Oberlicht fahl und gespenstisch aus den Schatten. Die blonden Haare waren fort. Zwei Stirnecken fraßen sich tief hinauf zwischen die Strähnen der schwarzen Perücke, also daß Drahtzaun ein wahrhaft grausam-schönes Aussehen bekam. Gerad vor dem Auftritt traf er im Halbdunkel hinter den Kulissen noch den Brackenburg, den Liebhaber, dessen Haare von Pomade strotzten, der immer die Hände zärtlich auf seine eigenen Hüften legte, weil er das für vornehm hielt, nun, dieser Brackenburg war von Drahtzauns Aussehen so verblüfft, daß er auch das Seinige zum mutmaßlichen Erfolge beitragen wollte, daß er nun diesem im letzten Augenblick einen breiten Strich jugendlichen Rots unter die Augen schmierte, wie er's für seine Jünglingslippen brauchte, worauf Drahtzaun endlich gegen zehn Uhr abends, wie ein Volksschlächter aussehend, die Szene betrat.

Draußen standen schon seine zwei Getreuen oder Untergebenen, die er mit ein paar Worten nochmals zum blinden Gehorsam zu ermahnen hatte, mit zwei Worten so gesprochen und von solcher Gebärde begleitet, daß jeder im Zuschauerraum es empfand: hier war jedes Widerstreben nutzlos. Auf ihn hatten sie ja alle gewartet: die Herren vom städtischen Theaterausschuß, der Direktor und die Zuschauer, die zwei alten Schwestern, bei denen er wohnte, und die Gastwirtsfrau, die im Theater saß, auf ihn, den Schrecklichen, vor dem die Niederlande zitterten, vor dem die Liebenden, Fröhlichen und Sorglosen bangten, die bis dahin an dem Abend die Bühne bevölkert hatten. Nun sollte er ihnen mit einem Blick, mit einer Gebärde, mit einigen Worten zeigen, was für ein Gegner er war, was für einen Gegner sie herausgefordert, als sie vom alten Glauben abgefallen waren – aber ach, daran lag ihm gar nichts – ein Klagelied über seine Heiserkeit wäre ihm viel leichter von der Zunge gegangen, oder auch ein Gesang darüber, daß die Stoppelfelder soviel größer und die Berge soviel niedriger und spärlicher waren als daheim. Geprägte, große Form in Rede und Regung wäre da vor dem vollen Theater am Eröffnungsabend nötig gewesen, aber er hatte doch nur als Esel auf den Vorderbeinen gestanden und I–a gebrüllt! Nun vergriff er sich in den Mitteln. Er war nicht gemessen, sondern abgezirkelt, die Zuschauer erholten sich schnell vom Eindruck, den er, mit Hilfe des Haarkünstlers, beim ersten Erscheinen erweckt hatte. Drahtzaun spielte nicht mit Egmont, der neben ihm stand, sondern in sich hinein, nicht mit dem wohligen Gefühl, viele hundert Zuhörer zu haben, sondern mit Scham darüber, daß man ihm zuhörte. Im Gasthauszimmer war alles viel besser gegangen. Die Gäste des Direktors in der Loge rechts vorn an der Bühne schüttelten die Köpfe, die Herren Stadtverordneten in der anderen Loge schüttelten sie ebenfalls. Der Vorhang fiel, niemand klatschte. Drahtzaun ging in die Ankleideräume zurück und wischte sich die Schminke vom Gesicht. Wortlos. – Die Örlewitzer Presse stellte fest, daß er versagt habe, und hielt mit dem Tadel nicht zurück. Der Direktor aber ging wie ein Fremder an Drahtzaun vorbei, grüßte ihn nicht, sondern sah beleidigt aus. Der billige Männerspieler erwies sich als falsche Rechnung. Die Lage war schlimm. Den Zeitungsschreibern mißfiel nicht nur Drahtzaun als Alba, ihnen mißfiel Drahtzaun überhaupt. Mit jedem Wort, das er sprach, mit jedem a oder o oder r, das er von sich gab. Es war eben ein anderes a, als der Schriftleiter der Örlewitzer Morgenzeitung es bis dahin gehört hatte, es war kein schlesisches, kein sächsisches, kein brandenburgisches a, o oder r, sondern ein helvetisches a, o oder r. Niemand wollte sie anerkennen, diese a, o oder r. Der Direktor mäkelte daran herum, der Kollege Krachen bemängelte sie, und Spinti zog böse Vergleiche. Drahtzaun kannte das schon, dieses Herumtadeln an der Sprache, die er von seiner Mutter gelernt. Damit hatte seine Theaterlaufbahn überhaupt angefangen, gleich damals, als er sich vor dem Direktor der Zürcher Bühnen am hellen Tage in dessen Kanzlei auf den glänzenden Parkettboden geworfen, nicht, um ihn um irgend etwas zu bitten, nein, nur deshalb, weil ihm sein Lehrer die Rolle des Franz Moor mit einer derartigen Anweisung beigebracht hatte, also gleich damals sagte dieser Herr, daß Drahtzaun wohl Begabung zeige, daß er aber kein Deutsch könne. Dabei hatte der schon sechs Jahre Volksschule, drei Jahre Oberschule, vier Jahre Mittelschule, fünf Jahre Hochschule hinter sich, vermehrt um ein Jahr teuern Einzelunterricht bei einem Bühnenlehrer, der ihm das reine Deutsch hatte beibringen wollen. Früher, ja, da wäre allenfalls Grund gewesen, ihn zu tadeln, zu jenen Zeiten nämlich, als ihm noch die k und ch wie Apfelbutzen im Halse staken, als er noch Räusperdeutsch redete und sich mit den Knechten und den anderen Buben in bodenständigem Helvetisch unterhielt. Aber darüber war er doch längst hinaus und redete mindestens so gut wie der Pfarrer am Sonntag daheim in der Kirche. Ja, er hatte doch seit Jahren so viel an seiner Kehle herumgedrückt und gepreßt und geübt, hatte seine Zunge so große Bocksprünge machen lassen, daß der ganze Halsbau zeitweise vor Überanstrengung lähmungsähnliche Erscheinungen zeigte. Obendrein hatte sich die Dauerheiserkeit hineingesetzt. In allen Städten, die er besichtigt, hatten ihm die Halsärzte in den Schlund geschaut und ihre Lösungen hineingespritzt. Und nun war der Theaterberichterstatter der Örlewitzer Morgenzeitung immer noch nicht mit ihm zufrieden.

Seine Stellung als erster Männerspieler war erschüttert. Brackenburg machte sich nichts mehr aus ihm. Auch draußen hatte das Wetter umgeschlagen, ein früher Frost war plötzlich auf den späten Sommer gefolgt. Der Direktor übersah ihn in den Gängen. Der rothaarige Kanzleischreiber behielt mit Mühe das allernötigste Maß von Höflichkeit bei. Die Künstlerschaft hatte nach dem Erscheinen der

Örlewitzer Presse eine gewisse Rangordnung erhalten. Die Plätze der obersten Sterne waren vielleicht noch strittig. Drahtzauns Zugehörigkeit zum untersten Ende war unbestritten. Ein Gutes war doch damit verbunden. Leonore Spinti wurde freundlich. Eleonore Spinti, Sängerin und Schauspielerin, die Frau des Oberspielleiters ließ die Maske fallen. Nun hatte er ja versagt, dieser weithergereiste Männerspieler, der ihrem Mann die Rolle des Alba weggeschnappt hatte. Das war endlich ein Grund zum Lächeln. Schadenfreude und Genugtuung leuchteten auf ihrem Gesicht. Für ihre Rollen hatte sie sich einen öligen Ton zugelegt, hinter den Kulissen aber troff sie von Bosheit. Sie hatte graugrüne Augen, ein blasses, schmales Gesicht, dünne Lippen, und Drahtzaun sah mit Verwunderung, mit welcher Geschwindigkeit beim Reden ihr Unterkiefer sich bewegte, als ob er mit den übrigen Teilen des Schädels nur in einem ganz lockeren und losen Zusammenhang stände. Immerhin: in Örlewitz gab's auch eine Stelle, wo man an Drahtzaun rein gar nichts auszusetzen fand: bei den zwei Schwestern nämlich, wo er wohnte. Da konnte ihm die Örlewitzer Presse nicht das geringste anhaben, seine Stimme genügte vollauf, sein landesfremder Ton aber versetzte die beiden Jungfern vollends in Entzücken. Er war auch gerad zur rechten Zeit gekommen, wie ein Geschenk, im Augenblick, da der frühere Mieter wider Erwarten ausgezogen war. Drahtzaun hatte auch gar nicht gezögert, sich für das schmale Zimmer zu entscheiden, zwar hatte das Bett fast nur die Hälfte des üblichen Breitenmaßes, dafür aber sah man vom Fenster aus weithin ostwärts über die Ebene, ein riesiger, zweitüriger Schrank gab Platz für seine Bühnenkleider, und vor dem Fenster lag ein kleiner Dachgarten, da konnte man mittels einer kleinen Bank hinaussteigen. Auf diesem flachen Dachstück vor dem Fenster blühten bei Drahtzauns Einzug die letzten Sommerblumen. Ein paar Röslein waren als Willkommensgruß gepflückt und in ein Glas gesetzt worden. Einige andere hingen noch an den Stauden am Dachrand. Daneben standen Nelken, und hochaufgeschossen ragten zwischen Himmel und Erde die Sonnenblumen. Der ganze Dachplatz war ein paarmal so groß wie ein Tisch, ohne Brüstung oder Geländer. Turmhoch ragte hier auf der abschüssigen Rückseite das Haus über das unten liegende Gelände. Die Schwestern waren gebrechlich, augenschwach und herzkrank, turnten aber täglich übers Bänklein hinaus auf die schwindelnde Dachplatte, um ihre Blumen zu pflegen. Wie kühne Edelweißpflücker standen sie am Kennelrand. Sie hatten früher mit Blumen gehandelt und ein Lädelchen noch zur Kriegszeit besessen, als es so viele Tote gab und das Geschäft gut ging, hatten dann aber den kleinen Laden verkauft, weil die Zeitläufe immer unsicherer und das Rheuma in den Gliedern immer stärker wurden. Zur Unzeit verkauft! Sie hatten manchem Menschenopfer Kränze gewunden, aber sie waren auch Opfer, keine toten, sondern lebendige. Sie hatten die Entbehrungen der eben vergangenen Kriegsjahre geduldig ertragen, hatten das Brot mit Kohlrübenzusatz für schmackhaft gehalten, wie's das Vaterland verlangte, hatten für das schlechte und unzuträgliche Fett, das der Staat ihnen zuwies, so gedankt, als ob es gutes Fett wäre, waren dem Heer der obrigkeitlichen Verordnungen noch in jenem Zeitpunkt treu gewesen, als der Staat nicht mehr die Kraft hatte, diesen seinen Verordnungen überall das nötige Ansehen zu verschaffen. Hinterher dann, als der alte Staat zusammenbrach, als die größten Herren ihre Plätze verloren und Reiche arm wurden, ja, da waren sie viel zu vereinsamt, um die Geschehnisse zu erfassen. Sie lebten weiter nach den alten Begriffen, indessen die Umwelt sich neue beschaffte. Sie waren niemandem nütze und in niemandes Gedanken. Seitab gedrängt und machtlos, versuchten sie mit Liebenswürdigkeit von der Welt das Lebensnotwendigste zu erhalten, aber die Welt ließ sie nur um den Preis leben, daß sie immer weniger verlangten.

Die zwei Zimmer im Dachstock, das der Schwestern und das des Mieters, gingen ineinander. Die Miete des einen Zimmers machte den Mietzins fürs Ganze. Wehe, wenn der Mieter ausblieb! Im Zimmer der Schwestern standen zwei Betten, ein Tisch, ein Sofa, ein alter Schrank und eine Kiste mit Meerschweinchen. Einmal hatten die beiden auch einen kranken Feldhasen mitgebracht und beherbergt. Der war aber zu Drahtzauns Zeit nicht mehr da. Der Winkel neben dem Kachelofen diente als Küche, der Kachelofen selber vertrat den Herd. Gas wurde nur in den allerdringendsten Fällen gebrannt. Sie aßen fast nur Kartoffeln und fühlten sich geborgen, wenn es ihnen im Herbst gelang, einen rechten Vorrat davon im Keller aufzuhäufen. Ganz so ging's mit dem Torf für den Ofen. Sie arbeiteten im Dienste einer Begräbnisgesellschaft, machten aus weißgebleichtem Holzstoff Sargwäsche und Kissen für die Toten der Armen, denen man auch nicht einen Zipfel eines Gewebes ins Grab mitgab, der im Lichte noch brauchbar war. Die Arbeit wurde schlecht bezahlt, aber die Schwestern wagten aus Furcht vor dem Verlust des Wenigen nicht mehr zu fordern. Es war ihr Los, unter Preis arbeiten zu müssen. Das kleinste, außergewöhnliche Geschehnis brachte sie in schlimme Lage. Eine Fensterscheibe, die im Frühling entzwei ging, brachte einen Sommer voll Sorgen, wie der Schaden zu zahlen sei. Wenn der Winter etwas früher oder strenger einsetzte, als sie es erwartet hatten, dann erschraken sie bis ins innerste Herz, beim Gedanken an das bescheidene Häuflein Torf, das sie während des Sommers hatten in den Keller schaffen können.

Berta, die ältere, war fast siebzig. Sie konnte kaum mehr sehen, war aber sonst noch rüstig, von kleiner Gestalt und überraschend beweglich. Sie wackelte immer leicht und sozusagen zierlich mit dem Kopfe, hatte eine piepsige Stimme von weltfernem, überaus freundlichem Klang und drückte sich gewählt und mit Feinheit aus. Sie lebte von innen nach außen, sah die Welt im Lichte ihrer heiteren Vorstellungen; verscheucht von deren Glanz, gewann das Widerwärtige nie richtig Macht über sie. Ihr fehlte jede Spur von Verbitterung, das Fehlende betrübte sie nicht. Das Wenige, was da war, erfreute ein dankbares Gemüt. Eine leichte Schüchternheit stand ihr reizend, sie schien auch Drahtzaun gegenüber immer nur mit einiger Überwindung den Mut zum Reden zu finden und wäre wohl ohne weiteres noch des jugendlichen Errötens fähig gewesen, wenn die alte runzelige Haut und das spärliche Blut derlei Erscheinungen noch erlaubt hätten. Ein altes Kind war sie, mit Kindergeschichten im Gedächtnis, Blüte und Verfall eines Menschenlebens in rührender Verbindung.

Toni war auch nicht mehr jung, ganz und gar nicht, aber jünger doch und noch nicht aller Hoffnungen und verlangender Träumereien ledig. Sie beklagte dazwischen in ihren Gedanken oder Äußerungen die Armut des gelebten

Lebens und machte kein Hehl aus ihrer Enttäuschung darüber, daß es sie an allen Freuden und Genüssen vorbeigeführt. Sie hatte ein krankes Herz, vor Kummer oder unerfüllter Sehnsucht. Manchmal entfuhr ihr ein Wunsch oder Gedanke, der ein halbes Menschenalter früher am Platz gewesen wäre, worauf die alte Berta sie mit einem sanften Wort daran erinnerte, daß ihre Zeit vorbei und die Hoffnungen begraben seien.

Die beiden teilten sich in die Arbeit, indem sie Rücksicht auf die gegenseitigen Gebrechen übten. Was die Augen brauchte, war Tonis Teil, was die Lunge beanspruchte, war Bertas Sache. Sie tat alle Gänge nach Milch und Brot, bei jedem Wetter, stand stundenlang wartend vor den belagerten Ladentüren, hinter denen der Staat verbilligte Lebensmittel abgab. Unterdessen saß Toni bei der Leichenwäsche. Die fertige Arbeit wurde wöchentlich abgeliefert. Weg und Last erforderten die Kräfte beider Schwestern. Berta schleppte, Toni führte. Auf dem Rückweg machten sie mit dem Erlös die notwendigsten Einkäufe und kamen zuletzt nach langer Reise, zu Fuß und aus Sparsamkeit die Straßenbahn vermeidend, völlig erschöpft in ihre Wohnung zurück. Einmal traf sie Drahtzaun an einem solchen Lieferungstage keuchend und freundlich streitend auf einem Treppenabsatz des Hauses. Keine wollte der andern erlauben, den schweren Korb mit den Einkäufen zu tragen. Da nahm Drahtzaun den strittigen Gegenstand und rannte damit voran, in die Wohnung hinauf, hinter ihm her die Schwestern, mit Dankesworten und Entschuldigungen, also daß sie darüber mehr als vorher ins Keuchen und außer Atem kamen. So ein Vorfall sprach sich dann im Haus herum, und das Ansehen der Schwestern stieg.

Sie hatten für das Zimmer einen überaus geringen Mietzins gefordert, den Drahtzaun bei seinem Einzug aus freien Stücken ein wenig erhöhte. Nun wurde er auch nicht in der Stellung des Mieters belassen, wurde vielmehr zum Helfer in der Not, zum Wohltäter und Sorgenkind befördert, zum Gegenstand des ersten und letzten Gedankens gemacht. Der ganze Haushalt richtete sich nach seinem Kommen und Gehen. Ehe er am Morgen in seinem Zimmer sich rührte, ging drüben den Schwestern kein lautes Wort über die Lippen, schlichen sie in Hausschuhen und auf Zehenspitzen an ihre Arbeit an der Leichenwäsche. Sie besorgten seine Einkäufe und kochten aus den teuren Sachen allerlei köstliche Gerichte, die ihnen in den Jahren der Armut fast aus der Erinnerung geschwunden waren, aber sie weigerten sich, davon mitzuessen, waren bis auf die Brotkrume genau, rechneten und sparten seine Pfennige, als ob's die ihrigen wären. Berta schloß ihn in ihre Gebete ein, und Toni schlug die Hände zusammen über seine zahlreichen Bühnenanzüge, den Gehrock, den Frack, den Cutaway und den Smoking, und über den seidengefütterten Abendmantel, die er alle insgesamt für wenig Geld in einem Altkleiderladen in Zürich gekauft hatte, damals, als er noch gehofft hatte, in Örlewitz nicht vor zwei alten Schwestern, sondern vor einer großen Zuschauerschaft rauschende Erfolge zu feiern.

Im Theater blieb's beim ersten Eindruck. Nach Alba war er dort Burleigh in Maria Stuart. Er gab die Rolle ungefähr mit den gleichen Unzulänglichkeient zum besten wie die erste und heimste ungefähr die gleichen Ergebnisse ein. Zwar stand er im Stück jetzt nicht mehr an sichtbarer Stelle, das verminderte den Umfang des Mißerfolgs, obendrein setzte man keine besonderen Erwartungen mehr auf ihn. Er selber ging mit etwas hoffnungslosem Gleichmut zu Werke, so hatte er mehr Aufmerksamkeit für seine Umgebung. Es gewährte ihm eine gewisse Genugtuung, zu sehen, wie seine erfolgreichen Mitspieler an leidenschaftlichen Stellen zu klassischen Versen ein unpassendes Gebärdenspiel an den Tag legten, das dem plattesten Alltag entnommen war, wie sie allemal da, wo ihnen der Sinn der Sache dunkel war, laut wurden und in sächsischem oder schlesischem Tonfall zu brüllen anfingen, ohne daß jemand Einsprache erhob. Er konnte leider nicht auf ebensolche Weise brüllen, sondern hatte nur ein heiseres Helvetisch zur Verfügung. Die Spielleitung lag diesmal in der Hand eines Steirers, der im tiefen Baß sprach, ein alter Theatermacher, der es ruhig nahm, und der eine Vorliebe für Drahtzaun rein deswegen zeigte, weil des Steirers Nebenbuhler Spinti den Drahtzaun nicht leiden mochte. Es gab andere Sorgen als Drahtzauns Unvollkommenheiten. Elisabeth von England wollte durchaus Maria Stuart sein. Aber diese Elisabeth von England aus dem Westen Berlins hatte einen tiefen Alt, kratzte sich in den Haaren, war die Freundin des dritten Operntenors, der in allen Gängen das hohe C sang und dem sie sich auf der Bühne gern als Königin gezeigt hätte. Maria Stuart aber, ein blasses, ältliches Wesen, wollte Maria Stuart bleiben, obgleich sie eher an eine Nähschullehrerin als an eine verliebte Königin erinnerte. Elisabeth blieb schließlich Elisabeth und Maria blieb Maria. Mortimers Hingerissenheit allerdings war unter diesen Umständen rein unverständlich. Mortimer, das war der Weltmann-Spieler aus Dresden. Der mit den Händen auf den eigenen Hüften. Zwar jetzt mußte er sie dort wegnehmen, aber er wußte nichts Rechtes damit anzufangen und fuchtelte ungeschickt mit ihnen in der Luft herum. Mortimers Begeisterung war ihm auch fern, er konnte allenfalls ein Sektglas in die Hand nehmen und «Auf Ihr Wohl, Gnädige» sagen oder «Auf was wir lieben», aber Leidenschaft war seine Sache nicht. «Mit Ihnen möchte ich die Szene spielen», flüsterte Elisabeth von England dem Drahtzaun-Burleigh hinter den Kulissen zu, eben jene Schwarze aus Berlin, die gern Maria Stuart gewesen wäre. Es war ihr ganz und gar nur um sich dabei zu tun, aber Drahtzaun war doch ungemein geschmeichelt. Mortimer aus der Dresdener Vorstadt wurde zwar abgesetzt, aber die Rolle ging an Krachen, den großen, dunklen Rheinländer mit der goldenen Großvaterkette um den Hals, an jenen Nachbar Drahtzauns aus den Ankleideräumen, der so ausgezeichnet sprach.

Für Drahtzaun war die Zeit der großen Rollen endgültig vorbei. In den nächsten Stücken fielen ihm nur noch ein paar Satzbrocken zu. Es war ihm lieb.

Er verstärkte seine Bemühungen ums reine Deutsch, beobachtete seine Umgebung, insbesondere Frau Spintis geöltes Mundwerk, und versuchte daheim bei den Schwestern die unbegreifliche Beweglichkeit des Unterkiefers nachzuahmen. Zeitweise schien ihm die ärztliche Seite der Sache das Wichtigste zu sein, der Örlewitzer Halsfacharzt spülte ihm dann den Rachen aus, spritzte ihm allerlei Lösungen durch die Nase, und Drahtzaun ging in frischer Luft im Stadtpark auf und ab, nicht da, wo die anderen Spaziergänger wandelten, sondern abseits, in der Abteilung Botanischer Garten, wo die Täfelchen mit den Pflanzennamen sich aneinanderreihten, daß das Ganze wie ein

Friedhof aussah. Hier ging Drahtzaun hin und her, stundenlang, sperrte den Mund auf und ließ sich die Wintersonne in den Schlund scheinen.

Er ging zu Spinti zum Unterricht. Frau Leonore war jetzt ganz gewonnen. Aus dem Nebenbuhler war ein Schüler geworden. Er bekam Quark auf Brot und Schokolade zum Trinken, und Spinti unterrichtete ihn unbeschwert von Überlegungen, indem er versuchte, dem Drahtzaun gegen gutes Geld seine eigene fehlerhafte und kunstlose Sprache beizubringen.

Die Blonde aus Dresden und die kleine Anfängerin mit dem Halstüchlein kamen zu ihm ins Zimmer bei den Schwestern zum Tee. Die Weltdamen-Spielerin der Örlewitzer Bühne war auch dabei, mitsamt ihrer Mutter. Die Mutter lobte Drahtzauns schauspielerische Leistung als Alba, und die Tochter spielte Weltdame mittels eines immer wiederholten Augenaufschlags und Künsten ihres kleinen Mündchens. Sie redeten österreichisch davon, daß sie die Alpen im Auto durchfahren, aber Drahtzaun dachte nur, daß man in den Alpen ein erbärmliches Deutsch rede, und daran, wie er zum vollendeten Deutsch komme. Wie konnte man überhaupt etwas anderes denken! Krachen, der Rheinländer, war auch dabei. Er liebte die Blonde mit dem vollen Mund, aber die lachte über seine lange goldene Kette aus Großvaters Zeit, denn sie hatte Freunde in Dresden, die zeitgemäße Maler waren und die jene geschichtlichen Denkmäler des Landes verachteten, welche Krachen mit Ehrfurcht betrachtete.

An der Bühne hatte man um die Zeit gar kein Verlangen mehr nach Drahtzauns gutem Deutsch. Derartige Rollen kamen für ihn überhaupt nicht mehr in Frage. Man ließ ihn Mundart reden, in gänzlich unbekannten Stücken an Unterhaltungsabenden, mit Schlesisch, Sächsisch, Ostpreußisch und anderen nie gehörten Redeweisen. Was er dann von sich gab, brachte die Geduldigsten auf. Die Örlewitzer Presse wurde immer gehässiger. Der Bühnenleiter machte ihn vom ersten Männerspieler zum Sündenbock. Sein bloßes Erscheinen reizte den Alten zu Ausfälligkeiten. Drahtzaun schwieg zu allem. Sein Mut reichte zu keiner Entgegnung mehr, aber die Brust schmerzte: das waren die ungerächten Kränkungen.

Die Schwestern verdoppelten ihre Bemühungen um ihn. Er saß immer öfter bei ihnen. Wenn er sich verzweifelt in ihrer Stube aufs Sofa warf, bewarb sich Toni darum, ihm die Schuhe ausziehen zu dürfen. Man war nun mitten im Winter. Inzwischen war noch eine dritte Schwester aufgetaucht. Auch ein Neffe, ein Mißerfolgsmensch, der kam, um mit Drahtzaun über die ungerechte Welt zu klagen, ein kauziger, bleicher Geselle, den Drahtzaun nicht leiden mochte, weil er sich gewissermaßen auf Drahtzauns Mißgeschick berief und so tat, als müßten sie beide die gleichen Gedanken haben.

Da sich Drahtzaun gegen die Demütigungen im Theater nicht wehrte, stieg der Mut des Direktors. Drahtzauns Unzulänglichkeit wurde ihm amtlich bestätigt. Er sollte ein für allemal bei den kleinen Rollen bleiben. Ein neuer Männerspieler war an seiner Stelle zu verpflichten. Drahtzaun hatte nichts einzuwenden. Am andern Tage kam der Bühnendiener durch den Schnee zu den Schwestern gestapft, mit einem Brief, der Drahtzauns Entlassung enthielt. Das war wider die ausdrückliche Vereinbarung, die der Direktor tags zuvor mit ihm getroffen. Drahtzaun übergab die Angelegenheit dem Ortsverband der Schauspielergenossenschaft. Eine Versammlung wurde einberufen. Frau Spintis Unterkiefer wackelte heftiger als je zuvor. Ein kleiner Tenor, der auf der Bühne den Dummen machte, machte nun den Ernsten und schrie über die Ungerechtigkeit, die Drahtzaun widerfahren. Er war der Leiter des Ortsverbandes. Der Alte wurde ins Unrecht gesetzt. Die Mittelpunktsleitung in Berlin unterstützte die Meinung des Ortsverbandes. Der Direktor mußte die Kündigung zurücknehmen. Warum? dachte Drahtzaun. Sein Deutsch war schlecht. Hatte der Spielverband über sein Deutsch nachgedacht? Nein, er hatte ein Mitglied geschützt. Drahtzaun wollte kein Mitglied sein, sondern ein Künstler. Nicht nähren wollte er sich, sondern lernen. Wer nährte ihn? Daheim in Helvetien führte die Kantonalbank unter dem Abteilungsleiter Mötteli das Konto, das Drahtzaun von den Entscheidungen des Berufsverbandes unabhängig machte. «Heb em Sorg», hatte sein Vater jeweils zu ihm gesagt, wenn er Drahtzaun sein Wochengeld gegeben. Das lag weit zurück. Der Augenblick kannte nur eins: das vollendete Deutsch.

Drahtzaun ging zum Alten und bat um seine Entlassung.

«Gehen Sie ab von der Bühne», sagte der, «aus Ihnen wird nichts.»

Drahtzaun widersprach. Zum erstenmal. Ganz belanglos kam ihm der Mann da vor, in seiner Kanzlei, mit dem Butterbrotpapier in der Hand und dem Samtkäppchen auf dem Kopf gegen die Zugluft. Die Sache sprach sich herum. Dafür sorgte der rote Kanzleischreiber. Der war übrigens aus seiner Schreiberei heraus auf die Bühne gekommen und spielte den Roller in Schillers Räubern mit schamlosem Gebrüll und frei von jeder Heiserkeit. Er tat ein Angebot auf Drahtzauns ausgezeichnete helvetische Schuhe, als brauche der hinfort nichts Ordentliches mehr anzuziehen, als hinge er am Galgen, dem Fraß der Vögel preisgegeben.

An einem der letzten Abende erwartete ihn ein Mädchen unten an der Treppe der Ankleideräume, schwarzhaarig, klein, mit einem Pfannkuchen in der Hand. Aus Begeisterung für seinen landsfremden Tonfall und um Abschied zu nehmen. Sie sang im Chor der Oper und hatte einen beweglichen Unterkiefer wie Frau Spinti. Drahtzaun setzte sich mit ihr ins Kaffeehaus. Hernach standen sie beide unter seinem Schirm beim Schneefall auf der Straße und küßten sich. Weil sie sich nichts mehr zu erzählen hatten. Sie weinte über sein Weggehen, und er tröstete sie. Es war eine hübsche Komödie aus dem Stegreif, die Kleine spielte nicht übel, und auch Drahtzaun zog sich besser aus der Sache, als es ihm bis dahin in Örlewitz bei besserer Beleuchtung je gelungen war.

«Oh», sagte am andern Tag die Blonde aus Dresden, als sich Drahtzaun bei ihr verabschiedete, «jetzt verstehe ich alles, Sie lieben die Schwarzen.» Darum hatte er nie mit ihr sich unterhalten wollen, sondern war immer in die Ecke geflohen. Drahtzaun versicherte ihr, daß daran allein das reine Deutsch schuld gewesen wäre. «Sie lieben die Schwarzen», wiederholte sie, «bei Schneefall unterm Regenschirm haben Sie's gestern bewiesen.» Man hatte ihn beobachtet. Nun küßte er sie auch, um ihr's auszureden, um ihr zu zeigen, daß ihm an den Blonden viel mehr gelegen sei. Es machte ihm auch ein viel größeres Vergnügen als die Küsse am Abend vorher, denn sie hatte einen vollen Mund und war schön gewachsen. Sie war auch nicht glücklich bei der Bühne, da man ihr Pagen und betrunkene Postfrauen zu spielen gab, anstatt verliebte Mädchen, wie sie sich's wünschte. Zu dumm, daß Drahtzaun seine Zeit in Örlewitz mit Rachenspülen, mit Teetrinken, mit einsamen Monologen und alten Schwestern zugebracht hatte, anstatt mit ihr. Aber nun war's zu spät. Nun mußte er gehen. So nahm er nur in der Abschiedsstunde schnell und gehäuft so viel an Zärtlichkeiten, als er konnte, wie ein eiliger Reisender in der Bahnhofswirtschaft rasch seinen süßen Nachtisch hinunterwürgt und dann nach dem Zuge rennt.

Die Schwestern taten ihm leid. Die weinten! Toni war völlig aus dem Häuschen und wollte ihn nicht ziehen lassen. Was hatte er denn nur zu lernen? Woran gebrach's ihm denn? Niemand im ganzen Städtchen sagte so schön «Grüß Gott» wie er. Wenn's aber sein mußte, dann mochte er ja irgendwo Unterricht nehmen, weit weg auch, wohin man mit dem Fernzug fahren mußte, aber er konnte doch bei ihnen im Zimmer wohnen bleiben und jedesmal nach dem Unterricht zurückkehren. Drahtzaun mußte sich zusammennehmen, um keinen Unwillen zu zeigen. Diese Anhänglichkeit war ihm hinderlich. Toni forderte zuviel. Er mußte Deutsch lernen, ein Schauspieler werden, ein großer, einer von denen, die die Leute herausrissen aus dem Tage, die sie bezauberten, zu Gefühlen verführten, die sie sonst nicht hatten. Einer von jenen, welche die Sprache so handhabten, daß die abgebrauchte Münze der alltäglichen Worte einen neuen Glanz und Gehalt bekam, eine Zauberkraft von der Art, daß die Dichter sich in den Gräbern rührten vor Freude und das Weltall erschauerte, weil ein gut gedachter Satz gut gesprochen zu den flüchtigen Vollkommenheiten der Erde gehörte, um deretwillen es sich zu leben, zu arbeiten und zu entbehren lohnte.

Er reiste ab. Zitternd vor dem, was er erstrebte. Ohne Gedanken darüber, was er aufgab: einen Platz im wirklichen Leben, ein bescheidenes Wirkungsfeld, aber immerhin ein Wirkungsfeld. Er floh in die Verborgenheit, um unmeßbaren, fernliegenden Vorstellungen nachzuhängen.

## Der Schüler

Drahtzaun siedelte nach Dresden über. Krachen hatte ihm seinen Lehrer empfohlen. Dieser Lehrer aber nahm wegen Gliederschmerzen und Zeitmangel Drahtzaun nicht als Schüler an, sondern wies ihn an einen berühmten Sprachlehrer der Stadt, der an Stotternden und stimmgebrechlichen Menschen aller Art schon viel Gutes getan haben sollte. Dessen Wirken war zum mindesten nicht verborgen geblieben, denn es gab einen Verein, der dieses Wohltäters Namen trug und der sich die Ausbreitung seiner Lehrweise zum Ziel genommen. Dieser Herr wiederum übergab Drahtzaun einem seiner Anhänger zur Kur, der Mitglied des genannten Vereines war.

Der Mann hieß Lehm. Ein Volksschullehrer. Er wohnte in der Vorstadt. In der guten Stube stand ein grünes Plüschsofa.

«Nu, wir wärd'n die Sache schon deixeln.»

Lehm bekam nicht einen Schüler, sondern gewann einen Gläubigen. Tag für Tag erschien Drahtzaun pünktlich zur festgesetzten Stunde. Mit Rücksicht auf Lehms Volksschule mußte er frühmorgens zur Stelle sein. Ehe dessen Unterricht begann. Es war jedesmal noch Nacht, wenn er mit den Fabrikarbeitern hinausfuhr in die Vorortlandschaft der Bahngeleise, Kohlenberge und Fabrikschornsteine. In der Bahn rauchten die Arbeiter und schwatzten, wie ihnen der Schnabel gewachsen war. Drahtzaun verwünschte den seinen. «Guden Morchen», sagte Lehm, schluckte schnell die letzte Gabel voll Sauerkraut hinunter und zündete in der guten Stube die Fahrradlampe an. Die rauchte und stank, aber es galt Gas zu sparen, die Zeiten waren bekanntlich schlecht, man hatte den König abgesetzt, es gab kein Fett, und das Weißmehl war unerschwinglich teuer. «'s is een Drauerschbiel», sagte Lehms Frau, die nicht Mitglied des Sprechvereins war.

Dann begann der Unterricht: «Biiiiiiii-eeeeeeee-oooooooo-bbbooooo!» machte Lehm langgedehnt und surrend, den Finger an der Nase. Der Finger war sozusagen ein Hebel. Mit dem fuhr er beim Sprechen in drehender Bewegung in der Luft herum, um die Töne aus dem Rachen heraufzulocken und in die Nase hinaufzutreiben. Biiiiiiii-eeeeeeee-oooooooo-bbbooooo machte Drahtzaun und trieb mit dem Zeigefinger an der Nase das Rädchen herum. Das Ergebnis war aber nicht gut. Er ging vom ooooo viel zu schlapp zum bbbbooooo über. Das b war an der Stelle kein gewöhnliches b, sondern ein Sprungbrett-b, von dem aus sich der Sprecher mit Gewalt auf die folgenden ooooo zu werfen hatte. Die richtige Ausführung war daran zu erkennen, daß beim Übergang vom oooooo zum bbbooooo ein mächtiger Ruck den Körper vom Brustkorb bis und mit der großen Zehe erschütterte. Biiiiii-eeeeeau-bbbbbau … biiiiiiiieeeeeeeeai-bbbbbbbbiai. Die Zusammenstellungen nahmen kein Ende. Sie reichten für viele Stunden. Drahtzauns Eifer übertraf alle Erwartungen. Lehm wurde mitgerissen, soweit ihm so etwas überhaupt widerfahren konnte. Das pünktlich bezahlte Unterrichtsgeld trug das Seinige dazu bei und die Art, wie Drahtzaun es bezahlte, ebenfalls. Er war froh, Lehm sein Geld hinlegen zu dürfen. Der schaute Drahtzaun in den Hals, als sei dessen Kehle ein Gipsmodell; er beobachtete jede Kiefer- und Halsmuskelbewegung nicht als Hörer, sondern wie ein Uhrmacher und sozusagen mit der Lupe im Auge. Am liebsten wäre er überhaupt seinem Schüler in den Hals hineingekrochen und hätte jeden Laut an seinen Platz gesetzt und jeden Atemzug überwacht. Er hatte kein Ohr zum Hören, sondern einen Kopf voll Regeln, was um so schlimmer war, als er diese nicht selber gefunden, sondern auch nur von einem Dritten gelernt hatte. Wenn die Sache einigermaßen zu Lehms Zufriedenheit ausfiel, dann galt's, um ihm ganz zu genügen, beim Reden und Zungenturnen den Unterkiefer völlig still und unbeweglich zu halten. Drahtzaun ging hie und da Frau Spintis ruhelos wakkelndes Kinn durchs Gedächtnis. Ob Lehm wohl mit ihm auf dem rechten Wege war? Aber er wagte keine Entgegnung. Täglich saß er auf dem Plüschsofa neben dem Kachelofen, der genau dieselben, merkwürdig bunten und leistenreichen Kacheln zeigte, wie er sie in der guten Stube eines Nachbarn daheim zu einer Zeit gesehen, da er von keiner anderen Ausdrucksweise etwas wußte als vom Helvetischen.

Wochenlang beschäftigten sich Lehrer und Schüler so mit dem Geriebsel von Worten und Sprachsplittern von immer wechselnden Formen. Endlich kam, wie am Anfang des Lebens, das erste Kinderverslein:

> Ich bin ein feines Mäddddddddddchen,
> Kann dddddrehen dddddas Rädddddchen ...

Tränen der Freude über das Wiedersehen mit dem zusammenhängenden Deutsch rannen über Drahtzauns Wangen. Nun konnte man auch deutlich feststellen, daß die alte Heiserkeit noch da war und daß, abgesehen von den neu hinzugekommenen Künsteleien, sich am Ganzen wenig geändert hatte. Drahtzaun wagte allerdings nicht, sich derlei Beobachtungen offen einzugestehen.

Im Laufe der Zeit eignete er sich mit Fleiß und Ausdauer so viele Unarten und Unnatürlichkeiten an, daß man das Ergebnis dem Erfinder des Verfahrens vorführen konnte. Der Gewaltige bestellte den kleinen Schulmeister und den kleinen Schüler zu sich ins Haus. Lehms Angst war groß. Die Prüfung galt ihm nicht minder als Drahtzaun. Die Zuschüsse zum Lehrergehalt hingen davon ab, ob er des Mannes Gunst und Vertrauen behielt. Der Alte saß am Flügel. Er hatte, ehe Drahtzaun an die Reihe kam, bereits mit einem Tenor solange exerziert, bis der Mann keinen Ton mehr aus der Kehle herausbrachte. Angstvoll und mit zusammengequetschtem Hals begann Drahtzaun. Biiiiiiii-eeeeeeeee-bbbbbbeeeeeeeeee. Wie bei Lehm.

«Machen Sie den Mund auf», schrie der Alte. Sein Bart zitterte.

Was war das? Den Mund aufmachen? Aber Lehm hatte doch gesagt ... Lehm?? Der saß in der Ecke auf einem

Stuhl nahe beim Sprechgewaltigen und sah aus wie ein Kinderballon, aus dem die Luft entweicht.

«Viel zu kleinen Mund haben Sie», fuhr der Alte fort. O Himmel, dachte Drahtzaun und schrumpfte wie Lehm zusammen. Der Alte wuchs. Die Probe ging weiter. Drahtzauns Stimme verkroch sich völlig. Mit Lippen und Zunge turnte er herunter, was Lehm ihm beigebracht, krampfhaft, jeder Vorschrift eingedenk, so daß der Alte schließlich mit Lehms Arbeit nicht unzufrieden war.

Viel zu kleinen Mund, dachte Drahtzaun. Davon hatte nicht einmal die Örlewitzer Presse geschrieben. Ob man ihn vielleicht erweitern könnte? Wie? Mit Zerr-Übungen? Oder im Krankenhaus mit dem Messer? Es war hoffnungslos. Lehm konnte ihm nicht helfen, das war deutlich zu erkennen.

Wenn Drahtzauns Sprache sich aber nicht ändern lassen wollte, so veränderte sich doch sein Gehör. Es wurde feiner und feiner. Er hörte sich selber, hörte nicht nur die Töne, sondern den Gang der Rede. Hörte Lehm immer besser. Lehms Unzulänglichkeiten schälten sich heraus. Was war sein Umgang? Menschen? Nein, Sätze! Er kam ihnen gründlich hinter die Schliche, diesen Sätzen. Was konnte man aus ihnen machen! Wie lagen sie da in den Büchern, diese Scheintoten, diese Winterschläfer, die man nur anhauchen mußte, damit sie ihre Glieder reckten, ihre Zähne zeigten, ihre Musik ertönen ließen, ihre Krallen und Pranken ausstreckten und die Seelen packten, die Menschen ergriffen, die Gedanken in Aufruhr brachten. Heiser zu sein war lästig, aber nicht heiser sein war noch nicht: sprechen können. Sprechen war gestalten. Niemand hatte sprechen können in Örlewitz. Lehm wußte rein gar nicht, um was es ging. Was waren diese Wörter, diese Zeichen, Sätze, Zusammenfügungen anderes als Stoff für den Gestalter, der sie aufgriff, Teile heraushob, Teile fallen ließ, sie verschieden färbte, beschleunigt herauswarf, verlangsamt zerlegte, der nach seinem Herzen, seiner Phantasie, seinem Verstand sie in Beziehung brachte, gegeneinander setzte, verband und trennte, daß sie zu lebendigen, wirksamen Gebilden wurden, flüchtig wie ein Windhauch, und doch wirksamer, stärker, unvergeßlicher als tausend Dinge.

Drahtzaun ging auch ins Theater. Das verstand sich. Immer mit Spannung geladen, feierlich, gesammelt, allein, wortlos, ausgehungert nach Zwiesprache. Ins berühmte große schöne Dresdener Theater, wo so viele ausgezeichnete Spieler ausgezeichnet Geschriebenes auf ausgezeichnete Weise zum Besten gaben. Während der Pausen irrte er in den Gängen unsicher auf den roten Teppichen zwischen den schwatzenden Menschen umher. Es war lächerlich, zu schwatzen. Es war lächerlich, daß sie ihre Angelegenheiten besprachen, anstatt still aufs nächste Dichterwort zu warten. Es war Gnade, längs der alten Malereien gehen zu dürfen, welche da die Wände schmückten, vorbei an den Bildnissen großer Spieler und Spielerinnen gewesener Zeiten.

Zunächst versuchte Drahtzaun sich näher an die Lebenden heranzupirschen, ihnen auf den Mund zu sehen, Erkenntnisse zu sammeln. Er meldete sich zu den stummen Stehleuten. Das Theater schickte ihm eine vorgedruckte Karte ins Haus, darauf es ihn zur ersten Probe einlud. Das war ein Tag. Die Sache sah aber anders aus als in Örlewitz, es gab keine Löcher in den Kulissen zum Durchgucken, die Bühne war ein streng abgegrenzter Arbeitsplatz, wer nicht gerade beschäftigt war, hatte in den Nebenräumen zu warten. Die Stehleute insbesondere waren ohne Rechte, gingen in gesonderten Gängen durchs Haus und hatten keine Gelegenheit, auf Treppenstufen die gleiche Luft mit den Großen zu atmen. Es gab streng geführte Anwesenheitslisten und einen besonderen Vorgesetzten, um das zu verhindern, was Drahtzaun beabsichtigt hatte.

Immerhin feierte er Wiedersehen mit der Bühne. Als Herr des achtzehnten Jahrhunderts sah er sie wieder, in Seidenhosen, Schnabelschuhen, in weißer Perücke und mit einem Schönheitspflästerchen auf der Wange. Zusammen mit einem kleinen Fräulein bildete er das vierte Paar am Anfang eines langen Zuges von Hofleuten. Die Stellung so weit vorn im Zuge war eigentlich eine kleine Auszeichnung, denn das vorderste Paar war von einem regelrechten Schauspieler gebildet, von großer Gestalt, wenn auch mittlerer Bedeutung, und von einem jungen Mädchen, das auch zu den Künstlerinnen des Theaters gehörte. Das zweite Paar war ähnlich zusammengesetzt. Vom dritten kannte er den jungen Mann, der seinen Platz oben in den Ankleideräumen neben jenem Drahtzauns hatte. Dann, wie gesagt, kam er selber. Wenn der ganze Zug lange genug hinter den Versatzstücken gewartet hatte, ging's auf die Bühne. Schön zu zweien. So vornehm wie möglich. Drahtzaun schritt dann auch hinaus ins Licht, nicht als finsterer Held wie in Örlewitz, nicht als Bühnenerscheinung und Dichtergestalt von höchster Bedeutung für den Abend, sondern nur als unbeachteter Höfling. Aber was für eine Bühne war das! Wieviel Platz, wieviel Licht, wieviel Leute! Keinen Blick wagte er in den großen Zuschauerraum hinauszuwerfen, eins galt allein: so vollkommen zu stehen und zu gehen wie die andern sprachen und spielten.

Gelegentlich gab es Freikarten für jene Vorstellungen des Theaters, in denen Drahtzaun nicht auf der Bühne herumzustehen hatte. Einmal, als diese Vergünstigung grad wegfiel, als Drahtzaun von ihr Gebrauch machen wollte, verhalf ihm ein Fräulein in freier Freundlichkeit zu der erwünschten Karte. Sie gehörte zu den Künstlerinnen der Bühne, hieß Marianna, war in Reifrock und Perücke das Fräulein vom ersten Paar der Hofgesellschaft. Während der darauffolgenden Vorstellung des Stücks sah er sie wieder und bedankte sich für den erwirkten Freiplatz mit dem Ernst, den eine Theaterkarte ihm zu der Zeit entlockte.

«Ich habe Sie gesehen – und bewundert», fügte er nach einer Pause hinzu. Sie hatte an dem betreffenden Abend eine belanglose Rolle innegehabt. Ein Dienstmädchen war sie gewesen. Dieser Herr Drahtzaun glaubte sich also berechtigt, eine spöttelnde Bemerkung anzubringen. Wie kam er dazu? Sonst verlor er doch keine Worte, das hatte sie wohl beobachtet. Wer war er?

«Sind Sie auch Schauspieler?» Sie fragte in einer Weise, als wäre da gar nichts Besonderes dabei.

«Ja», sagte Drahtzaun, «aber ein schlechter. In Örlewitz hat man mich hinausgeworfen! Wegen Talentlosigkeit.» Das konnte an der Dresdener Bühne keiner von sich sagen.

«Sind Sie Helvetier?»

«Ja.»

«Ich möchte gern nach Helvetien. Können Sie mir nicht eine Stellung verschaffen? Aber nicht bei einer Bühne! Nein! Als Dienstmädchen vielleicht, da Sie finden, daß ich so gut dafür passe.»

«Gern! Geben Sie mir eine Darstellung Ihrer Vorzüge.»

Da kam der Auftritt. Als Drahtzaun am folgenden Tage ins Theater kam, lag ein Brief für ihn beim Pförtner. Von ihr.

«Lieber Helvetier! Mutschel, die Kuh auf der Bayrischen Alp, war bis jetzt das einzige Wesen, das mich restlos verstand. Sie leckte mir mit ihrer rauhen Zunge die Hand und brüllte, wenn ich fort war. Plötzlich bekam sie ein Kälbchen. Niemand hatte eine Ahnung gehabt. Das Kälbchen wurde nach mir ‹Marianna› getauft. Von der Alp sah man hinüber nach Helvetien. – Meine Vorzüge kann ich nicht schildern, das klänge zu anmaßend. Klavierspielen ist kein Vorzug. Sollte ein herzliches Mitleid mit allen denen, die zur Bühne gehen, ein Vorzug sein? Bewahren Sie unser Geheimnis. Ich bin ein ernster Mensch.»

Es schmeichelte Drahtzaun, daß sie geschrieben hatte. Was wollte sie nun eigentlich mit dem Brief? Er kam nicht ins reine damit. Das war schließlich auch nicht so wichtig. Wichtiger war die deutsche Sprache. An die hatte er zu denken. So dankte er, von anderen Dingen erfüllt, ziemlich förmlich für den Brief.

Sie hatte eine größere Wirkung erwartet. Der Mißerfolg ärgerte sie ein wenig. Was war mit ihm? Ihr Spielpartner vorn an der Spitze des Hofzugs war wie alle waren, den kannte sie lange, ließ ihn nun allein stehen und schwatzte mit Drahtzaun. Der Hofmann ärgerte sich. Es war unpassend, sich mit den belanglosen Stehleuten zu unterhalten. Der Unterschied mußte gewahrt bleiben. «Lassen Sie doch den Burschen stehen», sagte er zu Marianna. Das trieb sie erst recht an, das Gegenteil zu tun. Drahtzaun merkte, daß ihr Verhalten gegen die Wünsche der Umwelt verstieß, nahm Rücksicht darauf und hielt sich noch etwas mehr abseits. Nun betonte sie ganz deutlich, daß ihr nichts daran lag, wie ihr Nebenmann die Gespräche mit Drahtzaun aufnahm.

Sie hätte Drahtzaun gern draußen getroffen. Er tat, als merke er nichts. Seine Zeit war eingeteilt, es gab keine Lücken, sein Umgang war festgelegt: Worte und Wörter – keine Menschen. Sie war nicht gewillt, Mißerfolg zu haben. Es gab ganz andere Leute als diesen Drahtzaun, die sich aus weniger Entgegenkommen mehr gemacht hätten. Er war so undurchdringlich. Warum? – Einmal überraschte sie ihn kurz vor dem Auftritt hinter der Bühne, wie seine Blicke mitten in der Unruhe an ihren nackten Schultern hafteten, die weiß und rundlich aus der seidenen Umhüllung hervorschauten. Er bemerkte nichts. Sie wurde sicherer.

Einmal kam Drahtzaun zu einer Sonntagnachmittags-Vorstellung viel zu früh ins Theater. Man war noch ganz im Anfang des Stücks, der Hofzug kam erst am Ende. Er schlich sich auf die Bühne hinunter. Auf der entgegengesetzten Seite, wo die richtigen Schauspieler ihren Zutritt zur Bühne hatten, stand eine Gruppe und schaute aus der Kulisse nach dem Spiel. Marianna war auch dabei. Sie sah ihn kommen, löste sich sofort von den andern, kam auf ihn zu und streckte ihm beide Hände hin. Die Gebärde paßte herrlich zu ihrem Kleid. Jeder Spielleiter hätte das gesagt. Drahtzaun stak in seinen Seidenhöschen und hatte den Degen zur Seite. Er fühlte sich durch Mariannas Bewegung plötzlich dem Tage entrückt und küßte ihr die Hände. Niemand sah es. Die versammelten Spieler guckten hinaus auf die Bretter in die Welt des Scheins, wo gerade Schlag auf Schlag ein lang vorbereitetes Tun seine Folgen und Früchte brachte. Marianna und Drahtzaun gingen zurück nach der Hinterseite der Bühne. Dort standen sie an der Szenerierückwand, nur durch ein Leinwandstück von den Vorgängen draußen auf dem Theater getrennt und jeder Sicht entzogen. Vorn erreichte das Spiel seinen Höhepunkt. Sie achteten nicht darauf, nicht einmal Drahtzaun. Marianna lehnte an ein Geländer, den Kopf zurückgebogen, und sah ihm ins Gesicht. Er küßte sie. Sie hielt still. Vor dem Versatzstück wurde auch gerade geküßt oder gemordet oder sonst etwas getan, was die Zuschauer im Banne hielt, denn es war tiefe Stille überall. Dann fiel der Vorhang. Der Beifall dröhnte herein. Schritte kamen. Unruhe hob an. Die Kulissenzuschauer liefen auseinander. «Frechdachs», sagte sie und lief weg.

Am Abend sollte das gleiche Stück wiederholt werden. Drahtzaun und Marianna trafen sich draußen vor dem Theater, um in der Zwischenzeit in die Stadt zu gehen. Sie stand schon vor dem Bühneneingang, als er kam. Er zog den Hut, sie lachte laut heraus. «Sie sind blond, ich habe Sie mir immer schwarz gedacht!» Er hatte über die gegenseitigen Farben keine Gedanken verloren, aber ihn verblüffte jetzt der Umstand, daß sie ohne Reifrock war, viel schmaler, viel weniger großartig, ungepudert, aber viel beunruhigender. Ein passendes Gespräch war viel schwerer als bisher zu finden, was er allenfalls als Herr des achtzehnten Jahrhunderts gesagt hätte, paßte nun nicht mehr, die Bühnenunruhe war verschwunden, die sonst immer zur rechten Zeit für die nötige Abwechslung gesorgt hatte, ein Mädchen ging neben ihm, mit runden Wangen, das erstemal, daß er nicht allein daherlief in den Straßen dieser Stadt und vor sich herredete. – Sein einziger Unterhaltungsstoff waren seine eigenen Angelegenheiten. Diese Angelegenheiten schienen ihm groß und waren unerschöpflich. Sie reichten vom lächerlichsten Geschick bis zu den höchsten Plänen. Er gab einiges preis. Eine Redseligkeit überfiel ihn. Nun gab's kein Stocken und kein Besinnen mehr. Eine Frage rief hundert Antworten, eine Antwort hundert Erklärungen. Nun hatte er ihn endlich bei der Hand, den Drahtzaun, sich selber, den Verkannten, Übersehenen, den niemand im Theater beachtete, nun konnte er ihn endlich für sie beschreiben, diesen Lehm-Gläubigen, diesen Zimmerhocker und lächerlichen Männerspieler von Örlewitz. Es war eine wehmütige Lust, zu sehen, wie sie über ihn lachte, über den unentwegten Biiiieeeebbbeeeee-Summer, über den heiseren Teetrinker und Pastillenschlucker. Und wie sie lachte. Wie schmerzlich leicht sie begriff und glaubte, daß er als Alba sich ungeheuer komisch ausgenommen habe. Wie bitter-schön war es, diesen Drahtzaun in die tiefste Lächerlichkeit hineinzustoßen, sich an ihm dafür zu rächen, daß er ihn, Raben Drahtzaun Nase, am Leben hinderte, ihm verwehrte, sich über den Tag zu freuen, der am Morgen anbrach, und welcher Triumph war es dann, ihr schließlich zu sagen, was er von den großen Spielern hielt, die sich nichts aus ihm machten, ihre mächtigen Bühnenkameraden, die er alle erreichen oder überholen wollte. Ein Mann ging vorüber.

«Der sieht aus wie Klemm», sagte Drahtzaun.

«Wer ist Klemm?»

Drahtzaun sah ihn deutlich vor sich, den Mann in der Uniform mit den goldenen Knöpfen, der ihm in Örlewitz durch das Schneegestöber den Brief des Theaterleiters überbracht hatte, darin ihm seine Entlassung mitgeteilt wurde.

«Klemm hieß der Theaterdiener in Örlewitz. Klemm

hat mich verachtet.» Marianna lachte laut auf. Drahtzaun sah sich um. Sie waren mitten in Dresden, auf einem weiten, schönen Platz mit ehrwürdigen Häusern ringsherum, wie er's daheim auf alten Stichen gesehen. Schön gewölbte Tore führten nach Höfen oder weiten Gängen. Die beiden gingen hinein und küßten sich im Schatten der schweren Haustore. Drahtzaun verlor mit einem Schlag seine Zurückhaltung und überhäufte Marianna mit Küssen. Plötzlich und heftig, wie er vom Schweigen ins ausgiebige Reden verfallen war.

Im Theater wurde das Märchen mit den Hofleuten drin vom Spielplan abgesetzt. Drahtzaun kam selten mehr dahin. Marianna hatte Proben zu einem neuen Stück, darin die Stehleute nicht gebraucht wurden. «Das Theater ist gemein», schrieb sie ihm aus dem Theater, und schrieb, daß sie es verabscheue, daß sie mit ihm habe plaudern wollen und daß er sie aufgejagt habe derart, daß es sie nun zu ihm ziehe. «Aber bei meinen Freunden, wo ich wohne, bei Klein-Annelieschen, habe ich den Sinn des Lebens erkannt. Die Frau ist nicht dazu da, um sich zu vergnügen. Das letzte Sichgehören ist eine heilige Handlung, daraus das Wunder des Lebens entspringt. Ich muß zu Dir, das fühle ich, es wird mich aber nicht froh, sondern traurig machen. Sei Du mein Freund, und nicht der Mann, der mich ausnützt, weil ich ihn liebe.»

Drahtzaun las mit stockendem Herzen das frei hingeschriebene Bekenntnis. Das war allerdings ein anderer Lesestoff, als er ihn bei Lehm zu lesen bekam. Er war verblüfft, erfreut, und etwas beklommen, daß sie da so mit Tinte über die Liebe schrieb und ihm gewissermaßen etwas zusagte, um das er mit Worten zu bitten noch gar nicht den

Mut gehabt hatte. Es machte ihm rechte Sorgen, sie auf die angedeutete Weise betrüben zu sollen, und zugleich packte ihn die Lust, es schnell zu tun. Die Klauseln und Betrachtungen, die sie an das Bevorstehende knüpfte, schienen ihm zugleich lästig und wunderschön. Er war gegen das Mädchen genau so ungeduldig wie gegen sich selber, er hatte seine Bekenntnisse hingeworfen, seine lang gehüteten Geheimnisse preisgegeben, nun verlangte er von ihr, sich ihm preiszugeben. Die Nähe eines Menschen berauschte ihn. Monatelang war er nur mit Lehm umgegangen. Nun schien ihm, als habe er viel Wesentliches versäumt, und mit Hast verlangte es ihn, nachzuholen, was er als Einsamer hatte entbehren müssen.

Mariannas Freunde wohnten elbaufwärts in einem Vorort. Es war eine weite Reise. In der freien Zeit zwischen Proben und Vorstellungen trafen sie sich in der Stadt. In Drahtzauns Zimmer wagten sie aus Furcht vor sich selber und aus Furcht vor seiner Wirtin mit dem großen häßlichen Mund nicht zu gehen. Nach Art der heimatlosen, großstädtischen Paare saßen sie verliebt in Kaffeehausecken, küßten sich in fremden Hausfluren oder trieben sich in den Straßen, auf Plätzen und in den öffentlichen Gärten umher. Drahtzaun war's manchmal zu öffentlich.

Marianna war ein Theaterkind. Die Mutter stand zwar zur Zeit einem Milchladen vor, aber sie hatte wenige Jahre vorher noch eine Bühne geführt. Marianna waren große Rollen übertragen worden, so wie andere Kinder für ihre Eltern Briefe zur Post tragen müssen oder den Tisch abräumen helfen. Othellos Dolch durchbohrte ihr bebendes Herz zu einer Zeit und im Alter, da Drahtzaun in der Kirchenbank auf dem Dorf noch fromme Sprüche hersagte.

Der Platz am Dresdener Theater war ihr leicht zugefallen. Sie schätzte ihn darum wenig und war ohne Ehrgeiz. Drahtzaun mißbilligte das. Man schätzte sie, weil es ihr an Anteil und Schwung gebrach, am Theater nicht sonderlich hoch ein, sie spielte aber leicht und ohne innere Hemmnisse. Ihr galt wenig, was Drahtzauns Sehnsucht war: spielen zu dürfen, denn Spielen war ihr eine selbstverständliche Lebensäußerung geworden. Sie spielte immer. Auch mit ihm. Auch in der Liebe.

«Morgen komm' ich zu dir», flüsterte sie eines Tages in einem Hausflur ihm zu, als eben ein Vorübergehender ihnen tadelnde Blicke zugeworfen. «Aber ich will Weihrauch und goldene Schuhe haben.»

Richtig: die heilige Handlung. Weihrauch und goldene Schuhe gehörten zu den diesbezüglichen Theaternotwendigkeiten. Die Anordnung mißfiel Drahtzaun, aber er wagte am andern Tag noch nicht, sie ganz außer acht zu lassen. Er hatte schlecht geschlafen. Wie vor einer Erstaufführung. Er kaufte Weihrauch beim Krämer, es war aber kein Weihrauch, sondern eine Räucherkerze gegen Stechmücken. Schuhe hatte er selber. Keine goldenen, aber jene andern aus schwarzem Samt mit hohen Absätzen, drin er den Alba gespielt, die ihm ein Schuster in Helvetien nach Maß gemacht. Er stellte sie neben den Ofen, damit sie warm für ihre Füße seien. Vaters Winterfinken hatte man daheim auch immer neben den Ofen gestellt, bis er heimkam. Die Samtschuhe waren nun allerdings nicht so groß wie Vaters Finken gewesen, aber immerhin: sie hatten ihr Maß. Kurz bevor Marianna kommen sollte, stellte Drahtzaun eine Räucherkerze auf die eiserne Leiste der Ofentür und zündete sie an. Ein beißender Rauch stieg auf. Aber sie kam nicht, kam auch später nicht. Eine zweite Kerze wurde abgebrannt. Man konnte kaum atmen. Drahtzaun bekam Kopfschmerzen. Lüften ging nicht an, da wurde das Zimmer kalt, Marianna konnte sich, wenn sie nichts anhatte, einen Schnupfen holen. Man war im April, aber kein Frühlingssonnenstrahl erreichte Drahtzauns teure Wohnung. Gegen Abend kam sie. Viel zu spät und ohne sich zu entschuldigen. Sie lachte über die Asche der abgebrannten Mückenkerzen auf der Ofenleiste und zog ihn fort. Elbaufwärts, dahin, wo sie wohnte. Die Freunde waren fort. Der Frühling fing an. Drahtzaun kam gar nicht dazu, seinen Ärger zu zeigen, wie er es vorgehabt. Das Haus lag am Strom, zwischen Bäumen versteckt. Ein schmaler Weg führte von der Hauptstraße aus zwischen Gärten hindurch zum Eingangstor. Die ersten Blätter sprangen aus den Knospen, ein lauer Wind spielte durchs Geäst. Das Haus, alt, mit kleinen Fenstern, sauber hergerichtet, enthielt schöne alte Möbel und viele Bilder von des Hausherrn Hand. Des Malers Farben waren dem Frühling nahe, nicht entschieden, nicht kraftvoll sicher, nicht laut, sondern scheu und zurückhaltend. Lauter zarte Dinge waren da zu sehen: Blumen, verlassene Gegenstände und Kinder. Immer wieder Kinder, kleine, unschuldige, zarte Kinder, mit großen Augen, die den eindringenden Drahtzaun aus ihren Rahmen höchst verwundert anzusehen schienen. Ihm wurde wie den Knösplein an den Bäumen und den Kindlein in der Wiege. Ganz butterweich wurde ihm zumute, so freundlich, so beschaulich und liebenswürdig war alles. Er fühlte sich von dem abwesenden Maler zu Gast geladen und war dankbar dafür. Marianna beschäftigte ihn mit hundert Einfällen. Schließlich ging das Dienstmädchen der Freunde zum Schlafen. Sie waren allein. Drahtzaun fühlte sich matt und abgespannt. Er hatte so viel Neues gesehen, daß er nach gar nichts Neuem mehr lüstern war. Am liebsten hätte er sich auch schlafen gelegt. Alle Ungeduld war geschwunden. Die kleinen Fensterchen sahen ganz helvetisch aus. Solche Frühlingsabende hatte es daheim auf dem Dorfe gegeben. Das war lange her, das lag weit weg. Marianna drückte ihn an sich. Er drückte sie auch, aber bei weitem nicht so heftig wie hinter den fremden Haustoren in der Stadt. Das Sofa war grün wie bei Lehm, nicht mit Plüsch bespannt zwar, aber sonst ein unbequemes Möbel. Man konnte gar nicht ordentlich bequem zu zweien liegen. Die verfluchten Räucherkerzen hatten ihn ganz krank gemacht, nun hatte so ein widerliches Sofa grad noch gefehlt, jetzt, wo es galt, die Rechte auszunützen, die ihm eingeräumt wurden. Ach, mußte das denn unbedingt sein, nach allem andern noch sein, nach dem Warten, nach dem Weihrauch, dem Umzug und den vielen Bildern. Wenn nur Marianna ihm die plötzliche Genügsamkeit nicht übelnahm, doch schien sie das zu seiner großen Erleichterung nicht zu tun, sondern begann, als sie Drahtzauns überraschende Bescheidenheit erkannte, gewaltig zu lachen, ja es schien ihr eine richtige herzliche Freude zu sein, daß er sie auf diese Weise mit seiner Sparsamkeit überraschte, wie er sie früher beim Küssen mit der Fülle überrascht hatte. Ganz entzückt war sie, redete wie eine Mutter mit ihm – oder waren's die Töne aus dem Säuglingskursus –, während sie ihn in ein anderes Zimmer brachte, ihn dort in der Freunde großes Doppelbett steckte, worauf sie dann selber eine Treppe höher zum Schlafen ging, allein und genau so, wie sie tags zuvor dort geschlafen.

Er ging immer noch zu Lehm und war immer noch heiser. «'s is dr Märzenschdaub», sagte der. Solange Drahtzaun schweigsam geblieben war, hatte er sich allenfalls einige Fortschritte vorstellen können, solange er nur nach Schnur und Regel sprach, konnte er allenfalls glauben, dieses Reden nach Schnur und Regel sei jetzt seine Sprache. Bei den eifrigen Unterhaltungen mit Marianna aber war seine Rede längst zu ihren alten Gewohnheiten zurückgekehrt. Manchmal ärgerte sie sich ein wenig über seine Schwärmerei für die Bühne, für eine Sache, die er so wenig und die sie so gut kannte, und über die er sich nicht aufklären ließ, ärgerte sie seine Begeisterung, die für sie unaufbringlich war. Sie war manchmal schonungslos spöttisch oder schonungslos in ihrem Entzücken über seine Fehler. Es verletzte ihn, er rächte sich dadurch, daß er über seinen Bühnengedanken sie vergaß, die Abfahrt ihrer Straßenbahn vergaß und, irgendwo auf einer Bank oder an ein Brückengeländer gelehnt, am Frühlingsabend von den Schönheiten des vollkommenen Sprechens zu reden anfing, daß die Eifersucht in ihr erwachte. Er liebt Lehm mehr als mich, dachte sie dann, wenn sie sich von ihm verabschiedet hatte und nach dem Vorort hinausfuhr.

Sie schrieb ihm vom Theater aus, während der Probe oder aus den Ankleideräumen heraus viele Briefe: daß ihm zwar am Theater keiner das Wasser reichen könne, daß er aber kein Schauspieler sei, sondern etwas ganz anderes, was sie selber nicht genau bezeichnen könne. Das war angenehm zu hören und unangenehm zugleich: er wollte ein Schauspieler sein und sonst nichts. Er sei das große Glück, schrieb sie, ganz gleich von welcher Dauer, das große Glück, das sie mit Unerbittlichkeit herbeigesehnt habe, das sie allein imstande wäre, zu genießen, ihn, der so, wie sie ihn kannte, erst am Tage ihres Bekanntwerdens geboren worden sei. Manchmal, schrieb sie, überfiele sie ein lähmendes Entsetzen, wenn sie fühlte, wie sie ihn liebte, und dann weinte sie in ihre Kissen die halbe Nacht.

Nun, das tat Drahtzaun schrecklich leid. Er fand allerdings, daß sie mit seinem Geburtsdatum sehr eigenmächtig umging. Er schämte sich auch ein wenig, weil ihm schien, daß er sie nicht ebenso gut und tief liebte, wie er selber geliebt wurde. Er kam wieder in das alte Haus, stromaufwärts im Vorort, zu dem Hausherrn und der Herrin zu Tisch, in deren Bett er jene unrühmliche Nacht zugebracht. Man begegnete ihm mit großer Liebenswürdigkeit. Die Frau des Hauses war guter Hoffnung und voll unberechenbarer Befürchtungen. Furcht und Hoffnung hatten ihr den Gleichmut der Seele verscheucht. Sie machte sich über Welt und Menschen unwahrscheinlich schöne und schwärmerische Gedanken, schrieb Abhandlungen in überschwenglichem Ton und suchte nach Rednern, die sie vortrügen. Der liebende Gatte bewunderte diese schriftstellerischen Erzeugnisse, Marianna hielt sich in einiger inneren Entfernung davon und umging auch am Abend, da Drahtzaun zum erstenmal bei Tröschers zu Tisch war, die Notwendigkeit, etwas davon vorzutragen. Die Hausfrau bat sie aber um das Gedicht des Matthias Claudius, das gleiche, das Drahtzaun abends beim Einschlafen in seinem Bettchen daheim von der Mutter gehört hatte:

> ... Der Wald ist schwarz und schweiget,
> Und aus den Wiesen steiget
> Der weiße Nebel wunderbar ...

Da hatte er immer den Hochwald vor sich gesehen, der wie eine dunkle Mauer hinter den Wiesen der Heimat sich erhob in jenem verhaßten Land Helvetien, das ihm die unzulängliche Sprache mitgegeben. Marianna sprach auch an dem Abend, nicht sehr kunstvoll, aber mit angenehmer Stimme. Halblaut nur. Ihre Augen sahen ihn groß an. Sie stand an den Pfosten der Zimmertür gelehnt, und ihre Hände leuchteten durch die Dämmerung. Ihre Erscheinung verwirrte ihn, und er hörte nur halb hin.

Marianna verließ die Bekannten und zog in die Stadt. Zu Drahtzaun sozusagen. In ein Mietszimmer nahe beim Bahnhof, mit Mietszimmern zur Rechten und Mietszimmern zur Linken. Die Wirtin wohnte unten. Was in den oberen Stockwerken geschah, kümmerte sie wenig. Wenn nur ihr Geld einging. Ein junges, obdachloses Ehepaar hatte da auch Unterkunft gesucht, mit einem kleinen Kindchen, das nur ein paar Monate alt und sehr krank war. Die junge Mutter war ratlos und klagte Marianna ihr Leid. Es kam kein Arzt, und niemand kümmerte sich um die drei. Oft, wenn Drahtzaun bei Marianna war, schrie nebenan das Kleine kläglich, daß sein Jammern durch alle Zimmer drang. Das Haus sah viel flüchtige Liebschaften. In Mariannas Zimmer lag eine dicke Bibel. Das war die Rechtfertigung der Wirtin. «Lies mir vor», sagte Marianna. Er weigerte sich. Schließlich tat er es doch. Anfänglich dachte er an sein unzulängliches Deutsch, dann aber ergriff ihn der Gegenstand und er vergaß die mangelhaften Mittel und zog Marianna mit sich, nicht dadurch, daß er spielte, sondern dadurch, daß er sich zeigte. «Selig sind, die da Leid tragen, selig sind die Armen im Geiste, selig sind, die reinen Herzens sind.» Es stand nichts da, daß es zur Seligkeit gehöre, reines Deutsch zu können. Mariannas Nähe schien ihm zuzeiten auch die Seligkeit zu bringen, aber das war wohl nicht jene, von der in der Bergpredigt die Rede war.

Das gehäufte Beisammensein führte zu neuen Entdeckungen, zu freudig begrüßten, still mit Verwunderung oder mit Schweigen und Nachdenken empfangenen, gegenseitigen Aufschlüssen und Offenbarungen des inneren Menschen. Drahtzaun wunderte sich manchmal über Mariannas scharfe Beobachtungen. Am meisten wunderte er sich einmal in ihrem Zimmer, als er nach der zärtlichsten Umschlingung eben daran war, ihr für die genossene Freude ein Dankeswort zuzuflüstern, als sie da selber die Stille der Dämmerung unterbrach, nicht etwa um ihm zuvorzukommen und ihrerseits «mein Liebster» zu flüstern oder sonst etwas der Lage Angemessenes, nein, er wunderte sich, daß sie auf einen unsichtbaren Klavierspieler zu schimpfen anfing, der über ihnen klimperte, den rechten Takt nicht hielt und über dessen Fehler sie sich ereiferte. Drahtzaun hatte das unangenehme Gefühl, als zöge sie einen Dritten herbei, obgleich sie zwei, äußerst mangelhaft bekleidet, sich selber hätten genug sein müssen.

Bei Lehm war er inzwischen vom biiiieeeebbeeee und biiiiiooooobbbbooooo zu den Kranichen des Ibykus von Schiller vorgerückt, nicht, weil sein Können das rechtfertigte, vielmehr deshalb, weil Lehm sich seinen Unterricht nicht ohne einen Erfolg denken konnte oder wollte. Der kreisende Zeigefinger an der Nase paßte aber so schlecht zu den vergrößerten Aufgaben, daß Drahtzauns Geschmack sich empörte. Als der kleine Dicke vollends um Ostern herum sich an den Faust heranmachte und an den

Mondenschein und auch da immer gleich schulmeisterlich und klauberisch blieb, als hätten alle Dichter nur geschrieben, um geeignete Vorlagen für den Sprechverein zu schaffen, da zog Drahtzaun endlich die Schlußfolgerung, begann Lehm zu verachten und nahm keinen Unterricht mehr bei ihm.

Wenn er nun, auf Marianna wartend, in der Nähe ihrer Wohnung unter den grünenden Kastanienbäumen saß, wenn deren Blätter beim Abschiednehmen grüner als beim Grüßen und bei jedem Wiedersehen voller als beim Abschiednehmen waren, wenn die Kinder um die Bänklein wie kleine Käfer und Schmetterlinge spielten, wenn seine Geliebte schließlich im leichten Kleid strahlend über die Wege kam, dann war das alles so wider alle Voraussicht und entgegen allen Absichten über ihn gekommen, daß es ihm gefiel, sich selber als Beute irgendwelcher großer Weltenkräfte zu fühlen und als ein verantwortungsloses, von der Jahreszeit gerufenes Geschöpf oder Gewächs. «Was werden wir miteinander erleben?», sagte er einmal zu Marianna und erschrak über die Frage, die eigentlich zeigte, daß er den Dingen ein wenig den Lauf lassen wollte, ohne gerade viel dabei tun zu wollen. Sie schien aber nichts an der Frage zu finden. «Wer von der Liebe genug hat», schlug sie vor, «der sagt's dem andern Teil, und der soll dann gehen dürfen, ohne daß ihm durch Klagen und Jammern der Abschied erschwert wird.» Drahtzaun war einverstanden, wenn ihn auch die Abmachung mehr an ein Gastmahl erinnerte als an eine große Liebe, wie sie von den Dichtern behandelt wurde.

Mariannas Wirtin war unzufrieden mit den beiden. Sie war gewohnt, daß die Liebschaften in den Zimmern blieben und dort so weit geführt wurden, daß man sich vor dem Hause nichts mehr zu sagen hatte. Die zwei aber staken immer beisammen, redeten abends vor dem Haustor zusammen und konnten sich nicht trennen. Das war dumm. Das war ein unerwünschtes Gewerbeschild. Die hetzten ihr die Polizei auf den Hals. Marianna zog aus.

Es war jetzt hübscher, bei Drahtzaun zu sein. Er hatte eine ungewöhnliche Wirtin. Sie liebte das Theater schwärmerisch, obgleich sie nie das Geld für eine Eintrittskarte erübrigen konnte; die Schwärmerei war vielmehr ein Überrest aus früheren Zeiten, als sie ein junges Mädchen gewesen und in ihres Vaters Haus gelebt hatte, draußen im schönen Dresdener Villenviertel, in glücklicher Zeit. Drahtzaun konnte Marianna zum Essen einladen und mit ihr zusammen in den blautapezierten Zimmern speisen. Das Fräulein kochte gern für die beiden, weil dann für ihre eigene Mahlzeit auch gesorgt war. Manchmal warteten Drahtzaun und Marianna aber lange aufs Essen oder warteten nach der Fliedersuppe ungewöhnlich lange auf die Spargeln. Dann war sie hinter ihre Bierflaschen geraten, erschien nach langer Pause mit trüben Augen auf der Türschwelle, lehnte sich an den Pfosten, sah mit wehmütigen Blicken nach den zwei Verliebten und sagte, daß gleich alles fertig wäre. Eine neue, große Pause folgte. Zuletzt kam sie, schwankend und mit den Platten schaukelnd, hinter ihr Joli, der Spitz, der den Zustand seiner Herrin fühlte, der ihm aber jedesmal aufs neue peinlich und unheimlich war, so daß er mit eingekniffenem Schwanz sich unter Drahtzauns Bett verkroch. Im nüchternen Zustande trug die Art ihres Umgangs noch alle Zeichen der Herkunft aus dem guten Hause, dessen Namen man in der Stadt kannte, und aus welchem eine unglückliche Liebschaft sie vertrieben. Nun war sie gemieden, halb von den Angehörigen verleugnet, viel zu früh ergraut, vom Laster des Trunkes gezeichnet, und besorgte ohne weitere Hilfe die Zimmer für gleichgültige Insassen.

Drahtzaun spann für Marianna weiter an der Schilderung seines Lebens, zurück fast bis zu seiner Geburt, und den Ungeschicklichkeiten, die er dabei begangen. Außer dem Umgang mit ihr ging nichts um ihn herum vor. Keine Ereignisse griffen in sein Dasein ein. Er stieg in sich selber hinein wie in einen Schacht und breitete seine Erinnerungen und Regungen vor ihr aus, die sich ausgezeichnet dabei unterhielt. Sie kannte viele Menschen, aber keiner hatte Zeit noch Neigung, sich in der Weise mit sich selber zu beschäftigen wie Drahtzaun, oder den Hang, so ausgiebig davon zu berichten. Sie hatte ein scharfes Auge für die Verkehrtheiten und Lächerlichkeiten ihrer Umwelt. Drahtzaun sah nur sich selber, aber ohne sich zu kennen. Es war ein großer Genuß für sie, ihn über sich aufzuklären, sie genoß ihre Überlegenheit und konnte den Liebsten preisen. Die Begabung für die Bühne stritt sie ihm allerdings hartnäckig ab.

Er hätte auch von ihr gern so viel aus der Vergangenheit gehört, wie er selber erzählte, ein wenig aus Neugierde, aber auch aus Liebe, um tiefer in sie hineinschauen zu können, um sie besser zu besitzen. Er drängte sie, zu erzählen, aber sie begriff ihn nicht oder wollte ihn nicht begreifen. «Mein Leben hat mit dir angefangen, vorher war nichts», sagte sie, und als er nicht nachgab, nahm sie die Feder und schilderte ihm Leben und Schicksale aller ihrer Tanten und Onkel, aber nicht ihr eigenes.

Marianna wohnte wieder höher oben am Strom, in der Nähe der Mutter. Es war jetzt voller Frühling. Das Laub der Wälder schloß sich, und das Gras stand hoch. Die Akazien dufteten am Ufer, die Schiffe schwammen zahlreicher auf dem Wasser, Schulkinder reisten flußaufwärts nach den Sandsteinbergen. Flöße kamen herabgeschwommen, herüber und hinüber gingen die Fähren, an beiden Ufern gingen auf schmalen Wegen die Menschen wie Perlenschnüre, dem Strome umgelegt, und seine Wasser rollten unaufhaltsam, und die Berge drängten sich zu ihm hin. Drahtzaun und Marianna lagen am Ufer hinter den Weidenbüschen im hohen Gras. Wenn der Abend kam und der Mond aufstieg, fiel sein silberner Glanz auf Mariannas weiße Schenkel und den Leib, daß sie wie eine Wassernixe aussah. Sie lagen ruhig beisammen, in nächster Nähe plätscherten ahnungslos die Boote vorüber, auf dem Weglein vor den Weidenbüschen strebten verspätete Spaziergänger eilig nach Hause. Die Sterne glitzerten, das schwarze Steilufer glotzte schweigsam zu ihnen herüber nach der flachen Seite.

Die Milchablage, der die Mutter vorstand, verschaffte dieser ein besonders geartetes Ansehen. Milch war selten. In Örlewitz hatte die alte Berta wegen eines Liters oft stundenlang vor dem Laden stehen müssen. Die Verteilung war zwar staatlich geregelt, aber es gab doch manche Möglichkeit zu persönlicher Auslegung der Vorschriften. Mariannas Mutter bevorzugte bei ihrer Verteilungsweise einen verarmten Mathematikprofessor. Drahtzauns Auftreten war ihr gar nicht recht. Der war schuld, daß Marianna seit einiger Zeit ständig ihre Aufenthaltsorte wechselte. Die Tochter konnte ihr leid tun. Anstatt mit den

Leuten ihrer Bühne sich gut zu stellen und an ihr Vorwärtskommen zu denken, verlor sie die Zeit mit diesem stellungslosen Schauspieler, der ein so eigenartiges Deutsch sprach. Das hatte sie damals gleich gehört, als die beiden zum erstenmal zusammen vor ihr standen. Die Sache hielt aber länger an, als sie vermutet hatte. Man konnte sich diesen Drahtzaun immerhin einmal näher ansehen. Es gab einen gemeinsamen Sonntagsspaziergang nach der Elbe, hinüber über den Strom und hinein in den Wald am Hang. «Sing italienisch», sagte Marianna. Das hatte er einmal gemacht, daheim im Zimmer für sie und bei besonders leichtem Herzen, aber jetzt ging die Mutter vor ihm auf dem schmalen Weglein, er fürchtete sich vor ihrem musternden Blick und schwieg. Er war überaus höflich gegen sie, nicht zuletzt weil er sich wunderte, mit wie wenig Ehrfurcht sein Mädchen selber mit der Mutter umging, diese aber hielt an einer gefrorenen Freundlichkeit gegen ihn fest. Nach dem Walde ging's durchs freie Feld. Der Roggen stand hoch. Ein vereinzeltes Wäldchen stand draußen in der Ebene. «Hier ist Richard Wagner gegangen», sagte die Mutter. Wagner war ihr von der Bühne her vertraut. Mariannas Vater hatte in seinem eigenen Theater die großen Wagnerrollen gesungen. Richard Wagner! Drahtzaun brachte vor lauter ehrfürchtigen Gedanken kein Wort heraus. Langweiliger Mensch, dachte die Mutter und ging weiter. Gegen das Wäldchen zu. Dort gab's unter den Bäumen ein Wirtshaus mit eingerammten Tischen und Bänken. Man bestellte Kaffee. Die Mutter schnürte ein mitgebrachtes Paket auf, dem sie eine Schüssel Kartoffelsalat und Würstchen entnahm. Die gemeinsame Kartoffelsalatschüssel brachte die seelische Übereinstimmung ein Stücklein vorwärts. Die

Sommerluft stand zwischen den Kiefern, und das Harz duftete. Drahtzaun war um Gesprächsstoff verlegen, er konnte die Mutter nicht mit seinen Mißerfolgen an der Bühne unterhalten. Die Höflichkeit allein gab auch nichts her. Sie fand ihn fad und verliebt und ging abseits, um im Grase zu ruhen und die beiden allein zu lassen. Drahtzaun ruhte mit Marianna unter den Kiefern, deren Gipfel leise über ihnen schwankten wie in Gottfried Kellers Lied von der Föhrenstille, in der einem das Herz laut wird und die Grillen schwinden. Drahtzauns Grillen schwanden auch, er sagte Marianna das Lied vom Föhrenwald leise ins Ohr, was er nie bis dahin getan hatte, und woraus sie entnehmen konnte, was zutiefst in seinem Herzen stak.

Der vermehrte Umgang mit Menschen aus Mariannas Bekanntschaft machte Drahtzaun darauf aufmerksam, daß er im Begriff war, seine Aufgabe zu vergessen. Er kam nicht so ausgiebig zu Wort, wie wenn er mit ihr allein war, dafür kamen die andern zu Wort und stellten die üblichen Fragen nach Herkunft, Plänen, Tun zwischen zwei Schlükken Tee oder zwischen zwei Zigaretten, neugierig oder auch nur höflich. Woher kommen Sie? Sie sind Schauspieler? Bleiben Sie lange in Dresden? Ob er ein Deutscher sei, aus Ostpreußen wahrscheinlich, oder ein Pole? Vielleicht auch ein Norweger oder gar Franzose? Den ganzen Winter hindurch war er zu Lehm gegangen, und nun fragten die Leute, ob er ein Franzose sei! Als ob er sein Deutsch nicht von der Mutter gelernt hätte, sondern vom höheren Schulmeister. Es mußte doch noch große Mängel haben. Von denen sprach Marianna viel zuwenig. Da konnte er nichts Besseres tun, als abends in seinem Zimmer die Fragen wiederholen: Sind Sie ein Pole? Oder vielleicht ein

Norweger? Oder gar ein Franzose? Im Tonfall, wie sie gefallen waren! So lange, bis sie ihn recht wurmten und schmerzten und er deutlich fühlte, daß er gar nicht tat, was zu tun war, daß er Gespräche mit einem Mädchen führte, anstatt zu üben und zu arbeiten. Marianna wollte sich von ihm ein Kind machen lassen und dann hingehen und den Christian heiraten. «Wenn Du einen Funken echte Liebe für mich übrig hast», schrieb sie, «dann besinnst Du Dich gar nicht, denn ich kann auf diese Weise meine Mutter glücklich machen, die schon lange die Heirat mit Christian wünscht, und den Christian auch, der seit zehn Jahren um mich wirbt.» Als Drahtzaun über den Vorschlag mit ihr reden wollte, lachte sie ihn aus, weil er's ernst genommen. Drahtzaun war verletzt. Sie spielte immer. Sie schalt das Theater, spielte nicht gern mit den Schauspielern auf der Bühne, spielte aber um so lieber außerhalb des Theaters mit den unspielerischen Menschen. Überall, mit jedermann, jederzeit. Sie spielte, wenn's ihr einfiel, mit Drahtzaun, nun wollte er's auch mit ihr versuchen. «Heirate den Paul», sagte er zu ihr, als sie das nächstemal beisammen lagen. Paul? Wer war Paul? Ach ja, das war Drahtzauns Freund in Helvetien, der trotzige, schwarze Bildhauer, von dem er ihr mehrmals vorgeschwärmt. Den sollte sie heiraten. Aber warum denn? Wie kam Drahtzaun nur darauf? Und gerade jetzt. Aber eben, jetzt hatte er sie gerade gekostet, jetzt hatte er genug von ihr, nun gab er sie weg in seinen Gedanken. Sie faßte sich schnell. Nur nicht zeigen, wie ihr war. «Gut, einverstanden», heuchelte sie, und was denn eigentlich mit diesem Paul alles los sei? Wie war er? Was konnte er? Paßten sie wirklich so ausgezeichnet zusammen? Vom Nachmittag bis in die Nacht hinein dauerte ihr Fragen, ihr Spott, ihre Neugier, in übertriebener Lebhaftigkeit und so, als habe sie mit Drahtzaun überhaupt nie etwas zu schaffen gehabt. Der merkte wohl, was für ein Unheil er angerichtet und wie sehr er sie verletzt hatte, verlor darüber aber kein Wort, sondern gab trotzig die bösen Auskünfte und dachte, daß er gegen sie nicht anders gehandelt habe, als wie sie mit ihm umzugehen sich erlaubt hatte.

Das folgende Zusammentreffen fiel auf einen Sonntag. Sie gingen von Mariannas Wohnung nach der andern Seite des Stromes hinüber und durch den Wald an den Steilrand hinauf. Im Schatten blühten die letzten Apfelbäume. Oben stand Blume an Blume, Halm an Halm, Feld an Feld. Ein Weglein schlängelte sich zwischen den Feldern und dem Rand des Steilhangs dahin. Marianna legte sich ins Gras und schloß die Augen. Die Kränkung stand zwischen ihnen. Drahtzaun war trotzig und schwieg. Er hatte keine Lust zum Reden, aber die Lust auf sie erfüllte ihn stärker als je. Sie merkte das und floh. Im Weitergehen sahen sie schließlich das Haus der Hosterwitzer Freunde in der Tiefe durch den Laubwald herauf sichtbar werden. Drahtzaun wollte die Freunde nicht sehen, er wollte Marianna und versuchte, sie mit Gewalt zu zwingen. Sie machte sich aber los und entfernte sich mit einer spöttisch-tänzerischen Bewegung. Drahtzaun blickte verstummt und verstockt hinaus in die Ferne. Als er nach ihr sehen wollte, war sie verschwunden. Er ging den Waldweg hinunter bis zur Straße. Sie war nicht da. Dann rannte er wieder hinauf und wieder hinunter und nochmals hinauf. Umsonst. Schließlich trat er den Heimweg an. An einer Straßenkreuzung traf er mit ihr zusammen, die inzwischen bei den Freunden gewesen war, wo er nicht hatte hingehen wollen. Auf der Elbfähre saßen viele junge Mädchen, sie lachten und beobachteten das verzankt heimkehrende Liebespaar.

Marianna wünschte eine kurze Trennung, um die Verstimmung vorbeigehen zu lassen. Irgendeine ihrer vielen Freundinnen nahm sie auf. Irgendwo! Drahtzaun war wieder mit sich allein. Seit langem zum erstenmal, wie ihm schien. Biiiieeeebbbeeee, biiiieeeebbbaum! Was sollte er doch? Reden lernen. Die deutsche Sprache meistern. Was war er? Ein Liebhaber! Die kleine Trennung mußte zur großen Trennung werden. Sogleich, ehe es zu spät war. Marianna kam nach einigen Tagen zurück und benachrichtigte ihn. Zur Liebe bereit. Drahtzaun fand sie im Bette liegend und wurde mißtrauisch, anstatt entzückt.

«Fräulein Marianna», sagte er, «ich fürchte, daß ich aus großer Verliebtheit auf den Gedanken kommen könnte, Sie zu heiraten, was keinesfalls sein darf, denn ich bin heiser und rede ein unfertiges Deutsch, weshalb ich es also an der Zeit finde, mich von Ihnen zu trennen.» Das ungefähr war seine Rede. Nicht ganz so förmlich vielleicht, aber doch viel förmlicher, als sie's von ihm gewohnt war, und nicht ganz so flüssig, wie er sich's gedacht hatte, vielmehr blieben ihm die Worte teilweise im Halse stecken oder kamen nur halb zum Vorschein, er stotterte, und sein Herz klopfte. Sie war blaß und bekam ganz große Augen, als er ihre Arme nicht mehr um seinen Hals fühlen wollte, als er die zärtlichste Umschlingung abwehrte und die Arme zurück auf die Bettdecke legte. Mit großer Überwindung stand Drahtzaun schließlich vom Stuhle auf, an der Tür traf ihn ihr letzter, schmerzvoller Blick, er klinkte die

Tür hinter sich zu und rannte mit schlechtem Gewissen, erleichtert und traurig zugleich, auf unbekannten Wegen durch die Vorstädte nach Hause.

## Die Weltstadt

Mit dem endenden Sommer kam Drahtzaun nach Berlin. Er mietete ein bescheidenes kleines Zimmer, drin stand ein rundes Tischchen mit wackliger Platte, ein zerfetzter Teppich lag vor dem Bett. Aus dem Fenster sah man in die Tiefe eines Hofes hinunter und hinüber in die Nachbarwohnung, sah oben ein Stück Dach und einen Fetzen Himmel. Ein breiter Treppenaufgang, mit Teppichen belegt, führte von der Straße durchs Haus hinauf. Unten war die Stadt: viele Straßen, ein großes Kaufhaus, die Stadtbahn und die Untergrundbahn, viele Menschen und sehr viele Anschlagsäulen mit unwahrscheinlich zahlreichen und dichtgedrängten Bühnenanzeigen. Neue Stücke jeden Tag! Neue Namen, große Namen, weltberühmte Spieler, verblüffende Titel eben fertig gewordener Reißer und uralte, große Dichterwerke! Er blieb an den Litfaßsäulen wie ein treibender Kahn hängen, kümmerte sich um die Besetzung der Stücke und um viele fremde Namen, aber niemand kümmerte sich um ihn und darum, daß er nach Berlin gekommen war. Das mußte anders werden. Er wollte schon dafür sorgen, daß sein Name auch an die Anschlagsäulen hinaufkam, mitten hinein unter die andern, oder oben dran, dann würden sie sich mit der Zeit schon die Hälse nach ihm umdrehen, diese Eiligen da in den Straßen, diese vielen, diese eisigen Unbekannten, von denen keiner ihm ins Gesicht guckte.

Er saß wochenlang Abend für Abend im Theater, vor allen Bühnen, in jedem Stadtteil, und hatte dabei seine eigenen Schätzungen, die mit dem Urteil der Maßgebenden nicht übereinstimmten. Er suchte nicht das Neueste, eher das Älteste, nicht den Reiz, sondern den Geist. Was für Darsteller! Was für Spiele! Was für Künstler! Immer neue, immer bessere, immer andere! An jedem neuen Ort! Mit Geisterstimme, mit ehernen Tönen, mit hinreißendem Schwung und beunruhigender Wirkung. Drahtzauns große Theatererinnerungen schrumpften zusammen. Seine alten Maßstäbe waren hinten und vorn zu kurz. Die Heimatsprache war noch viel jämmerlicher und hassenswerter, als er bis anhin gedacht, Lehm ein Trottel, er selber der blutigste Anfänger! Neue Forderungen schossen in ihm hoch, neue Entschlüsse ballten sich in seinem Herzen, ein neuer Abschnitt am alten Werk der Sprachreinigung sollte beginnen. Er suchte keinen Lehrer. Lehrer waren Beichtväter. Lehrer gaben Gelegenheit zu erleichternden Klagen. Keine Mitteilung sollte ihm die Kraft der inneren Sammlung schwächen. Keine Unterhaltungen! Unterhaltungen waren zuchtlos. Kein Wort durfte über die Lippen gehen, ohne daß es behorcht wurde.

Die Umgebung erleichterte ihm sein Vorgehen. Da war jeder mit sich selbst beschäftigt, ohne groß auf den nächsten zu achten. Der Hausherr war Volkswirt. Er kam mit geschäftiger Miene zu Tisch, grüßte unhöflich und zeigte mit seinem Gebaren der ganzen Tischgesellschaft, daß sie im Hause lediglich Geduldete waren: das blasse Fräulein Studentin mit der Hakennase, die immer vom Leichenschneiden sprach, der ehemalige Herr Hauptmann mit der betont vornehmen Lebensart, die zwei zugereisten Musiker aus Österreich und der Herr Drahtzaun. Dieser Drahtzaun Nase war ja eine ulkige Erscheinung! Der wollte zur Bühne! In einer Zeit, da es kaum genug für alle zu essen gab, da alles drunter und drüber ging, saß der am Tisch und wartete auf die Gelegenheit, Theater spielen zu dürfen. Als ob nicht jeder Tag dazu die Gelegenheit böte. Aber eben, diesen Drahtzaun hatte man in der Schule mit dem alten Ovid und Horaz bekannt gemacht und mit allen anderen Poeten, wie es ihm, dem Hausherrn, auch widerfahren. Er selbst hatte allerdings diese Dinge so ziemlich vergessen und sie auch nie eigentlich ernst genommen, dieser Drahtzaun aber glaubte noch an die schönen Worte, beschäftigte sich noch mit Versen, während ringsum die Menschen täglich Geld verloren und man vernünftigerweise nichts anderes tun konnte, als sich mit jedermann um Besitz und Eigentum zu streiten. Es war ein besonderes Vergnügen, so einen bemitleidenswert Dummen zu sehen, der ein Schüler geblieben, war ein wenig ärgerlich, einen Erwachsenen zu sehen, der noch solchen Jugendbeschäftigungen anhängen durfte. Es gewährte dem Volkswirt eine gewisse Genugtuung, diesen Drahtzaun samt allen alten Denkern und Dichtern, die eine so schlechte Vorbereitung fürs Leben waren, ein wenig zu bespötteln und herabzusetzen, indem er zwischen zwei Löffel Suppe zum großen Spaß seiner Frau aus einem Winkel seines Gedächtnisses allerlei verdrehte Versbrocken und unpassende Satztrümmer hervorholte und sie unter die Tischgesellschaft warf.

Drahtzaun schwieg und lächelte freundlich, wenn er auch sozusagen am Pranger stand, und dachte, daß der

Volkswirt eigentlich ein ziemlich formloses und vernachlässigtes Deutsch rede. Seine Frau sprach eher besser, aber mit allzu lauter Stimme und mit einer Sicherheit, über die man ärgerlich oder auf welche man neidisch werden konnte. Krankenschwester war sie gewesen. Das merkte man ihr noch an, nicht an der Güte, sondern an der Wichtigkeit, die sie sich beimaß. Sie begegnete jedermann mit solcher Überlegenheit, als läge die ganze Tischgesellschaft mit Gebrechen zu Bett. Sie führte den Vorsitz bei Tisch und rasselte mit einem großen Schlüsselbund durch die Räume. Alle Schränke waren abgeschlossen. Drahtzauns Anwesenheit im Hause bot gewisse Annehmlichkeiten, er konnte ihr verbilligte Theaterkarten verschaffen. Das kostete ihn allemal vormittags besondere Reisen zu den betreffenden Bühnen. Eine Zeitlang tat er's, aber sie nahm seine Zuvorkommenheit auf eine Art entgegen, als müsse er froh sein, seine Zeit überhaupt mit etwas Vernünftigem totschlagen zu dürfen. Drahtzaun war ihr anfänglich verdächtig gewesen. Ein Mensch ohne Beschäftigung! Aber die verbilligten Karten beruhigten sie. Man mußte von jedermann nehmen, was man nehmen konnte. Sie war eine tüchtige Hausfrau. Im Haushalt der Welt aber gab's große Mängel, und sie hielt mit ihrem Tadel nicht zurück. Es fehlte an allen Ecken und Enden, das ganze Dasein war eine große Krankenstube und sie die einzige Aufrechte. Sie sprach mit äußerster Nüchternheit über Bühne und Bühnenkünstler. Alles in der Welt sollte seinen leicht sichtbaren Zweck haben, wie der Staubsauger oder das Gabelbänklein auf dem Tisch. Der Volkswirt war Beamter zur Beobachtung der Möbelausfuhr. Das ganze Land wimmelte von fremdem Händlern und Aufkäufern. Sie kamen mit fremden

Geld, tauschten deutsche Noten dafür ein, zehnmal, hundertmal, tausendmal, zehntausend-, hunderttausend-, millionenmal soviel, wie sie selbst dagegen boten! Der Zahl nach wenigstens war's so viel. Das deutsche Geld war schwach geworden, man mißtraute ihm, man glaubte ihm den Wert nicht mehr, den es vorgab zu haben. Das war die Blähzeit des Geldes, die berüchtigte, verwünschte Blähzeit, die jedermann arm machte. Da das Geld krank war, wuchs, sich eigenmächtig vermehrte, aufschwoll, zerplatzte, sich verflüchtigte und verdunstete angesichts von Millionen Menschen, deren Ersparnisse es hätte bilden sollen. Da es Meinung war statt Wert. Da man es in Haufen hinwarf, um ein wenig Fremdes dafür zu bekommen. Da für fremdes Geld alles um lächerliche Beträge zu haben war: Häuser, Güter, Rechte, Vergnügen. Auch Möbel! Möbel aus gutem Holz, von guten Arbeitern angefertigt, denen man schlechtes Geld in die Hand drückte. Die fremden Aufkäufer erwarben es für kleine Scheine ihres Geldes und schafften das Möbel aus dem Land hinaus. Jenseits der Grenze schlugen sie's mit großem Gewinn los. Verbote rückten auf und Beamte, die sie handhabten. So einer war der Wirt.

«Neue Möbel? Ausfuhr? Nein! Sollen wir ganz arm werden? Sollen unsere Arbeiter für einen Hungerlohn fürs Ausland schaffen? Nein! Ausfuhr neuer Möbel nach den letzten Verordnungen verboten!» So sprach er tagsüber, nahm die Möbel heim, legte sich mit seiner Frau ein paar Wochen lang in die Betten und schlief ausgezeichnet darin. Für diese gebrauchten Möbel war die Ausfuhr gestattet, die zugehörigen Zwischenhändler fand er in den Listen des Amtes und die Vermittlungsgebühren oder

Liegegelder verbesserten seine Einkünfte als treuer Beamter.

Dieser Drahtzaun hatte es gut, der brauchte nicht immer wieder sich an neue Betten zu gewöhnen, die kaum geordneten Schränke wieder auszuräumen, um sie fortschaffen, über die Grenze bringen zu lassen, der konnte unbekümmert um den ständigen Wechsel von Mahagoni, Kirschbaum, Eichen, Nußbaumholz-Schlafzimmereinrichtungen seinen Versen nachhängen und in seinem alten Bett schlafen mit dem zerrissenen Teppich davor. Überhaupt war der auch ein Nutznießer der ungewohnten Zustände, der mit wenig fremdem Geld dicke Haufen deutscher Scheine kaufte, dummerweise aber nichts anderes damit anzufangen wußte, als auf Rollen zu warten. Eigentlich war es lästig, diese fremden Leute im Haus zu haben, aber das Amt verbot ihm, die große Wohnung allein innezuhaben. So wählten sie denn als Mieter solche Leute aus, mit denen man recht leicht fertig werden konnte, und bedeuteten ihnen jederzeit, daß sie im Hause nur auf Zusehen hin geduldet waren. Als Ballast! Als Wohnungsfüllsel!

Das war für Drahtzaun gerade das Richtige, da riß ihn kein Gespräch aus seinem Grübeln heraus. Die Frau hörte nur sich, niemand hörte Drahtzaun. Was für ein Schwatzer war er doch in Dresden gewesen. Viel zuviel hatte er da noch zu seiner Erleichterung geplaudert. Kein Wunder, daß er aus dem Schlamassel nicht herauskam. Mangel an Ernst! Weshalb war er überhaupt heiser? Warum tadelte man ihn? Warum hatte Marianna ihn ausgelacht? Weil er seine Zunge nicht richtig brauchte, weil die sich beim Reden viel zu dick machte und im Halse zusammenrollte.

Daran lag's. Lehm hatte mit biiiiiieeeeeebbbbeeeeee angefangen, das hieß ja, mittendrin beginnen! Zurück, an den Anfang aller Lautbildung galt es zu gehen. Am Anfang war das Schweigen. Auszuruhen war vorerst das beste. Reinen Tisch machen! Also verstummte er. Das unumgänglich Nötige an Mitteilungen schrieb er auf Zettel oder behalf sich außer dem Hause mit Gebärden. Niemand wunderte sich. Die Stadt nahm's mit Selbstverständlichkeit! Und er wollte doch mit seinem Namen an die Anschlagsäulen kommen. «Er ist taubstumm», rief im Wäscheladen das Fräulein aus der Ecke und brachte ihm von hinten den Koffer, drin seine Hemden und Taschentücher lagen, mit dem Ausdruck aufrichtigen Bedauerns nach vorn.

Später fing er in seinem Zimmer vorsichtig mit neuen Tönen an. Mit Summen, mit Hauchen, mit Flüstern. Auf dem wackligen Tisch lag die Taschenuhr aus Helvetien mit einem Schützen auf der Rückseite, der den Lorbeerkranz auf dem Hute trug. Eine Minute lang flüsterte und hauchte Drahtzaun. Mimimimimimümümümümü, nach eigener Erfindung. Draußen ging die Wirtin mit den Schlüsseln vorüber, ohne ihn überhaupt zu hören. Nachher starrte Drahtzaun neunundfünfzig Minuten lang in den Hof hinunter oder an den Himmelsfetzen hinauf und überlegte die Aufgabe der nächsten Minute. Um vier Uhr eine Minute ging er hinunter auf die Straße und quer über den Platz nach dem kleinen Kaffeehaus zum Kaffeetrinken. Am Nebentisch saßen die Straßenmädchen. Ein ganzes Rudel. Sie unterhielten sich gut, und er haschte manchmal einen Fetzen ihres Gesprächs. Er hätte auch gern mit am Tisch gesessen. Die Mädchen ließen sich für die Liebe bezahlen, er hätte gern für eine Unterhaltung bezahlt, aber das ging nicht an. Einmal drehte sich ein Mädchen um und fragte ihn nach der Uhr: Vier Uhr fünfundfünfzig. Um vier Uhr neunundfünfzig mußte er zu Hause sein. Er zahlte und ging.

Drahtzaun drehte sich nachts in seinem Bett nicht mehr von der linken auf die rechte Seite, ohne sich im Halbschlaf aufzurichten: «Mimimimimümümümümü.» Wie war die Stimme? Nicht besonders! Traurig! Dann schlief er weiter. Vielleicht war sie am Morgen besser. Nach ausgiebiger Ruhe. «Mimimimimi, wie steht's mit der Stimme?» war die erste Frage nach dem Erwachen, und ehe er noch den Fuß auf den zerrissenen Teppich setzte. Stetig wuchs die Scheu vor Menschen und Gesprächen. Ein paar Wanzen tauchten in den letzten warmen Tagen in seinem Bett auf. Er brachte sie um und legte die Leichen am Morgen in einer Reihe auf den Waschtisch. Ohne Worte. Worte waren den Dichtern vorbehalten. Lange kümmerte sich niemand um die Beute seiner Nächte. Endlich sah Emma aus Schwedt an der Oder die Aufgereihten und lief zur Hausherrin.

«Die haben Sie mitgebracht», sagte die Tüchtige zu Drahtzaun. Der schwieg. Emma aber nahm auf eigene Faust die Bettstellen auseinander: Wanzen am Kopfende, Wanzen bei den Füßen, alteingesessene Wanzen in allen Fugen. Drahtzaun war gerechtfertigt. Emma stand nun hoch bei ihm. Ein wenig später warf sie sein irdenes Buttergefäß vom Fenstergesims herunter, daß es in Stücke ging, aber nun sagte er seinerseits gar nichts dazu, was sie bei solchen Gelegenheiten zu hören gewohnt war, sondern ging leicht darüber hinweg. Darauf fing sie seine Strümpfe zu stopfen an. Wie mit dem Lineal gezogen kreuzten sich die Fäden hinten an den Fersen, talergroß, oder vorn bei den Zehen. Sie sprach aber mäßig gut deutsch, ziemlich zierlich, aber viel zu hoch im Ton, was um so verwunderlicher war, als sie selbst schwer und breit im Türrahmen stand, wenn ihr Drahtzaun beim Hinausgehen nachblickte.

Am Tisch der Volkswirtsleute erschien eines Tages, nur im Vorübergehen sozusagen, auf der Wohnungssuche infolge eines Umzugs nach der Weltstadt, Herr Dr. Fritz, ein Arzt, der mit kühlem Blick aus großen, wohlgeformten Augen die Gesellschaft musterte und zugleich beschloß, ihr sobald als möglich wieder zu entfliehen. Der flüchtige Aufenthalt genügte aber, um seine Aufmerksamkeit auf Drahtzaun zu lenken, der als stillster Gast wie eine Schnecke mit eingezogenen Hörnchen am Tische saß. Dr. Fritz empfand seit langem eine besondere Zuneigung zu den helvetischen Bergen und eine kleinere zu Drahtzauns geliebtem Theater. Seine Fragen bohrten sich anfänglich mit schmerzhafter Schärfe ziemlich tief in Drahtzauns Angelegenheiten hinein, die Antworten aber kamen erstaunlich in der Art und reichlich wie aus einem frisch angestochenen Faß. Als Dr. Fritz von den Volkswirtsleuten wieder fortzog, blieb der Umgang mit Drahtzaun bestehen. Der Doktor war Facharzt für Hautkrankheiten, mehr infolge eines geschäftlichen Abkommens mit einem alten, derartigen Weltstadt-Kollegen, als aus besonderer Eignung oder Neigung. Er sagte, was er treibe, sei ein Handwerk, und stritt seiner Beschäftigung den höheren Sinn ab. Er war Irrenarzt gewesen und ging gern mit Irren um, deren zerstörte oder angekränkelte Gedanken ihm Aufschlüsse über das Denken überhaupt gaben, die großen Denker waren sein geschätztester Umgang, und er nannte sich gern selber einen Philosophen, aber seine Gedanken gingen nicht auf das, was ihm widerfuhr, sondern drehten sich um die Bücher, in denen die andern ihr Denken festgelegt hatten. Nun kam da dieser Drahtzaun mit seinen Mißerfolgen, seiner Niedergeschlagenheit, seinen Plänen und der hohen Meinung von der Bühne, das war fast ein Wiedersehen mit einem angenehmen leichten Geisteskranken aus der früheren Irrenpraxis. Er lieferte mit seinen bunten und vielfältigen Erlebnissen den Stoff, an welchen Fritz dann seine grundsätzlichen denkerischen Maßstäbe anlegen konnte. Sie ergänzten sich ausgezeichnet. Drahtzaun bewunderte Fritz. Fritz wunderte sich über Drahtzaun.

«Ich habe dem Leiter der Ostenbühne, meinem Freund Heinzenberg, einiges von Ihnen erzählt», sagte Dr. Fritz eines Tages zu Drahtzaun. «Ich habe Heinzenberg wieder an Sie erinnert», hieß es einige Zeit später. «Heinzenberg erwartet Sie», war die nächste Nachricht.

Heinzenberg war blaß, schmal, schmalbeinig und hatte eine große Hornbrille mit dicken schwarzen Rändern auf der Nase.

«Was sind Sie für ein Landsmann?» Verfluchte Frage, verfluchtes Helvetisch! Der Fernsprecher läutete. Heinzenberg sprach mit seiner Mutter, gelassen, flüsternd fast, spielend fielen die Worte in den Trichter, selbstverständlich, als säße sie neben ihm.

Spielen ging nicht an. An Spielern war kein Mangel. Es gebrach dem Herrn Direktor überhaupt an Zeit zu einer langen Unterredung, aber er sagte das gar nicht gehetzt, sondern mit der größten Gelassenheit. «Ich verpflichte Sie als Stückeleser und Probenhelfer an meinem Theater.» Von Heinzenbergs Verpflichtungen fiel kein Wort. Aber das war ja Nebensache, Drahtzaun bezog sein Geld aus der Heimat. Es verzehnfachte sich beim Wechseln.

In Wirklichkeit bekam Drahtzaun eine unansehnliche Aufgabe, um die sich niemand stritt: die Aufsicht über die abendlichen Vorstellungen. Stallwache nannte man's in der Theatersprache. Im Zuschauerraum war ein Platz für ihn frei, damit er sich Abend für Abend das gleiche mit immer neuer Aufmerksamkeit ansehe. Er tat's pflichtgetreu. So wie Heinzenberg sich's nie hätte träumen können.

Unterdessen saß der an den Künstlertischen in den Treffstätten des Westens und redete vor jugendlichen Zuhörern überlegen von neuen Stücken, von großen Plänen und vom zukünftigen geistigen Theater.

Schließlich sollte ein derartiges Stück einstudiert werden. Heinzenberg selber verteilte die Rollen. Drahtzaun bekam keine. Neue Gesichter erschienen im Theater. Auch der Verfasser. Er sollte selber spielen. Er hatte mit an den Tischen des Westens gesessen, wo die großen Worte fielen. Ein junger Mann mit einem berühmten Vater. Auch der Vater würde zur Aufführung kommen.

Ein Thronsessel stand bei der ersten Stellprobe auf der Szene. Im übrigen lag weniger Gerümpel umher als sonst. Der Herr Direktor setzte sich in den Sessel, die Hornbrille auf der Nase. Mit halblauter Stimme gab er die ersten Anordnungen. Jedermann ging auf den Zehenspitzen. Das Weltgeheimnis schien seiner Enthüllung zu harren. Drahtzaun stand in einer Ecke, den gespitzten Bleistift zur Hand, denn es gab immer Künstlerinnen, die ohne Bleistift kamen, und Heinzenberg sah es gern, wenn man seine Anmerkungen aufschrieb. Die neuen Gesichter versetzten Drahtzaun in Unruhe. Was wollten sie alle? Spielen! Wie er! Ob sie ihm wohl ohne Ausnahme über waren? Einer war ihm gleich aufgefallen, Lukar, ein untersetzter Junge mit großem Kopf, breiter Stirn, schwarzer Mähne, der sah geladen aus. Die kleine zierliche Trüüs hatte er schon spielen sehen. Niemand konnte so entzückend wie sie seufzen, klagen und Rosen streuen. Hilde Tern hatte eine herrliche volle, tiefe Stimme. Drahtzaun warb um alle. Er hätte so gern mitgespielt. Heinzenberg aber schenkte ihm zwar sein Vertrauen, aber keine Rolle.

Mit dem Fortgang der Einstudierung gab's Schwierigkeiten. Das Stück war kein Stück, sondern der Versuch, eines zu machen. Der Verfasser kannte zu viele Wörter. Er zerredete alles. Heinzenberg legte die Spielleitung nieder. Diese ging an den Verfasser über. Dem wuchs die Sache über den Kopf. Seine Anordnungen widersprachen sich. Der Erfolg schien fraglich. Viele weigerten sich, mitzuspielen. Die Verwirrung wurde immer größer.

Da holte man Drahtzaun. Er bekam seinen Platz im Zuschauerraum, unten vor der Bühne, da wo die Theaterleiter immer sitzen, wenn sie einen armen Anfänger anschreien, der oben vor Angst fast nicht schnaufen kann. So verblüffend war es nun auf einmal, auf so einem Sessel zu sitzen, daß Drahtzaun immer nur an der vordersten Kante klebte, daß er weder rechts noch links zu gucken wagte, sondern gespannt und gebannt an allem hing, was auf der Bühne sich abspielte. Er war sehr nützlich. Er sorgte dafür, daß die verwirrten Anordnungen an die rechte Stelle kamen, ersetzte vorübergehend jeden Darsteller, der gerade drüben in der Wirtschaft «Zum fröhlichen Hecht» sein Mittagessen verzehrte, anstatt in einer Volksversammlung zu schreien. Er sorgte dafür, daß jeder von den

Spielern wußte, wann er am andern Morgen zur Stelle zu sein hatte, er saß in der Fernsprechzelle und mahnte die Säumigen, spielte zeitweise oben die Hauptrolle, wenn dem Verfasser und Hauptdarsteller daran lag, zu sehen, wie er selbst in der oder jener Szene sich ausnehme.

Am Abend der Aufführung hing Drahtzaun eine große Tabelle an die Tür des Ankleideraums, darauf jeder Spieler verzeichnet war mit allen seinen verschiedenen Auftritten, Verkleidungen und Umkleidungen, derart, daß keine groben Mißverständnisse mehr möglich waren. Da ließ ihm jeder der Beteiligten ein gewisses Maß Anerkennung zukommen. Wenige Tage vorher war ihm auch noch eine kleine Rolle zugefallen, ein ganzer Satz von Gras, Weltenbrausen und Stundenschlag. Nun saß er bei der Uraufführung im Frack mit anderen Befrackten mit bebendem Herzen mitten auf der Bühne, wartete aufs Stichwort, ließ den Satz los, schlüpfte hernach in Armeleutekleider, schrie bei Straßenkämpfen, brüllte Bravo in Volksversammlungen und geisterte als unsichtbarer Helfer durch die übrigen Teile der Aufführung. Die großen Worte berauschten an dem Abend alle Darsteller, die Aufregung tat das ihre, daß ein gewaltiger Stimmaufwand zutage trat und daß das Spiel zu einem allgemeinen Gebrüll ausartete. Nur Lukar hatte in seiner Rolle eine ausgezeichnete große Pause, deren tiefe Stille alle verblüffte und die er ganz aus eigener Eingebung eingelegt hatte.

Der Beifall war spärlich. Die Mitglieder des Zuschauerbundes blieben kalt. Die Anwesenheit des berühmten Vaters vermochte daran nichts zu ändern. Trotzdem saß man nachher an den Kunsttischen im Westen, wo sie nach den Vorstellungen zusammenkamen, die großen Spieler, die schönen Frauen, die Schreiber, Verehrer, Liebhaber, Anhänger, Kritiker, Freunde und Feinde. Drahtzaun war auch dabei, und Heinzenberg drückte ihm seine Zufriedenheit aus. Zufriedenheit mit Drahtzauns Fleiß, nicht mit Drahtzauns Deutsch, leider!

Irgendein hochmütiger Spielleiter steckte ihn bald darauf wieder mit allen möglichen zufällig geworbenen Anfängern zusammen in den Sprechchor eines Legendenspiels, wo er rein gar nichts Besonderes zu bedeuten hatte.

Der Frühling war gekommen. Am Eingang zur Untergrundbahn standen die Blumenfrauen mit bescheidenen Sträußchen von Schlüsselblumen. Drahtzaun kaufte. Sie blühten ja in gleicher Art jetzt auf den Wiesen daheim. Er brachte eines davon einer berühmten Darstellerin, die gerade für ein Gastspiel in die Ostenbühne gekommen war und die ihm gerührt lächelnd dafür dankte. Er kaufte die Sträußchen aber auch aufs Geratewohl und gab sie denen im Theater, die er zufällig zuerst antraf, irgendeiner unbedeutenden, seitab stehenden Schauspielerin, einer Scheuerfrau oder dem buckligen kleinen Fräulein in der Kanzlei, die immer rote, entzündete Augen hatte. Er war glücklich: er gehörte zu einem Theater. Nicht mehr in Örlewitz. In der Weltstadt! In Berlin! Gab es irgendwo herrlichere Gastmähler, gab es rauschendere Feste als die hastigen Mahlzeiten drüben im «Fröhlichen Hecht» bei dem dicken Wirt und den fetten frechen Töchtern, die sich so gnädig herablassend gegen die Bühnenleute zeigten, weil manche unter ihnen schlechte Zahler waren? Gab es anderwärts solche Tischgesellschaften, wo zwischen zwei Bissen die wohlgeformtesten Worte fielen, wo von Küchendunst umschwelt Heinzenberg seine großen Pläne entwickelte? Was war das, nun dazwischen zu sitzen in der Reihe am runden Tisch, wo früher oder später die Namen aller großen Bühnenleute der Stadt, aller gefürchteten Bühnenschreiber einmal auftauchten in einem Witz, einer kleinen wohlgeformten Schilderung, in einem gut erzählten Zwischenfall, so daß sie alle gleichsam in die Nähe rückten, mit am Tische zu sitzen schienen. Drahtzaun fühlte sich in außerordentlicher Gesellschaft zu Gast, fand es richtig, an dieser Stelle den niedrigsten Rang einzunehmen und konnte stundenlang dabeisitzen, ohne ein Wort zu verlieren.

Er achtete vormittags im Unterhaltungszimmer des Theaters darauf, wie die Spieler zu den Proben ankamen, einer nach dem andern, ein wenig wichtig, ein wenig eitel, immer von irgendeiner Sache bewegt oder erregt, etwas laut und mit dem Hang, bemerkt zu werden, wie verschieden sie sprachen, wie verschieden sie gingen und sich gaben. Das Theater war ohne allzulange Vorbereitungen ziemlich plötzlich gegründet worden; Heinzenberg hatte nicht viel Zeit gehabt, seine Leute auszuwählen. Überall hatte die Spielzeit schon begonnen gehabt. So war ihm allerlei ungangbare Ware in die Hand gekommen: Schauspieler, die anderswo nicht mehr leicht unterkamen, Anhänger der Großstadt, die lieber auf dem Asphalt auf Beschäftigung warteten, als daß sie auf bescheideneren Bühnen irgendwo im Lande draußen wenig beachtete Arbeit leisteten. Daneben standen die vielen jungen, unbewiesenen Begabungen, Leute, wie Heinzenberg sie besonders liebte, Narren des Spieldrangs, die billig zu haben waren, die sich immer unterwegs zu glänzenden Laufbahnen oder auf den Sprungbrettern der Berühmtheit fühlten. Die Ehrgeizigen verachteten die Gleichgültigen, die alten

Abgekühlten spotteten über die Feurigen, und beide gehörten wiederum miteinander zu der Bühne, der sie verpflichtet waren, und zu Heinzenberg, der sie verpflichtet hatte. Die Begeisterten verstanden einander, aber sie kamen sich in die Quere und betrachteten sich dazwischen gegenseitig mit Neid oder Mißtrauen. Sie wollten vieles und konnten oft noch recht wenig, die Gleichgültigen wollten nichts Besonderes mehr, konnten aber vieles besser. Schließlich fiel auch Drahtzaun eine Rolle zu, plötzlich, überraschend, eine regelrechte Rolle, nicht, weil er inzwischen richtig Bühnendeutsch gelernt hatte, sondern weil er immer noch helvetisch redete. In einem bayrischen Stück. Niemand konnte Bayrisch. Drahtzaun auch nicht. Aber sein Helvetisch-Deutsch konnte in Berlin allenfalls für Bayrisch gelten. – Es war kein großer Held, den er zu spielen hatte, auch kein begeisterter schwärmerischer Jüngling, wie in dem Stück jenes kopflosen Verfassers. Nur als ganz bescheidenes kleines Männerchormitglied sollte Drahtzaun auftreten, zusammen mit anderen Vereinsmitgliedern, um dem Gemeindepräsidenten ein Ständchen zu bringen. Drahtzaun war auch nicht bei den Tenören und bekam keine Einzelstelle zugewiesen, er stak ganz namenlos zwischen den Bässen und Tenören drin. Er hatte so viel Mißgeschick gehabt, daß er nun leicht die Mittel fand, um Mißgeschick und Mutlosigkeit darzustellen. Er rächte sich an seinen Erlebnissen dadurch, daß er sich spielte, wie er war, er erhob sich über alles, was ihm widerfahren, dadurch, daß er aus sich selber eine Bühnengestalt machte. – Unrasiert, vernachlässigt, in sich gekehrt stand er oben, abseitig und vereinsamt mitten im Chor, patzte in die Pausen hinein, verpaßte den rechten Augenblick, abzugehen, stieß an, fiel aus dem Takt, fiel aus dem Schritt. Mißgeschick mit dem bunten Lämpchen, das ihm entfiel, Mißgeschick mit dem Nachbarn, den er anstieß, Mißgeschick mit dem Bürgermeister. Alle diese Einzelheiten fügten sich zu einem geschlossenen Ganzen, zu einem Menschen zusammen. Traurig hing ihm der lange Schnurrbart im Gesicht, und mit gebeugtem Rücken sang er, ohne eine Miene zu verziehen, das Lied vom schönen Wald, derart, daß aus dem kleinen Vereinsmitglied mit den paar bayrischen Brocken Rede plötzlich eine deutliche Gestalt wurde mit einer Vergangenheit, einer Gegenwart und einer Zukunft.

«Ein ausgezeichneter Schauspieler», sagte Heinzenberg, als bei der Hauptprobe der Vorhang nach dem Männerchorbild gefallen war, und setzte für Drahtzaun noch ein kleines, stummes Spiel mit den Nachbarn im Chor nach seinem Einfall ein. Am Abend der Aufführung lachten die Zuschauer deutlich über das schrullige Gesangvereinsmitglied, eine Frau beschäftigte sich so gründlich mit dem armen Kerl, daß sie schon dessen ferneres Leben bis in alle Einzelheiten ausdachte und ausmalte. Drahtzaun fühlte die Genugtuung des Spielers, der die Gemüter der Zuschauer bewegt, und genoß die süße Freude des Künstlers, der die Regungen seines Inneren zur Schau tragen darf und kann. Das Stück gefiel und blieb auf dem Spielplan. Drahtzaun wurde richtiges Mitglied der Osten-Bühne, stand auf dem Theaterzettel an den Anschlägen der großen Stadt, bezog ein Gehalt, das im Monat zu mehreren Mittagessen reichte, führte mit Erfolg jeden Abend als Gesangvereinsmitglied seine besondere stumme Einlage im Stück, einen Streit mit seinem Nebenmann, auf. Die Zuhörer taten, was man von ihnen erwartete, und lachten. Sein Nebenmann war aber nicht irgend jemand, sondern es war sein Freund Lukar, mit dem er fast die ganzen Tage zusammen verbrachte und der seinen mimischen Streit so ausgezeichnet führte, mit so weit aufgerissenem Mund und so kräftiger Gebärde, daß Drahtzaun oft in Gefahr war, aus seiner trübseligen Haltung ins Lachen zu verfallen.

Drahtzaun hatte in Lukar beim ersten Zusammentreffen im Theater den gefährlichen Nebenbuhler gewittert. Nun waren sie Freunde. Lukar erzählte Drahtzaun, daß er nicht minder ihm gleich bei der ersten Begegnung etwas Besonderes zugetraut habe und daß ihm Drahtzauns fremdes Deutsch nie als Mangel, sondern auch immer als fesselnde Besonderheit erschienen sei. Dieses milde Urteil rührte aber nicht nur von der ersten raschen Zuneigung, sondern rührte auch daher, daß Lukar am Theater viel unerfahrener als Drahtzaun war, daß er eben gerade von der Schulbank auf die Bühne gekommen und sich über die Schauspielerei bis dahin nicht allzuviel Gedanken gemacht hatte. Lukar wollte ja nicht um jeden Preis ein Schauspieler werden, sondern war einfach einer, ganz natürlich und ohne Anstrengung. «Was möchten Sie am liebsten spielen?» hatte Drahtzaun ihn gleich zu Anfang gefragt und keine rechte Antwort bekommen, denn Lukar hatte nicht im Zimmer gesessen und über Rollen gegrübelt und großen Spielern gleich zu werden gewünscht. Er spielte eben, wie es sich regte. Leben war Spielen. Er hatte sozusagen gar keinen Schauspielunterricht gehabt, und doch konnte nun kein Spieler der Osten-Bühne krank werden, ohne daß Lukar an seine Stelle gesetzt wurde. Wenn er jemanden ersetzte und neu in die alten, oft gespielten Vorgänge einbezogen wurde, dann war's nicht irgendein Unsicherer, der da erschien, oder ein blasser Uneingeweihter, vielmehr war's allemal eine scharf umrissene Gestalt, die auffiel oder herausfiel, übertrieb oder den Ton nicht traf, unter Umständen den Geschmack verletzte, aber nie jemand, der langweilte. Eine gewisse reife Selbstverständlichkeit seines Auftretens ärgerte vor allem die alten Spieler.

Drahtzaun staunte. Das war alles ganz anders als bei ihm. Lukar auf der anderen Seite wunderte sich gewaltig über Drahtzauns Erlebnisse am Theater, über seine Verbissenheit und das heftige Drängen nach dem, was ihm so leicht zugefallen. Die Bühne erschien ihm in neuem Lichte und von größerem Wert, wenn er sah, mit welchem Ernst Drahtzaun sich darum bemühte. Sie wurden unzertrennlich. Drahtzaun und Lukar, hieß es immer, wie ein Firmenname. Eine Art Bergwerksgesellschaft waren sie, da sie ihr Inneres voreinander abbauten und ihre Vergangenheit zur gegenseitigen Unterhaltung oder Aufklärung umgruben. Aus Helvetien der eine, aus Galizien der andere. Lukar war in den Straßen groß geworden, durch die er nun zu den Proben ging. Für Drahtzaun belebten sich nun diese Gassen, Straßenschluchten, Plätze, Höfe, Kleiderläden, Bäckereien und Vorstädte, die bisher ohne alle Erinnerungen für ihn gewesen, denn sie hatten seinen Freund beherbergt, er hatte da gespielt, seine Kindererlebnisse gehabt und am Sonntag mit dem Großvater weite Reisen bis zum Tiergarten im Westen gemacht. Drahtzaun erweiterte für Lukar den Lebenskreis, indem er ihn durch sein helvetisches Bauerndorf und die Heimaträume führte, und auch über die Wege, die er gegangen, um zur Osten-Bühne zu kommen, wo sie nun zusammen wirkten und groß werden wollten.

Drahtzaun war in Wahrheit viel älter als Lukar, und doch war der in gewisser Weise der Ältere, denn er konnte, was er wollte, bei Drahtzaun aber klaffte zwischen Wollen und Können ein breiter Abgrund, wie bei einem Schüler, der zwar vielerlei kennt, über sich selber aber noch völlig im unklaren ist. Nun gingen sie nebeneinander her, liebten sich, glaubten sich gleich, weil sie das gleiche wollten: spielen. Breithäuptig der eine, fett, untersetzt, mit breiter Brust, ein wenig krummen Beinen, mit vollen Backen, prächtigen Zähnen und schwarzer Mähne; mager der andere, helläugig, mit dünnem blondem Haar und heller Haut, Zug um Zug, Zoll um Zoll verschieden an Leib und Seele, einig in der Zuneigung und im Glauben, daß es nichts Schöneres gäbe, als ein Darsteller der Regungen des menschlichen Inneren zu sein. Das Stück, in dem der Gesangverein auftrat, war inzwischen nach einer kleinen Sommerbühne im Norden Berlins verlegt worden, damit den vielen in jener Gegend wohnenden Mitgliedern des Zuschauerbundes die weite Reise zu den Vorstellungen im Osten-Theater erspart bliebe. Dieses Theaterchen im Norden gehörte zu einem Gastwirtschaftsbetriebe und lag inmitten eines großen Biergartens zwischen alten Kastanienbäumen und langen Reihen eiserner Gartentische.

Es war ein weiter Weg von den westlichen Quartieren der Stadt bis zum Ziel. Eine stundenlange Reise. Man mußte am späten Nachmittag aufbrechen, um rechtzeitig zur Vorstellung zu kommen. Drahtzaun und Lukar fuhren immer zusammen. Mit der langsamen Straßenbahn, mit der Hochbahn oder im Mietauto. Dann hielten sie sich für berühmte und begehrte eilige Leute. Das Bühnengehalt hätte für derlei Träume nicht gereicht. Drahtzaun zahlte die Reisen mit seinem Geld aus Helvetien. Jeder der drei Wege hatte seine Besonderheiten, jedesmal zeigte die Stadt sich anders und in neuartigen Zusammenhängen. Drahtzaun begann sie in ihrer ganzen lebendigen Riesenhaftigkeit zu empfinden: die breiten Ausfallstraßen, die in mächtigem Zuge hinauswiesen ins weite Land, das endlose Netz der Verbindungswege und Wohnstraßen, die Geschäftsviertel und Fabrikanlagen, die Schienenwege, die Stadtteile alle, die sich da aneinanderreihten, lückenlos, leicht verschieden nach den Bauzeiten oder gefärbt von dem persönlichen Gutdünken irgendeines Bauunternehmers oder Baubeamten. Jahrring legte sich an Jahrring, ganze Wälder hatte sie im Werden aufgefressen, die Stadt, ganze Dörfer und weite, weite Felder verschluckt. Wie die Steine eines riesigen Baukastens nahmen sich beim Durchfahren all die Häuserblöcke aus, die verschiedenen Viertel, in denen stundenweit die Familien wie Ameisen wohnten, die Väter, die verdienten, die Mütter, die kochten, wuschen und mit den Kindern sich plagten. Städte standen in der Stadt, Häuser, Häuser, Häuser, Straßen, Straßen, eine endlose Zahl von Schlupfwinkeln für Heere arbeitender Wesen, alle gebunden an diesen Riesenplatz, besitzlos, mit bescheidenen Vergnügungen, geringem Einkommen, viel Geduld und viel Tapferkeit, mit wenig Aussichten auf irgendeine wesentliche Veränderung, und keines Bewohners Geschick von dem des nächsten groß verschieden.

Es war berauschend, auf der donnernden Hochbahn zu fahren, über Wagen, Häuser, Bahnen, Menschen, Straßen hinweg, in die Tiefe hinunter und wieder hinauf in die Höhe, vorbei an Tafeln, Zeichen, Anschlägen und rufenden Bahnbeamten, eingeklemmt zwischen Menschen, vorüber an Geschäftsschildern, Fenstern, kahlen Häuserwänden, mit flüchtigen Ausblicken in fremde Räume, in dämmernde Straßenschluchten, fernhin über Ströme von Bahngeleisen oder nach sparrigen Spielplätzen, versunken im Schatten der Häuserblöcke. Was lag an der Heimat! Was hatte sie ihm gegeben? Schlechtes Deutsch! Hier war sein Arbeitsfeld, hier konnte er Menschen zum Lachen bringen, hier freuten sich jeden Abend irgendwelche Unbekannte, daß er da war. Da war ein Freund im rechten Augenblick gekommen, war er zu ihm im rechten Augenblick gekommen. Diese Stätte mußte er lieben, in diesem Häusermeer, oft verschrien und unfruchtbar gescholten, blühte ihm die erste Anerkennung. Nun schenkte er seine Liebe diesen blutroten Sonnenuntergängen in staubiger Luft, diesen Umrissen der Häuserblöcke, den fernen Hochkaminen, den rauchgeschwärzten Höfen, den Wasserwegen, den Kähnen und den Bewohnern samt ihren Äußerungen.

Bald kam der Sommer. Die Spieler zerstreuten sich. Lukar suchte Drahtzaun in dessen Zimmer im Westen auf. Der wohnte immer noch bei dem Volkswirtschafter, aber nicht mehr hinten nach dem Hof hinaus, sondern auf der Vorderseite gegen die Straße zu. In zwei Zimmern! Lukars Kleidung wurde von zwei Onkeln bestritten, einem sehr dicken und einem sehr dünnen, die im Kleiderfach waren. Sie brachten für ihren Neffen nach Hause, was am leichtesten erreichbar war. Manchmal vergriffen sie sich gründlich im Maß, und Lukars äußere Erscheinung mußte die Folgen tragen. Einmal gab ihm Drahtzaun eines von seinen Hemden, hernach einen braunen Anzug, der dem Freunde leidlich paßte. Als Drahtzaun ihn unversehens von weitem eines Tages drin über die Straße gehen sah, empfand er eine gewisse Rührung, wie Väter, die ihren Kleinen eigenhändig die ersten Höschen angeschafft haben.

Sie sprachen viel von den Frauen, die Lukar sehr beunruhigten. «Warst du jemals mit einer Frau zusammen?» fragte Drahtzaun den Freund eines Tages im Gespräch, an der Kreuzung zweier Straßen mitten im Lärm, und in der Bewegung der Stadt.

«Nein», sagte der und sah Drahtzaun rasch mit einigem Mißtrauen von der Seite an. «Verachtest du mich deswegen?»

«Ganz im Gegenteil», sagte Drahtzaun.

«Meine Onkel machen sich's leicht, sie haben mir gesagt, daß die Mädchen am Moritzplatz nicht viel kosteten und auch sehr nett wären.»

Drahtzaun antwortete ungefähr das, was ein Vater oder guter Bruder allenfalls dazu gesagt hätte. – Die beiden Freunde fuhren an warmen Tagen hinaus nach den Seen zum Baden und Rudern. Drahtzaun sorgte für die äußeren Notwendigkeiten. Lukar strahlte das dazugehörige Behagen aus. Drahtzaun brachte allerlei Eßpäcklein mit, tischte den Inhalt draußen im Grünen wie eine Hausmutter auf und sorgte für eine angenehme Überraschung zum Nachtisch. Lukar bemerkte die wohl überlegte Fürsorge sehr gut, nahm sie manchmal mit etwas gnädiger Anerkennung, manchmal auch mit bubenhafter Begeisterung auf.

Am Ende der Spielzeit schloß die Osten-Bühne mit dem Schauspieler Drahtzaun einen Arbeitsvertrag für den nächsten Winter ab. Als der im September zum erstenmal wieder die bekannten Räume betrat, waren auch die alten Bekannten fast vollzählig wieder zur Stelle.

Nur Heinzenberg kam nicht mehr. Heinzenberg hatte sein Theater verloren oder das Theater hatte ihn verloren. Die Leitung des Zuschauerbundes hatte mit ihm gebrochen, seine Unzuverlässigkeit hatte dort das Übergewicht über die Annehmlichkeiten seiner Person bekommen. Alle, die durch seine Einsicht oder Zuneigung an die Osten-Bühne gekommen waren, trauerten um ihn, die Feinfühligen waren beschämt, an den Ort des gemeinsamen Wirkens zurückkehren zu dürfen, von dem er hatte weichen müssen. Sie kannten den Schuldigen, den Abgeordneten des Zuschauerbundes, den kleinen Rechnungsbeamten draußen im Hinterzimmer, den tüchtigen Streber mit Bauch und Spitzbart, kannten ihn und verachteten ihn, so wie er die Spieler verachtete, alle insgesamt, weil sie phantasievoll, kindisch und schöpferisch waren, anstatt vernünftig, überlegt und strebsam von sich aus zu sein. An Heinzenbergs Stelle saß im Direktionsräumchen unter dessen Pappkristall Herr Strippke, der niemals auf den Einfall gekommen wäre, einen Pappkristall als Beleuchtungskörper anzuerkennen und der an seines Vorgängers Sturz auch nicht unschuldig war. Strippke war immer eilig, durchmaß mit langen Schritten die Räume, sah nach schlechtem Gewissen aus und hatte doch große volksbildende Absichten und eine Menge erzieherischer Grundsätze, die sich sehen lassen durften. Er war ein Mann der Zwecke, Massen und Zahlen und bar aller Vorzüge, die Heinzenberg besessen, er hatte die alten Spieler alle teils aus Gutmütigkeit wieder verpflichtet, vor allem aber deshalb, weil es ihm an Zeit gebrach, neue auszusuchen, weil er den Künstlern gegenüber völlig ohne Gefühl und Urteil war und die Lust Heinzenbergs nicht kannte, sich mit Menschen seiner eigenen Wahl zu umgeben.

Zunächst spielte man die alten Stücke aus Heinzenbergs Spielplan. Der Zuschauerbund zählte ungeheuer viel Mitglieder, immer noch gab es darunter Tausende, die das bayrische Stück und andere alte Vorstellungen noch nicht gesehen hatten. Mit denen füllte Strippke das Theater, und man ersparte soweit als möglich die Kosten und Anstrengungen, etwas Neues einzuüben. Die Spieler langweilten sich dabei, man ließ ihre Kräfte brachliegen. Niemand wartete mit der Spannung der früheren Zeiten auf die Erstaufführung, niemand glaubte mehr, daß der Abend ein Ereignis für die Weltstadt bedeuten werde. Keiner verstand es, so lächerliche und zugleich erhabene Hoffnungen zu wecken: man machte Gebrauchsware. Die Künstler fühlten sich verwaist. Niemand bekümmerte sich mehr mit Liebe und Nachdenken um ihre verschiedenen Begabungen, niemand sah mehr seine Aufgabe darin, diesen Begabungen die gerechte Lebenslust zu schaffen, und keiner war mehr da, der das Werdende liebte, das Ungeborene, und die Rätsel und Wirrsale der künstlerischen Schaffenskraft. Das wundervolle Instrument einer Gesellschaft von Menschen wurde nicht gespielt, und kein Meister war zur Stelle, ihm einen Wohlklang zu entlocken. Es gab nur gewöhnliche Töne von sich. Die älteren Schauspieler blähten sich auf, beriefen sich auf ihre platten Erfahrungen und gaben ihre Ratschläge in Sachen, in denen sie nicht zuständig waren. In den Aufführungen überwucherten die Übertreibungen und Geschmacklosigkeiten, kein Sinn fürs Ganze drängte die Auswüchse eitlen Rollenspielens zurück. Die

Prahlerei mit alten Erfolgen trat an die Stelle der Gedanken an zukünftige Aufgaben.

Es gab genügend Unregelmäßigkeiten und Willkürlichkeiten, daß Drahtzaun dauernd neue Aufgaben zufielen. Immer aus zweiter Hand. Strippke war froh, einen solchen Ersatzmann und Gebrauchsmenschen im Hause zu haben. Drahtzaun spielte nicht, weil er für begabt galt, sondern weil er zur Stelle war. Strippke war seinerzeit über Drahtzauns Fehler aufgeklärt worden, nun glaubte er an diese Fehler und war außerstande, das Bild der Drahtzaunschen Begabung im Laufe der Zeit zu ergänzen oder abzuändern. Aber Drahtzaun war nützlich. Er war auch in manchen Lagen ein guter Schauspieler. Mochte krank werden, wer da wollte, Drahtzaun trat an seine Stelle, einige Minuten, ehe der Vorhang aufging, trat er in jede beliebige Lücke. Die gesammelte Aufmerksamkeit, mit der er die Proben verfolgte, und ein gutes Gedächtnis unterstützten ihn dabei. Nun war er heute diese, morgen jene Gestalt, bald alt, bald jung, wichtiger oder weniger wichtig, sehr ernst oder ungemein lächerlich. Die lächerlichen gerieten ihm am besten, das Rampenlicht erschreckte ihn nicht mehr, die Zurufe aus dem Einhelferkasten waren kein störendes Geräusch mehr, er saß gern, stand gern auf, rührte sich gern vor den Hunderten von Blicken. Seine Wirkungen vergrößerten sich, da die Befangenheit von ihm abgefallen war. Er empfand den Machtrausch und Genuß, den das schöpferische Spiel bereitet, und die Lust, ohne Scheu sich zu zeigen. Nun war er endlich ein Schauspieler, er fühlte sich gewissermaßen am Ziel, ein Rätsel war gelöst, eine Lebensregung ihm zuteil geworden, um die er gekämpft. Zu seiner Verwunderung hatte er bald nach den ersten derartigen

Erfahrungen ein leichtes Gefühl der Sättigung, eine gewisse Ruhe kam über ihn, vermischt mit einer leisen Enttäuschung. Etwa so: ist das alles, war das der Sinn der Schmerzen und Entbehrungen?

Von seiner mangelhaften Sprache war jetzt seltener die Rede, die Schauspielerei verdeckte die Fehler zum Teil. Dem Bühnenleiter war's in erster Linie um die reibungslose Abwicklung der Vorstellungen zu tun. Obendrein war das ganze Theater lauter und gröber geworden. Man hatte weniger Ohr. Die Zuschauer wurden nicht um ihre Meinung gefragt, da ihr Abnehmerbund die Aufführungen ja zum vornherein gekauft und bezahlt hatte. Die Rollenjäger und lauten Eitlen, denen es nur um sich selber zu tun war, standen immer häufiger in Dr. Strippkes Zimmer und forderten Stücke nach ihren Ansprüchen. Sie nahmen ihn nicht mehr ganz voll, die Sache wuchs ihm über den Kopf, und sein Ehrgeiz galt der Vergrößerung des Zuschauerbundes, nicht den künstlerischen Leistungen einer einzelnen seiner Bühnen. Er machte Versuche mit neuen Spielleitern, denen später die geistige Führung des Osten-Theaters anvertraut werden sollte.

Als letzter kam John. Lukar kannte John, dem er die erste Ermunterung auf seinem Wege zum Schauspieler verdankte. Vor John machte Lukars Urteil halt, und die Verehrung trat an dessen Stelle. Drahtzaun war bereit, gleich wie Lukar zu fühlen. John sollte die künstlerische Führung der Osten-Bühne übernehmen. Er hatte in den beiden Freunden zum vornherein bedingungslose Anhänger. Er wollte das Theater wieder zum Gefäß für einen hohen Inhalt machen. Das Paar war ihm hoch willkommen. Er nahm sie mit offenen Armen auf. «Die Jungens» hießen sie bei ihm. Obgleich Drahtzaun nicht jünger als John war. Die Ergebenheit schmeichelte ihm, und seine Absichten wuchsen. Er arbeitete sogleich ein erstes Stück mit der Künstlerschaft aus. Endlich wieder eine Vorstellung außer der Reihe, eine Sonntagmorgen-Zugabe zum Spielplan. Wie einst bei Heinzenberg. Für Theater-Verhungerte! Für Gesinnungsbedürftige. Ein Umsturz- und Weltverbesserungsstück mit berauschenden Worten und Maschinengewehrfeuer. John spielte selber einen schwungvollen, gefühlsseligen Straßenkämpfer und sah prophetisch drein. Drahtzaun und Lukar lagen mit ihm hinter den Barrikaden und hatten große Gefühle.

John war ein Schauspieler von ausgezeichnetem Ruf und gehörte zu einer der größten weltstädtischen Bühnen. Er gab die glanzvolle Stellung um einer viel bescheideneren willen auf, gab sie auf, um an dem kleinen Osten-Theater in großem Sinne zu wirken. Die Schauspieler sollten unter seiner Führung ihre Eitelkeiten verlieren, keine Rollen mehr spielen, um für sich Erfolg zu haben und hervorzutreten, sondern nebeneinander im höchsten Sinne gleichgeordnet für das große Ziel arbeiten, die Werke der Bühne in reiner Form zu zeigen und den Absichten ihrer Schöpfer angemessen. Aus der Vielfältigkeit der schauspielerischen Begabungen und Wünsche sollte die schöne Blume des Zusammenspiels erblühen.

John packte die Arbeit im Osten-Theater hitzig an. Es gab viel mehr Proben als je vorher zu einem Stück. Bedächtig und ehrfürchtig las man zunächst in seiner Wohnung Satz für Satz. Das war die Leseprobe. Eine alte vergessene Gewohnheit, die er hervorholte. Jedes Wort war eine Kostbarkeit. Drahtzaun ging leer aus. Die neue Osten-Bühne durfte sich nicht den Gefahren aussetzen, in die Drahtzauns Deutsch sie gebracht hätte. Man fürchtete die Presse. Drahtzaun kam durch John wieder als Namenloser in den Sprechchor und wurde zum stummen Figuranten. Wie er in Dresden gewesen. Aber es kränkte ihn nicht, er liebte ja John, und es geschah den höheren Zwecken zuliebe. «Die Kunst bedankt sich», sagte John, als Drahtzaun eine derartige Aufgabe übernahm, die ihn in den Augen der Bühnenleute ein wenig erniedrigte. John hatte immer ein großes Wort zur Hand. In gewissem Maße wurden alle Spieler des Theaters durch Johns Feuer über die engen Grenzen ihres persönlichen Ehrgeizes hinausgehoben.

Er beherrschte das schauspielerische Handwerk in verblüffender Weise, sprach ausgezeichnet mit ungemein gewandter Zunge, behandelte bei den Proben die Einfälle und Eigenheiten der Spieler mit Takt, wie Kostbarkeiten, bog sie alle unvermerkt zu seinen Zwecken oder im Sinne des Ganzen um, war immer bereit, seine Erläuterungen dadurch zu verdeutlichen, daß er kurze Stellen vorspielte, wobei er in rascher Folge jede Gestalt jedes Stücks annehmen konnte: Frauen und Männer, Heilige oder Verbrecher, Alte, Junge, Widerwärtige oder edle Erscheinungen aus allen Lebenskreisen und von jeder beliebigen Herkunft. Er redete und erklärte scheinbar ohne jede Ermüdung und warb ums Gelingen und um die Gestaltung der Rollen mit einer hitzigen Unruhe, die nicht frei von einer Art Schamlosigkeit oder Zudringlichkeit war. Es hagelte Erklärungen und Auslegungen. Die ersten Aufführungen gefielen, der Zuschauerbund war zufrieden, die weltstädtische Presse betrachtete das kleine Theater mit nachsichtigem Wohlwollen. Johns Ansehen kam ihm zustatten. Bald aber konnte

John nicht mehr ohne Rollen leben. Die Aufgabe des Erziehers genügte ihm nicht. Die Lust am Spielen überkam ihn. Der Bühnenleiter wich vor dem Schauspieler zurück. Man begann die Arbeit an einem neuen großen Stück, drin er die Hauptrolle übernahm. Drahtzaun saß mit ihm unten im Zuschauerraum und half bei der Ausarbeitung. Lukar spielte die zweite Hauptrolle. Drahtzaun war nicht im Stück beschäftigt. Schließlich holte sich John noch einen gleichgeordneten Mitarbeiter ans Theater, der seine Erziehungsarbeit fortführen sollte, während John seine Kräfte beim Rollenspiel ausgab. Er verlangte von seinen Anhängern, daß sie ihre Ergebenheit nun auch auf den Neuen übertrügen. Drahtzaun und Lukar weigerten sich in ihrem Inneren. Sie hatten die Ergebenheit nicht gespielt, sondern empfunden. Die hatte nur für John selber Gültigkeit. Er schien sich nicht übermäßig viel daraus zu machen. Obendrein konnte der Neue sich nicht mit ihm vergleichen, das war nur einer von den vielen, die in den Bühnen der Weltstadt zu Brot, Wort und Namen kommen wollten und der mit irgendwelchen Bekenntnissen und großen Ankündigungen John in Begeisterung versetzt hatte. Das Widerstreben der beiden half nichts, der neue Mann kam als zweiter Spielleiter an die Osten-Bühne. Mit ihm seine Freundin, eine dicke Blondine, die alle Mängel und Unarten seiner Sprachlehren angenommen, die jedermann reizlos schien und von der er in schwärmerischen Tönen sprach, weil sie sein künstlerisches Versuchskaninchen war.

Zugleich mit den beiden wurde auch Törpinghaus Mitglied des Osten-Theaters. Jedermann kannte den Namen, aber nicht von den Theaterzetteln her, sondern aus den Börsenberichten der Zeitungen, aus den Handelsnachrichten, den Geldgeschäften, aus den Schilderungen der Wirtschaftskämpfe und Taten der deutschen Erfinder. Törpinghaus. Vor dem Namen konnte niemand gleichgültig bleiben. Hochkommen hieß das, Geld, Macht, Ruhm hieß das. Erfindungsgeist, höchste Willenskraft, Erfolg, Kraft, Sammlung. Viele Kilometer weit erstreckten sich die Werke dieses Namens längs der Eisenbahnlinie in der Ebene vor Berlin, auf der Drahtzaun immer gefahren, wenn er aus dem Süden den Weg nach der Theaterstadt genommen. Es waren des Vaters Taten. Der Sohn spielte Theater. Vorläufig mit mäßigem Erfolg. Der Name stand ihm bei. Törpinghaus stand am Osten-Theater sofort im Mittelpunkt der Gedanken. Ein wenig wegen des Namens, ein wenig, weil John alles andere über diesem neuen Jünger vergaß, ein wenig aber auch um seiner selbst willen. Er war ein erzogener Mensch. Etwas Fürstliches trennte ihn von allen anderen im Unterhaltungsraum. Nicht in den Anzügen: in der Haltung, im Gang, im Ton, in einer Bewegung. Er rauchte eine englische Pfeife und trug knabenhafte Anzüge. Keiner kam aus Räumen und von Tischen wie er. Die Väter aller hatten zu jenen Schichten des Volks gehört, die vom Gang solcher Werke, wie sie Törpinghausens Vater geschaffen, in irgendeiner Weise stärker oder weniger stark abhängig waren. Nur Drahtzaun nicht, weil sein Vater die Erde bebaute. Manchmal betrachtete er Törpinghausens Profil, das eine reine und schöne Linie zeigte. Eine trotzige Art, den Kopf zurückzuwerfen, war ihm eigen. Mit dieser Bewegung hatte er dem Vater widerstanden, der ihn in den Werken haben wollte, der ihn mit Widerwillen auf der Bühne wußte. Diese Familienfragen waren bis zu den Schauspielern durchgesickert. Um die halbe Welt war der

Sohn vor dem Vater geflohen, um heimlich Theater spielen zu können. Drahtzaun begriff das. So etwas konnte man tun. Dieser Ehrgeiz und dieser Trotz waren ihm vertraut. Wie ein Bruder war dieser Törpinghaus. Aber Drahtzaun sagte nichts – wie hätte er so etwas sagen dürfen, denn Törpinghaus war auf dem Wege zu großen Leistungen, Drahtzaun nur ein kleiner Ersatzschauspieler. Beide konnten stundenlang auf und ab gehen, ihre Stimmen und Sprechwerkzeuge üben und foltern – nicht aus dem gleichen Grunde. Törpinghaus sprach ein schönes Deutsch – aber mit dem gleichen Ziel und mit ähnlicher Verbissenheit, denn Törpinghaus war von einem unsteten Ehrgeiz besessen, nicht hoch genug konnte sein Ruhm steigen, um nur einigermaßen mit den Überlieferungen seines Hauses und den Begriffen seines Vaters im Einklang zu stehen. Er spielte schon viel länger als Drahtzaun auf den weltstädtischen Bühnen augenfällige Rollen, aber er trat immer noch mit der Angst im Herzen auf die Bretter. Angst vor dem Rückschritt im Ansehen. Angst vor der Presse. Angst vor seinem eigenen Streben. Er dachte viel zuviel nebenher und hatte kein Vertrauen zum schöpferischen Augenblick auf der Bühne. – Er gebar nicht, sondern zeigte eine Arbeit. – «Was will er bei der Bühne?» dachte Drahtzaun und hatte zugleich das Gefühl, als denke er's für sich aus. Sie wechselten nie eine Silbe. Drahtzaun fand ihn zu gut für ein unwahres Wort, fand ihn zu gut, um sich überhaupt über die Bühne mit ihm zu unterhalten. Törpinghaus selber bevorzugte Lukar, angezogen von der Fülle des Talents, das ihm selber in so karger Weise zugefallen war. Er hatte alles, was Menschen sich wünschen: Geld, Rang, Erziehung, eine entzückende Frau und freie Bahn, aber er bewunderte oder beneidete vielleicht den andern, der nichts besaß als seine reiche künstlerische Phantasie, der im Kleiderladen hinterm Ladentisch geschlafen, der als Kind in der Gosse gespielt und mit dem Großvater aus dem Dunkel eines ostjüdischen Dorfes nach der Weltstadt gekommen war.

Drahtzaun war seit längerer Zeit von Trüüs entzückt, deren Darstellung liebender und um der Liebe willen leidender Frauen es ihm angetan hatte. Trüüs aus Wien, zart, zierlich, anmutig, mit schwarzem Kraushaar und blauen Augen und mit jener melodischen weichen Stimme, der nichts an der Osten-Bühne gleichkam. Sie liebte, litt um der Liebe willen. Ihr Liebhaber hatte sie verlassen. Um einer anderen willen. Das war um so schlimmer, als es ein großer Schauspieler und einer der fesselndsten Männer-Darsteller der Weltstadt war. Da hielt es schwer, Ersatz zu finden und Balsam für den gekränkten Stolz. Es konnte ihm nicht leicht einer das Wasser reichen, und sie war nicht gewillt, mit weniger vorliebzunehmen, als sie vorher gehabt. An der Osten-Bühne kam keiner in Frage. Die Rachegedanken und hochgeschraubten Ansprüche trennten sie ein wenig von den anderen Leuten der Bühne. Manchmal war sie verzweifelt und des Trostes bedürftig. Drahtzaun spendete ihn aus seinen Erfahrungen und mit milder Stimme wie lindernden Balsam. Sie hörte ihm gern zu, wenn nicht gerade jemand zur Stelle war, von dem sie sich wesentlichere Vorteile versprach. Sie war voll Mitleid mit sich selber, aber erbarmungslos gegen andere. Die Rollenansprüche der häßlichen Franziska begegneten sich manchmal mit den ihrigen, dann ballte sie die kleinen Fäuste, berief sich auf ihren Ehrgeiz und berief sich auf ihre weiblichen Reize in einer Weise, welche die reizlosere

Nebenbuhlerin aufs tiefste verletzte. Sie dachte nur an sich, dachte an alle anderen nur insoweit sie ihr nützlich oder hinderlich waren. «Nehmen Sie sich in acht», sagte Dr. Fritz zu Drahtzaun, «die schwarzen Launen schauen ihr aus den Augen», und der bissige Lobenstein spottete über die Jünglinge der Osten-Bühne, die sich nur ihrethalben vergäßen, welche sich selber nie einen Augenblick vergäße. Aber Drahtzaun konnte sich ihrem Zauber schwer entziehen, und nur ganz langsam gelang es ihm, die kleinen ungünstigen Beobachtungen so beisammen zu halten oder zusammenzufügen, daß das Bild ihres Wesens ihm deutlicher wurde. – Das fiel ihm natürlich leichter, weil sie ihm nicht entgegenkam. Drahtzaun zählte nicht, er lebte zu sehr im Schatten. Sie war die einzige Frau der Osten-Bühne, die eine höhere Schule besucht hatte. Sie zierte sich mit den lateinischen Brocken, die ihr im Gedächtnis geblieben und die den Beweis für die vorzügliche Bildung abgeben sollten. Wer beim Essen das Messer zum Munde führte oder bei festlichen Gelegenheiten den Kaviar in ungeschulter Weise aufs Brot strich, verfiel ihrer Verachtung. Wer aber niederträchtige und verachtungswürdige Taten von irgend jemandem aus ihrem Gesichtskreise zu berichten wußte, erfreute sich großer Teilnahme und konnte der schnellsten Verbreitung seiner Berichte sicher sein!

Ein Denker verliebte sich in sie. Er hatte ein Buch geschrieben, in langer Zeit, als Frucht langer Überlegungen und nach schmerzlichen Erfahrungen.

«War's ein Erfolg?» war ihre Frage. «Reden die Leute darüber? Hat's Aufsehen gemacht?» Was der eine Ausgezeichnete gedacht hatte, war ihr völlig gleichgültig, was die dummen Vielen allenfalls darüber schwatzten oder schrieben, danach wollte sie die Gabe und den Mann einschätzen.

Erfolg! Erfolg! Das Wort kam wieder. Der Bühnen-Erfolg! Geschwätz, Händeklatschen und Zeitungsnotizen! Darum drehte sich's! Erfolg! Mit welchem Mittel? Im Dienste welcher Gesinnung? Wer fragte danach! So war's mit Trüüs, so war's mit allen! So war's auch mit John. Wo war der Lehrer geblieben? Wo der Mann mit den weit gespannten Zielen? Der Erzieher? Zum Schauspieler war er geworden, zum Mann mit geklebtem Bart und mit Schminke im Antlitz. Die Rolle hatte ihn geschluckt. Alles war Rolle. Er hatte Drahtzauns Ergebenheit angenommen und wieder weggelegt, als ob Drahtzaun auch nur eine Rolle gespielt hätte. John als Erzieher: das war auch nur eine Rolle gewesen, deren er überdrüssig geworden, sobald ein leichterer Erfolg winkte. Wieviel schöne Worte waren doch gefallen! Alles an der Bühne war Worte. Jetzt machte er große Worte mit Törpinghaus zusammen, nun verbrachte er mit ihm die Nächte, und Johns Eifer war dem berühmteren Gegenstand seiner Menschenneugier entsprechend größer als kurz vorher, da es um Drahtzaun und Lukar gegangen. Dabei war John die beste Erscheinung, der Drahtzaun bis dahin bei der Bühne begegnet war.

Gab es überhaupt einen Schauspieler, der sich durch die Dinge, die er darstellte, im geringsten verpflichtet fühlte? Gab es einen, dessen Gedanken im leisesten Zusammenhang mit dem standen, was er redete? Diese Frage wurde überhaupt nicht aufgeworfen. Die Forderung nach der Übereinstimmung eines Menschen mit den Taten, die er tat, war für die Bühne aufgehoben. Als Regel aufgehoben. Nicht nur zur Ausnahme. Das blieb nicht ungestraft. Die

Spieler zahlten diese Vermessenheit des Theaters damit, daß ihnen der Sinn für diese Übereinstimmung verlorenging, die Lust am Darstellen überwucherte und ihr Leben fraß. Sie verfielen dem berauschenden Gift, große Dinge darstellen zu können, ohne sie tun zu müssen. Nun wurde ihnen ihr eigenes Leben zur Darstellung. Sie spielten nur und waren nichts mehr. Sie wollten nicht das Sein, sondern den Schein. – Das war's, wovor Marianna ihn immer gewarnt hatte, das war's, was sie an der Bühne nicht leiden mochte und dem sie doch selber ganz und gar verfallen gewesen. Nun begriff er ihr Entzücken über ihn, der damals ums Spielen buhlte und so weit davon entfernt war. Aber nun war's anders. Nun hatte er den süßen Reiz gekostet, mit Behagen scheinen zu dürfen, was man nicht war. Und um dieser Genugtuung willen sollte er nun sein Leben verspielen? Hatte er dazu so inbrünstig ums reine Deutsch geworben, bei Lehm gelitten, in einsamen Zimmern geweint und sich von untergeordneten Theatermachern verachten lassen? Das konnte nicht sein. Beim neuen Deutsch wollte er bleiben, oder vielmehr drum wollte er weiter sich bemühen, um das gut Geschriebene, aber nicht dadurch, daß er ein Komödiant blieb, es mußte vielmehr fürs gut Gesprochene noch andere Anwendungen geben, und andere Ergebnisse mußten ihm entwachsen. Welche? Das war unklar.

Drahtzaun sehnte sich nach seinen einsamen Stunden zurück. Da hatte er richtig mit der Sprache zusammen gelebt. Er schämte sich. Das Theater hatte ihn enttäuscht. Und John auch. Es war unerträglich. Und John verlangte von ihm, Drahtzaun, daß er nun noch des neuen Spielleiters Verfügungen ernst nehme, wo er doch wie an einem abgezogenen Leichnam alles deutlich daliegen sah, die leere Gebärde, die Aufgeblasenheit, das Mißverhältnis zwischen dem Geiste, der die Dichtung geschaffen und dem Ausrufer, der es nur zu seinem eigenen Ruhme unter die Leute bringen wollte.

Drahtzaun glaubte sich berechtigt, dem Theater seine Verachtung zu zeigen, weil es nicht gehalten, was er sich davon versprochen. Nun benahm er sich in den Vorstellungen so schlecht wie nie einer zuvor, verlachte sich selbst und das Spiel im Spiel, bog in den ernstesten Stücken seine Gestalten plötzlich zu Hanswursten um, daß die Nebenspieler vor Lachen aus den Rollen fielen, beleidigte durch sein Verhalten die Zuschauer, Spielleiter und ernsten Mitspieler. Es gab einen Streit mit Törpinghaus, bei dem Drahtzaun die ersten Worte mit jenem wechselte, den er von allen Leuten des Osten-Theaters am höchsten schätzte. Drahtzauns Verhalten führte zu Zwischenfragen und Rügen in einer Schauspielerversammlung, denen er mit frecher Verachtung begegnete, er forderte John heraus, indem er vor den versammelten Schauspielern seine Mißachtung für ihn kundgab. Er tat es heimlich mit dem Gedanken, John möchte ihn zur Rede stellen und ihm Gelegenheit geben, sein Herz auszuschütten. Aber John schwieg. Drahtzaun kaufte sich ein Einglas ins Auge, nahm die Gewohnheiten oder das Gehaben mittelmäßiger Verführer an und saß immer in den Ankleideräumen der Frauen, wo jederzeit irgendein weibliches Wesen ein wenig mangelhaft bekleidet war.

Als sich alles genügend über sein verändertes Wesen gewundert oder darüber aufgehalten hatte und er sich selber an der Bühne völlig unerträglich geworden war, ging Drahtzaun zu dem kleinen dicken Verwaltungsmann mit

Bauch und Spitzbart, der in dem Hinterzimmer bei der Kasse saß. Zu jenem, der Heinzenberg aus dem Theater hinausgedrängt hatte.

«Ich bitte um meine Entlassung.»

«Gern», sagte der Dicke und entließ Drahtzaun aus dem Vertrag, der ihn noch bis zum Ende der Spielzeit einige Wochen lang gebunden hätte.

Einige hundert Mark erspart, dachte er dabei.

Drahtzaun ging. Die Lücke, die er hinterlassen, schloß sich leicht. Dutzende warteten auf Worte, auf Sätze, auf Rollen, warteten auf Zeitungsnotizen und Beifall für Darstellungen, die den Darsteller zu nichts verpflichteten.

## Drahtzaun in der schönen Heimat

Drahtzaun fuhr nach Helvetien. Ins Dorf. Die Heuwagen standen abends in den Straßen, groß und breit, dufteten, wie sie vordem geduftet, und warfen lange Schatten. Er schlief wieder in seinem ausgezeichneten Bett mit der Roßhaarmatratze, im Holzhäuschen, oben im ersten Stockwerk, im abgeschrägten Zimmer mit der offenen Tür hinaus auf die Laube. Der Duft der Sommernacht strömte herein, grad so, wie's vor Drahtzauns Auszug gewesen und wie er ihn geatmet, ehe er in benzingeschwängerten Straßen zu leben begehrte. Unten schlief der alte Vater und die Stiefmutter mit den schönen weißen Haaren und dem feingeschnittenen Gesicht, die wie eine Frau aus der Stadt aussah. Sie schätzte alles Städtische überaus, und Drahtzauns Unternehmungen begegneten ihrer wohlwollenden Teilnahme, wie weit sie sich auch von den Schätzungen des Dorfes entfernen mochten.

Er hatte die Stiefmutter zum Gruß auf die Wange geküßt, was im Dorfe auch gegenüber echten Müttern nicht eben gebräuchlich war; er hatte den Vater umarmt, der viel größer war als Drahtzaun selber, und hatte seinen Kopf gegen dessen bärtiges Gesicht gedrückt. Derlei war dem Vater von seinen Buben erst recht nie widerfahren, obgleich er deren vier gehabt, auch hatte er nichts derlei je im Dorfe beobachtet, sondern war solchen Begrüßungen nur in Büchern, am ehesten vielleicht in der Bibel, begegnet. Achtzig Jahre hatte er alt werden müssen, ehe ein Sohn ihn zum Gruße umarmte, und nun war's der Sohn, der ihm am meisten Kummer machte, weil er weder Bauer noch Zahnarzt oder Professor hatte werden wollen, wie er anfänglich vorgehabt und wozu er auf dem besten Wege gewesen. So karg waren im Lande die Bezeugungen der Zusammengehörigkeit. – Drahtzaun aber hatte auf der Bühne so oft Zeugnisse der Liebe oder Anhänglichkeit von sich gegeben, weil ein Spielleiter sie forderte, weil die Anmerkungen eines Stückeschreibers sie verlangten, daß er nun leichter als früher den Weg von der Regung zum Ausdruck dieser Regung fand. Ein wenig also gebärdete er sich bei der Begrüßung als Schauspieler, wie er's selbst im Augenblick der Umarmung empfand, und führte sich, ohne es zu wollen, im väterlichen Hause als ein Mensch ein, den die Welt draußen geschmeidiger als die Daheimgebliebenen gemacht hat – der Vater aber ließ sich jetzt im Alter, da er Zeit zu Gefühlen und weniger mehr zu arbeiten hatte, dies ungewohnte Zeugnis der Sohnesliebe gerne gefallen.

Drahtzauns Brüder betrieben den Bauernhof, besorgten

die Äcker, Wiesen, das Vieh, die Wälder und die Holzfuhren. Der Vater hatte zu ruhen beschlossen. Aber die Untätigkeit war seine Sache nicht, immer wieder griff er zur Axt, zum Hackmesser, zur Säge, ging in die Wälder hinaus oder stieg auf Leitern. Die verfeinerte Stiefmutter schalt. Mit Recht, denn kurz vor Drahtzauns Heimkehr war der Vater bei einer Arbeit gefallen und hatte den Fuß gebrochen. Nun war er immer noch im Gehen behindert.

Drahtzaun nahm ein Tellerchen mit Öl, tauchte die Finger hinein und knetete des Vaters Fuß. Er kannte einiges von dieser Kunst. Irgendwo draußen bei seinen Ärzten, von denen der Vater nichts wußte, hatte er's abgeguckt. Er betrachtete den Fuß, der nicht mehr glatt und weich war wie die seinigen oder so, wie er sie bei den Mädchen gesehen und bei den badenden jungen Leuten, wenn man im Boot hinausgefahren war nach den Seen von Berlin. Die Haut war welk, die Zehen von den harten Schuhen gequält, manche Stellen von bläulicher Farbe: was für Wege hatten sie zurückgelegt, diese Füße, was für Strecken auf Äckern, Wiesen, durch Wälder und auf steinigen Feldstraßen war der Vater gegangen: säend, erntend, werkend für die Brüder und ihn, fürs Ganze, für diese Heimat um ihn. Drahtzaun knetete behutsam den geschwollenen Knöchel, mit vielerlei Wechsel in den Griffen und in der Art und Richtung des Streichens, derart, daß der Vater von der wohltätigen Wirkung schnell überzeugt war und nun täglich Drahtzaun für den Dienst in Anspruch nahm.

Die Felder und Wälder also waren Drahtzauns Brüdern übergeben worden. Aber der Vater kümmerte sich um Wachstum und Wetter in gleicher Weise, wie er's sein Leben lang getan, besah den Himmel, ehe die Sonne aufging, klopfte ans Quecksilber und zog Schlüsse aus seinem Gliederreißen. Er wartete gern auf die immer wiederkehrenden Augenblicke, da sein erneutes Eingreifen in den Gang der Dinge hochgeschätzt und wertvoll war. Wenn die Ernte kam, litt es ihn nie daheim. Die Ernte war die Liebe seines Alters, ernten ging ihm ans Herz, erfüllte ihn mit Freude. Da nahm er seine Sense, ging allein nach einem besonderen Feld, wo kein Knecht mitmähte, der rascher vorankam und weniger sauber schnitt als er selber. Bis an die Brust versunken stand er zwischen den Halmen, weithin sah er die reifen Ähren vor sich wanken, und dann tat er Sensenstreich um Sensenstreich, langsam und regelmäßig, mit Gedanken an die Güte Gottes, an den Tod und mit dem Gefühl des erfüllten eigenen Lebens. Vieles war ihm gerühmt worden, vieles war gekommen mit Lärm und Aufsehen und wieder verschwunden in Nacht und Vergessenheit, aber die Ernte war immer wieder da.

Abends las er. Allerlei Zeitungserzählungen in Fortsetzungen und in verschiedenen Zeitungen zu gleicher Zeit. Wenn er begann, paßten die Anfänge nicht zu dem, was ihm vom Tag vorher in Erinnerung geblieben war, er machte vergebliche Versuche, in seinen Gedanken Fortsetzungsstücke zusammenzubringen, die nicht zusammengehörten, und mußte regelmäßig weit in den neuen Teil hineinlesen, bis ihm klar wurde, in welcher der vielen begonnenen Geschichten er sich befand.

Drahtzaun las für ihn aus den Werken der großen Dichter. Ab und zu hatte der Vater früher so einen Band aus Drahtzauns Büchern zur Hand genommen, als der noch zur Schule ging, hatte ihn beim Znüni oder zum Vesperbrot neben das Holztellerchen gelegt, darauf er den Speck zerschnitt, und hatte gelesen, hatte manches mit freier Aufmerksamkeit verfolgt, was die Schule mit Zwang von Drahtzaun forderte. Aber die rechte Ruhe hatte er dabei doch nicht gehabt. Die Knechte mußten die nötigen Anordnungen bekommen, das Heu lag draußen oder die Holzwagen warteten auf Verfrachtung.

Nun las Drahtzaun ihm vor. Das war gut zu hören. Man brauchte auch die Pfeife nicht außer acht zu lassen und konnte sein Schlücklein Wein dazu trinken. Eigentlich las er gut, der Raben-Drahtzaun, besser als der Pfarrer im Dorf zu reden verstand. Ein wenig schnell, immerhin verstand er mit Leichtigkeit jedes Wort und der Sinn kam deutlich heraus. Einiges ging ihm förmlich zu Herzen, und es gab Stellen, die schön und feierlich wie eine Predigt in der Kirche waren. Das Theater war am Ende doch nicht so minderwertig und verächtlich, wie's ihm geschienen.

Die Geschichte des Tasso begriff er sehr gut. Die schien ihm im Grunde weder gänzlich neu noch fremd. Solche Menschen, die sich im Leben rein gar nicht zurechtfinden und gleich bei jedem Zwischenfall oder Mißerfolg der Meinung sind, es sei ihnen ein Unglück geschehen, das nie wieder gut werden könne: nun solche Leute hatte er auch gekannt. Als Friedensrichter hatte er manche merkwürdige Erfahrung gemacht und manch einer war heimlich kleinlaut zu ihm gekommen, der sonst so laut gewesen, und hatte ihn gebeten, eine verfahrene Angelegenheit wieder einzurenken, so wie der überspannte Tasso da schließlich zu dem vernünftigen Antonio kam. Nur war natürlich in dem Bühnenstück alles in einer Weise gut ausgedrückt, wie es die Menschen im Alltagsleben eben nicht konnten.

Die Uhr war immer sofort spät, wenn Drahtzaun vorlas.

Der Vater wartete den ganzen Tag auf den Beginn des Lesens und rief, wenn der Bub zögerte, abends durchs Haus hinauf, er möge herunterkommen und anfangen. Auf Tasso folgte die Geschichte des Othello in Shakespeares Versen. Drahtzaun konnte große Stücke auswendig. Manche Zeilen der süßen Desdemona hatte er von Marianna gehört. Die Rolle des Jago war ihm selber in den ersten Anfängen seiner Bühnenlaufbahn von einem Lehrer eingetrichtert worden. Er las mit mehr Farbe und mehr innerer Bewegung als bis dahin. Als das Stück zu Ende ging, als Othello seine Geliebte umgebracht und der Schurke Jago endlich seinen Degenstich bekam, da ertönte zwar kein Beifallsrauschen für Drahtzauns Leistung, aber das Publikum verhielt sich auch nicht ablehnend, eine einzige Äußerung fiel: «Dä schlächt Chaib!» sagte der Vater und nahm einen Schluck aus dem Weinglas. Drahtzaun-Jago war mit dem Erfolg zufrieden.

Das Lesen führte ihn in den Bereich des reinen Deutsch zurück. Das ganze Dorf sprach noch genau wie einst, da es ihm die vielen Fehler beigebracht. Und er sprach mit allen im Dorf in gleicher Weise, wie er als Bub gesprochen und so, als seien die Zeiten bei Lehm und in den einsamen Mietszimmern in Deutschland nicht Wahrheit, sondern wirkungslose Angstträume gewesen. Er reiste ab. Der Abschied vom Vater war das letzte in helvetischem Deutsch gesprochene Wort. Mehrere Begegnungen, die ihm beim Gang durchs ganze Dorf noch dazu hätten veranlassen können, wußte er zu vermeiden. Gleich jenseits der Brücke wohnte in der Post eine überaus freundliche und gutherzige Bäuerin, aber Drahtzaun drehte im Vorübergehen den Kopf zur Seite, um nicht ins Küchenfenster zu sehen und

Worte wechseln zu müssen. Es war schmerzlich und schön zugleich. Als das letzte Haus des Dorfes hinter ihm lag, fing er mit reinem Deutsch an. Still für sich, Übungsverse, Arbeitszeilen, Säuberungszeilen. Von solchen Übungszeilen gab es ein ganzes Büchlein voll, handgeschrieben, das Drahtzaun immer in seinen Koffern mit sich führte. Wenn er vorn im Büchlein begann und alles durchging, reichten diese Verse gerad vom Dorf bis zum Bahnhof. Über diesem Reden verloren die Felder in der Umgebung ihre freundlichen Heimatzüge, und Drahtzaun hatte mit einem Schlag das Gefühl, auf fremder Erde zu gehen. Die Wiederholungen dieser Arbeitsverse waren seine Unterhaltungen während der langen Eisenbahnreise. Wenn der Zug durch die Nacht rollte, stand Drahtzaun im Seitengang und bewegte die Lippen wie ein Betender oder floh ans Ende des Wagens, in einen Ort, der nicht der reinlichste war, und versuchte, reine a zu bilden.

## In der Dämmerung

Ich danke Gott und freue mich
wie's Kind zur Weihnachtsgabe,
daß ich bin – bin, und daß ich dich,
schön menschlich Antlitz, habe. –
*Matthias Claudius.*

Den Volkswirt hatte Drahtzaun längst verlassen. Er bezog in Berlin wieder das alte Zimmer bei Frau Zepke, drin er schon gewohnt, als er noch um jeden Preis ein Schauspieler hatte werden wollen. Daran lag ihm nun nicht mehr, aber was er zum Ersatz als Beruf ergreifen sollte, war unklar. Ein Glück nur, daß Frau Zepke hie und da im Theater gewesen, so konnte er bei ihr wenigstens als Schauspieler gelten, nur eben als arbeitsloser Schauspieler, denn die Osten-Bühne bestand nicht mehr. John war zu seinen Rollen und zu den augenfälligeren Bühnen zurückgekehrt. Die anderen Schauspieler waren zerstreut. Lukar gehörte einem neuen Theater an und machte von sich reden. Drahtzaun redete auch.

Morgens, wenn die Schreibmaschinen in den Geschäftshäusern zu klappern begannen, wenn die Bahnen überfüllt zu den Arbeitsstätten fuhren, wenn die ganze große Menschenmenge der Stadt in Bewegung geriet, wenn der alte Zepke aus der Tür schlurfte, das Fräulein von nebenan zur Straßenbahn rannte und die Jungens von oben ihre Fahrräder die Treppe hinuntertrugen, um zur Arbeit zu fahren, dann plätscherte er mit dem Wasser im Waschgeschirr, schlug auf dem Tisch einen Gedichtband auf und knüpfte mit irgendwelchen Versen eine Unterhaltung an. Sie spann sich den ganzen Vormittag hindurch fort, Stunde um Stunde. Jeden Tag stieß er beim Blättern in den Büchern auf eines Dichters Zeile, die ihn traf, dann ging's fort von Vers zu Vers, dann lief er auf dem schmalen roten alten Teppichläufer von der Tür zum Fenster, vom Fenster zur Tür und erlebte in Fülle alles an einem Vormittag: Freude, Schmerzen, Erhebung, Liebe und Trauer, gehäuft, wie sie in den Versen aufgespeichert waren. Er flüsterte und schrie, lachte und weinte, die Stunden vergingen, niemand fragte nach ihm. Er bewohnte das beste Zimmer mit dikken Vorhängen, die kaum einen Laut von draußen hereinließen.

Zum Essen suchte er eines der vornehmsten Speisehäuser auf. Sein helvetisches Geld verzwanzigfachte sich jetzt beim Wechseln an den Wechselschaltern. Es gab viele Fremde, welche diese Vervielfachung erleben wollten, die nur deshalb ins Land kamen, um vorübergehend die reichen Leute zu spielen. In den großen Räumen allerdings, wo Drahtzaun langsam sein Mittagessen kaute und eine Flasche Wasser trank, war niemand. Er wurde mit ausgesuchter Höflichkeit bedient. Der Kellner nahm ihm den Mantel ab und legte ihn nach Tisch ihm wieder um: den Abendmantel, den Drahtzaun vor seiner Reise nach Örlewitz beim Altkleiderhändler in Zürich gekauft hatte, und dessen Seidenfutter und seidene Aufschläge allerlei schäbige und glanzlose Stellen aufwiesen.

Hernach ging er zurück in sein Zimmer, in dem schwarzen Viertel neben den vielen Eisenbahngeleisen.

Frau Zepke schlief nicht, sie arbeitete den ganzen Tag, legte sich früh zu Bett, aber sie schlief nicht. Seit ihr Sohn, der Erich, tot war, konnte sie des Nachts nicht anders als an ihn denken. Dazu auch an ihr Mißgeschick mit dem Ersparten. Je mehr deutsche Scheine Drahtzaun an den Wechselschaltern für seine helvetischen Franken erhielt, um so ärmer wurde sie. Vierzig Jahre lang hatte sie mit ihrem Mann zusammen Ersparnisse gemacht, aber nun wurde sie täglich ärmer, ob sie auch noch so sehr wischte und rannte und guckte, da half nichts, da konnte sie rein gar nichts gegen tun, und ob sie ihr Restchen Geld auf der Bank liegen ließ, ob sie's in die Schieblade daheim steckte oder bei sich trug, das half alles nichts, es schwand eben und schwand, schwand so lange an Wert, bis sie mit dem Arbeitsertrag eines Lebens nicht einmal mehr ein Mittagessen bezahlen konnte. Und Erich war auch tot! Mit ihm alle Hoffnung!

Nun war sie wieder allein und arm, gerad so wie damals, als sie nach Berlin gekommen. Aus dem Pommerland. Wo der Vater Steine aus den Äckern der reichen Bauern herausgelesen und wo sie mitgeholfen. Aber jetzt war sie nicht mehr siebzehn wie damals, oder fünfundzwanzig wie zur Zeit, als sie Herrschaftsköchin gewesen, zur Zeit, da Zepke kam und um ihre Hand anhielt.

Zepke, ja, der war noch da. Allerdings! Bei ihm stand alles wie vordem. Er war immer noch Diener im gleichen Haus, mit der gleichen Mütze, demselben Dienstrock und mit dem gleichen Lohn fast. Die Mieter waren auch noch da! Die Zimmermieter, für die sie sich rühren mußte, um leben zu können, die in den saubern Zimmern wohnten, in die Küche kamen, um heißes Wasser zu fordern, und die in ordentlicher Umgebung lebten, weil sie ja nicht anders konnte, als alles in schönster Ordnung halten. Sie haßte die Mieter, weil sie aufs Vermieten angewiesen war, weil es junge Leute waren, die leben durften, wo sie doch ihren Erich hatte verlieren müssen. Sie haßte diese Zimmerbewohner, weil sie auf den Möbeln herumsaßen, auf den Matratzen lagen und die Teppiche abnutzten, die sie mit schwer erarbeitetem Geld gekauft, und weil sie fürchten mußte, daß alles völlig abgenutzt und unbrauchbar würde, ehe sie noch stürbe. Der Herr Drahtzaun unterschied sich in diesem Punkte auch nicht von den andern, aber er war sonst so geartet, daß er nicht nur Ansprüche stellte, sondern ihr auch einige Ansprüche zugestand. Fast wie ein Sohn oder ein Angehöriger wenigstens.

Nicht zuletzt war Drahtzaun auch ein guter und pünkt-

Nur Umgang mit Zepkes

licher Zahler und schließlich sogar einer, der ihr fremdes Geld in die Hand steckte, Geld von jener vielerwähnten und begehrten Art, die nicht, wie das Gehalt ihres Mannes und die Zahlungen der andern Mieter, in Gefahr war, am nächsten Tag weniger als am vorausgehenden wert zu sein. Das erlaubte ihr, mit dem Sparen wieder von vorn anzufangen, Sparen nicht mehr fürs Leben, sondern fürs Begräbnis, damit sie und der Vater Zepke nicht allzu armselig, sondern in bevorzugter Weise in gutem Sarg und Wagen, von schönen Pferden gezogen, hinausgefahren kämen nach dem Kirchhof zu ihrem Erich und nach dem Plätzchen, das sie schon lange zum Ruhen für ihre Gebeine gekauft hatten.

«Wir sind bei Erich gewesen», sagte sie jedesmal, wenn sie mit Zepke vom Kirchhof zurückkam. Diese Reise nach dem Kirchhof war der einzige Anlaß, das Haus und die rußige Straße zu verlassen, in der man wohnte. Frau Zepke war blaß vom Mangel an Sonne und Luft und vom Übermaß an Kummer, sie hatte große graue Augen, darunter sich tiefe Schatten hinzogen. Sie kämpfte um die Erinnerung an Erich, kämpfte mit allen Mitteln gegen die Schwächen des Gedächtnisses und das Vergessen. Sie bevorzugte alle jene Bekannten, die ihn gekannt, suchte die Verbindung mit jenen jungen Männern zu behalten, die seine Kameraden gewesen. Sie weinte an seinen Krankheitstagen, war verschlossen und unzugänglich, wenn sein Todestag sich jährte. Sie wollte keinen Trost, schickte sich nicht ins Unvermeidliche, wie die Leute sagten, sondern war voll Trotz und Auflehnung gegen das, was ihr widerfahren. Zu seinem Geburtstag buk sie in verschwenderischer Weise Kuchen, lud ein, wer ihn gekannt, so daß allemal eine große Gesellschaft in der Stube beisammen war, wo Zepkes Bett und das ihrige stand, wo die großen Bildnisse der beiden an der Wand hingen, wo das gute Sofa und die Andenken an Erich aufgestellt waren und wo sich an gewöhnlichen Tagen gar niemand aufhielt. Sie selber war an dem Tage von vielfältigen Gefühlen gehetzt, war von den Aufgaben als Gastgeberin erregt und redete laut wie niemals sonst im Gange des Jahrs.

Dann war auch Erna zur Stelle. Erna, Erichs Verlobte, ein blasses, blondes und stilles Schreibmaschinenfräulein, von der Frau Zepke seinerzeit gar nichts hatte wissen wollen, die aber jetzt ihre beste Helferin im Kampf um Erichs Andenken war, ein lebendiger Beweis, daß er wirklich gelebt hatte, geliebt worden war und ein Herz erfüllt hatte, das ihn jetzt zurückwünschte und vermißte. Erich war tot, aber Erna sagte noch Muttchen zu ihr, wie er gesagt hatte.

Einmal kam Erna aus den Sommerferien zurück und war verlobt. Welch ein Gang zu Mutter Zepke, um ihr's zu erzählen! Verrat und Abfall war das, denn Erich war doch ihr Liebster geblieben.

Sie setzte den Nebenbuhler herab und bekrittelte seine Fehler, obgleich sie ihn nie gesehen. Alte Erinnerungen an Erich zeigten sich lebendiger als je und in neuer Beleuchtung. Drahtzaun hörte von seinen Ruderkünsten, von seinen Leistungen als kaufmännischer Lehrling, hörte von dem Krankheitsverlauf und von Erichs Leber, die nach Frau Zepkes Vorstellung langsam ausgetrocknet war und Risse bekommen hatte, die ihm den Tod gebracht. Sie war für ihn ehrgeizig gewesen, hatte ihn mit Strenge behandelt und bereute nun hinterher im geheimen manche Härte, deren sie sich gegen ihn schuldig gemacht. Sie rannte und hastete tagsüber in den Zimmern und in der Küche umher, um Herr über ihre Schmerzen zu werden, lag nachts schlaflos in ihrem Bett in der Zimmerecke und hing dem Verlorenen nach.

Im anderen Bett schlief Zepke und schnarchte. Der konnte schlafen. Viel zu schnell hatte er wieder schlafen gelernt. Viel zu schnell hatte der vergessen, was ihnen beiden widerfahren. Sie besorgte die Pflichten, die sie ihm gegenüber hatte, aufs genaueste und mit einer Art schroffer Güte oder zuzeiten mit Haß und Verachtung. Nach außen hin gab sie ihm immer den Vorrang und sah darauf, daß sein Ansehen bei ihren Bekannten unangetastet blieb.

Zepkes waren Drahtzauns hauptsächlichster Umgang. Wenn die Zwiesprache mit den Dichtern vorbei war, saß er in der Küche auf dem Sofa neben dem Tisch oder auf dem Kohlenkasten neben dem Herd. Zepkes häusliches Leben spielte sich in der Küche ab. Die gute Stube betrat man nur, um sich ins Bett zu legen. Der Küchenboden, der Herd und das spärliche Geschirr waren immer blitzsauber. Weil die Gegenwart mager an großen Ereignissen war, erzählte man sich von der Vergangenheit. Frau Zepke sprach ausgezeichnet, mit natürlicher Redebegabung. Manchmal versuchte auch Zepke irgendeinen Faden von früher aufzugreifen, fing aber immer am unpassenden Ende an, stieß auf Lükken in seinem Gedächtnis, verlor sich in Nebensächlichkeiten oder versank in halbe Selbstgespräche, bis seiner Frau, die längst alles erraten hatte, die Geduld ausging, so daß sie ihn mit Spott und Zwischenrufen wie einen lahmen Gaul zu flotterem Zeitmaß antrieb.

Hie und da nur, wenn Drahtzaun bei Licht zu später Stunde über einem Buche saß und Zepkes Schnarchen in der Stille so deutlich aus dem Nebenzimmer vernehmbar war, als sei die Zwischenwand gefallen, als sei die Tür zwischen den beiden Räumen sperrangelweit offen, an solchen Abenden, wenn er die Blätter beim Lesen kaum umzuwenden wagte, weil das Geräusch Frau Zepkes gespenstisch leichten Schlummer störte, wenn er beim Lampenlöschen vor Rücksicht zusammenfuhr, weil eine ungeschickte Bewegung die Glasperlen des Leuchters zum Klirren brachte, so daß Frau Zepke erneut nebenan aus dem Schlafe fuhr – dann, in solchen Augenblicken der Abhängigkeit, durchfuhr ihn mit blitzartiger Erleuchtung die Erkenntnis von den sonderbaren Maßstäben, die sein Dasein bestimmten. Dann haßte er die Alten, als sei er mit ihnen für immer in ein Leben und in einen Raum zusammengesperrt, und es schien ihm auf Augenblicke, als könne ihm nur eine gewaltsame und blutige Tat an den beiden Schläfern aus der Verkettung befreien.

Diese Verkettung zeigte sich auch darin, daß die beiden Alten zu einem Hauptgesprächsstoff Drahtzauns geworden waren, den er bei den gelegentlichen Zusammenkünften mit Dr. Fritz immer wieder ausführlich behandelte.

Der hatte inzwischen seinen Arztberuf weggelegt. Er war seinerzeit von der Irrenbehandlung zu den Wunderärzten abgeschwenkt, von diesen dann in die Klasse der Hautärzte übergegangen, inzwischen aber hatte er sich mit einem andern abtrünnigen Heilmann der Herstellung und dem Verkauf elektrisch-ärztlicher Heileinrichtungen zugewandt. Die Irren liebte er immer noch. Die Denker standen ebenfalls in unvermindertem Ansehen. Dr. Fritz hatte bald gesehen, woran es Drahtzaun gebrach: am geeigneten Umgang. Weil sein eigener Umgang mit Menschen sich in bescheidenen Grenzen hielt, und weil Drahtzaun ein nachgiebiger und kurzweiliger Mensch war, machte Dr. Fritz den Drahtzaun zu seinem Umgang. Er nahm ihn mit in das große Fremdenhaus, wo er mit seiner Frau zwei der vielen vermieteten Zimmer bewohnte. Sie saß auch den ganzen Tag zu Hause. Fast wie Drahtzaun. Als dieser ihr zum erstenmal begegnete, reichte sie ihm die Hand in einer Weise, daß ihm schien, als schöbe sie ihn weit von sich zurück. Das Zimmer, drin er empfangen worden, verriet in keiner Weise, daß es bewohnt war. Sie brachte den ganzen Tag darin zu. Ohne Gesellschaft. Oft mit Büchern. Aber nicht wie Drahtzaun, der darüber weinte oder lachte, sondern wie jemand, der darüber denken wollte. Am Mittagstisch saßen in dem Hause viele Menschen, sie wechselte mit keinem ein Wort, kam aus ihrem Zimmer, setzte sich zum Essen, stand auf und ging in ihr Zimmer zurück, mit einer gewissen betonten Entfernung von allem. Es gab keine Haarschneidermodelle in den Schaufenstern der vornehmen Straßen, die ordentlicher gelegte Wellen oder sauberer geschnittene Haare zeigten als sie. Die Nägel glänzten. Sie beschäftigte sich mit sich selber, leiblich und seelisch, saß in betont gerader Haltung auf den Stühlen und zog harte Sitzgelegenheiten jedem weichen Polstersessel vor. Sie drillte sich und war rätselhaft, weil man nicht wußte, was hinter dem Drill verborgen war. Sie schien auf irgendwelche wesentlichen Veränderungen ihres Daseins zu warten, aber Drahtzaun wußte nicht worauf, und Dr. Fritzens wußten ebensowenig, worauf Drahtzaun wartete. Es vergingen regelmäßige Pausen zwischen jedem Wiedersehen, es gab keine Zusammenkünfte nach plötzlichen Eingebungen, sondern nur wohlvorbereitete wichtige Verabredungen. Sie sprachen alle drei kaum je von den Dingen, die ihnen am nächsten lagen, vermieden Unterhaltungen über ihre innersten Angelegenheiten und flüchteten sich mit ihren Worten in das Abgelegene. Fritz ermunterte Drahtzaun zum Reden. Er hatte aus seiner Irrenpraxis die Kniffe zur Hand, wie man Verstockte zum Reden bringt. Drahtzaun war froh, zu Wort zu kommen. Dr. Fritz ließ ihm eine Geltung zukommen, die ihm sonst niemand zugestand. Ganz wider seine eigene Absicht kam Drahtzaun manchmal in ein endloses Erzählen hinein. Damit erleichterte er sich, verscheuchte den unbefriedigenden augenblicklichen Zustand, und Dr. Fritz verschaffte seiner abgeschlossenen Frau eine Unterhaltung. Drahtzaun war Erzähler bei Fritzens. Es widerfuhr ihm zur Zeit gar nichts, aber früher war ihm viel widerfahren. Daheim bei den Knechten, im Dorf bei dem Vater und den Bauernbuben. Er entsann sich aller Dinge mit größter Deutlichkeit. Je stiller sein Leben ging, um so üppiger wucherten die Erinnerungen. Zu Anfang vergriff er sich hie und da und sah mit Verlegenheit, wie die schön bemalte Frau ein starres Gesicht bekam, wenn er allzu eifrig oder deutlich den alten schmutzigen Roßknecht oder den großen Misthaufen hinter der Scheune beschrieb. Mit der Zeit eignete er sich eine gewisse Mäßigung an und fand den rechten Ton für so viele Vorfälle, daß er über Jahre und Jahreszeiten hinweg Fritzens immer wieder mit neuen Schilderungen aus seinem vergangenen Leben unterhalten konnte.

Der Mann hatte für ihn manchmal fast schmeichlerische Worte oder Vergleiche, hie und da lag dem wohl eine beabsichtigte Ermunterung zugrunde, wie Drahtzaun wohl merkte, im ganzen aber ließ er sich die Fritzschen Urteile gern gefallen, nahm sie ernst und gestand dem Urheber ohne Zögern jene geistige Überlegenheit zu, die so ein Urteilsfähiger sich allemal über einen im Dunkeln Tappenden anmaßt.

Sie saßen alle drei hie und da in einem vornehmen Speisehaus zum Essen oder Sonntags in der Halle eines großen Hotels zum Tee, damit die gepflegte Frau endlich wieder einmal ein paar Stunden in einer ihr angemessenen Umgebung zubringen könne. Dr. Fritz achtete dabei immer scharf darauf, daß ihnen alle Aufmerksamkeiten zuteil wurden, auf die ein Gast dort Anspruch machen konnte, und daß er hierin in keiner Weise je hinter anderen Gästen zurückblieb. Er kannte den Wert der Äußerlichkeiten und setzte sie in seinem Leben in Rechnung. Drahtzaun sah in sich hinein und wollte alles ohne die Umwelt abmachen. Immerhin mußte er an solchen Zusammenseins-Tagen auf die Worte achten, die er wählte, und auf die Bewegungen, die er machte, er war auch stolz darauf, mit der weltmäßigen Frau zusammenzusitzen und sein Teilchen Aufmerksamkeit als deren Begleiter zu erregen. Er erkannte nach und nach, daß man lange Unterhaltungen führen konnte, ohne viel von sich selber preiszugeben, er merkte, daß der Ton der Welt leichter war, als seine Gespräche es in der Regel gewesen, richtete sich danach und begann ihn, diesen leichteren oder unaufrichtigeren oder bequemeren Ton, mit der Zeit ein wenig handhaben zu können.

Die Unordnung im Lande hatte ihren Höhepunkt erreicht. Es gab rings in der Welt keinen Zeitungsleser mehr, der nicht mit Staunen und Kopfschütteln davon redete. In allen Ländern Europas und jenseits der Ozeane wandelten sich täglich ruhige Bürger in kecke Spekulanten, geriebene

Händler und Wechsler verkauften deutsche Scheine mit großen Zahlen an jenen Stellen der Welt, die weit genug von der Trümmerstätte waren, um noch glauben zu können, daß diese Scheine einmal zu dem würden, was sie im Augenblick zu sein vorgaben: zu Geld. Zu Geld mit Geltung. Mit Weltgeltung. Aber es waren nur armselige Papierfetzen mit großen Nummern und kärglicher Bedeutung. Und diese kärgliche Bedeutung wurde täglich noch kärglicher. Schiffe und Eisenbahnzüge waren voll Reisender, die zum Zusammenbruch reisten, um das Ihrige aus den Trümmern herauszuholen, und wenn's nur einige lärmige Tage mit viel Essen und Trinken waren. Freche Gäste kamen über die Grenzen, kauften große deutsche Scheine um nichts und ließen sie in Flammen aufgehen. Aus Dummheit, aus frecher Verachtung und auch darum, weil sie sich für einen Augenblick lang unermeßlich reich dabei vorkommen konnten.

Fremdes Geld war zum Inbegriff allen Wertes geworden. Jeder strebte nach fremdem Geld. Frauen verloren ihre Ehre daran und Männer ihre Ehrlichkeit. Die helvetischen Franken spielten ihre große Rolle. Gewaltige Werte gerieten in Bewegung und wechselten die Hand. Reiche Menschen wurden arm und trennten sich von den ältesten Stücken ihres Besitzes. Seltene Kostbarkeiten wurden ausgeboten, um fremdes Geld zu bekommen. Das Wechselgeschäft beschäftigte von Tag zu Tag mehr Menschen, die kleinen Wechselstuben und Wechselhäuschen siedelten sich an immer neuen Stellen der Großstadt an und schossen aus dem Boden wie Pilze auf moderndem Grund. «Wie steht der Dollar?» sagten die Dirnen, wenn sie einen Kavalier anredeten, der die Zeitung in der Hand trug. «Wieviel Geld gibt's für ein englisches Pfund?» war die Frage in Tausenden von Bankgeschäften.

Frau Zepke trug des Mannes Gehalt bei jedem Zahltag schleunigst zum Kunstfettladen, damit es nicht bis zum folgenden Morgen geschwunden sei wie der abnehmende Mond. Sie zählte abends nach ihren bescheidenen Einkäufen die siebenstelligen Zahlen zusammen und rechnete nach Millionen wie früher mit Pfennigen. Nur etwas langsamer. Drahtzauns Monatsrechnung konnte nur noch mit Hilfe der guten Erna zusammengestellt werden und zeigte astronomische Ziffern, obgleich sie nur die bescheidenen Bedürfnisse eines Zimmermieters betrafen. Noch keine dreistellige Zahl wär's in helvetischen Franken gewesen.

Häuser hätte er haben können zu Spottpreisen, Wagen, Läden, Fabriken, Dinge, Bilder! Sachwerte! Sachwerte, schrie jeder! Greifbarkeiten! Fremdes Geld oder gute Ware. Gute Ware nur gegen fremdes Geld. Viel für wenig. Aber Drahtzaun wollte keine Sachwerte. Die deutsche Sprache war's, woran er hing. Er wollte keine Dinge besitzen, er wollte gut davon sprechen lernen.

Die ganze Unruhe ging ihn nichts an. Er wechselte seine helvetischen Franken zum amtlichen Kurs, wie ihn die Regierung festsetzte, deren Amtssprache sein liebes Deutsch war, stand mit seinen helvetischen Scheinen an den Schaltern der großen Bank und wartete stundenlang vergeblich auf die Abfertigung, weil die Herren hinter den breiten Brustwehren keine Zeit für ihn fanden, weil sie mit der Arbeit hinterdrein und überanstrengt waren, von den ungeheuerlichen Zahlenkolonnen zermürbt, welche die Bücher zu sprengen drohten und über die zu eng gewordenen Seiten hinausdrangen. Man ließ ihn stehen, weil er sich nicht bemerkbar machte, weil er sich daran gewöhnt hatte, übersehen zu werden. Man übersah ihn, weil seine geringen Beträge nicht an die Schalter der großen Bank gehörten, sondern in irgendeine Wechselstube, er war Luft, weil die Schalterbeamten ihre eigenen persönlichen Geld- und Wechselgeschäfte besprachen und die Möglichkeit erwogen, aus der großen Verarmung etwas für die eigene Kasse zu erobern. Also wartete er auf den Bänken des großen Schalterraumes auf sein kleines Wechselgeschäftlein, nach Gesetz und Vorschrift, während man ihm um die nächste Ecke in einer der vielen unerlaubten schwarzen Börsen sein Geld mit Zuvorkommenheit sofort und zu höheren Kursen abgenommen hätte. Das ging ihn aber alles nichts an. Mochten seine jungen Landsleute aus Helvetien kommen und mit billig erstandenen Krafträdern durch das Land nach Hause zurückfahren, er freute sich allein darüber, daß er war – daß er ein menschliches Antlitz trug und dem reinen Deutsch nachhängen konnte.

Es war nicht zu verkennen, daß er damit vorwärtskam. Er arbeitete. Es handelte sich ja nicht mehr darum, Lindenblütentee durch die Kehle zu gießen oder biiiiiaaaaabbbeeeee wie bei Lehm zu machen, darüber war er hinaus. Sein schweres Sprechen fing an sich zu lockern und jene großen wortreichen Zusammenstellungen mit den gehäuften o oder u oder a, die er wie ein frommer Beter unermüdlich wiederholen konnte, nun, die taten ihre Wirkung und gingen ihm zeitweise mit nicht mehr alltäglicher Fertigkeit von der Zunge. Das war gut. Erschreckend schön aber und unheimlich schön war nun der Blick, der sich da vom bloßen Können und Geschicktsein auftat nach dem Reich der eigentlichen Redekunst.

Vor seiner Zimmertüre klopfte Frau Zepke in der Wohnung herum, vor den Fenstern fuhren die Bahnen, eilten die Menschen, aber Drahtzaun erlebte in seinen vier Wänden Freuden, wie sie keinem Geschäftsmann in den glänzenden Läden zuteil wurden, noch den großen Staatsherren oder sonst einem Erfolgreichen, der die Welt in Atem hielt. Er verarbeitete keine Rohstoffe, erzielte keinen Umsatz, beschäftigte kein Tippfräulein, aber er erlebte die Genugtuungen eines Magiers, wenn er empfand, was man mit dem Atem in der Brust aus jenen Reihenfolgen schwarzer Zeichen machen konnte, die auf den weißen Blättern der Bücher standen.

Lesen? Armseliger Notbehelf. Sprechen war Leben. Sprechen war Gestalten. Welche Lust war das, so ein Wort dem Grabe des Buches zu entreißen, es in die Luft zu werfen, farbig, einmalig, scharf oder weich, je nach Bedarf, je nach Laune oder Eingebung, ihm andere zu gesellen, gedehnte, gehäufte, geballte und rasende, sie zusammenzufügen, sich enthalten zu lassen wie die Blätter, Knospen und Blüten eines Baumes. Daß der Sinn strahlend sich aus dem Ganzen erhob und der Leib begeistert war von der Lust des schaffenden Atmens.

Sein Gedächtnis war voll von Versen, Sprüchen, Liedern, voll von Gefäßen großer Gedanken, Ausdrucksformen großer Gefühle. Er rief ihnen, wann es ihm behagte, im Großstadtgewimmel, an den Haltestellen der Straßenbahn oder auf den nächtlichen Heimwegen. Er war einsam, nie allein. Erhabene Gestalten waren um ihn: Engel oder Götter, große Menschen, alle Erfindungen der Dichter, lauter ausgesuchte Gedanken und Erscheinungen. Ringsum tönte die Stadt, mißbrauchte man die Sprache für die Plattheiten des Tages, fürs Geschäft und fürs Essen, er brauchte sie, um übermenschliche Erscheinungen zu beschwören. Nicht für die Bühne, nicht für Zuschauer, nicht um sie zu zeigen oder vorzutäuschen, sondern um mit ihnen umzugehen. Gedämpft nur drang der Lärm der Welt an sein Ohr, nebelhaft spielte ihr Treiben vor seinen Augen, sein eigenes Schicksal in dieser Welt: er erfaßte es nicht, selten beunruhigte es ihn, daß er in kurzer Zeit alle Menschen aus den Augen verloren hatte, mit denen er sich vorher fast täglich gesehen. Er dankte, wie Matthias Claudius ihn lehrte, dem lieben Gott, daß er war – war, daß er die Sonne sehen konnte und das Meer und das Laub und das Gras, die schönen Sterne und den lieben Mond, das heißt, er sah weder Mond noch Sterne und nur wenig von der Sonne, denn er lebte in seinem Zimmer hinter den Vorhängen, welche die Sonne fernhalten mußten, da sie doch Frau Zepkes roten Teppich bleichte – aber das tat nichts, denn er weinte auch um Taillefer, der ihm nichts zuliebe getan, der vor tausend Jahren gelebt, weinte um ihn, weil er mitten in Gefahren so überströmend tapfer sein Lied gesungen. Er vergoß Freudentränen über des Normannenkönigs Freuden und darüber, daß der liebe Gott dem Sperling auf dem Dach täglich sein Essen gab, das er sicher auch ihm, dem Drahtzaun, niemals vorenthalten würde.

Wenn er sein Zimmer verließ, blieb die Erhebung ihm treu. Das Alltäglichste verwandelte sich ihm ins Große und Bedeutsame. Die Sonnenuntergänge in den Straßenschluchten füllten sein Herz mit Schauern über die Schönheit des Daseins. Es gab in seinem Umkreis nichts Alltägliches mehr, nichts, das nicht höchster Beachtung wert gewesen wäre. Auch die nüchternsten Häuserzeilen der

Stadt noch bewegten sein Inneres. Die Hinterhöfe aber, die abseitigen Bauplätze, die Güter-Umschlagstellen an den Bahnhöfen und Stapelplätze waren erhabene Stätten in der Abendruhe. Lebendig empfand er die Geduld der wartenden Kohlenhaufen, die Klugheit der Bogenlampen, die Kraft der beladenen und wartenden Wagen, die Trauer der einsamen Deichsel ohne Bespannung. Er weinte im Zwielicht über die Eisenbahnschienen, über ihren Hang und Drang nach der Ferne, über die Kameradschaft der vielen dicken Möbelwagen, die im Schatten der Häuserblöcke ihre Köpfe zusammensteckten, weinte über die Verlassenheit der riesigen Alteisenhaufen und über die vergessenen Alten, die dazwischen hausten. Nichts Nebensächliches war auf der Welt, die Ergriffenheit hörte nicht auf, willenlos besah er das Dasein, ziellos, in himmlischer, trauriger Glückseligkeit.

Da starb sein Vater.

Drahtzaun fuhr sofort nach Hause. Im Krankenhaus der Kleinstadt sah er ihn wieder. In der Halle hinter dem großen Gebäude. Im Sarge liegend! Gleich beim Eintreten fielen Drahtzauns Augen auf ihn, denn die eine Hälfte des Sargdeckels war abgehoben. Er trat näher, aber der Vater rührte sich nicht, wandte den Kopf nicht und machte keine Bewegung fürs Wiedersehen. Da erfaßte Drahtzaun zum erstenmal deutlich, daß der Vater tot war. Sein Bart war länger als sonst, ein wenig wirr, nicht so streng geschnitten wie es in der Regel gewesen. Friedlich gefaltet lagen die Hände auf dem Körper, ganz abgemagert und knochig, in einer Haltung, wie Drahtzaun sie zuvor nie gesehen. Aber eben: das war das Neue, der Tod. Der Kopf stieß oben an dem Brettchen der Stirnseite an, ganz ausgefüllt war der

Sarg von der großen Gestalt. Die untere Körperhälfte konnte man nicht sehen. Sie stak unter dem Sargdeckel. Auch die Füße waren nicht sichtbar. Die hatte er noch vor einem Jahr gerieben und geknetet. Nun war er nicht dabeigewesen, da es um viel mehr gegangen war als um einen beschädigten Fuß. Die Stiefmutter auch nicht, das hatte er schon vernommen. Sie war eben selber hinfällig. Vielleicht waren im Krankenhaus keine Betten frei gewesen. Oder man hatte nicht gedacht, daß es so schlimm mit dem Vater stände. Die Brüder hatten auch zu Hause in den Betten gelegen, müde, denn man stand in der Erntezeit. Vater hatte ja noch nach dem Gang der Arbeit gefragt und geglaubt, die Brotfrucht käme ohne ihn nicht ein. So war er allein mit dem Tod gewesen, ganz allein hatte er's mit ihm ausmachen müssen, zur Erntezeit, da er sonst die reifen Halme geschnitten. Drahtzaun hatte vielleicht zu der Stunde geweint, da der Vater im Todeskampf lag, aber nicht um diesen geweint, sondern um Taillefer, der ihn im Grunde nichts anging, der nichts für ihn getan, nur darum geweint, weil der so herrlich gesungen hatte auf dem Hastings-Felde, wo der Tod umging.

Die Lippen waren zusammengepreßt, und um die Mundwinkel sah's schmerzvoll aus. Wie eine Beschreibung schrecklicher Leiden. Von der Stirn zur Nase zog sich, wie es immer Vaters Besonderheit gewesen, jene breite Verbindungsbrücke, scharf nach den beiden Seiten hin abgesetzt, wie aus Stein gehauen, so wie er's beim Zeus gesehen oder bei Homer auf den griechischen Bildnissen in den Schulbüchern oder in den Tafelwerken über klassische Kunst. Nun, da die Wangen eingefallen, die blauen Augen geschlossen und in ihre Höhlen zurückgesunken waren, hob sich im Liegen das ganze Gebäude der Nase noch mächtiger und gebieterischer als zu Lebzeiten aus dem ganzen Gesicht heraus.

Die Jahre prägen das Antlitz des Menschen, und wenn das Leben mit Formen fertig ist und nichts mehr am Werke ändern wird, dann kommt der Tod, der als letztes großes Ereignis die Formen noch einmal gründlich und abschließend umgestaltet.

Die Bemerkungen eines Wärters rissen Drahtzaun aus seinen Betrachtungen. Was hatte der sich einzumischen? Konnte der nicht schweigen! Aber eben, er war während Vaters letzten Lebenstagen in dessen Nähe gewesen, zur Zeit, da Drahtzaun den Kohlenwagen nachgelaufen war mit den sprechenden Umrissen, war zur Stelle gewesen, da man dem Vater die Bauchhöhle geöffnet und erschrocken sofort wieder zugemacht hatte, entmutigt durch die durchbrochene Magenwand, den Grad der Entzündung und den Zustand der Gewebe. Der Mann spreizte sich mit seinen Kenntnissen und benützte die Gelegenheit, allerlei Ausdrücke und Redeweisen anzuwenden, die er von den Ärzten aufgegabelt. Er ärgerte Drahtzaun durch seine grundsätzlichen Betrachtungen und durch das Bemühen, des Vaters Krankheit in die Reihe der vielen ähnlichen Erkrankungen einzuordnen, wohin sie der Wissenschaft nach wohl gehören mochte. Der lebende untergeordnete Krankenhelfer genoß in dem kahlen Raum seine Überlegenheit über den Toten und dessen Sohn, der nicht zur rechten Zeit sich auf den Weg zu seinem sterbenden Vater aufgemacht hatte.

Am Begräbnistage war das Wetter regnerisch. Die nahe Ferne schon verschwand in Dunst und Nebel. Die Wälder waren verhängt. Die Welt lief leise. Geräusche starben im Entstehen. Drahtzaun fuhr mit dem Leichenfuhrmann nach der Stadt. Der war hie und da ins Drahtzaunsche Haus gekommen, hatte Wildwestbücher zum Lesen geholt, obgleich er in Wirklichkeit einen Bauernhof betrieb und mit seinen vier Töchtern fuhrwerkte, als ob es Buben wären. Drahtzaun hatte im Leben nicht viel mehr als ein Dutzend Worte von ihm gehört, nun fügte der Mann einige zu den Dutzend hinzu, aber nicht viele. In der Stadt wurde der Sarg mit dem toten Vater auf den Wagen geladen. Der Fuhrhalter setzte sich wieder auf den Bock. Drahtzaun ging hinterher. Der Wagen fuhr etwas abseits von der gewöhnlichen Straße durch stille Viertel mit schönen Häusern in großen Gärten. Es tropfte von den Bäumen.

Da war er zur Schule gegangen. Ein Bauernbub. Viele Jahre lang hatte er täglich die Reise nach der Stadt gemacht, mit den dicken vollgepfropften Büchermappen, und hatte gute Zeugnisse heimgebracht. Vielerlei hatte er da in der Tat gelernt. Und der Vater mußte jedesmal am Vierteljahrsschluß seinen Namen im Zeugnis unter lange Kolonnen mannigfaltigster Fächer setzen. Er, Drahtzaun, lernte jetzt nur noch Deutsch, deutsch sprechen! Wie die Griechen sich ausgedrückt hatten oder wie die Römer geschrieben, das war ihm von der Schule beigebracht worden, auch mancher Spruch und Gedanke deutschen Ursprungs, des Behaltens wert, oder des Vollkommen-Gesprochen-Werdens würdig, aber über dieses vollkommene Sprechen eben war nie ein Wort gefallen. Das Reden, die Redeweise, das Naheliegendste, Alltäglichste, Häufigste, war unbeachtet geblieben, war im Zustand belassen worden, wie er's von Hause mitgebracht, wie es alle Schüler von Hause oder von der

Straße mitgebracht. Darum hatte sich kein Erzieher bekümmert, kein Lehrer von denen, die er verehrt, kein kluger Kopf, kein Vielwisser war dahintergekommen, daß da eine Aufgabe lag. Drum war er bis ins Innerste getroffen worden, als er merkte, daß das Alleralltäglichste, das Reden, zur Kunst werden kann, derart getroffen, daß er sich bis zu dem Tage noch nicht von der Entdeckung erholt hatte, daß er nun trotz aller Verzögerungen und Hemmnisse nichts anderes wollte als ein Künstler der Rede zu werden.

Das Hufeisen schlug gegen einen Stein. Die Blumen, vom Regen gebeugt, hingen über den Wegrand. Sommerblumen, Wiesenblumen! Er hatte als Schüler sie alle mit Namen gekannt, ringsum im ganzen Gau, die in den Wiesen, die in den Sümpfen, in den Wäldern und am Eisenbahndamm. Nun war ihm das meiste entfallen und kümmerte ihn nicht mehr. Es war traurig zu sehen, wie geliebte Dinge gleichgültig werden können. Auch die Bühne war ihm gleichgültig geworden, und er hatte sich doch vordem so darum bemüht gehabt. Wie war's da gewesen? Die Bühne hatte ihn weniger wegen seiner Begabung als um seines Fleißes willen geschätzt gehabt. Den Fleiß hatte er vom Vater. Aber das andere, den Drang zur gutgesprochenen Sprache, der war ihm wohl kaum vom Vater überkommen. Oder doch?

Dem Vater war das rauhe Helvetisch immer gut genug gewesen. Ein Leben lang hatte er's gebraucht. Zum Bitten, zum Befehlen, zum Werben und Beten. Es war gut genug gewesen, um die Buben zu erziehen, Knechte zu tadeln, Pferde anzufeuern, gut zu jedem Gespräch über die Welt und den Himmel, zum Friedenstiften und um die Feuerwehr zu befehligen. Darin hatte sich sein Vater in keiner Weise vom Dorf unterschieden, seine Sprache war die Sprache aller gewesen, aber seiner Hände Werk hatte immer sein besonderes Zeichen gehabt. Er hatte beim Mähen die saubersten Wiesen gemäht, beim Pflügen die geradesten Furchen gezogen. Ob er Bretter aufschichtete, Brennholz unter Dach schaffte, Heu auflud, Tännlein setzte im Frühlingswald, niemals waren seine Schichten, Haufen, Reihen, war sein Getanes mit dem eines anderen zu verwechseln gewesen. Dabei schien das alles so zu kommen, ohne daß er sich besonders bemühte, er konnte nicht anders, er tat's im Spiel, nicht aus Ehrgeiz und nicht aus Kleinlichkeit, es war sein Wesen, das sich da zeigte in der Form der Heufuder und in den Schwaden der Sense, das bedeutete alles viel mehr als Ordentlichkeit: es war Form.

Drahtzaun sah den Vater vor sich, wie er die Rinde vom Käse geschnitten, ganz gerade und papierdünn, wie er die Schwarte vom Speck getrennt, sauber wie mit dem Papiermesser heruntergeschnitten, wie er die Knochen vom Fleisch gelöst, das Brot zerteilt hatte, ohne eine Krume zu verlieren, ganz gleich ob das in der Stube am runden Eichentisch gewesen oder draußen im Wald auf Baumstämmen sitzend oder am Rande des Ackerfeldes. Wo auch die Mahlzeit gerade hinfallen mochte, ob man auf Brükkenwagen aß oder am winterlichen Feuer im Wald, es gab keine Tafel, an der mit mehr Zucht gegessen wurde, und gab kein Tischtuch, davor die Menschen mehr auf sich hielten, als der Vater Zucht oder Haltung zeigte, wenn er sein Stück Brot aufs Knie legte. Er war sparsam aus Ehrfurcht vor dem Himmel und der Erde, die ihm gaben, wovon er sich nährte.

Jeden Frühling waren zu ihm die Schwellenhauer aus dem Tirol gekommen und hatten sich hinter die großen Haufen von Eichen- und Föhrenstämmen hergemacht, die der Vater im Laufe des Winters da und dort in der Gegend, hinterm Haus oder auf den Schlagplätzen der Wälder aufgehäuft hatte. Sie hieben mit ihren breiten Äxten auf die Stämme los, daß die Späne flogen, trennten die glatten Eisenbahnschwellen heraus, arbeiteten fleißig und schweigsam Tag für Tag, wochenlang, so daß die Späne den ganzen Boden bedeckten, sich häuften und mehrten, bis eine meterhohe Schicht dalag. Abfall, Splitter, Nebendinge zu den schönen glatten Bahnhölzern. Dann griff der Vater mit seinen Leuten in die Späne hinein und häufte sie zu wundervollen, wohlgeschichteten Gebilden mit spitzem Dach, mit breiten Spänen als Dachblätter gegen das Wasser, mit starken Spänen als Mauerwerk und mit dem Splitterzeug als Füllsel, jeder Würfel wie der andere, wohlgeformt, in schnurgeraden Reihen, daß sie wie Siedlungshäuser da in der Sonne standen und trockneten. Das war zweckmäßig, aber im Zweckmäßigen stak das Schöne.

Seine Schrift war auch zweckmäßig: Sie war leserlich, aber sie war auch schön. Sie stand nicht nur des Sinnes wegen, sondern auch um ihres Aussehens willen auf dem Papier. Frühmorgens hatte der Vater immer die notwendigen Briefe geschrieben, ehe noch die schwere Arbeit begann, bevor die anderen erwachten, ehe die Knechte aus ihren Kammern die Treppe des Hauses herunterkamen, ehe die Sonne aufging, oder auch am Sonntag, bevor es zur Kirche läutete. Bestimmt umrissen, von klarer Gestalt wie Kristalle folgten die Buchstaben aufeinander, gleich vom Anfang bis zum Ende des Briefes, vom ersten bis zum letzten

Brief eines Tages, gleich fast vom Anfang bis zum Ende des Lebens. Sauber gestochen hatte Drahtzaun Vaters Zeilen daheim auf dem Schreibtisch liegen sehen oder hatte volle Blätter selbst draußen in der Weltstadt von ihm erhalten. Sorgfältig war das Schwarze aufs Weiße hingesetzt, mit wohl abgemessenem freiem Raum und weißem Rand, sauber wie die Schriftstücke königlicher und kaiserlicher Kanzleien zu einer Zeit, da es noch nichts Gedrucktes gegeben. Genau so hielt es der Vater mit jenen Bleistiftbemerkungen und jenen langen mit Bleistift geschriebenen Zahlenreihen, die er draußen bei Versteigerungen in sein Notizbuch eintrug, draußen im Winterwald, bei Schnee oder Regen in dunkeln Bauernstuben, wenn er seine Holzkäufe tätigte. Er kaufte Holz und fällte Holz, viele Reihen großer Stämme, wenn aber der Frühling kam, pflanzte er am kahlen Ort mit großer Sorgfalt neue dichtere Reihen junger Tännlein, mit dem Bewußtsein, ein liebender Hüter des Lebendigen zu sein, wie ein Gärtner, wie ein Vater kommender Menschen und Ahne späterer Wälder.

Immer begleitete seine schwersten Arbeiten ein Schimmer von Spiel und Leichtigkeit, eine geheime Formerlust geisterte durch seiner Hände Werk. Drahtzauns Vater war immer ohne Einschränkung ein Angehöriger seines Dorfes gewesen, seiner Gemeinde, seines Volkes, wirksam und fruchtbar, die klaren Pflichten des Lebens völlig erfüllend. Ohne das vollkommene Deutsch! Was wollte er, Drahtzaun, denn damit? Sich selbst entzücken? Zuschauer entflammen? Ruhm erwerben? Immerhin: sein Vater hatte zum Leben nie Zuschauer gebraucht! Aber die Dichter? Lebten sie nicht vom Anteil der Andern? Die Besten unter ihnen hatten die Zuschauer gemieden oder waren gemieden worden. Der Wald oben am Berg und die Wiesen wuchsen auch und blühten, ohne nach Zuschauern zu verlangen.

Im Dorfe läuteten die Glocken. Die Leute hatten die Arbeit hingelegt, ein langer Zug ging hinter des Vaters Wagen einher. Die alten Lindenbäume standen noch beim Kirchhoftor, neben der Schmiede. Der Schmied drückte ihm die Hand. Vor diesem Mann hatte er sich immer gefürchtet, früher, als noch die Zeit der Bubenstreiche gewesen. Nun war er ganz grauhaarig und fast ein wenig scheu. Sein Sohn führte die Schmiede, der neben Drahtzaun in der Schulbank gesessen. Was war er, Drahtzaun? Niemand wußte es.

Die Bauern hatten ihr Arbeitsgewand ausgezogen und die schwarzen Röcke angelegt, die schlecht auf den verbogenen Gestalten saßen. Drahtzaun stak im Rock des Bruders, der in Amerika lebte, er besaß selber kein schwarzes Kleid, wie der Brauch es wollte, denn er gehörte zu keiner Gemeinschaft, zu keinem Dorf, das gemeinsam seine Toten begräbt, auf gemeinsamem Raum das Leben führt, die Jahreszeiten erlebt, das Wetter, den Segen und das Mißlingen.

Am Kirchhoftor trennte sich der Zug. Der Vater rollte allein nach der neuen Begräbnisstätte vor dem Dorfe zwischen den Wiesen, begleitet von jenen, die ihn in die Erde betten sollten. Die Lebendigen blieben zurück und begaben sich in die Kirche hinein, um den Pfarrer zu hören. So hielt man's im Dorf. Der Pfarrer holte seine besten Worte hervor. Im gleichen Tonfall wie zu jener Zeit, da er den Drahtzaun über den Himmel unterrichtet. Aber was für ein Deutsch war das! Schlechtes, ungepflegtes Helvetisch-

Deutsch. Früher war das dem Drahtzaun nicht weiter aufgefallen, denn er hatte kein Ohr gehabt, aber jetzt hatte er eines. Die anderen Gäste in den Bänken waren sich gleichgeblieben, sie hörten mit mehr oder weniger Aufmerksamkeit zu, mehr oder weniger ergriffen, aber sie hatten nichts daran auszusetzen, daß aus des Pfarrers Mund die Bibelsprüche in schlechter Alltagssprache herauskamen, anstatt in vollkommenen Wortgestalten, wie Drahtzaun sich's dachte.

So war's mit allem. Die Heimat war unerträglich. Sie beleidigte mit jedem Wort sein Ohr. Sie gab mit jedem Gespräch ihre Mißachtung für das kund, was er erstrebte. Nichts ging ihr übers Helvetisch! Wer rein sprach, war fremd. Sie mochte das Schönere nicht leiden, wer dem Vollkommenen nachhing, schloß sich aus ihrer Gemeinschaft aus. Drahtzaun mußte die häßlichen Laute an Stelle der besser geformten geben, um die Umgebung nicht von sich wegzustoßen. Die Bauern wollten ihr Helvetisch von ihm haben. Die oben im Dorf, und die unten im Dorf, auch die Nachbarsfrau in der Postablage wollte das, die Brüder wollten es, und die Schwägerinnen nicht minder.

Mit den alten Schulfreunden in der Kleinstadt war's ebenso. Was kümmerte sie die Sprache der Dichter. Sie sprachen helvetisch hinterm Ladentisch, wo sie ihre Kräutlein und Tröpflein verkauften, sprachen ihr ungepflegtes Deutsch, um die Kranken zu beraten, um ihren Bankkunden die vorteilhaftesten Geldanlagen zu empfehlen, Helvetisch war die Sprache, mit der man am besten Geld verdiente. Sie hörten ihn gern, den Drahtzaun, der da allerlei schrullige Dinge von der Bühne erzählte. Wenn man so im tiefen Klubsessel gebettet lag, waren seine Erfahrungen recht ergötzlich zu vernehmen, nur war's nicht klar, wo er mit allen seinen Erfahrungen hinaus wollte. Viel Geld war mit alledem ja kaum zu gewinnen. Solche Gedanken sprachen sie aber nicht aus, und Drahtzaun hütete sich seinerseits, von seinem innersten Geheimnis zu reden.

Mit den Dingen war's wie mit den Menschen. Die trugen nicht die reinen Bezeichnungen wie unter dem Himmel Norddeutschlands. Der Mond, der Wald, die Berge waren nicht die gleichen, wie er sie bei den Dichtern gefunden, wie er sie in Frau Zepkes Wohnung mit reinen Lauten angerufen, nein, das waren die Berge, Wälder und Gestirne seiner Jugendzeit, die wollten von ihm benannt sein wie damals, die wehrten sich geradezu gegen das reine Deutsch, stellten sich breit hin, als hieben sie ihn auf die Schulter, und riefen: Willkommen, alter Drahtzaun, und wollten gar nichts von ihm hören als Helvetisch. Sie erfüllten ihn mit Wiedersehensfreude, redeten von alten Zeiten und wollten ihn haben, wie er gewesen. Es schien sogar, als schwebe die fehlerhafte Sprache in der Luft, denn selbst im einsamen Zimmer geriet sein Deutsch ihm nicht so gut wie bei Zepkes, da saß ihm plötzlich wider alle Absicht und Anstrengung ein fehlerhafter Heimatlaut wie angeflogen zwischen den Lippen.

Ja, das war die Heimat, die ihn gebildet, genährt, gelehrt, bis es ihm eingefallen war, davonzulaufen, die Heimat, die nun sein Deutsch nicht anerkannte, die sein Teuerstes verachtete und von der er hinfort auch rein gar nichts mehr würde wissen wollen.

Der Vater war auch ein Stück Heimat gewesen. Das Herzstück der Heimat vielleicht. Nun war er tot, gerade in dem Augenblick vom Tod weggeholt worden, da Drahtzaun mit der Heimat nichts mehr zu tun haben wollte. Ohne Heimat sein, hieß frei sein. «Wo willst du hin?» hätte der Vater ihn gefragt, wenn Drahtzaun zum Abschied vor ihn hingetreten wäre, und Drahtzaun hätte ihm keine zufriedenstellende Antwort geben können. Nun fragte niemand. Ohne Vater zu sein war ein neuer Zustand, alle vielfältigen Bindungen waren gefallen, die sein Leben an ein viel älteres, an ein anderes, an ein viel vernünftigeres Leben gebunden. Eingestürzt die Brücken, über welche die Gedanken des einen die Gedanken des andern gesucht. Die Liebe beschränkt, die Zusammengehörigkeit engt das Leben ein. Der Tod zerschneidet Fesseln und befreit die Überlebenden. Freiheit ist Gefahr. Viele schreien nach Freiheit, aber sie wissen nicht, wovon sie reden. Sähen sie, was Freiheit ist, würden sie zittern und erkennen, daß sie nicht Freiheit wollen, sondern Bande.

Ein kleines Erbe war ihm zugefallen. Aus der Arbeit des Vaters, aus seinen Axtschlägen und Sensenstreichen, langsam aufgehäuft als Frucht eines arbeitsreichen Lebens. Manches davon hatten allerdings noch zu Vaters Lebzeiten schon die Lehrer für Schauspielkunst und reines Deutsch für ihren Unterricht bekommen, oder die Zimmervermieterinnen und Gasthofsbesitzer, überall da, wo er ohne Einkommen Theater gespielt. Immerhin blieb noch genug, daß die Villenbesitzer und Geschäftskerle, die geborenen Geldvermehrer und Rechner aller Orten mit Freuden die Summen ergriffen, angelegt und nutzbringend in einem halben Dutzend verschiedener Unternehmungen verwendet oder sich mit ihrer Hilfe eine stolze Aktienmehrheit zugelegt hätten, aber Drahtzaun konnte mit dem Gelde nichts anderes anfangen, als den lieben Gott bitten, ihn mit Hilfe des

Erbes den Weg zum vollkommen gesprochenen Deutsch zu Ende gehen zu lassen.

In der Kleinstadt traf er Kathrin. Die weinte um ihre tote Mutter. Drahtzaun fand sie in dem großen Zimmer ihres Hauses, darin der rote Teppich lag. Sie saß am Tisch, allein, in schwarzen Kleidern und hielt ein kleines weißes Taschentuch in der Hand zusammengepreßt. Die Zeit lag lang zurück, da er sie manchmal im Vorübergehen auf den Straßen des Städtchens getroffen, sie, die so anders ausgesehen als die Kinder im Dorf: schwarz und dunkeläugig. Schwarzhaarig und dunkeläugig war sie immer noch, aber kein Kind mehr, sondern ein weibliches Geschöpf von der schönen Art, Haltung und Kleidung, wie sie in den Weltstädten an ihm vorbeigingen und im Vorbeigehen seine Gedanken an sich zogen. Sie malte. Die Zimmerwände hingen voll Bildnisse. Immer wieder das gleiche Porträt: die Mutter. Sie war tot. Seit kurzem. Nun saß Kathrin allein zwischen den Bildern, die sie gemalt und die alle gut gerahmt und mit Geschmack angeordnet an den Wänden zu sehen waren. Sie hing in Gedanken den Stunden nach, da die Mutter noch gegenwärtig gewesen, schloß die Augen, verlor sich an die inneren Bilder der Entschwundenen, sehnte sich nach ihr, nach ihren Gesprächen und nach ihrer Zärtlichkeit.

Die älteren Geschwister waren bei ihren Berufen, sie dachten an den Tag oder an die Zukunft, hatten ihre Pflichten, ihren Ehrgeiz und spielten ihre Rolle in der Welt. Sie spielte keine Rolle, nicht einmal malen mochte sie mehr, seit die liebste Erscheinung aus der Welt verschwunden war und der Mensch, der ihr am meisten Mut gemacht und sie am rückhaltlosesten bewundert hatte. Immer gingen die

Gedanken rückwärts, in die Zeiten, da es einfacher gewesen war, das Leben zu führen, sie war unsicher vor dem Heute und Morgen und wehrte sich gegen den zudringlichen Augenblick und gegen die Macht des Vergessens, die ihr das Erinnern zu schmälern versuchten.

Oben, unter dem Dach des Hauses, hatte sie eine Werkstätte eingerichtet. Dort knetete sie in Ton den Kopf der Mutter. Mit geschlossenen Augen sozusagen, nicht nach Zeichnungen und Notizen, sondern nach den inneren Vorstellungen, nicht messend, sondern träumend. Sie kannte das bildhauerische Handwerk keineswegs, noch den kürzesten Weg, dem Ton die rechte Form zu geben, sie wollte davon auch nichts hören noch wissen, sondern suchte mit einer Art nachtwandlerischer Versunkenheit auf ihre eigene Weise das Bild der Mutter zu fassen. Sie legte in unermüdlicher Weise bald da, bald dort in dem begonnenen Antlitz neuen Ton auf, nahm anderswo Teile weg, änderte und formte am Mund, an den Augen, an der Wange und der Stirn, immer wieder. Jeder Griff und Druck gab ein neues Gesicht. Hundert Antlitze schauten sie an, aber sie suchte mit Geduld nach dem einen, letzten, einzigen, das sie in allen Zügen als ihre Mutter erkennen würde.

Drahtzaun saß bei ihr. Draußen lag Helvetien, lag der Tag, der ihm so wenig wie ihr Befriedigung gab, lebten die Schulfreunde mit ihren Schreibmaschinen und Schreiberinnen, die keinen Zweifel am Helvetisch hegten, lebten die Bürger des Städtchens und die Bürgerinnen, die Kathrins Malerei und Abweichung vom gewöhnlichen Gang der Dinge vielfach mit Zweifel und Ablehnung betrachteten. In der Mitte des Raumes stand das Tonmodell der Mutter, daran sie ohne Eitelkeit arbeitete. Wie ein Bekenntnis war's, ein wortloses, ihres sehnsüchtigen Herzens.

Drahtzaun bekannte auch manches, das er anderwärts immer verschwiegen. Kathrin hörte zu und glaubte, was er sagte, ohne zu fragen. Plötzlich besann er sich, daß sie ihn zwang, helvetisch zu reden, brach ab, stand auf und wollte gehen.

«Du hättest gern noch ein wenig bleiben können», sagte sie und verriet ihm, ohne zu wollen, daß ihr an seiner Gegenwart gelegen war. Sie hatte eine volle, wohlklingende Stimme von dunkler Färbung, ohne Spur einer Schärfe, und sprach langsam. Drahtzaun blieb an der Tür stehen. Sie schaute zu Boden. Niemand trug die Haare wie sie. Drahtzaun ging langsam zu ihr zurück und küßte sie auf die Wangen. Sie rührte sich nicht. Dann sprach er vom reinen Deutsch. Plötzlich überhäufte er sie mit Zärtlichkeiten, auf die sie keineswegs gefaßt gewesen. Aber sie wehrte sich nicht dagegen. Sie kam mit dem Rad zu ihm aufs Dorf hinaus gefahren, obgleich sie sich dadurch dem Klatsch des Städtchens aussetzte. – Sie war begehrt und viel umworben. Ihre Nachgiebigkeit und ihr Vertrauen fielen ihm wie zwei große Güter zu, ohne daß er sie sich irgendwie verdient hätte. Er nahm alles mit einer gewissen Selbstverständlichkeit an und dachte weniger daran, sich ebenso rückhaltlos als Schenkender gegen sie zu zeigen, als vielmehr daran, wie er das Gewonnene ungestört genießen könnte.

«Komm nach Paris», sagte er zu ihr, «dort können wir beide arbeiten und zusammen sein.»

Sie war einverstanden.

Vorher kam noch Lukar aus Berlin zu Drahtzaun ins

Dorf, nicht weil sie um diese Zeit gute Freunde waren, sondern weil sie früher gute Freunde gewesen. Es war die Einlösung eines über Gebühr verlängerten Wechsels. Drahtzaun hoffte, den Freund wiederzugewinnen und die Zeiten neu aufleben zu lassen, da er ihn bemuttert. Damals hatten sie sich immer, wenn einer verreist gewesen, zum Willkomm an der Bahn abgeholt. Drahtzaun holte also Lukar auch von der Bahn ab; nicht am Bahnhof des Dorfes, nicht im Städtchen, wo die Schnellzüge anhielten, sondern viel weiter weg, an der Grenze des Landes. Wie's die hohe Regierung allenfalls mit reisenden Fürsten tat. Niemals war das zu tun jemandem im Dorf eingefallen. Da mochte ein Tagelöhner von früh bis abends arbeiten, um so viel Geld zu verdienen, wie Drahtzaun für eine Übertriebenheit ausgab. Die Brüder wunderten sich. Als ob er einen Säugling erwartete. Als der Gast dann kam, war's gar kein Säugling, sondern ein untersetzter breiter junger Herr, reisemäßig und städtisch sporthaft angetan, daß es doppelt unverständlich war, warum Drahtzaun ihm bis an die Landesgrenze hatte entgegenfahren müssen. Sie saßen zusammen an eben des Bruders Tisch, dem das Abholen so mißfallen, auf dem Bauernhof oben im Dorf. Die Knechte aßen an derselben Tafel und wunderten sich über den schwarzen Dicken, den Drahtzaun da mitgebracht hatte und der an keinen von ihnen je ein Wort verlor. Die Schwägerin war im unklaren, wie weit auf den Gast Rücksicht zu nehmen sei, und fühlte sich unbehaglich und unbequem. Die Küche dampfte, die Pfannen brodelten auf dem Herd neben dem Tisch, am Boden stand das Becken mit dem Hundefutter drin, und die Knechte rochen nach Vieh und Stall. Das waren erstaunlich fremde Zusammenstellungen, und Drahtzaun war auch fremd, denn er saß in völlig anderer Haltung zu Tisch und aß in einer Weise, wie Lukar es nie von ihm zwischen den Kellnern der vornehmen Speisehäuser in der Großstadt gesehen. Der Herr des Hauses schwieg. Lukar schwieg auch. Und Drahtzaun ebenfalls. So gab es unerfreuliche Mahlzeiten, während sie doch früher bei Frau Zepke in Drahtzauns Zimmer bei kalter Küche die Bäuche gehalten vor Lachen. Aber eben, das war lange her, und die Worte gingen nicht mehr so leicht von den Lippen wie damals. Drahtzaun brachte das Notwendigste mit Mühe in reinem Deutsch heraus, denn diese Sprache paßte nicht in die heimatliche Küche, und der Bruder sah in diesen Augenblicken immer besonders frostig und steif aus, redete er aber helvetisch, dann wurmte es ihn selber, mit so lumpigem Deutsch vor seinem Freund zu erscheinen und ihm in vergrößerter und überdeutlicher Form alle Sprechlaster vorzuführen, um deretwillen ihn John einst an der Osten-Bühne hintangesetzt hatte. Lukar fühlte Beklemmungen und japste nach dem Lebenselement der Bühnenluft, er aß mit mäßigem Genuß, was man ihm vorsetzte, und gab sich keine Mühe, dem Bauern etwas vom Theater zu erzählen. Er konnte sich gehen lassen, laut sein, begeistert sein und in Worten sich ausgeben, wenn die Umgebung nach seinem Sinn war, konnte aber nicht unter undurchsichtigeren Umständen die kleine Münze einer Unterhaltung im richtigen Zeitpunkt und im richtigen Maße in Umlauf setzen. Lukar verstand nicht Gast zu sein und war in einem Hause, wo man nicht verstand, Gäste zu haben. Dazu war er schwarzhaarig und krummnasig, ähnlich wie die Pferdehändler aussahen oder die Gütermakler, die überall da noch einen Gewinn für sich herausfischten, wo es einem Bauern an den Kragen ging. Der Schwägerin erwuchs einige Mehrarbeit aus dem Besuch, sie wartete auf den Dank des Gastes, aber umsonst, denn Lukar war verwöhnt und erfolgreich, man riß sich in der Weltstadt um ihn, er übersah dabei kleine Verpflichtungen oder notwendige Aufmerksamkeiten, vielleicht auch widerstrebte es ihm, für eine Gastfreundschaft zu danken, die ihm ohne Wohlwollen gewährt worden war.

Die beiden fuhren zusammen in die Berge, wie es zum üblichen Begriff der Schweizerreise gehört. Das bloße Zusammensein genügte ihnen nicht. Drahtzaun stellte Rundreisen zusammen, Bruder und Schwägerin dachten an das viele Geld, das er um dieses unangenehmen Bekannten willen ausgab. Die Stiefmutter ebenfalls. Drahtzauns Dorf lag eingebettet zwischen Hügel und Wälder des mittleren Helvetien, aber Lukar hatte sich's als Bergdorf gedacht gehabt, am Fuß eines steilen Waldes, von Zacken und schneeigen Kuppen überragt. Als Drahtzaun das erfuhr, ärgerte er sich darüber, daß seine Heimat den Erwartungen des Freundes nicht entsprochen hatte, und ärgerte sich über den Freund, der etwas anderes von seinem Heimatort erwartet hatte, als dieser ihm bieten konnte.

Die Landsleute in den Eisenbahnwagen drehten die Köpfe nach Lukar, maßen ihn mit neugierigen Blicken oder machten aus ihrer stummen Kritik und Ablehnung kein Hehl. Sie zeigten sich selbstsicher und unerzogen. Lukar empörte sich über ihr Benehmen, und Drahtzaun fühlte sich mitschuldig. Lukar machte überhaupt nie ein Hehl daraus, wenn ihm etwas mißfiel, und war im ganzen weniger begeistert, als er sich's früher vorgenommen oder dem Drahtzaun vorausgesagt hatte. Drahtzauns zweiter Bruder lud sie zu sich nach der Mühle zu Tisch im nächsten Dorf. Der Weg dehnte sich in der Mittagshitze und die Bremsen stachen. Es waren die Bremsen, die zum Sommer gehörten und zum rechten Emdet, aber Lukar schlug wild um sich, fluchte schrecklich über die kleinen Tiere, und Drahtzaun verübelte ihm das Schelten über diesen uralten Bestandteil des heimatlichen Sommers.

In den Bergen kam Drahtzaun schlecht bergauf, sein Herz klopfte übermäßig, er erlag der Gefahr, den bequemeren Weg dem richtigen vorzuziehen und verlief sich. Lukar spöttelte spielerisch über die offenbar werdende, mangelhafte Kenntnis des Landes. Er überließ Drahtzaun die Führung und wahrte sich das Recht, über die Ergebnisse zu urteilen. Er war kühl, Drahtzaun war eifrig. Sie kamen nicht höher als bis zu den Alpweiden, wo die Kühe frei umherliefen, wie es Lukar nie zuvor gesehen, wie sie ihm nie auf den Straßen der Großstadt begegnet waren. Sie schienen ihm gefährlich und unberechenbar, er wich ihnen aus, Drahtzaun aber ging auf sie zu, klopfte ihnen auf den Hals, ließ sich die Hände lecken. Seine Überlegenheit im Umgang mit dem Hornvieh lag klar zutage, er betonte sie gegenüber Lukar, um sich für den Spott zu rächen, den dieser sich wegen der falschgewählten Wege erlaubt hatte.

In der Nacht schliefen sie in einem kleinen Berghotel aus Holz mit dünnen Wänden, in Betten mit schweren Federdecken, wie sie's nicht gewohnt waren. Lukar wälzte sich unruhig auf seinem Lager hin und her und warf sich herum, daß die Sprungfedern krachten. Ein Kindlein schrie irgendwo im Hause, sein dünnes Stimmlein drang durch die Wände. Es klang jämmerlich. Lukar konnte keinen Schlaf finden. Plötzlich schlug er voll Zorn und Ungeduld mitten in der Nacht donnernd gegen die Zimmerwand, daß das Haus dröhnte und Drahtzaun mit klopfendem Herzen aus seinem Schlummer auffuhr. Das Kindlein schwieg erschrocken. Hernach fing es von neuem an, Drahtzaun lag nun auch wach, hörte deutlich die Ungeduld in Lukars Drehen und Wenden und hegte unfreundliche Gedanken. Er schwieg aber darüber und verschloß sie bei sich. Anderntags stiegen sie von den Bergen hinunter, fuhren auf den Seen, aßen an berühmten Gaststätten und führten wie ehedem kleine Stegreifspiele zusammen auf. Sie selber erschienen darin nun als berühmte Bühnenleiter, über welche zwei Schauspieler ihrer Theater sich unterhielten. Ihre Freundschaft erschien in diesen gespielten Gesprächen in um so schönerer Form, je brüchiger sie in Wahrheit geworden war. Das Spielen und die Übereinstimmung im Ausgedachten mußten über die Unannehmlichkeiten des gestörten, wirklichen Zusammenseins hinweghelfen.

Sie setzten die Reise weiter bis nach Italien fort. Weil sie sich's vorgenommen. Weil sie aus Helvetien fort wollten. Weil sie es noch nicht aufgegeben hatten, die alte Freundschaft wiederzufinden. Kathrin kam zum Abschied an die Bahn. Drahtzaun stand auf dem Trittbrett und küßte sie, als die Räder zu laufen begannen. Kathrin war noch nie an der Bahn von jemandem geküßt worden, der nicht zur Familie gehörte. Das konnte allenfalls ein Verlobter tun. Ein älterer Eisenbahner hatte den Kuß beobachtet. Der kannte Kathrins Familie und verbreitete die Nachricht von dem Abschiedskusse in dem Städtchen.

Drahtzaun und Lukar stiegen auf das Dach des Mailänder Doms, aßen Fische in fremdartiger Umgebung, saßen auf den Steinfliesen römischer Theater, schlürften neuartige Getränke im Schatten steinerner Bogen. Drahtzaun sperrte die Augen auf, Lukar die Nüstern. Drahtzaun sah, Lukar roch. Drahtzaun vermißte die Traumgestalten, mit denen er zuletzt immer umgegangen war, und die Gespräche mit ihnen, Lukar hing am Augenblick, er ruhte zwischen zwei Spielzeiten aus und wollte dieser Zeit an Genüssen, was immer möglich war, entreißen. Er schwamm zur Nachtzeit im Gardasee, aber Drahtzaun stieg in der Mittagsglut durch die Häuser hinauf nach den Höhen um des Schauens willen. Sie bewunderten Verschiedenes und entfernten sich immer mehr voneinander. Drahtzaun stellte die Fahrpläne zusammen, Lukar fuhr danach, Drahtzaun las und übersetzte die Speisekarten, Lukar aß nach diesen Angaben. Die Führung im Äußerlichen brachte Drahtzaun dazu, auch eine gewisse Führung im Geistigen zu beanspruchen, aber Lukar verhielt sich anders gegen die Dinge als es Drahtzaun wollte und hielt an seiner eigenen Weise fest. Er liebte die Gerichte nicht, die Drahtzaun ihm mit Nachdruck empfahl, und versank vor anderem als jener in Bewunderung. Er verschlang die fremden Frauen mit den Augen und brach mitten im ruhigen Gehen über eine schöne Vorüberwandelnde in Begeisterung aus. Drahtzaun war mit sich selber beschäftigt, aber davon konnte er nicht reden, und die lauten Ausbrüche des Freundes waren ihm unwillkommen, machten ihn neidisch oder eifersüchtig. Es war klar, daß Lukar nach diesen Ferientagen heimfahren und zur Bühne zurückkehren würde, was aber Drahtzaun beginnen sollte, war nicht klar, und Lukar war froh, daß darüber nicht gesprochen wurde. Drahtzaun diente ihm nach und nach vor allem als Reiseerleichterung, dieser aber wünschte immer deutlicher in seinem Innern das Ende des Zusammenbleibens.

Eines Tages wartete Lukar am Schalterbrett einer Reisekanzlei ziemlich lange auf die Abfertigung. Als er wegging, fehlte ihm die Brieftasche. Gestohlen! Er fluchte wild, war empört und schalt auf den Dieb, was er nur schelten konnte. Drahtzaun beobachtete ihn ziemlich gelassen. Das kommt vom breiten Behagen, dachte er, und vom Genügen am Augenblick. Der Zwischenfall war ihm unangenehm, er störte ihn in seiner Beschäftigung mit sich selber, zögernd und mit einiger Lauheit schlug sich Drahtzaun in der Sache an die Seite des Freundes, erinnerte an die Scheine, die ihnen geblieben waren oder an jene, die man später wieder verdienen könnte, Lukar aber wollte nicht an die Zukunft denken, sondern an den Dieb, der ihn um sein Gut gebracht, und an jeden einzelnen Geldschein, dessen Verlust ihn um soundso viele Freuden brachte. Er mußte der Sprachkenntnisse wegen bei den Nachforschungen ausgiebig Drahtzauns Hilfe in Anspruch nehmen, die ihm dieser mit einer gewissen überlegenen Freundlichkeit zuteil werden ließ. Aber ganz umsonst. Lukar bekam sein Geld nicht wieder. Die Ausweispapiere waren auch verschwunden. Er mußte sofort abreisen. Der plötzliche Abbruch enthob sie des Streites, der lang auszubrechen gedroht hatte. Immerhin fiel in der letzten Stunde vor der Abfahrt des Dampfers kein Wort zwischen ihnen. Die Spannung entlud sich schließlich auf einen armen Gepäckträger, der für den Weg vom Hotel zum Anlegeplatz der Boote ein paar Lire zuviel forderte. Drahtzaun zankte mit ihm und schrie laut vor dem Dogenpalast an der Stelle, wo sonst die vornehmen Herren Venedigs gelassen ihre Boote bestiegen hatten, schrie ungerechtfertigt und ganz im Widerspruch zu seinen sonstigen Gewohnheiten, schrie, weil das Verschweigen und die Stille zwischen ihm und Lukar unerträglich geworden waren.

Schließlich verschwand Lukars Schiff am Horizont. Drahtzaun sah's mit schmerzlicher Genugtuung davondampfen. Sofort begann sich zwischen ihn und die Dinge des Tages jene schimmernde Entfernung von vordem einzuschalten, nach der er sich seit einiger Zeit immer deutlicher gesehnt hatte.

Er reiste weiter nach Süden, über den Po, an alten Städten vorbei, an berühmten Namen, an Küsten, an Straßen, die aus Ebenen eifrig bergan stiegen, vorbei an kahlen Bergen, fremden Bahnhöfen, reiste mit mächtigen Römerfrauen, die auf Kissen saßen, die aus Seebädern nach Hause fuhren, sah den Petersdom und die Kirchen alle, die Stiere im weiten Feld, querte das Land und kam wieder ans Meer und in eine alte Stadt. Abends, als es dämmerte, als das Meer glatt lag und die Segel müde heimkehrten in den Hafen, bestieg er ein Schiff. Das Schiff nach der Insel.

## Drahtzaun und die Sonne

Lautlos glitt es aus dem stillen Hafen. Der Mond schien. Die Luft war lau. Silbern lag der Nebeldunst. Dunstig die Ferne, als hülle nicht die altgewohnte Luft des Tages die Fahrt ein, das Schiff und ihn und alle Leute darauf, sondern ein besonderes Element, mit besonderen Gesetzen für die Geschöpfe, die darin lebten.

Drahtzaun lehnte mittschiffs am Geländer. Auf dem Vorderschiff zu seinen Füßen kauerten dunkle Gestalten, dicht gedrängt. Heimkehrer, welche mit fremden Gesängen die Sehnsucht nach der Insel besangen, welche die Freude, sie wiedersehen zu dürfen, in gurgelnden Lauten und grunzenden Tönen verkündeten, wie Drahtzaun sie nie gehört.

Kein Wort seines geliebten Deutsch fiel an Bord. Er war allein mit seinen Vorräten an Sprechbarem. Wer immer mit ihm abends am Tisch unten im Schiffsraum beim Essen saß, hatte sein Ziel und auf der Insel seine bestimmten Absichten, hatte seine Pferde zu kaufen, seine Kerzen an den Mann zu bringen oder seine Felle zu besehen. Selbst der Priester im schwarzen Kleid reiste nicht um Gott zu suchen, sondern irgendwelcher irdischer und handgreiflicher Aufgaben wegen. Er schlief zusammen mit Drahtzaun in einer Kabine. Der Morgen der Landung aber, die silberne Bucht, die niedrigen Klippen, das Grün und alle andern Farben und deren Spiegelbilder entlockten dem geistlichen Mann kein Gebet noch irgendein Lied, sondern einzig die trockene Feststellung: wir sind da. Dabei brachte er seine Unterhosen in Ordnung.

Wir sind da, dachte Drahtzaun. Wo? Da: zwischen Klippen und fremdem Grün, da: wo er nichts zu suchen, nichts zu tun hatte, wo man ihn nicht kannte, noch erwartete. Da: auf der Erde, einfach, neugeboren, zum erstenmal, da: zwischen Bäumen und Felsen, da: in der Luft, atmend und schauend. Da-Sein war alles, nicht Dort-Sein, nicht Fort-Sein, nicht im Gestern, nicht im Morgen, sondern mit allen Augen da sein, wo er war.

Alles ging von Bord. Drahtzaun schleppte seinen Koffer durch ein schlafendes Städtlein nach der Stelle, von welcher die Kraftpost hinausfuhr ins Land. Einige Inselbewohner standen schon da und warteten. Kein Fahrplan band die Reise, kein Abzeichen kennzeichnete den Mann, der sich schließlich ans Lenkrad setzte, kein Dienstrock betonte die Wiederholung und das Gleichförmige eines ständigen Verkehrs, so wie auf den heimatlichen Bergen eben noch die Postfahrer vor ihm gestanden in Einform und Mütze.

Vor den Fenstern des Wagens erschien nach langer Leere eine Stadt am Meere, hoch auf Felsen gebaut, ganz den Städten gleich, die ihm auf den alten Bildern begegnet waren, daheim in den Sammlungen der Museen, und davor man immer mit dem Hute in der Hand gestanden. Ein Fluß zog an der Stadt vorüber, eine Brücke wölbte sich, Tümpel glänzten, spärliche Büsche grünten, Karren warteten, die nur halb soviel Räder hatten wie die Wagen zu Hause. An den Tümpeln knieten die Frauen und wuschen, und die Esel wackelten mit den Ohren: ja, das war der Wäschetag, wie der alte Dichter ihn besungen, in fremder Sprache vor zweitausend, dreitausend Jahren, die Wäsche ohne Brunnenrohr und Wasserhahn und Dampf, da man die Laken mit Wagen zum Fluß gefahren, wie er es in vielen Schulstunden mühsam eingetrichtert bekommen, alles das, ach, lag nun farbig da, im Lichte des Himmels, wie es vor Jahrtausenden gewesen und wie es sein Bubenherz vordem vernommen.

Am Nachmittag wendete sich die Straße landeinwärts und aufwärts. Ein Herr im Strohhut kam in den Wagen. Einsam zog die Straße dahin. Sie sandte keine Verzweigungen aus, ohne Verwandte und Anhang zog sie durchs Land und suchte niemanden auf. Ehrfürchtig begrüßte man den Herrn im Strohhut. Es war der Doktor, der seinen Taschen eine Arzneiflasche nach der andern entnahm, seine Ratschläge gab, seine Fragen stellte – er, dem die Frauen in weiten glockigen, zinnoberroten Röcken frische Melonen zum Wagen brachten, kleine Geschenke oder Zahlungen, die alle aufs Wagendach kamen – er, dem ein junges Weib im Kopftuch strahlenden Gesichts ein Hühnchen überreichte, das der Menschenfreund dann, ob es auch lebend war, mit zusammengebundenen Füßen wie ein verschnürtes Paket hinauf ins Gepäcknetz warf.

Auf hohem Karren fuhr ein Genesender vorbei: beide Wagen hielten. Von Gefährt zu Gefährt ging im abendlichen Schatten die Rede über Befinden und Kur, derart, daß Drahtzaun erstaunten Auges diese Welt betrachtete, wo Genesende nicht im Fenster saßen, nicht in Krankenhäusern langsam durch lange Gänge gingen oder aus weißen Kissen schauten, wo sie vielmehr auf hohem Wagen fuhren und Gespanne lenkten, wie vormals die Athleten durch die römischen Arenen gejagt waren und wo sie sich gewaltigen Ruhm oder im Sturze den Tod geholt hatten.

Wo waren die Wiesen, die zu der Zeit zu Hause grün und saftig standen, die der Bauer schnitt und deren Gras man in der Sonne, die Drahtzaun an dem Tage leuchtete, so ohne Sorgen hätte dörren können?

«Verbrannt», sagte der Doktor, ausgeglüht eben von dieser Sonne, die vom Frühling an Tag für Tag unverhüllt heruntergebrannt und auf der Straße gegleißt hatte, von dieser Sonne, vor der das Korn in den Schatten der Ölbäume floh, vor der sich der Weinstock in die verborgensten, schattigen Felsenwinkel flüchtete, von der Sonne, die nun am späten Nachmittag, zum Untergang gewendet, schräg hereinschien in das lange Tal, den jenseitigen Hang bestrahlte, ein Städtchen beglänzte und den großen Kalkberg hinter ihm beleuchtete, daß seine Furchen, Runen und Kanten hervortraten, daß der ganze Berg lebendig wie eines alten Schauspielers verwittertes Antlitz aussah, wenn der Beleuchter volles Licht auf ihn grad in dem Augenblicke hat fallen lassen, da irgendein gewaltiger Vers und Gedanke seinen Bann über ihn geworfen.

Jene Sonne war's, die flammend hinter den dunklen Türmen eines Städtchens stand, welches bei einer Wegbiegung hoch oben am Bergesrand erschien, so überstrahlt, als brächen sich westwärts an seinen Mauern die Wogen eines endlosen Meeres aus Glut und Brand.

Mühsam erklomm der Wagen das letzte Wegstück. Kurz vor dem Ziel, schon unter dem Gemäuer des Städtchens, schlug Feuer aus dem Motorgehäuse vorn hoch, eine Flamme schoß auf, gelockt vielleicht vom glühenden Himmel und gerufen von der abendlichen Feuerstunde. Ein Schrei entrann der Kehle des Hakennasigen am Steuer, ein Schrei und ein Befehl, treffend und packend, wie ihn Drahtzaun sonst allenfalls vor dem Fallen des Vorhangs gehört in fernen Theatern, wenn endlich ein Messerstich oder eine blutige Tat einem großen Schauspiel ein Ende bereitete. Der Doktor stürzte aus dem Wagen. Drahtzaun folgte ihm. Gleich neben der Straße stürzte der Hang steil ab, und des Doktors Melonen oben auf dem Dach waren gefährdet. Drahtzaun riß einen Stein los und legte ihn unters Hinterrad. «Bravo», sagte der Doktor. Noch brannte vorn das Triebwerk. Der Hakennasige löschte mit Sand. Über seinen

Kopf weg schmiß Drahtzaun ein paar Hände voll nach dem Feuer. Die Flamme erstickte. Der Hakennasige drehte den Kopf und warf Drahtzaun einen Blick zu, der die Anerkennung verschwenderisch zeigte. Drahtzaun sah selbstbewußter als eben vorher hinüber über das dunkelnde Tal und nach den Bauern, die schattenhaft aus dessen Tiefe herauf nach dem Städtchen geritten kamen.

Er blieb an dem Orte. Auf der Hauptstraße ging man über Steinplatten, an der Mitte des Weges stand das Gasthaus. Es sah ärmlicher aus, als das ärmlichste, in dem er je gewohnt, aber er aß fürstlicher als je an Stätten mit fürstlichem Drum und Dran. Täglich kam auf seinen Mittagstisch das Fleisch seltener und fremder Vögel, von denen er gelesen oder gehört, daß es an den Tafeln großer Herren geboten würde, die sich's auf silbernen Platten von Dienern bringen ließen, Herren, die sich aufs Leben verstanden und sich kein X für ein U vormachen ließen.

Drahtzaun wohnte im Hause eines Haarschneiders, abseits der Hauptstraße, an steiniger Gasse. Ein großer viereckiger Backofen lag gerade vor dem Fenster im Freien, es war aber kein Backofen, sondern das Nachbarhaus mit dem sonnebestrahlten Hohlziegeldach, das bis in die Nacht hinein die tagsüber eingesogene Wärme in Drahtzauns Zimmer hineinstrahlte. In dem kahlen Raum hing ein Fliegenfänger, der war mit ausgetrockneten Fliegenleichen so dicht bedeckt, daß die lebendigen Gott sei Dank ohne Gefahr daran herumklettern konnten. Es gab eine besondere Art kleiner roter Wänzlein, die Drahtzaun nirgends bisher gesehen, und die von außerordentlich hübscher Farbe waren. Ein grob gepflastertes Gäßchen führte zum Hause hin, ein Mauertor nach einem kleinen steinernen Hof, eine steinerne Treppe ging vom Hofe hinauf nach dem Zimmer. Nebenan lag des Haarschneiders kranke Frau, seit Monaten lag sie danieder. Der Mann sah bleich und übernächtig aus. Drahtzaun hörte, wenn er über die Treppe ging, manchmal das Stöhnen der Kranken. Über der Treppe aber breitete der Weinstock des Hofs sein Dach aus, von den quergelegten Bambusstäben hingen die schweren Trauben herunter, also daß Drahtzaun, wenn er unter diesen Trauben den Jammer des Weibes vernahm, allemal von dem zwiefachen Zeugnis himmlischen Segens und menschlichen Gebrechens in zwiespältiges Nachdenken versetzt wurde.

Drei Täler nahmen von dem Orte ihren Ausgang. Drahtzaun stieg über die Hänge hinunter; hügelab, hügelauf durchstrich er die Landschaft. Stachlichte, verdorrte Gräser rissen ihm Fäden aus den modischen Hosen. Hart und dürr lag die Erde. Magere Ziegen- und Schafherden lagerten im dünnen Schatten der Ölbäume. Die Ackerkrume war spärlich. Überall trat der Granit zutage, fuhren die Wagen, standen die Häuser auf Felsgrund, ging der Fuß auf uraltem Gestein, das da aus einem Guß und Stück bergetief unter ihm sich dehnte, bis hin zum Herzen der Erde. Unten an den Hängen lagen die kleinen Felder, mit Mauern geschützt, von Mauern begrenzt. Wo sie Wasser witterten, drängten sie sich zusammen, und die Weinstöcke drückten sich in die schattigen Rinnen des Tals, von Sehnsucht nach Wasser verzehrt.

Auf den Hügeln lagen an sichtigen Stellen uralte Bauwerke, zu Kegeln getürmte, im Rund geschichtete, notdürftig behauene Blöcke: Behausungen vorzeitlicher Inselbewohner, die niemand gesehen, von denen niemand geschrieben, die nichts hinterlassen als diese kargen Zeichen ihres einstigen Daseins. Wo waren sie? Wie weit fort in der Zeit? Verlaufen in der Ewigkeit! Undeutliche Schemen am Rande des Vergessens, keiner deutlichen Vorstellung mehr gehorsam und kaum in eines Menschen Gedanken. War er selber noch in eines Menschen Gedanken?

Drahtzaun kletterte an den ehrwürdigen Quadern empor, setzte sich im Sonnenglast oben auf die Kante des Runds. Eidechsen sonnten sich an seiner Seite. Ihm wuchs ein Bart! Ein Gedankenbart! Wild und struppig, undenkbar für die zeitgenössischen Städte. Baumlang lehnte die Keule an seiner Seite. Das Städtchen drüben auf der Kuppe, wo er sonst wohnte, verschwomm im Dunst, er blinzelte fernhin über die Wellen des Landes nach fernen Feinden, die Brust voll Haar, das Herz voll Mut, indessen hinter und unter ihm in den Quadergängen des Steinbaues sein Weib ihr Wesen trieb und briet, daß ihm der Dunst um die Nase strich. Dann fiel sein Auge auf den Brunnen an der Halde unter der Stadt. Dort kamen und gingen die Frauen mit Krügen, so wie er's zu jener Zeit abgebildet gesehen, da er noch in Großmutters Bibel geblättert und die Geschichte der Rebekka am Brunnen vernommen. Großmutters Häuschen verdrängte die Urwelt vor seinen Augen, ihr großer Kachelofen kam vors innere Auge, ihr Öllämpchen, der Rauchfang und die dunkle Küche, die Wähen, die sie gebacken, die tickende Uhr und die Seligkeit jener frühen Jahre ergriffen sein Herz, da es einfach gewesen zu leben, da er mit Stillsein und schweigendem Träumen die Zufriedenheit und Liebe seiner Umwelt sich hatte erwerben können.

Er stieg auf den Berg, der das Städtchen überragte. Auf den Berg mit den Blöcken und immergrünen Eichen und dem Karrenweg, der sein Gestein durchfurchte und sich über die granitene Flanke hinaufschwang nach der Hochfläche halb oben am Hang. Dort kam ihm jener Wagen entgegen, mit den Ochsen im Joch und den schweren Rädern, handgefügt, die knorrige Holzlast hoch über die Köpfe der Ochsen getürmt, jenes Gespann also begegnete ihm, das die gelehrten Lehrer beschrieben, als er schon ein großer Junge war und auf der mittleren Schule sich mit den Sprachen der Alten schlug. Damals hatte er in schwierigem Griechisch oder Latein diesen Wagen beschrieben gefunden, der ihm da durch den Hohlweg entgegen kam, der die tiefen Furchen in endlos wiederholten Fahrten, die tiefen Rinnen ins harte Gestein gegraben hatte. Da waren sie: die schnaubenden Ochsen im Joch, die rollenden Augen, die beindrehenden Tiere, alles, worüber er sich früher so sehr gewundert, zu jener Zeit gewundert, da er noch an Vaters Tisch gesessen und in Heimatbetten geschlafen. Da kam das hochbeladene Gefährt nun leibhaftig her, schwankend, mit dem singenden Fuhrmann, zwischen den duftenden Büschen, zwischen dem Lorbeer, darin die Ziegen staken, also daß ihre krummen Hörner oben aus dem Laube guckten, als säße der Wald und die Welt voll Teufel.

Oder war's anders? War er dem Ganzen anderswo begegnet? Oben in den Städten des Nordens, nicht in Gedanken, sondern mit körperlichem Auge auf den Bildern der Maler? Der Italienfahrer! In weiten Räumen, farbig, in reichen Rahmen, in weiten Sälen, in Augenblicken der Vertiefung, da Schauen, Aufnehmen, hingebendes Betrachten die einzige und allerernsteste Aufgabe der Stunde gewesen.

Wie? Oder hatten sie ihn vielleicht aufgenommen, zu sich genommen, die alten Zeiten, diese Ochsenkarren-Zeiten, diese tausendjährige, beschriebene, immer nur Geist und Gedanke gebliebene Welt? War sie da? Eingebrochen in sein Leben? Hatte sie ihn seinem Leben entzogen?

Warum nicht? Was hielt ihn denn? Was hätte ihm den Abschied erschwert? War er nicht leicht genug, daß sie ihn über die Brücke entführte? Niemand suchte ihn, niemand vermißte ihn. Keine Bühne erlitt einen Verlust an ihm, den kein Brief erreichte, über dessen Tun und Wosein kein Mensch zur Zeit Bescheid wußte. War es nicht der Augenblick, sich aus dem Lichte des Tages wegzustehlen und durch die gefundene Pforte fortzuwandern in alte Welten, in immer fernere Fernen der Zeit?

Drahtzaun drückte sich seitlich in die Büsche, ließ den Ochsenkarren und den singenden Fuhrmann an sich vorbeiziehen. Er blieb ungesehen. Sein Herz klopfte, und der Atem wagte sich kaum von den Lippen, aus Furcht, das Geistergebilde aufzujagen.

Er stieg weiter, gelangte auf die kleine Hochfläche und erklomm dann die oberste Kante des Bergs. Blöcke türmten sich über Kronen, Kronen über Blöcke. Knorrige uralte Bäume schlugen ihre Wurzeln ins Gestein. Aus ihrem Schatten schaute Drahtzaun von den freien Blöcken hinab in die Täler und hinüber über die Bergrippen, die da in stetigem Schritt und ruhigem Verlauf von den innern Rücken schieden und sich gegen das Meer hinunterzogen, eine hinter der andern, immer weiter, in immer ferneren Fernen sich verlierend.

Schließlich begannen die Täler sich mit Schatten zu füllen, mit immer längeren, immer dunkleren, immer dichteren. Die höchsten Hänge verloren darauf auch den Glanz des Tages und schimmerten in matten Abendfarben. Drahtzaun stand – wie sie beleuchtet im Scheine des untergehenden Gestirns – mit ausgebreiteten Armen auf dem obersten Block, schöpfte tief Atem und sang sich die Seligkeit der Stunde vom Herzen und den Dank fürs Dasein. In seinem geliebten Deutsch kamen die Verse reihenweise und ununterbrochen aus dem Gedächtnis ihm in den Mund, die Verse alle von der Sonne, von der Welt, von den Sternen und den Menschen, die vielen, vielen Zeilen, die er eingesogen, wiedergekaut, aufbewahrt in seinem Innern, versenkt, daß aus der unbewußten Fülle sie ihm verschwenderisch zuströmten.

«Sie rückt und weicht, der Tag ist überlebt,
dort eilt sie hin und fördert neues Leben …»

Die ewige Sonne rückte und wich, überstrahlte ihn mit dem letzten Licht, die Ziegenböcke wackelten mit den Hörnern hinter den Büschen. Immer länger wurden die Schatten, dann kam die Nacht, darauf ein neuer Tag und ein neues Abschiedsspiel und Zwiesprache zwischen ihm und dem himmlischen Licht.

Im Schwinden trafen die letzten Strahlen weit drüben über Tälern und Kämmen immer ein kühnes Gemäuer, das sie auffing, das sie gesammelt wie das Feuer eines fernaufblitzenden Diamanten zu Drahtzaun herüberwarf. Er reiste dorthin. Zur Mittagszeit traf er ein. Die Sonne glühte auf die Steinfliesen der Straßen, die Sohlen brannten. Ausgestorben lagen die Gassen.

Schließlich geriet er durch eine dunkle Türöffnung in die Schenke des Ortes. Ein paar junge Männer saßen beim Wein, an einem Tisch auf Pfählen. Einige Fässer reihten sich an der Wand. Drahtzaun bat um Platz bei den Gästen. Die Männer rückten. Die Unterhaltung stockte. Ein alter

Mann kam kurz hinter Drahtzaun durch die Tür und setzte sich wortlos an der gegenüberliegenden Wand auf einen niedrigen Holzpflock. Drahtzaun bestellte ein Glas Wein. Das Gespräch hob wieder an und kreiste um ihn. Die jungen Männer waren in Deutschland kriegsgefangen gewesen. Wie jene anderen, denen der Triumphbogen gegolten, den Drahtzaun auf dem Bahnhofsplatz von Örlewitz gesehen. Gefangene jenes Krieges, der den Örlewitzer Schwestern das Leben verkümmert hatte, der aber dem Volkswirt in Berlin in seiner Folge in immer anderen Betten zu schlafen und unredliche Gewinne zu machen erlaubte.

Zu jener Gefangenenzeit hatte man da oben auf den Felshängen der Insel nichts Gutes an den Anhängern der deutschen Sprache gefunden. Die Zeitungen hatten sie in einer Weise beschrieben und dargestellt, daß das Bild noch deutlich in der Erinnerung des Alten haftete, der an der Wand auf dem Pflock saß. Wie hatten die Frauen in den stillen heißen Gassen wegen dieser Barbaren leiden müssen, die das süße Italienisch nicht kannten und von denen der Alte nun endlich nach langer Zeit einen leibhaftig vor sich sitzen sah!

«Ihr habt unsere Söhne gemordet!» warf er Drahtzaun heftig ins Gesicht und ahnte nicht, daß dieser sein Leben dazu verwendet hatte, um von seinem häßlichen a zu einem reinen a und von seinem halsigen o zu einem wohlklingenden o zu kommen. Die jungen Männer zeigten sich ritterlich und verwiesen dem Alten den feindseligen Ton. Als man im Gespräch schließlich aufs Allgemeine der Staaten kam, auf die Art auch, wie sie miteinander umgingen, und auf das schöne Bild des ewigen Friedens, da wollte

Drahtzaun das Seinige zur Milderung der Gegensätze im Staatenleben tun und entwarf für die neugierigen Zuhörer ein Bild jenes Landes der deutschen Sprache in höchst abendlicher Beleuchtung. Von ihm geschildert, erschien es vor den Augen der Weintrinker als von lauter Sonnenuntergangssüchtigen erfüllt, von Inselfremden bevölkert, von lauter Menschen mit sanften Gemütern bewohnt, die so wie die Örlewitzer Schwestern miteinander umgingen. Das war ein Heimatland voll wunderlicher Gestalten, darin man Auszeichnungen fürs reine Deutsch verlieh, belebt und bewegt von Begeisterten, die sich an Sonntagvormittagen in Sackleinwand steckten und den anderen Begeisterten Bühnenstücke voll edler Gedanken vorspielten, da gab's lauter Theaterleiter, die ihr Geld um der reinen Kunst willen verpulverten, Kanonen, Heere, Geiz, Zorn und Haß, alles das war weggezaubert, das Land der deutschen Sprache lag so still und friedlich mitten in Europa, war von so bezaubernder vorbildlicher Gesinnung, daß die Gäste mit Staunen hörten, wie sich die Zustände dort gewandelt hatten, wo sie einst unzulängliche Kartoffeln hinter den Drahtgittern der Gefangenenlager verzehrt. Verblüfft schwiegen sie, als er endlich zu Ende kam. Es war still.

«Ihr seid des Kaisers Sohn», sagte der Alte an der Wand.

Was sollte Drahtzaun einwenden? Was war er sonst? Was sprach dagegen? Er nahm an.

«Nichts erzählen», sagte er bloß und legte den Finger auf den Mund, «ich reise unerkannt.» Dann stand er auf, wendete sich zum Gehen und schüttelte den Männern mit königlicher Gebärde die Hände: «Wir sind Freunde.» Sie boten ihm Begleitung an. Er lehnte ab und trat hinaus in die Sonne. Sie war im Sinken.

Er schritt talwärts. Des Kaisers Sohn! In seinem Land der deutschen Sprache war, wenn man es recht bedachte, doch noch manches zu verbessern. Nur gut, daß er bald ans Ruder kam: wie manchen Schauspieler gab's, dem man endlich zum wohlverdienten Ruhm verhelfen sollte. Die Örlewitzer Schwestern hatten sofort eine Rente zu bekommen, auch dem dunklen Rheinländer mit der langen Uhrkette von der Örlewitzer Bühne mußte eine Liebenswürdigkeit oder Gunst erwiesen werden. Ebenso der Frau Zepke und vielen andern. Es gab noch so manchen Menschen, der nicht auf dem Platze stand, welcher ihm gebührte. Das mußte anders werden. Dafür wollte er schon sorgen. Auch war das Ganze noch nicht bis ins Innerste friedlich und gerecht, wie er sich's wünschte. Offensichtlich gab's viel zu tun, jahrelang zu tun, bis jede Stadt und jedes Dorf im Land den Segen seines Daseins endlich deutlich zu spüren bekäme. Als Drahtzaun mit dem ungefähren Überschlag seiner kaiserlichen Wohltäter- und Führungsgrundsätze endlich zum Schluß kam, war er verirrt.

Der kleine Seitenpfad, von dem die Männer in der Weinkneipe gesprochen, der Weg zum Städtchen, der sich da oben auf dem Bergrücken von Drahtzauns Straße hätte abzweigen sollen, war verpaßt. Im Vorwärtsgehen führte die schmale Straße ihn hinab gegen das Meer in ein verlassenes Tal und immer weiter weg vom Berg, an dessen Flanke die kleine Stadt liegen mußte und des Haarschneiders Haus. Er bog von der Straße ab, querte, der Himmelsrichtung folgend, ein paar Hänge, verlief sich immer mehr, verfing sich in dem niedrigen Gebüsch, stolperte an den steinigen Halden, sah sich zuletzt im Bereiche eines rauchenden Buschbrandes und erreichte gegen Sonnenuntergang, dem Gewirr der Hänge entrinnend, einen freien breiten Talgrund. Ein paar Tümpel lagen da. Oleanderbüsche schwankten leise im sanften Abendhauch, Schafe grasten.

Drahtzaun rannte um die Büsche. Es dunkelte rasch. Als er auf eine deutlichere Straße stieß, war es Nacht. Das Mondlicht ruhte auf dem Land, daß es aus fernen Tiefen zu Drahtzaun herüber leuchtete, das Gestirn stand hinter dem Berge, Drahtzaun wanderte im Schatten des mächtigen Klotzes vorbei an riesigen Felsblöcken, die wie Geister und Gespenster plötzlich am Wegrand auftauchten und ihre Schattenrisse gegen den erleuchteten Himmel warfen. Ochsen schnaubten in den Büschen, unsichtbares Vieh grunzte in den Tiefen der Hänge. Schließlich kam er aus dem Bergschatten heraus und hinauf auf den Rücken, darauf das Städtchen lag. Da breitete sich vor ihm im Mondglanz das Tal, durch das er am ersten Tage angefahren gekommen, leuchteten die roten Gemäuer wie Silber, stand gerad vor ihm auf der jenseitigen Kante des Berges das Gestirn, gerad so auf dem Bergrücken, wie er selber leicht darauf einherging, gerad so hoch etwa, wie er selber war, und so ihm gegenüber, daß er vor sich den Pfad über die Höhen liegen sah, den er allenfalls hätte entlang gehen müssen, um vollends zu dem Himmelskörper zu gelangen, um mit der Hand dem Scheibenrand entlang streichen zu können. Links lang ging's, nach einigem Zögern schlug er sich schließlich doch rechts und legte sich in des Haarschneiders Haus schlafen. Später siedelte er nach einem abseitigen Ort über, der höher zwischen den Bergen lag. Dort gab's ein Gasthaus, das ein wenig geleckter aussah als die anderen rohgefügten Häuser des Ortes. Ein alter Insler hatte es gebaut, ein Mann, der mit seinen Ersparnissen aus

Amerika zum Sterben in seine Heimat zurückgekommen war. Im Hause wohnte seine Tochter und der Schwiegersohn mit dem verkrüppelten Bein, der Schuster war. Hinten in einem Winkel des Hofs pflegte der zu hämmern, frühmorgens schon, wenn's noch kühl war, wenn kaum die Sonne in Drahtzauns Zimmer schien, wenn der am Fenster stand und in das ummauerte Viereck hinunter sah, unter offenem Himmel, drin das Feuer brannte, darin die Kinder herumkrochen, wo der Alte auf einem Holzpflock saß, wo die Töpfe am offenen Feuer brodelten und soviel Menschen beisammenlebten.

Die junge Frau kniete auf der Erde. Ein Säugling ruhte in ihren Armen. Ein Teller stand vor ihr auf dem Erdboden, daraus fütterte sie ein zweites Kind, das immerhin schon auf den Beinen stand, indessen ein drittes sich ihr von hinten um den Hals hing. Ein Huhn stand dabei und holte sich zwischen zwei Löffeln das Seinige aus dem Eßteller.

In der Nähe des Dorfes standen in einer Talmulde in gemessenem Abstand voneinander ein paar uralte Bäume mit weit ausladenden Ästen. In ihrem Schatten lagerten, wenn die Sonne im Mittag stand, die matten Schafe und ruhten. Sonst war kein Wesen weit und breit zu sehen. Mit der wandernden Sonne verschob sich der Schatten der Bäume, sie traf dann mit ihren Strahlen die äußersten Schafe und brannte ihnen aufs Fell. Langsam erhoben sich dann die getroffenen Tiere, eines nach dem andern, in Pausen wichen sie vor der Glut, trollten sich weg und legten sich in der Mitte der Herde oder am andern Rande derselben wieder nieder. Andere Tiere kamen ins Licht und taten das gleiche. Kein Blättlein regte sich in den Bäumen. Kein Lufthauch drang in das glühende Tal. Unter einem der Bäume saß

Drahtzaun. Er hielt den Atem an. Die ewige Sonne spielte vor seinen Augen mit den Schafen. Das waren nicht mehr die Tiere, wie er sie kannte, die blökten, fraßen und nach Futter liefen, ihre Schritte standen jetzt im Einklang und Zusammenhang mit dem Himmel, waren wie kleine Marken und Zeichen des großen Sonnenlaufs oder der Bahn der Erde, und Drahtzaun selber saß nicht mehr an einen Baumstamm gelehnt auf der Erde, die ihn mit allen andern Menschen trug, saß vielmehr auf einem gewaltigen Sessel, darauf er die Welt übersah, wie sie mit ihm durch den Weltenraum dahinflog in gewaltigem Flug, daß der Äther rauschte, die Sonnen aufblitzten, die Gestirne herübergrüßten. Von Ort zu Ort zu kommen war das höchste Glück, Bewegung war alles, Wandern war Leben, und er wollte hinfort nichts anderes mehr, als von einer Stätte zur andern ziehen und unterwegs sein.

Abends, wenn das Gestirn unterging, sah Drahtzaun den heimgekehrten alten Insler auf dem großen Stein bei seinem Hause sitzen, seitab ein wenig, am Abhang, wo ihm der Abendschein voll in das greise Antlitz fiel, dem Westen zugewandt, wo die Sonne versank, wo sie hinfuhr und aufstieg, über den amerikanischen Städten, über New York und Wallstreet, über den Häfen und Bauten, wo er die Tage seines Lebens zugebracht, die geschäftig gewesen. Drahtzaun fühlte sich dem Alten nah, der sein Handwerkszeug hingelegt hatte, der nichts mehr tat, als sich am Lichte freuen und am Gehen und Kommen der Sonne, er fühlte sich alt, wie jener, zum Sterben fertig und zugleich auch am Anfang des Daseins, wie ein Neugeborener, als sähe er jeden Tag zum erstenmal des Himmels Bewegung und ohne Erinnerung an früher gelebte Tage.

Zuletzt brach er wieder auf und zog weiter südwärts, nach dem Tieflande zu, wo die Felder sich immer breiter und ruhiger zwischen die Hügel legten, wo die Städte nicht mehr trutzig aussahen, sondern wie Schausitze und Aussichtsbänke auf runden Kuppen lagen, wie Inseln im Meere des Segens, wo die fremden Kaktuszäune ihn hoch wie Bäume überragten, wo die Karren mit Trauben fuhren, die goldene Stadt auf fernen Felsen gleißte, dahin, wo schließlich am Meere die ersten Palmenreihen ihm über die Ebene winkten, Zeugen und Sendboten neuer Länder, anderer Sonnen, fernerer Zonen, ungeheure Lockung und Vorworte mächtiger ungeborener Ereignisse und Geschichten. Drahtzaun fühlte die Ferne an seinem Herzen reißen, und die Luft packte ihn, sich zu verströmen und aufzulösen in der Luft um den Preis, überall sein zu können.

Als er vollends eines Abends hinter dem Berg am Meer bei den Salzwerken einer Kolonne von Sträflingen begegnete, in gestreifter Jacke und von Aufsehern begleitet, da war's ihm ein Zeichen dafür, was alles es an menschlichen Leiden und Erleben geben mochte, das er nicht kannte, und es dauerte ihn, daß es ihm nicht vergönnt war, als Ausgestoßener in der Sträflingskolonne den Sonnenuntergang anzusehen.

## In Paris

In dem kleinen engen Hotelzimmerchen konnte Drahtzaun keinen Schlaf finden. Die Stockwerke über ihm bedrückten ihn. Die schmale Gasse beengte ihn. Nebenan wohnten zwei Eheleute, die klapperten mit dem Kochgeschirr, daß das Geräusch durch die dünne Wand zu ihm herüberdrang. Unvermindert laut, als wohnte er mit den Unbekannten in ein und demselben Raum. Die Sonne war weg, der Himmelsraum beschränkt, die Kirchen dunkel. Es gab beängstigend viel Menschen. Ein Liebespaar wanderte durch den Tuileriengarten. Die Einsamkeit, die auf der Insel leicht zu ertragen und ein natürlicher Zustand gewesen, wurde ihm unerträglich. Drahtzaun war froh, als Kathrin ihre Ankunft ankündigte.

Er ging zum Bahnhof und verpaßte sie in der Menge der Reisenden am Zuge. Erst ganz zuletzt fand er sie, wartend und suchend am Ausgang des Bahnhofs. Etwas hilflos. Nicht sicher wie daheim. In einem fremden schwarzen Umhängemantel, ein kleines Plüschhütchen mit schmalem Rand auf dem Kopf, das er nie gesehen und von dem er nicht wußte, ob er es schön finden sollte oder nicht. Das ganze Zusammentreffen kam ihm eigentümlich und zusammenhanglos vor. Er begrüßte sie ohne große Herzlichkeit, auf die sie schon des Zutrauens wegen Anspruch gehabt hätte, mit dem sie ihm entgegenkam, er sagte ihr nichts über ihr Aussehen, auf das sie doch besondere Sorgfalt verwendet. Erst im Wagen unterwegs zum Hotel gab er ihr ziemlich unvermittelt einen Willkommenskuß, mehr aus Überlegung als aus Drang und weil es so gewissermaßen zum Ganzen gehörte.

Er hatte in Kathrins Auftrag für sie ein Zimmer in einem kleinen Hotel besorgt, nahe bei den Museen, etwas versteckt, mit einer dicken, alten Wirtin. Das Haus stieß mit der Schmalseite an die Straße. Die Längsseite mit den Fenstern sah auf einen kleinen Hof hinaus. Drin verlor grad ein junger Kastanienbaum seine letzten Blätter. Im ersten

Zimmer zu ebener Erde neben dem Hauseingang schlief die Wirtin. Ein langer, glasbedeckter Gang führte von da der Längsseite des Hauses entlang nach dem Treppenaufgang, darin standen grüne Pflanzen, Vogelbauer hingen von der Decke herunter, und die Zimmer des Hausherrn und der Mägde reihten sich aneinander.

Kathrin war zufrieden.

Drahtzaun beklagte sich über seine eigene unfreundliche Behausung.

«Zieh hierher», sagte sie ohne viel Überlegung.

Er bezog ein Zimmer neben dem ihrigen. In jedem Raum hörte man deutlich alle Geräusche des Nachbarn. Drahtzaun lauschte auf die ihrigen, hörte hin, wie sie mit dem Waschwasser plätscherte, wie Kathrin sich schlafen legte, und verfolgte in Gedanken ihre Bewegungen.

«Raben Drahtzaun», rief sie am ersten Morgen durch die Wand, als er sich selber zu rühren begann.

«Ja?»

«Komm zum Frühstück!»

Er ging. Auf dem Tisch lagen die frischen Brötchen, welche Kathrin bereits unten in der Straße beim Bäcker geholt hatte, daneben stand der Teekocher aus Helvetien, zwei Tassen und das nötige Eßbesteck waren auch zur Stelle. Das hatte sie alles, um Fragen zu entgehen, zu Hause heimlich einpacken müssen. Mit Gedanken an ihn und Gedanken über sie beide mochte sie's getan haben. Vielleicht hatte sie für ihn mit Herzklopfen die Unaufrichtigkeit gegen die Ihrigen begangen. Drahtzaun verlor aber nicht soviel Nachdenken über den Vorfall, wie er eigentlich wert gewesen wäre, er fühlte zwar eine leichte Rührung, fand sich aber schnell in die neue Bequemlichkeit, sagte ein paar verbindliche Worte und ließ sich zufrieden am Tisch nieder.

Nach dem Frühstück ging Kathrin zum Malen. Er schlurfte in den Hausschuhen in sein Zimmer zurück. Um sich nicht allzu gründlich und unvorteilhaft von ihr und allen Menschen ihres gemeinsamen Lebenskreises zu unterscheiden, war es nötig, einen Beruf zu haben. Drahtzaun fing wieder zu reden an. Jeden Morgen. Er lernte manches zum Alten hinzu, feilte und schliff, legte sich in Gedanken eine hinreißende Laufbahn als Vortragskünstler zurecht, mit dem Ergebnis, daß er sich bis zum Mittagessen vortrefflich mit sich selber unterhielt.

Er sprach nie helvetisch mit Kathrin, sondern reines Deutsch wie die Dichter, und wenn ihre gemeinsamen Bekannten daheim ihn deswegen verlacht hätten, so war doch Kathrin kein Mittel gegeben, ihm zu widerstreben. Wenn sie ihn auch närrisch zu finden geneigt war, gab sie doch nach, obschon sie sich zu Anfang bei den gestelzten Reden völlig unbehilflich und unnatürlich vorkam. Er schalt auf die Heimat und schalt übers Helvetisch, ohne daß sie seinen beredten Klagen etwas Schlagfertiges entgegnen konnte. Innerlich nur regte sich ihr Trotz, denn sie war auch ein Stücklein Helvetien und alle Ihrigen daheim ebenfalls, und sie hielten darauf, es zu sein.

Aber Drahtzaun war ja – dachte sie – ein großer Vortragskünstler, hatte große Dinge vor und brauchte nur in die deutschen Städte zurückzukehren, um für das, was er redete, oder dafür, wie er redete, wieder wie vordem beklatscht zu werden. Das fremde, gepflegte Deutsch legte eine gewisse Entfernung zwischen sie, die sich nie ganz verlor und die Kathrin unsicher machte. Diese Unsicherheit empfand sie mit einigem Ärger und konnte sich doch nicht dagegen wehren.

Sie gingen zusammen ins Theater. Drahtzaun verfiel in neue Entzückungen über den oder jenen Tonfall, über diese oder jene Redeweise oder gesprochene Stelle, über lauter Dinge, die sie gelassen hinnahm. Dann fing er gar selber an, die französischen Schauspieler zu wiederholen, große Stücke auswendig zu lernen und sich als Anfänger an ein französisches Theater zu denken. Er las laut, las ihr vor, nahm einfach geschriebene französische Schriftwerke und veranlaßte sie, abwechselnd mit ihm laut zu lesen. Sie las ungeschult, war des lauten Lesens ungewohnt, schämte sich, stockte und fürchtete vor lauter neuen Anforderungen und Versuchen ihr eigenes eigentliches Wesen zu verlieren. Dann trug er ihr vor. Gutes Deutsch. Unbekannte Dinge. Schwierige Gedanken. Schwereres als sie fassen konnte. Sie las wenig, lebte nicht mit dem Gedachten, sondern mit dem Sichtbaren. Sein Gedächtnis voll Verse verwirrte sie. Sie verwechselte das, was er im Kopfe hatte, mit ihm selber und hatte kein Maß, um ihn zu beurteilen. Sie liebkoste ihn nie von sich aus und wehrte sich nie gegen die Liebkosungen, die von ihm ausgingen. Mit der Zeit schien sie weniger aufmerksam als am Anfang auf seine Reden zu hören oder mit größerem Unglauben. Beim Zusammensitzen abends in seinem Zimmer kam es vor, daß ihr Gesicht sich plötzlich verdunkelte, daß sie verstummte, ihm vorzeitig mit einer Entschuldigung gute Nacht sagte und in ihr Zimmer ging. Am andern Tag war sie immer wieder gleichmäßig heiter.

Eines Abends saßen sie in einer besonders ausgezeichneten Eßstätte an besonders angenehmem Platz vor besonders guten Platten. Ein alter Kellner mit weinrotem Gesicht bediente sie in ausgesucht höflicher Weise. Damit ehrte er sich und seine Gäste. Drahtzaun aber suchte bei sich nach den Verdiensten, welche diese Ehre rechtfertigen sollten. Er war nichts. Zu einer Zeit hatte er mit Lukar zusammen Theaterleiter werden wollen. Diese Art Leute speisen alle gern in guten Häusern. Derlei Erinnerungen paßten vortrefflich zu dem Abend. Wie er nur diese Pläne so gänzlich hatte vergessen können! Bühnenleiter zu werden war überhaupt das gegebene Ziel. Der Weg aus dem tatenlosen Leben heraus. Da lag alles wohlvorbereitet schon da, er brauchte nur zu beginnen. Und die Lehren aus seinen ungezählten Theaterbesuchen zu ziehen. Ein paar Anforderungen waren ihm noch nicht ganz klar, einige Bücher waren noch zu kaufen. Drahtzaun zählte sie Kathrin an den Fingern auf, entwarf ihr überhaupt gleich den ganzen Plan und Spielplan, schloß Verträge ab, richtete ein, verdiente Geld, erwarb Ruhm und Anhänger, kaufte Bilder für die Theaterräume und setzte aus dem Stegreif schon die ersten Bühnenleiter-Anschläge fürs schwarze Brett auf. Bühnenleiter! Das war sein Lebensziel, und es war prachtvoll zu sehen, wie, vom Lichte der neuen Erkenntnis bestrahlt, alles bisherige Theatermißgeschick in lauter Kraft und Geglücktes sich verwandelte. So überzeugt war Drahtzaun von der Richtigkeit der neuen Eingebung, daß er mit glühendem Eifer sich von der Unentschlossenheit zur Tat eilen sah, daß Kathrin ihm den großen, lange heimlich genährten Plan Wort für Wort glauben mußte. Anfänglich war sie begeistert, hernach aber, als er seine nächsten fünf Lebensjahre im einzelnen endgültig vor ihr ausgebreitet hatte, wurde sie stumm. Drahtzaun schwieg schließlich auch. Das Feuerwerk war abgebrannt. Sie zahlten und gingen. Daheim sah Kathrin sichtlich verstimmt aus und wollte gleich in ihr Zimmer gehen.

«Was hast du?»

Sie schwieg. Er fragte mehr.

«In den ganzen Zukunftsplänen hast du mich nicht mit einem einzigen Wort erwähnt.»

Drahtzaun konnte nichts erwidern. Er war überrascht und ertappt. Er hatte nicht an sie gedacht. Aber was wollte sie denn zwischen den Hirngespinsten? Dann hätte er ja Ernst damit machen müssen. Was drängte sie sich in seine Träume, die er aufnahm und fallen ließ, wie es ihm paßte? Ohne Verantwortung. Ohne daß jemand die Erfüllung von ihm forderte. Kathrin würde Erfüllung von ihm fordern. Was drängte sie sich in seine Phantasien!

«Ich habe dir nichts zu sagen», gab er schließlich zurück. Hart und schroff, um die Schwäche seiner Stellung zu bemänteln und aus Verlegenheit.

Sie hob die geballte Faust gegen ihn.

Drahtzaun sah sie an.

Sie ließ die Faust wieder sinken und schlug die Augen nieder.

Drahtzaun bereute das Wort, aber er fand keins zum Wiedergutmachen. Trotzig ging er im Zimmer auf und ab. Lange. Kathrin stand neben der Tür und rührte sich nicht.

«Ich habe dich nicht kränken wollen», sagte er zuletzt. Dann ging sie.

«Raben Drahtzaun», rief Kathrin am andern Morgen durch die trennende Wand. Wie immer, in ihrem Zimmer stand das Frühstück bereit wie immer.

«Warst du gestern böse auf mich, weil ich die Hand gegen dich erhoben habe?»

«Nein, gewiß nicht!»

Hatte sie nicht recht gehabt? Er wünschte, sie hätte nicht recht gehabt. Er redete stockend, um eine beleidigende Antwort zu verteidigen, die nicht zu verteidigen war. Seine vielen Worte verhüllten nur schlecht die häßliche Absicht, eines Tages wieder davonzugehen, wenn es ihm paßte, so wie er gekommen war, so wie sie sich's auch beide zu Anfang gedacht hatten, daheim bei der ersten Verabredung. Hernach aber, als Drahtzaun ihr den Kuß vom Trittbrett der Eisenbahn gegeben, jenen Kuß, den der Bundesbahnbeamte beobachtet und der sich in der Kleinstadt herumgesprochen, da war's ihr schon unwahrscheinlicher vorgekommen, daß die Freundlichkeiten zwischen ihr und Drahtzaun einmal aufhören könnten, so wie sie angefangen. Was aber seither gekommen war: das hübsche Frühstück jeden Morgen, die Zärtlichkeiten, die Gespräche, die Umarmungen und gemeinsamen Gänge, das war doch alles so, daß man ans Aufhören gar nicht denken durfte.

Kathrin litt. Drahtzaun redete. Er führte die Sache von der Tat aufs Feld der lehrhaften Erörterungen und holte so schonend, als es ging, alle eheverächterischen Sätze heran, deren er in seinem Gedächtnis habhaft werden konnte und die alle von Geistern stammten, deren Überlegenheit Kathrin anerkennen mußte. Er stellte sich selber als einen Kerl hin, mit dem verheiratet zu sein niemanden locken könnte, beschwor seine Mißerfolge, seine Unfertigkeit, führte sein mangelhaftes Deutsch ins Gefecht und malte sich als traurigen Kumpan. Es klang hohl. Die Worte erreichten sie nicht. «Ich hab' dir nichts zu sagen», hatte er geantwortet, als sie ein Bekenntnis seiner Liebe erwartet hatte.

Kathrin zählte die großen Männer auf, die verheiratet gewesen, Drahtzaun rief die unverheirateten herauf, derart, daß er sich zuletzt vor der zusammenberufenen Versammlung auserlesener Geister ganz erbärmlich und großmäulig vorkam, während Kathrin sich auch durch die größten Junggesellen der Weltgeschichte nicht von der Verachtung abbringen ließ, die sie für eine Liebe hegte, welche ihr Ende bedachte.

«Wenn ein Mann mich heiraten will, liebe ich ihn schon deswegen», sagte sie schließlich. Dann ging sie fort.

Drahtzaun fand sie nicht am gewohnten Ort zum Mittagessen. Spät nachmittags hörte er sie in ihr Zimmer zurückkommen und suchte sie auf. Ihre Augen standen voll Tränen.

«Jetzt bin ich ganz allein in Paris.»

«Ich will dich doch nicht allein lassen.»

Sie wehrte mit einer Bewegung ab. Abends holte er sie zum Essen in der kleinen Wirtschaft. Sie ging neben ihm her durch die Straßen, aber lehnte den Arm ab, den er ihr bot. Die alte Kellnerin, bei der sie täglich saßen, hatte wohl etwas von der Verstimmung gemerkt und zeigte sich besonders aufmerksam und liebenswürdig. Den ganzen Tag war Kathrin allein gewesen. Nun hörte ihr wieder jemand zu, und sie konnte erzählen, was sie getan und wie traurig sie gewesen, konnte dem Drahtzaun zur Strafe ins Gesicht sagen, wie sie fast in die Seine gesprungen wäre. Er hörte zu, und im Erzählen sah sie sich plötzlich selber wie einen dritten Menschen, sah, wie sie am Abend dieses Tages ein Stücklein von dem guten weißen Pariser Käse aufs Brot strich, während sie doch am Morgen geglaubt hatte, nicht mehr leben zu können. Fast mußte sie lächeln. Zwar war sie, ohne zu wissen wie, ganz benommen und traurig nach dem Bois de Boulogne hinausgelaufen. Mit der Zeit aber kam ihr im Gehen die Sache mit Drahtzaun immer weniger wichtig vor, es gab so schöne Farben im Bois, und man guckte auch sie wie etwas Sehenswertes an, zuletzt hatte sie sich ganz gefaßt und erkannt, daß es überhaupt viel besser war, im Louvre weiterzumalen, an die großen Meister zu denken und zu arbeiten, anstatt mit Drahtzaun die Zeit zu verlieren, zumal sie jetzt einmal in Paris war, wo es so viel zu lernen gab.

Drahtzaun war ganz erleichtert, als sie ihm das mit ziemlich ruhigem Gesicht erzählte. Zugleich wurmte es ihn ein wenig, daß sie so leicht mit ihm fertig wurde.

Er konnte nun nicht mehr als Liebhaber zum Morgenessen kommen. Als Gast war's ihm immer noch erlaubt. Daß Kathrin jeden Morgen wie vordem die Brötchen unten beim Bäcker holte, vergalt er durch vermehrte Aufmerksamkeit. Die Liebesgespräche waren abgeschafft. Ungefährliche Gegenstände kamen zur Sprache. Drahtzauns Angelegenheiten traten in den Hintergrund. Kathrin besann sich auf ihre bevorzugten Gegenstände, die Heimat, die verstorbene Mutter und die Geschwister in der Heimat. Sie las wenig und hatte keine Verse im Gedächtnis, weit zurückliegende Vorfälle und Geschehnisse konnte sie aber mit großer Deutlichkeit schildern. Drahtzaun unterhielt sich ausgezeichnet. Die Mutter nun, sagte Kathrin, hätte ihn, den Drahtzaun, rechtzeitig durchschaut, und seine windbeutelige Gesinnung wäre bei Lebzeiten ihrem Urteil nicht entgangen. So lebendig schilderte sie die Ablehnung, die ihm mit seinen Grundsätzen von der unerschrockenen Mutter zuteil geworden wäre, daß es Drahtzaun ganz unbehaglich zumute wurde. Sie erzählte auch von dem Großvater, der aus dem Süden herauf nach Helvetien gekommen war und der an den schwarzen Haaren und der braunen Haut schuld war, die Kathrin den fremden Einschlag gaben. Diese dunklen Farben waren schon der Mutter Reiz gewesen und hatten die Männer ihr nachgezogen, als sie noch als junge Magd bei einem Schlächter der Stadt das Fleisch zu den Kunden trug, denn der Muschi, der Monsieur, der fremde Großvater, hatte viele Kinder gehabt, und die mußten früh ihr Brot selber verdienen. Mit der Mutter aber war nicht zu scharwenzeln gewesen, die wußte, was sie wollte, und verlor keine Zeit mit Nebensächlichkeiten. Das hatte jener übermütige Pöstler zu fühlen bekommen, der, veranlaßt durch eine Wette, in die Metzgerei zu ihr an den Hackblock trat, um sie zu küssen. Die Mutter wehrte ab, draußen standen die Kumpane, der ehrgeizige Pöstler aber versuchte mit Gewalt, seine Wette zu gewinnen und den Kuß von der Metzgermagd zu bekommen. Da hatte die Mutter das Hackbeil drohend erhoben und es, zur Warnung mehr und als Schreckmittel, auf den Hackblock heruntersausen lassen, grad an die Stelle, wo der Pöstler dummerweise seinen Daumen hatte liegenlassen. Der Daumen nun mußte dran glauben und blieb wie ein Wurstzipfelchen auf dem Block bei der ungeküßten Jungfer zurück, als man den bleichen Postangestellten zum Arzt schaffte, damit er den Stummel verbände.

Das waren Geschichten, da ging was vor sich; Kathrin wurde ganz eifrig, und Drahtzaun dachte an ihre erhobene

Faust und daran, daß er an jenem Abend gewissermaßen gut davongekommen wäre. Er konnte stundenlang zuhören, seine Betrachtungen bei sich anstellen und mit Erstaunen die Schilderung eines Lebens erfahren, das keine Zeit zum Träumen gekannt hatte, keine Zeit, um auf große Dinge zu warten, darin keine Jahre tatenlos verrannen, an deren Ende dann ein großes Ergebnis plötzlich dastehen sollte. Da war einfach Tag an Tag gefügt mit seinen Anforderungen und Pflichten und am Ende ein Ganzes herausgekommen, das sich planvoll gebaut zeigte. Sie selber aber hatte am Ende eines mühevollen Lebens in den Galerien Europas gesessen, wo ihr Kind sich dem schönen Schein überließ und die Augen der Besucher von den Bildern weg auf sich zog. Oh, das hatte sie immer ungemein gefreut, wenn die vornehme Welt, die reichen Nichtstuer oder verdiente Leute, die Köpfe nach ihr wandten, und sie war sich immer dabei wie der Hüter eines köstlichen Schatzes vorgekommen.

Nie hatte Kathrin einen besseren Zuhörer gehabt. Nie hatte sie so gut erzählen können. Der Zuhörer beeinflußte sie. Das Gedächtnis gab plötzlich Dinge her, die sie selber überraschten, Kleinigkeiten hatten oft eine ungeahnte Wirkung, Drahtzaun nahm Nebensächliches manchmal mit solcher Freude auf, daß es auch ihr im neuen Lichte erschien. Er sah das Dasein der Mutter in großen Umrissen, verglich es mit anderen Lebenskreisen und zog Parallelen, die Kathrin überraschten. Die Mutter kam ihr deutlicher und lebendiger in den Sinn als es lange der Fall gewesen. Und das gerade durch Drahtzaun, dem sie erklärte, daß die Mutter ihn bei Lebzeiten schnell durchschaut und in der nötigen Entfernung von der Tochter gehalten hätte. So kamen sie im Kreise, ohne es zu wollen, auf ihre Liebesgeschichte zurück. Auch auf Kathrins Liebesgeschichten von früher, da die Mutter sie noch behütet, da sie ihr Männer ausgewählt oder vorgeschlagen, die Kathrin nicht gefielen, da Kathrin sich verliebte, wo die Mutter abriet. Nun half ihr niemand mehr in dem so schwierigen Fall mit Drahtzaun, der in ihre Angelegenheiten nach und nach wie ein Bruder eingeweiht war. Dem es so schwer war, etwas zu verschweigen. Dem sie zeigen wollte, was für ausgezeichnete Menschen ohne Erfolg sich um sie bemüht hatten, während er alles bekommen, ohne sich dafür ein wenig Mühe geben zu wollen. Immerhin gab sie ihm nach all den Gesprächen nun wieder den Arm, wenn sie abends zum Essen gingen. Er tadelte sie nicht mehr, wenn sie nach Tisch die Fingerspitzen zum Waschen ins Wasserglas tauchte und das laute, unbekümmerte Lachen, das ihm früher ein Fehler geschienen oder eine Unvollkommenheit, erschien ihm jetzt in seinen dunklen Tönen wie ein Anzeichen ihrer kindlichen Unbefangenheit und ihrer schönen Natur, die sich frei zeigen durfte, weil sie fern vom Gemeinen war. Das Lachen klang ihm sogar in den Ohren nach und beunruhigte ihn.

Am Sonntag ruhte die Arbeit in den Bildersälen. Kathrin nahm dann Drahtzauns staubige, nie geklopfte Kleider, stellte sich am Ende des Hotelgangs unters Fenster, klopfte und bürstete Rock und Hosen, wie sie's daheim manchmal für die Ihrigen getan. Das machte keine andere Frau im Hotel. Nur die Mägde, welche die Zimmer besorgten und ewig schmutzig waren, trugen die Haare so in ein weißes Kopftuch gebunden, wie Kathrin das nun tat. Aber daran dachte sie nicht, sondern sie folgte ihrer Eingebung. Irgendein Zimmermieter sah sie beim Bürsten und streckte ihr seine Hose durch den Türspalt: «Tenez s'il vous plaît.» («Bürsten Sie das, bitte.»)

Zornig erzählte sie Drahtzaun den Zwischenfall, sah schön dabei aus, und es gab keine bessere Antwort als sie für ihr Erlebnis zu lieben.

Drahtzaun verlor Haare. Jeden Morgen schwammen eine Reihe im Waschwasser, und seine Stirnecken verlängerten sich. Durch stetes Waschen dachte er dem Schwinden Einhalt zu tun. Kathrin war nicht fürs Waschen, sondern fürs Salben. Drahtzaun kaufte ein goldgelbes Fettgemisch aus Rinderknochenmark und Schwefel. Kathrin wollte ihm bei der Kur behilflich sein. Sie zog den Malkittel an, setzte Drahtzaun vor sich hin auf einen Stuhl, strich ihm die Salbe in die Haare und rieb und arbeitete nach Vorschrift. Seit den jäh abgebrochenen Zärtlichkeiten war sie ihm nie mehr so nahe gekommen. Er vergaß den platten Zweck ihrer Berührung, die Haarbehandlung wurde ihm zur Liebkosung, zaghaft lehnte er den Kopf gegen den schmutzigen Malkittel, schlang schließlich die Arme um ihren Leib und drückte sie an sich. Spät und unentschieden wehrte sie ab.

Drahtzaun sollte ihr Kamerad sein. Nicht mehr! So hatte sie sich's vorgenommen. Aber es war schwer, mit ihm den kameradschaftlichen Ton zu finden und das richtige Maß der Entfernung innezuhalten. Die vertraulichen oder freundschaftlichen Ausdrücke mit derbem Einschlag, die zu Hause gebräuchlich waren und deren Gewicht und Bedeutung sie kannte, wurden in den gemeinsamen Gesprächen nie angewendet. Drahtzaun sprach ja reines Deutsch. Die Unterhaltung brauchte Ausdrücke, die ihr fremd oder ungewohnt waren, so daß ihr immer dazwischen wieder schien, als führten sie das erste Gespräch. Drahtzaun verfügte über eine gewählte Ausdrucksweise. Ihm staken die Dichter im Kopf und die Verse im Gedächtnis, und wenn er sie mit seinem Verhalten verletzt hatte, ging er doch in Worten auf ausgewählte Weise mit ihr um. Er küßte ihr auch die Hand, wenn sie nachmittags zwischen drei und vier vom gemeinsamen Mittagessen zurückkamen und im Flur vor ihren Zimmertüren sich trennten, küßte ihr die Hand, was in Helvetien kein Mensch tat, der an den heimatlichen Sitten hing. «Drahtzaun, du Narr», sagte sie, um die leichte Verwirrung zu verbergen, die sie dabei wider Willen befing.

Es klang ihm angenehm! «Du Narr», wiederholte er hernach für sich im Zimmer. So wie sie es gesprochen. Dabei horchte er durch die Wand, wie sie sich rührte, wie sie in ihrem Zimmer einen Stuhl rückte, den Schrank aufschloß oder den Wasserhahn rinnen ließ. Um sich zu waschen. Oder um Strümpfe zu waschen. Sie war aufs beste angezogen, aber sie wusch ihre Strümpfe selber und legte keinen Wert darauf, die Haut ihrer Hände schön weiß und die Nägel glänzend zu erhalten, wie's sonst die reizenden Frauen tun, sondern setzte sie unbekümmert den Schädigungen des wechselnden kalten und warmen Wassers aus. Wenn mit der Wasserleitung oder dem Ablauf etwas nicht stimmte, rief sie Drahtzaun. Bei diesen Besuchen konnte es nicht ausbleiben, daß manchmal ein Kleidungsstück noch auf dem Bett lag oder über dem Stuhl hing, das sie eben ausgezogen, daß das Bett noch ungeordnet war, wie sie's verlassen, daß die Kopfkissen die Spuren der Schläferin wiesen. Lange hatte er diese platten Alltäglichkeiten nicht gesehen, mit der Zeit zogen sie seine Blicke an und prägten sich in sein Bewußtsein. Er merkte mit heimlicher Freude, daß die Zimmermädchen ihn und Kathrin unverändert als Liebesleute betrachteten und auf besondere Weise an die Tür klopften, wenn sie ihn bei Kathrin im Zimmer vermuteten.

«Bonjour Monsieur, Dame», sagte die dicke Wirtin unten am Eingang und verband sie beide mit ihrem Gruß. Drahtzauns Nachthemden gingen entzwei. Sie zeigten rote Besätzlein, stammten vom Vater und reichten bis auf den Fußboden. Nun sollte er einen Nachtanzug aus Hose und Jacke kaufen, wie alle Männer sie trugen, die in der Welt gern den Ton angeben wollten. Kathrin ging zum Einkaufen mit. Das gehörte zur Kameradschaft. Als die Dinger aber vor ihnen auf dem Ladentisch lagen und die Verkäuferin die zwei Kunden zum Wählen aufforderte, da beschlich diese eine leise Verlegenheit, und sie kauften aus Scheu und Verwirrung ein graues, langgestreiftes häßliches Stück, das unscheinbar wie eine Sträflingsjacke aussah. Immerhin begehrte Kathrin, ihn abends darin zu sehen, Drahtzaun warf den Mantel über und schlich sich über den Gang in ihr Zimmer wie vordem. Sie sah ihn unsicher an. Er ergriff ihre Hand, aber sie wehrte ab.

«Ich werde dich nie mehr bitten», versprach er am andern Tag.

Um diese Zeit kam Kathrin eines Nachmittags mit einem neuen Hütchen nach Hause. Eine geschickte Verkäuferin hatte sie überrumpelt. Nun war ihr der Kauf nur zur Hälfte recht, denn der Hut entsprach nicht in allem ihren Wünschen. Drahtzaun mußte kommen und sehen. Vielleicht war er zu ändern. Kathrin drückte hier ein wenig am Rand herum, zupfte dort ein Band zurecht und verlangte Drahtzauns Urteil über die Wirkung. Die Frage war ernst, und er fühlte sich geschmeichelt. Kathrin schlüpfte in den Mantel. Zum Mantel ging er besser. Immerhin nicht so gut, wie er sollte. Am Ende lag's am Kleid. Ein Versuch mit einem andern Rock konnte nichts schaden. Drahtzaun mußte den Kopf nach dem Fenster drehen. Hinter der Schranktür zog sie sich um. Unten im Hof stand der junge Kastanienbaum im feuchten Nebel, kahl und ohne ein einziges Blatt. Im andern Rock sah das Ganze völlig verändert aus, nicht ganz nach Wunsch noch, aber man konnte ja den einen Rand des Hütchens herunterbiegen oder eine Beule eindrücken, wo ein Hügel gewesen war und umgekehrt. Zuletzt griff Kathrin nach Bändern und Nadel, nach Bieschen und Resten, steckte auf und rückte zurecht, das gab gleich neue Hütchen, eins, zwei, drei, ein halbes Dutzend Junge, wie bei den Kaninchen. Dann aber waren es eben wieder die Röcke, die nicht paßten, die Jacken und Blusen, die vergessensten Stücke wurden aus dem Schrank geholt, alles, was sie in dem großen Koffer aus Helvetien mitgebracht, überall lagen auf den Stühlen, auf dem Tisch und dem Bett die Kleider, die Einfälle jagten sich, sie schlüpfte da heraus und dort hinein, schlüpfte in einem fort, und es lohnte sich schon gar nicht mehr, daß Drahtzaun dazwischen in den Garten hinaus und nach dem nackten Kastanienbaum guckte. So sah er eben nach der Spiegelschranktür, dahinter sie stand, sah dazwischen ein Stück ihrer nackten Arme und durfte ihr selber von Zeit zu Zeit ein weit entlegenes Stück Kleidung hinüberreichen. Was sie immer anzog, jedes Kleid hatte seine Geschichte, seine Erfolge, das gehäufte Anundausziehen glich einem Blättern in alten Erinnerungen oder Tagebüchern. Zum Gefallen waren alle die Dinge angeschafft und überdacht worden, und um schön zu sein. Sie entsann sich der Lobsprüche, die sie mit der oder jener Zusammenstellung erreicht, entsann sich verblüffender Wirkungen und wurde vor Drahtzaun ihrer Erscheinung immer sicherer. Abwechselnd erschien sie vor seinen Augen bald jünger, bald älter, ernsthaft oder leichtfertig, gelassen wie eine Dame, lustig wie ein Lehrmädchen, herausfordernd, hochmütig, unnahbar – alles durcheinander und nebeneinander, das ganze Zimmer war voll Kathrin-Gestalten in allen Arten, daß Drahtzaun verblüfft und entzückt dasaß, daß ihm alle Ausdrücke der höchsten Bewunderung wie Öl von der Zunge flossen, wie aus einem Versteck konnte er ihr nun alle Liebeserklärungen machen, die ihm bereit lagen, indem er alles Lob und Entzücken auf die Hüte und Kleider schob, derart, daß sie ihn nicht abweisen konnte, also daß sie, noch nie in dieser Weise gelobt und bewundert, von der Fülle dessen verwirrt wurde, was sie so gerne anhören mochte.

Der ganze Nachmittag verging. Die Dämmerung kam. Es wurde dunkel. Beide waren vom Spiel ermüdet. Sie erinnerten sich an ihr Vorhaben, abends zusammen auszugehen. Es war Zeit, sich umzuziehen, wie es die Verabredung erforderte. Ermattet legte sich Kathrin auf ihr Bett. Drahtzaun ging zögernd an ihr vorbei in sein Zimmer. Um sich fertigzumachen. Lange stand er dort am selben Fleck und rührte sich nicht.

«Raben Drahtzaun», rief Kathrin durch die Wand. Etwas heiser. Halb blieb ihr das Wort im Halse stecken. «Komm.»

Sie blieben beisammen. Das war nun wieder die Liebe,

von der Kathrin nichts mehr hatte wissen wollen. Das gleiche und doch nicht das gleiche. Für beide etwas ganz anderes. Sie kannten sich besser, wußten mehr voneinander, fanden sich schöner, reicher, begabter, einziger als vorher. Sie hatten aufeinander gewartet, übereinander gestaunt, sich bewundert, beklagt, verletzt, bemitleidet, waren ratlos vor einander gewesen und hatten viele Gedanken über einander verloren.

Kathrin empfand die Liebe nun nicht mehr wie eine Art sonderbare Freundlichkeit, zu der sie eingeladen war und an der ihr im Grunde nicht viel lag. Sie wunderte sich über sich selber und gestand Drahtzaun diese Verwunderung. Drahtzaun kam sich vor wie ein großer Pfadfinder und Aufklärer, der mit Genugtuung Kathrin vor den Schätzen ihres eigenen Empfindens erstaunen sah. Man muß vor allem ein Mensch sein, hatte sie früher gedacht, und «man muß vor allem ein Weib sein», hatten die Frauen zu ihr gesagt. Nun wurde sie ein Weib und erschauerte über die erweiterte Kenntnis ihrer selbst und über die Bereicherung ihres Lebens und hing Drahtzaun an, der ihr dazu verholfen. Sie bewunderte ihn. In keiner Rolle hatte er so viel Erfolg gehabt wie jetzt als Liebhaber. So blieb er Liebhaber. Er aß mit ausgezeichneter Lust, schlief tief und lange, bummelte an den Ufern der Seine und durch die engen Gassen, verbrauchte sein bescheidenes Geld, das ihm die helvetische Bank jeden Monat überwies, verarmte, ohne darüber nachzudenken, wartete auf Kathrin und fühlte sich in die Reihe der großen Liebhaber und Verführer versetzt, die sich in dieser Stadt ausgezeichnet und Ruhm bei Frauen und Männern erworben.

Nein, es fiel Kathrin nicht leicht, sich zurechtzufinden.

Daheim bei den Seßhaften und Verständigen war's langweilig, da schüttelten die Hausfrauen den Staubwedel und schliefen mit dem Putzlappen in der Hand, da sehnte sie sich hinaus und nach den Gängen der Bilderhäuser in Florenz, Rom, Paris, wo die Schönheitsanbeter vor Bilder pilgern und die Menschen nicht auf die Wohnungseinrichtung des andern, sondern auf sein Menschentum neugierig sind. Wenn sie aber in fremden Städten ging, braunhäutig und mit pechschwarzem Haar, Großvaters Nachkomme, zigeunerhaft, gefährlich und bescheiden, auffallend und schlicht zugleich, dann kannten sich die Herumtreiber und Weltlandstreicher in ihr nicht aus und trafen den Ton nicht. Niemand erriet hinter ihr die kleine Stadt und das Haus mit den Zimmern, drin überall der Spruch gehangen: «Ein jedes Ding an seinem Ort, erspart viel Mühe, Zeit und Wort.» Sie sah leidenschaftlich aus und hatte geduldige und wartende Bewegungen. Sie entflammte die Männer und war eine Malerin, unterwegs in der Welt, ihren Eingebungen ebensosehr verpflichtet wie den Regeln der Gesellschaft, ohne Obhut, ein wenig vogelfrei: darauf stellten die unterhaltenden oder ein wenig draufgängerischen Verführer ab, denen sie begegnete und die nichts von der Mutter wußten und von dem Daumen des Pöstlers, der auf dem Hackblock zurückgeblieben war.

Drahtzaun bekam von Kathrin auch Liebesgeschichten aus der Heimat zu hören, in denen sie selbst eine Rolle spielten, in denen Männer auftraten, die er kannte, so daß er gleichsam aus dem Hinterhalt die Taten manches Jugendfreundes und Kleinstädters nachträglich verfolgen konnte, die ihm sonst immer unbekannt geblieben wären. Manchmal hörte er ihre Schilderungen mit dem Gefühl, daß er zu Unrecht in ihre Geheimnisse eingeweiht werde, daß sie sich ihm allzu rückhaltlos offenbare, und doch mochte er sie nicht unterbrechen, denn Kathrin schien keine Ruhe zu finden, ehe sie ihm nicht alle ihre Geheimnisse preisgegeben.

Drahtzaun wagte kaum mehr vom reinen Deutsch und von seinen eigenen Angelegenheiten zu reden, um Kathrin nicht an seine Verachtung der Heimat zu erinnern. Sie schien immer mehr mit besonderem Nachdruck auf ihre Zusammengehörigkeit mit Helvetien hinzuweisen, zeigte sich mehr als vorher stolz auf die helvetischen Einrichtungen, auf die helvetischen Bekannten, auf ihre Erfolge in Helvetien und auf ihre Liebe zu dem Lande, so daß Drahtzaun an solchen Anzeichen merkte, wie sie den Gegensatz zu ihm suchte, wie sie ihn heimlich angriff oder herausforderte und aus der Verstrickung der Verliebtheit loszukommen suchte.

Es war grauer Winter geworden. Vom Meere her überfiel der Nebel die Stadt manchmal so dicht, daß die schnellen Wagen stockten, daß die alten Kirchen und Türme in seinem Grau sich verloren, die festen Mauern sich auflösten und Dunst wurden. Drahtzaun pries für Kathrin auf langen Spaziergängen am Fuße der zerfließenden Bauten in begeisterten Tönen das nebelhafte Dasein und die Verzückungen des Wandelbaren und Unbestimmten.

Weihnachten kam näher. Sie wartete mit Anteil auf das Fest. Es war seit langem bestimmt, daß sie in die Heimat führe. Weihnachten war immer zu Hause gefeiert worden. Eine helvetische Malerin, die auch in der Galerie arbeitete, wollte die Reise mit Kathrin zusammen machen, so war sie nicht allein unterwegs. Drahtzaun sang ihr im Nebel auf der Straße das erste Weihnachtslied ins Ohr, sie war gerührt darüber, daß er alle Verse im Kopfe hatte.

Für die Zeit ihrer Abwesenheit sollte Drahtzaun in Kathrins Zimmer wohnen. Aus Sparsamkeit. Er brauchte so für das seinige keine Wochenmiete zu zahlen. Und sie zahlte für das ihrige nicht umsonst. Es war Kathrins Anordnung, Drahtzaun zog also um und geriet erst recht in ihren Daseinskreis, den zu verlassen sie ihn aufgefordert hatte. Er kochte sein Frühstück mit ihrem Kocher und drückte sich in die Kissen, in denen Kathrin gelegen. Die rotwangige flämische Zimmerfrau beklagte ihn spöttelnd, lachte und zeigte ihre ausgezeichneten Zähne. Von Tag zu Tag schob er's hinaus, sich ein neues Zimmer zu suchen, und wußte nichts mit sich anzufangen.

«Ich hab' dir nichts zu sagen.»

Wie er nur so etwas hatte über die Lippen bringen können!

Drahtzaun magerte ab und sah daraus, daß er wirklich liebte. Dann kam das Fest. Das Alleinsein wurde unerträglich. Seine Gedanken, die ihn sonst unterhielten, waren eingefroren. In den großen Speisehäusern fand er, wenn andere Gäste da waren, vor lauter Ratlosigkeit keinen Platz, ging zu Tisch, wenn die Säle und Räume noch leer waren, und würgte eine Erbse hinunter. Taillefer und die anderen Helden der Lieder rührten ihn nun schon beim zweiten Vers zu Tränen, nicht erst beim zweitletzten. Oft begann sein Herz mitten im Schlaf mit schrecklichen Schlägen zu klopfen. Es schien ihm unmöglich, eine andere Unterkunft zu suchen oder zu finden als die, welche er hatte. Also blieb er im Hotel und siedelte in sein früheres Zimmer zurück.

Eines Nachts hörte er Stimmen nebenan. Das war Kathrin mit der Professorsfrau, für die er auf Kathrins Ersuchen ein Zimmer im Hotel besorgt hatte. Die war's, die sich nun nebenan verabschiedete und an Drahtzauns Tür vorbei nach dem unteren Stockwerk ging. Drahtzaun warf den Mantel über und klopfte an Kathrins Tür. Sie riegelte auf. Er küßte ihr die Hände, aber sie entzog sie ihm, sah ihn fremd an, mit Augen, die inzwischen mit Wohlgefallen auf dem helvetischen Weihnachtsbaum und auf den Dingen der Kleinstadt geruht. Sie flüchtete hinter ihre Koffer und Hutschachteln. Im Reisekleid stand sie halb abgewendet mitten im Zimmer, Drahtzaun im gestreiften, gemeinsam eingekauften Nachtanzug schlotternd an der Tür. Warum er nicht ausgezogen sei? Er stotterte ein paar Entschuldigungen, besann sich zuletzt auf seine lächerliche Lage und verschwand aus der schmalen Tür. Sie riegelte zu.

Am andern Morgen kam Kathrin fertig angezogen und zum Ausgehen bereit in sein Zimmer. Die Frau Professorin im ersten Stock erwartete sie. Sie setzte sich auf den Stuhl an der Tür.

«Geh fort», bat sie, schaute auf den Boden und sah hilflos aus. «Ich unterliege sonst.»

Es war der Augenblick, sie wiederzugewinnen. Er hätte zu ihr niederknien und ihr erzählen können, wie's ihm in der Zeit ihrer Abwesenheit ergangen. Aber hatte sie nicht eben deutlich in helvetischem Tonfall gesprochen? Hatte sie nicht den vollen, schönen Mund gesetzt, wie man's so oft in Helvetien sah, wie sich's mit dem reinen Deutsch so schlecht vertrug? Ja, so würde man an seiner Hochzeitstafel reden! Helvetisch! Niemand würde Faust hersagen oder ein sauberes A im Halse haben, niemand sich drum kümmern, daß er die geheime Arbeit eines halben Lebens darauf verwendet, das heimatliche Krautdeutsch auszurotten. «Grüezi», würden sie sagen und «Herrje» und «Häscht dises» und «häscht säb», und niemand würde sich nach dem Taillefer sehnen und nach den anderen Geistern, die sich so wunderbar ausgedrückt.

«Ich werde gehen», sagte er, griff nach dem staubigen Koffer auf dem Schrank und fing an einzupacken. Sie gab ihm die Hand: «Ich werde dich besuchen.»

Drahtzaun mußte unten bei der dicken Wirtin nun vorzeitig das Zimmer wieder kündigen, das er erst am Tage vorher für weitere Wochen gemietet hatte. Er stotterte ein paar unzusammenhängende Entschuldigungen.

«Je comprends», unterbrach sie ihn, «ça doit être fini!» Dabei sah sie hart aus und machte ein Gesicht wie jemand, der ein ganzes Trümmerfeld zerstörter Liebschaften übersieht und sich aus deren Ende so wenig macht, wie er sich aus dem Anfang gemacht hatte. Drahtzaun merkte, daß er mit allen Empfindungen und Besonderheiten seines Zusammenseins mit Kathrin doch nur einer in einer langen Reihe von Verliebten war, die durch den glasbedeckten Gang an den Kanarienvögeln vorbeigegangen und deren werdende oder erlöschende Leidenschaften sie beobachtet hatte.

Drahtzaun mietete sich ein neues Zimmer oben an der Place St. Michel beim Pantheon, in einem schmalen, eingeklemmten, hochgetriebenen Haus. Vor der Tür rasselte und knatterte der Verkehr, eine enge Wendeltreppe kletterte durchs Haus hinauf und endete gerade vor Drahtzauns Zimmer. Ein Luftstrom jagte beständig über die Treppe. Oben pfiff er durch die beschädigte Tür in Drahtzauns

Zimmer und zog durch die Fugen und Spalten der Fensterrahmen ins Freie. Es gab ein gewaltiges, wackliges Bett, das fast den ganzen Raum ausfüllte, einen Strohsessel mit abgesägter Lehne, einen Kindertisch und eine Lampe mit einem schnurrigen Pappdeckelschirm, der die Handarbeit irgendeines Vorgängers war. Ein schräges, lichtarmes Nebengelaß enthielt eine Kommode und eine Waschgelegenheit. Drahtzaun band mit einer Schnur die Lampe über dem Kindertisch fest, verstopfte alle Ritzen des Fensters mit Zeitungspapier und hing in sinnreicher Weise einen Ziegelstein an die Tür des Nebengelasses, damit sie besser schlösse. Zuletzt schlug er zwei Nägel links und rechts über der Zimmertür in die Wand, hing die eine Bettdecke als Windschutz dran auf, verschaffte sich eine Benutzungskarte der nächsten Bibliothek und begann zu lesen. Die Geschichte der Stadt und des Landes. Er kochte sein Frühstück auf dem Teekocher und lag nachts in der einzigen benutzbaren Rinne des Riesenbetts zum Schlafen. Die Frühlingsregen trommelten aufs Blechdach, aufs abgeschrägte Stück grad über seinem Kopf, der Mond schien durchs Fenster, der Eiffelturm stand im Nebel, die Dächer und Katzen spielten miteinander nächtliche Spiele, und die Schatten und Kamine waren zum Greifen nah, die er bis anhin nur aus der Ferne der Straßentiefen gesehen. Drahtzaun saß am Kindertisch und las laut. Halbe Tage lang. Nicht als Leser, der viel erfahren will, sondern als Hörer, dem es aufs Gutgesagte ankommt. Las als Hörer seiner selbst, dem kein Wort entgeht. Geschriebenes ward Gesprochenes. Der Schreiber wurde zum Erzähler. Die geschichtlichen Gestalten rührten sich in ihren Gräbern, standen auf, wandelten und redeten. Sie atmeten. Atem war Leben.

Zu den Herrschaften aus den Versen der Dichter, zu Taillefer, zu Bertrand de Born, zum Taugenichts mit den Hyazinthen, zu den Geburten der Erfindungskraft gesellten sich nun die tätigen Herren aus der Weltgeschichte oder aus Frankreichs Geschichte, die Wirksamen, die scharf Umrissenen, die Ausnahmegestalten, alle, die dieses gesagt, jenes getan, jenes gebaut, die hier gewirkt, dort gegangen, fürchtenswerte und liebenswerte Gestalten, die er nur durch einen belanglosen Zufall nun nicht mehr selber sehen und sprechen konnte, weil nämlich ein paar kleine Jahrhunderte, ein paar zufällige und verachtenswerte Zeiträumchen ihn von ihnen trennten. Unten in den Straßen begegnete Drahtzaun den Kirchen und Palästen, die sie gebaut, seine Schattenbekannten gingen über die Plätze und durch die Straßen, wo sie gegangen, um dieses zu tun oder jenes zu leiden, auf den Brücken, vor den Toren, an den Ecken, da man sie noch sehen konnte, wenn nur das Auge die Kraft hatte, durch den Tag hindurch zu ihnen hin und in die Tiefe der Zeit zu dringen. Da Drahtzaun keinen Zeitgenossen an seiner Seite hatte, flüchteten die Denkbilder nicht vor ihm, sondern die Stadt der Börsen, des Lärmens und Fahrens, der Unruhe und des grellen Lichts flüchtete vor den Schemen. Der laute Tag klang gedämpft an Drahtzauns Ohr, fernher klangen die Geräusche der Lebendigen, echohaft und nicht wirksam genug, um den Kopf nach ihnen zu wenden. Der Tag, durch den er ging, war nichts als Erinnerung, und die Erinnerungen fügten sich ihm zum lebendigen Tage. Seine Gänge und Wanderungen durch die Gefilde des Gewesenen, seine Begegnungen mit dem Ehemaligen waren von ungewöhnlichem Glanz, von berauschendem Reichtum der Empfindungen, von nie gesehener Lebensfülle, denn da trafen sie alle zusammen aus den entlegensten Winkeln der Zeit, aus den mittelalterlichen Kirchen und Klöstern wie aus den Gärten des achtzehnten Jahrhunderts, Entthroner und Entthronte, Mörder und Opfer, Sieger und Unterlegene, alle waren da; schöne Frauen, Geister jeder Zeit, ohne Schranken und die Entfernungen der Jahrhunderte verachtend, schwebten die Gestalten in nie aufhörender, berauschender Fülle, allen Glanz und alle Schmerzen des Daseins um sich, zu ihm hin.

Der Frühling brach an, der Frühling, der jedes Jahr kam, aber er kam anders als sonst. Solche Luft, wie sie ihn jetzt umhüllte, hatte er nie daheim geatmet, so milde, so süß war sie ihm nie eingegangen, und die Sonne warf ein anderes, neuartiges Licht in die Gärten, an die Mauern, über die Brücken: das war nicht die Welt, wie sie immer gewesen, das war ein neuer Zustand, mit neuen Gesetzen, ein glänzenderes Leben mußte anheben, jetzt, wo daheim die Dachkennel zu tropfen anfingen und ein derber Schneeschmelzewind dem Winter ein Ende machte.

Drahtzaun kannte sein Deutsch, darum hatte er Ehrfurcht vor dem Französischen. Auf einsamen Felsen, auf nächtlichen Schiffsdecken, an den Haltestellen der großstädtischen Straßenbahnen, im schmierigen Abort der Schnellzüge, in einsamen Mietszimmern, in Untergrundbahnen, auf Treppen und Brücken und in weiten Wäldern war er in Gedanken den Heimlichkeiten der Sprache nachgegangen, hatte er auf der Lauer nach ihren Feinheiten gelegen und heftig um sie geworben. Nun wußte er, daß ein Leben gerade genug sein mag, um die eine kennenzulernen, daß die Sprachlehrbücher für die Dummen da sind und daß die Mehrsprachigkeit zum Ehrgeiz der Gasthausleute und Reiseführer gehört, aber nicht zu einem feinhörigen Menschen. Nun scheute er sich, Worte in einer Ausdrucksweise zu verlieren, die er als unerlernbar erkannt hatte. Sprach er, durch irgendwelche Umstände gezwungen, jemals französisch, dann drückte er sich mit Scheu aus und Scham, wie ein Geladener sich allenfalls vorsichtig und unsicher in einer Gesellschaft bewegt, deren Gesetze und Gewohnheiten ihm fremd sind. Zuletzt verwechselte er alle Französischredenden um ihn herum mit jenen Gestalten, deren vollendeter und großartiger Ausdrucksweise er in den Büchern der Bibliothek begegnete. Die Stadt der Straßengänger, der Putzmacherinnen, Wagenführer und Straßenbahnschaffner erschien ihm so in einem Glanz, daß er es für ratsam hielt, in dieser auserlesenen Gesellschaft ein für allemal den Mund zu halten. Es gab keine Gespräche oder Begegnungen, die ihn auf das richtige Maß zurückgeführt hätten, niemand richtete das Wort an ihn.

Täglich kamen die Zeitungen; er kümmerte sich nicht darum, immer neu, feucht fast noch erschienen sie in den Straßen und in den Händen schreiender Ausrufer: Drahtzaun las keine. Immerzu klapperten die Drahtspruchapparate, die Schreibmaschinen und das Geld in den Banken: er fühlte nichts, hörte nichts, floh die breiten Straßen, die weltberühmten Pulsadern des zeitgenössischen Lebens. Seitab im Gewirr der Gassen und Gäßchen erlebte er seine Erschütterungen vor altersgrauen Gemäuern, in dunklen Kirchen, vor den Durchbrüchen der Straßenbauten, da die abgerissenen Häuser ihm ihre bloßgelegten Räume mit anklägerischer Gebärde wie große blutende Wunden wiesen. Täglich stieß er auf neue Dinge und Gebilde, die ihm Gelegenheit gaben, sich in die Tiefen der Zeit zu verlieren. In weiten Sammlungsgebäuden dehnten sich die Säle voll Zeugnisse verschwundener Hände: Bilder, Bildwerke, Handgefertigtes und Handgeschriebenes! Manches, das für den alltäglichsten Gebrauch der Vergangenheit bestimmt gewesen: Gefäße aus Rom, aus Griechenland, Gefäße aus dem Leben jener Männer und Frauen, mit deren alter Sprache ihn die Schule geängstigt. Ihn bekümmerten keine Stil- noch Formfragen, er zog keine Vergleiche, sah nicht hin, um zu lernen, nicht hin, um zu wissen. Was lag an Kenntnissen! Warum Kenntnisse, da er ja nicht lebte, wie die Wachen lebten, nein, er stand nur still vor den Inhalten der Fensterkästen, weil sie Zeugnisse gelebten Lebens waren, Werke atmender Wesen, die nicht mehr waren, die er nicht gekannt. Manchmal las er auf den alten Gefäßen, eingedruckt in den vordem weichen Ton, den Namen dessen, der das Werk geschaffen. Wo war die Hand, die diese Namenszüge geschrieben? War sie nicht mehr zu fassen? Zu drücken? Was lag da hinter ihm, weithin, vergessen, verloren, versäumt? Die Zeit! – Die vergangene Zeit. Reue und Geiz quälten ihn. Geiz, der nicht um verlorenen Geldes, sondern um verlorene Zeiten litt. Die Vergangenheit sog ihm das Leben aus. Er breitete sich gleichsam rückwärts über die Jahrhunderte hin aus und dachte nie nach vorn. Was war Sorge? Was war morgen? Unsinnige Vorstellungen! Hinter ihm lag in der Zeit eine berauschende Welt. Ihn beunruhigte keine Neugier aufs Kommende, noch irgendein Zukunftsplan. Rückwärts ging alles Drängen und Wollen, durch die Gräber der Verschollenen, nach deren Freundschaft und Wärme er sich nun sehnte, da er allein in der schmalen Rinne seines Betts lag und Kathrins Atem ihn nicht mehr streifte.

Wenn aber unversehens und unerwartet ein liebenswürdiges Wort ihn traf, nur so ein treibendes, herrenloses Wort, eine Gebrauchshöflichkeit von einem Kellner oder von einer Frau, der er den gefallenen Schirm aufgehoben, dann durchfuhr ihn plötzlich das Gefühl einer schauerlichen Einsamkeit, und er konnte tagelang in seinem Sinn dem Klang des Gesprochenen nachhängen.

Die Zeit war gründlich vorbei, da er manchmal nach dem Essen, satt, mitten auf dem Straßendamm zufrieden nach Hause gegangen, ein wenig belastet vom Essen, und die Sonne wohlig auf dem Rücken fühlend. Jetzt aß er lächerlich wenig, und auch die leichtesten Speisen beschwerten ihn manchmal wie Pflastersteine. An den Gaststätten flossen die berühmtesten Weine, aber er hatte gefunden, daß der Pfefferminztee einen ruhigen Schlaf gab. Nun braute er sich jeden Abend hinter dem verstopften Fenster einen Topf voll davon, trank Lindenblütentee zum Frühstück und lebte doch in einem ständigen Rausch, im Rausch, welcher der Erweiterung seiner Gefühle und Gedanken entsprang.

Da schrieb Kathrin. Drahtzaun schuldete ihr Geld, das sie ihm vorgeschossen. Er hatte nicht sofort die ganze Summe zur Hand. Er steckte das Verfügbare in einen Umschlag und trug es in die Gemäldesammlung, wo sie arbeitete. So hatte sie's ihm vorgeschlagen. Dort standen sie sich verwirrt gegenüber. Am Fuße der Leiter, darauf sie beim Malen stand, denn das Vorbild war ein großes Gemälde, und die Einzelheit, die Kathrin zum Nachmalen sich ausgesucht, befand sich weit oben im Bild. Sie gab ihm die Hand. Eine warme, lebendige Hand war's, nicht die Hand eines griechischen Töpfers, die seine Namenszüge auf den Tongefäßen gezogen und die inzwischen längst vermodert war. Sie sah ihn groß an. Neugierig, ein wenig erstaunt, scheu und liebevoll. Sie sprachen von der Malerei, von Kathrins Bild oder von der Vorlage, das war aber alles im Grunde ganz nebensächlich, da gab's nebenbei und in allem verborgen noch etwas ganz Hauptsächliches, auf das sie im Sprechen nicht kommen wollten. Drahtzaun hatte Kathrin nie in fremder Umgebung im weißen Malerkittel gesehen, der schien ihm nun schön wie ein Ballkleid, und er erinnerte sich mit Mißvergnügen an den Galeriediener, von dem sie ihm gesagt, daß er ihr immer mit den Blicken folge, wenn sie an kalten Tagen manchmal nach dem Platze in der Saalecke ging, wo die warme Luft aus einer Öffnung des Fußbodens heraufströmte, um sich dort von dem aufsteigenden Wärmestrom einhüllen und berühren zu lassen.

Kathrin sah den Staub auf Drahtzauns schwarzem Hut liegen. Er ist ohne Frau, dachte sie, freute sich, hätte am liebsten den Hut genommen und den Staub mit dem Ärmel heruntergewischt. Aber sie unterdrückte die Regung. Drahtzaun merkte nichts davon. Die Galeriebesucher musterten die beiden.

«Auf Wiedersehen», sagte Kathrin am Schluß.

«Auf Wiedersehen», wiederholte Drahtzaun auf dem Heimwege vor sich hin. Die Worte verließen ihn nicht wieder. «Auf Wiedersehen.» Wie ein hundertfaches Echo war's in ihm. Wie ein Knochen war der Spruch, daran er tagelang kaute. Er wagte seine Behausung nicht mehr zu verlassen. Kathrin hatte «auf Wiedersehen» gesagt, da konnte sie jeden Augenblick kommen. Aber sie kam nicht. Ich muß sie vergessen, dachte er. Es ist lächerlich. Tausend Leute sagen jeden Tag «Auf Wiedersehen», Hunderttausende, Millionen, niemand denkt sich etwas dabei. Nur ihn brachte dieses abgeschliffene Stück menschlicher Äußerungen aus der Fassung. «Ich hab' dir nichts zu sagen», hatte er ihr vor einigen Wochen geantwortet, nun war er krank vom Warten auf sie und vor Sehnsucht, mit ihr reden zu können. Die Begegnung im Bildersaal durfte sich nicht wiederholen. Wozu ein Wiedersehen? Es brachte nur Qual.

Das schrieb er ungefähr so auf. Dazu nahm er den Rest des Geldes, das er ihr schuldete, und ein Spitzentaschentuch, das ihr gehörte und das gerade mit der sauberen Wäsche aus der Waschanstalt an ihn zurückgekommen war. Es hatte sich offenbar aus ihren Sachen in die seinigen verloren. Alles zusammen gab ein kleines Paketchen. Das trug er nach dem alten Hotel, steckte die Sendung dort in Kathrins Fach, rechts vom Eingang, da, wo die Zimmerschlüssel hingen und die dicke Wirtin wohnte. Die sah ihn, gab ihm Kathrins Schlüssel in die Hand und veranlaßte ihn, das Päcklein selber in ihr Zimmer zu tragen. Oben war das meiste unverändert. Nur die sichtbaren Zeichen der Schönheitspflege hatten sich gemehrt, der rote Lippenstift lag auf dem Tisch neben anderen farbigen Mitteln. Drahtzaun stieg das Blut zu Kopf. Sie schminkte sich. Für wen? Das hatte sie früher nicht getan. Da war der Tisch, daran sie zusammen gesessen, jetzt saß sie allein davor und vor dem Spiegel, machte sich schön, pflegte aufzustehen und fortzugehen. Zu wem? Nicht zu ihm. So wie sie gewachsen und geworden war, hatte sie ihm gefallen, und mit dem ruhigen Gesicht, das der Schöpfer ihr gegeben, hatte sie die Menschen angezogen. Wie ein wartendes, stilles Wasser war sie gewesen, verwundert fast manchmal, wenn die Männer sich in sie verschauten – ja, so war's gewesen, aber jetzt, seit Drahtzaun sie aufgeweckt, jetzt war's anders, jetzt kannte sie sich, jetzt legte sie Rot auf die Lippen, auf den großen Mund, daß er zu den schwarzen Haaren und dunklen Augen leuchtete, jetzt ging sie und rief einen andern, irgendeinen, dem sie nun anpries, was sie verlockend machte, und Drahtzaun haßte die Straßen voll Menschen, haßte die Stadt und haßte Kathrin, weil sie bereit war, einem andern sich so zu zeigen, wie sie sich ihm gezeigt.

Kathrin fand den Brief. Das mit dem Geld war richtig, aber die Sache mit dem Taschentuch ärgerte sie. Das Taschentuch hätte er doch behalten können, das hatte sie ihm doch gewissermaßen für immer geliehen oder geschenkt. Ob Drahtzaun nun ganz und gar nichts mehr mit ihr zu tun haben wollte? So wie man sich bei aufgelösten Verlobungen die Geschenke zurückgab, kalt, geschäftlich? Sollte sie gerade jetzt seinen Umgang ganz und gar verlieren, wo sie eigentlich vorgehabt hatte, ihn aufzusuchen, nun, da sie wieder allein und die Freundin nach Helvetien zurückgereist war?

Ein wenig hatte sie darauf gewartet, daß die Professorsfrau endlich abreisen würde. Es war Kathrin willkommen gewesen, Drahtzaun mit Hilfe ihrer Anwesenheit von sich wegscheuchen zu können, mit der Zeit aber fand sie, daß Drahtzauns Umgang doch mehr Vorzüge gehabt habe. Was mochte er treiben? Die Abende waren seit der Abreise der Freundin recht einsam geworden. Da kamen die Gedanken an Drahtzaun zahlreicher als eben vorher zurück. Eines Tages lief sie in plötzlicher Eingebung, als es dämmerte, nach der Gasse, wo er wohnte. Vor dem Hause las sie im Schein der Gaslaterne nochmals den Brief, darin er sie bat, jedes fernere Zusammentreffen zu vermeiden. Das stand wohl so dem Buchstaben nach da, zugleich aber stand sozusagen zwischen und hinter den Zeilen das Gegenteil des Gesagten. Sie hielt den Brief in der Hand und tat vor sich selbst, als habe sie noch die Freiheit zu wählen, die Freiheit, hinzugehen oder umzukehren, und doch war der Entscheid unwiderruflich in ihr gefallen, trieb es sie unwiderstehlich nach dem Haus und die Wendeltreppe hinauf.

Sie klopfte.

Drahtzaun hob die Bettdecke vom Nagel an der Tür und schloß auf.

Er war ungepflegt, unordentlich und nur halb angezogen. Die Lampe in dem schmutzigen Pappschild beleuchtete den Kindertisch. Ein Buch lag da. Kathrin setzte sich aufs Bett: «Ich möchte dich zum Abendessen holen.» Im Nebengelaß seifte Drahtzaun sein Gesicht ein und griff zum Rasiermesser. Kein lebendiges Wesen hatte bis dahin mit ihm zugleich in dem Raum geatmet. Sie sprachen durch die klinkenlose kleine Tür wie vordem durch die Wand. Die Räume waren so eng, daß Drahtzaun seine Siebensachen nicht zusammensuchen konnte, ohne an ihr vorbeigehen zu müssen und ohne daß sie sich in den Atemkreis kamen. Sie machte sich's gar nicht bequem, sondern saß in etwas steifer Haltung wie jemand da, der je eher desto lieber wieder fortgehen will.

Sie speisten zusammen an einem neuen Ort, an Drahtzauns Tisch, in einer italienischen Wirtschaft. Auf dem Rückweg nach Kathrins Hotel kamen sie an dem Kaffeehaus vorbei, darin sie früher hie und da zusammen gesessen. Es war ein kühler Abend, die Tische und Stühle draußen auf dem Gehsteig unter dem Vordach waren leer. Niemand saß da, und die großen Kohlenfeuer brannten einsam. Kathrin und Drahtzaun drückten sich in eine Ecke. Ganz am andern Ende der Tischreihen saß noch ein Paar.

Kathrin erzählte ihre Erlebnisse mit der Professorsgattin. Drahtzaun führte seine Bekannten vor und den Umgang, den er in der Zwischenzeit gehabt, Männer und Frauen, eine lange Reihe aus allen Jahrhunderten, von allen Altersstufen, große Leute, kleine Leute, viele ausgezeichnete großartige Menschen, Köpfe, Charaktere, leidenschaftliche Frauen, Denker und Besessene, auch solche, von denen Kathrin öfters gehört und doch nicht dieselben, nicht die gleichen blassen Schemen, sondern lebendige Menschen, mit vielem Alltäglichen behaftet, die lebten, litten und liebten, wie es die Menschen rings um sie in ähnlicher Weise auch noch betrieben. Dieser Drahtzaun war gar nicht allein gewesen. Und die Frauen, in deren Nähe er sich befunden, waren keine flauen Geschöpfe, man konnte das Ganze unmöglich anhören, ohne eine eifersüchtige Regung zu empfinden. Schließlich aber kam Kathrin selber unter diese Bekannten, Drahtzaun verglich sie mit ihnen, von dem und jenem hatte sie Züge, und es gab schmeichelhafte Ähnlichkeiten, verblüffend manchmal, übertrieben und unwahrscheinlich, aber schön anzuhören, denn in solche Gesellschaft hatte sie noch niemand gebracht. Lächerlich war's auch hie und da, und sie verbarg derartige Beobachtungen keineswegs vor ihm, sondern lachte manchmal laut auf, lauter als der gute Ton es eigentlich erlaubte, und so, daß man sie weit übers nächtliche

Boulevard hören konnte. Dieses Lachen berauschte ihn, frei und unbekümmert wie es war, dunkel gefärbt und tief. Ihre Hände waren, wie vordem, vom Strümpfewaschen ein wenig gerötet, aber niemals hatte ein glänzender und lakkierter Fingernagel ihn so tief entzückt wie ihre wenig gepflegten Fingerspitzen ihn beim Hinschauen an diesem Abend entzückten.

Das Liebespaar am andern Ende der Tischreihe küßte sich. Ja, das war Paris, wo die Liebe sich frei zeigen darf, weil man mit Wohlgefallen nach ihr sieht oder gar nicht nach ihr sieht, es war nicht Helvetien, wo sie sich verstekken muß, weil die Stammtischzoten die Luft verpesten. Ach, in Helvetien hätte vor langer Zeit schon Kathrin ihn gerne einmal geküßt, bei einer Begegnung, die weit zurücklag, so daß sie nie bisher davon gesprochen, daß sie bis dahin in ihrem Gedächtnisse ganz verschüttet geblieben. An dem Abend nun kam sie ans Licht der Erinnerung, jene Begegnung, jenes Zusammensein auf den Mauern des alten Burghofs in der Stadt, die sich halb zufällig ergeben und in einem Augenblick, da Drahtzaun, von vielen Plänen voll, ihr diese ohne Rückhalt anvertraut hatte, derart, daß dieses überraschende Vertrauen sie völlig gefangengenommen. Damals hätte sie zum Dank und als Antwort ihn gern geküßt und es doch nicht gewagt. Ihm aber war, von seinen Angelegenheiten in Anspruch genommen, ihre Geneigtheit nicht deutlich geworden.

Das alles gestand sie ihm nun, und Drahtzaun sah, wie tief gegründet das war, was sie für ihn getan. Es schien ihnen, als liebten sie sich schon lange und viel länger, als sie beide bis anhin selber gewußt.

Schließlich brachen sie auf.

Vor der Tür des Hotels wollten sie sich trennen.

«Gib mir den Kuß, den ich damals auf dem Burghof nicht bekommen habe», flüsterte Drahtzaun.

Sie küßten sich. Die Vorsätze verflogen.

Oben im Zimmer zog Kathrin den neuen Schlafanzug an, den er noch nicht gesehen, mit großen Blumen, darin sie ganz neu aussah und bei dessen Kauf sie doch an ihn hatte denken müssen, obwohl sie gar nicht wollte. Ihr eigenes Wesen bereitete beiden neue Überraschungen. Es waren neue Begegnungen mit sich und mit dem andern. Die Empfindungen sprangen wie fremde Blumen auf. Sie umarmten sich mit größerer Leidenschaft zugleich und mit größerer Scheu vor dem Unendlichen in sich.

Als Drahtzaun gegen Morgen fortging, erhob sich hinter der Glastür ihres Zimmers unten am Hauseingang die dicke Wirtin ein wenig von ihrem Lager, zog die Kordel, welche ihm die Tür aufschloß, und nickte dabei wohlwollend und verständnisinnig zum Zeichen, daß sie wohl Bescheid wisse, nickte so, als sei sie über derlei Rückfälle und Irrwege der Liebe nicht im geringsten überrascht.

«Si vous voulez aller la voir, je ne vois rien», hatte sie am Tage gesagt, da er aus dem Hotel auszog, hatte dabei mit widerwärtiger Gebärde Daumen und Zeigefinger vor den Augen zusammengeklappt und die Lider wie Fensterläden heruntergeschlagen, hinter denen es ein unsauberes Geschäft zu verbergen galt. Daran erinnerte er sich nun und fühlte deutlich, daß die Alte aus ihrer Mitwisserschaft ein Recht nehmen würde, Kathrin mit weniger Achtung als bis anhin zu begegnen. Er beklagte das Zusammensein um dieser Folge willen, sagte Kathrin seine Gedanken, und sie dankte ihm dafür.

Von da ab wartete er wieder auf ihren Besuch. Aber umsonst. Sie kam nicht. Er hörte nichts von ihr und wagte nicht, sie aufzusuchen. Beim täglichen Schlendern durch die Museen stand er ihr plötzlich gegenüber: als Bildwerk stand sie unter Bildwerken, ein wenig abseits von den großen Sälen. Als Göttin stand sie da vor ihm, mit zerbrochenen Gliedern und durchbrochenem Leib. Aus gelblichem Marmor. Der ganze Oberkörper fehlte, gerad über dem Nabel zog sich die Bruchfläche obenhin quer durch den Körper. Der eine Oberschenkel war bis zum Knie erhalten, der andere bis zum Knöchel des Fußes. Sie kam aus dem Bad, ein paar Falten eines hochgerafften Tuchs legten sich über den Schoß, darauf lag die Hand ohne Arm, beim gebogenen Gelenk fing sie an, und die feinen Finger umspannten die Falten. Rührten sich nicht, wie er so hinsah, die Gelenke? Leise und kaum merklich, wie im Schlaf oder im Traum? Drahtzaun erschrak. Er sah sich um. Niemand beachtete ihn. Er trat zurück. Die Besucher trippelten um gleichgültige Grabmäler. Aus einer versteckten Ecke ließ er die Blicke ruhiger auf den marmornen Körper fallen. Es war Kathrins Gestalt. Die vorgerückte Stunde verscheuchte die letzten Museumsbesucher. Es dunkelte. Bewegte der weiße Leib sich nicht leise beim Atmen? Drahtzaun lauschte. Der Wächter im Hauptsaal machte seine regelmäßigen Gänge hin und her. Manchmal entschwand er der Sicht. Dann konnte er auch nicht in den Nebensaal hineinsehen. Drahtzaun ging auf die Gestalt zu, sie stand nicht auf hohem Sockel, sondern gerade vor ihm. Leise berührte er mit der Hand die zarte Innenfläche der Schenkel, küßte die abgebrochene Hand und nannte flüsternd ihren Namen: «Kathrin».

Als sie sich das nächstemal sahen, kam Kathrin mit einem festen Plan für den ganzen Tag. Ein förmlicher Arbeitsplan war's, ohne Pausen und Lücken für Unvorhergesehenes, ohne Gelegenheit zu Überraschungen und Offenbarungen. Ganze Reihen von gemalten und ausgehauenen Menschen, Männern, Frauen, Köpfen und Berühmtheiten galt es zu sehen, dazu viele Goldschmiededinge, Schränke, Schriften und Bauwerke. Als sie gegen Abend vom Schauen müde waren, verriet Drahtzaun seine Entdeckung.

«Laß uns hingehen», sagte Kathrin.

Sie standen zusammen vor ihrem entkleideten Spiegelbild. Er schilderte ihr die erste Begegnung, wiederholte den Kuß und die Liebkosung. Kathrin schloß die Augen. Dann nahm sie seinen Arm und ging mit ihm nach seiner Dachkammer.

«Ich muß Drahtzaun loswerden», sagte sich Kathrin. Jeden Tag sagte sie sich das, und jeden Tag zog es sie zu ihm hin, und sie mußte sich zur Wehr setzen, Vorsätze fassen und mit sich kämpfen. Sie konnte die Liebe nicht vergessen, tagelang mußte sie in Gedanken nachher jedes Zusammensein auskosten und Sehnsucht nach mehr haben und sich wankelmütig und schwach finden. Nie hatte sie so viele Vorsätze gebrochen wie um seinetwillen, der sie doch wie niemand gekränkt hatte. Sie saß nun häufig ganz allein zu Tisch. Es war gar nicht schön. Irgendein Herr, dem sie eines Tages an einer Gaststätte gegenübersaß, aß ein Gericht, das sie gern für sich bestellt hätte, von dem sie aber nicht wußte, wie es hieß. Es handelte sich um nichts Ungewöhnliches, nicht um eine seltene oder kostspielige Speise fremder Herkunft, sondern nur um ein Plättchen Gemüse, und doch wandelte das ihr Schicksal. Sie fragte den Herrn nach dem Namen des Gerichts. Er gab ihr Auskunft. Sehr höflich. Ihr Französisch hörte sich so entzückend ungeschickt an. Wie schön sie war. Und die Natürlichkeit, ihn in so selbstverständlicher Weise anzureden, nahm ihn sofort gefangen. Er sah ein wenig wie ein Schwede aus, den sie gekannt, blauäugig und blondhaarig. Nach Tisch stand sie ruhig auf und ging nach Hause, er folgte ihr, erfuhr ihre Adresse und schrieb ihr. Schrieb ihr nochmals. Aber umsonst. Drahtzaun stand im Wege. Zuletzt wartete er am Hotelausgang auf sie und bat sie in bezaubernder Weise um einen gemeinsamen Abend. Nun nahm sie an. Ein wenig aus Ablenkung, ein wenig auch aus Rache an Drahtzaun und auch darum, weil der Fremde ein liebenswürdiger und höflicher Mann war.

«Ich will Sie heiraten», sagte er zu ihr.

Nun kam sie zu Drahtzaun, ein wenig förmlich, schon beim Eintritt ins Zimmer deutlich zurückhaltend, und erzählte ihm die Begegnung. Ganz ruhig. So ruhig, daß ihn die Art des Erzählens mehr als der Inhalt wurmte.

«Habt ihr euch geküßt?»

«Ja.»

«Das ist ja schön.»

Er warf den Stuhl zu Boden, der sonst als Türgewicht an einer Schnur am Eingang zum Nebengelaß hing, damit sie besser schlösse. Eine Staubwolke erhob sich. Kathrin sah aus dem Fenster hinaus ins Dunkel und zitterte. Sie faßte sich aber rasch: «Du hast kein Recht, mir Vorwürfe zu machen. Du hast mich ja nicht haben wollen. Wie ein kleiner Bub bist du. Liebhaber könnte ich Hunderte haben, nicht jeder wie du vielleicht, aber was nützen mir deine Vorzüge?»

Er versuchte, so gut es ging, seine Eifersucht zu unterdrücken. Sie gingen zusammen zu Tisch, zum Abschiedsessen. «Daß du einen fremden Mann auf der Straße kennenlernen und dich nach ein paar Tagen mit ihm küssen würdest, habe ich nicht von dir gedacht.»

«Nach ein paar Wochen, nicht nach ein paar Tagen», sagte sie still. «Ich will mich aber nicht besser machen, als ich bin.»

Hast du auch gar nicht nötig zu tun, du bist ja so gut, wie du bist, so schön, so lieb, so recht hast du, und ich mißgönne dich ihm, wollte Drahtzaun sagen, aber er dachte sich's nur.

«Wenn ich euch nun zusammen auf der Straße begegne, was dann?»

«Was wirst du denken?» fragte sie und sah ihn groß an.

«Daß er so ernsthaft dich liebe, wie du es wünschest und verdienst.»

Sie schien mit der Antwort zufrieden.

Nun durfte er sie nicht mehr vor die Hoteltür bringen. Am Tor des Luxemburger Gartens reichte sie ihm die Hand zum Abschied. Nachher trat sie allein in die nächste Kutscher- und Wagenführerkneipe, trank stehend in wenigen Zügen ihr Glas Bier zwischen den Männern, die sie verwundert maßen. Wegen des Biertrinkens und wegen des schönen Aussehens. Sie war erleichtert. Nach einigen Tagen fand Drahtzaun bei einer Rückkehr ins Hotel einen Zettel in seinem Zimmer. Sie war dagewesen. Zusammen mit einer Schwester. Verlobt und um Lebewohl zu sagen, weil sie zur Vorbereitung der Hochzeit nach Hause fuhr.

Eine Zeitlang war Drahtzaun zu gleicher Zeit oder nacheinander eifersüchtig, betrübt, froh, erleichtert, sehnsüchtig und erlöst. Er vermißte die Liebe fast ebensosehr wie die Geliebte. Er vermißte Kathrin und war zugleich erbaut über die wiedergefundene Freiheit. Hochzeiten und Verlobungen lenkten die Aufmerksamkeit des Tages auf die Beteiligten, sein Dämmer- und Dunstleben war vorzuziehen. Er kehrte zurück zu den kleinen Ursachen und den großen Erschütterungen als Wirkung.

Die Luft wurde immer schmeichlerischer. Die bronzenen Meerweiber an den Denkmälern ließen sich die Wasser mit steigender Lust über die Brüste rinnen. Die steinernen Königinnen zogen sich ganz hinter die grünen Vorhänge der Kastanienbäume zurück. Alte Herren spielten Ball mit Kindern, die kleine Fräulein waren. Viele Mädchen strömten Sonntags durch die Gartentore der Tanzstätten. Ein neuer Zimmerwärter kam in Drahtzauns schmutziges Hotel und bildete dort zusammen mit seiner Frau ein schönes Paar, dem Drahtzaun, wenn er zum Ausgehen die Treppe herunterkam, ehrerbietig Platz machte. Er kaufte Blumen, um den alten Blumenfrauen einen Gefallen zu tun, und schenkte sie aus Ratlosigkeit der Hotelierstochter, deren Alter sich frech und eklig gegen ihn benahm. Im Bois de Boulogne sprangen riesige Blüten aus dem Frühlingsboden, aber es waren die bunten Kleider der Frauen, die unter Bäumen ihre Liebsten küßten. Boote schwammen dort auf Spiegeln, die Kathedralen warfen immer stärkere Schatten. Nachts war's noch kühl, aber tagsüber war's warm. Viele, viele Stühle warteten in den Gärten auf Menschen, die Marmorfrauen auf den Sockeln schauten immer freundlicher drein, Ostern wollte kommen. Die Schönen im Süßigkeitenladen an der Place St. Michel strahlten und lächelten, Drahtzaun aber begann zu stottern und verlangte das Seinige mit Herzklopfen. Zum Teetrinken las er nun in seinem Zimmer deutsche Zeitungen und drückte sie ans Herz, weil sie lauter deutsche Wörter enthielten. Fausts Spaziergang mit Wagner war das Deutschgeschriebene, das er nun immer wiederholte, sein tägliches Selbstgespräch, sein Lebensgesang, sein Gebet und Jubel und seine Unterhaltung. Unter dem schrägen Blechdach sang er das Lied zum erstenmal frühmorgens, wenn die Sonne am fernen Eiffelturm durch den Dunst schimmerte. Zwei Russenmädchen im Nachbarzimmer redeten immer laut und lebhaft miteinander. Zu denen wollte er am Ostermorgen gehen und ihnen seine Verse hersagen. Aber die würden ihn nicht verstehen, denn sie sprachen nur russisch und französisch. Überhaupt wartete niemand darauf, ihn zu hören. Auch am Ostertage würde es wie immer sein: nur er und die Verse. In Deutschland dagegen gab's Putzmacherinnen, die ein Lächeln oder Nicken haben würden bei jener Stelle von den mangelnden Blumen und den Menschen, die man an deren Statt nehmen sollte. Ja, in Deutschland würde ihn jedermann verstehen. Jede Mutter, jeder Kellner, jeder Straßenbahnführer wußte von Faust. Zurück also! Heim! Fort! Nicht zu dem Menschen oder jenem! Zu wem denn? Nicht dahin oder dorthin, nicht in jenes oder dieses Haus, nein, einfach zurück ins Land der deutschen Sprache. Zu Fausts Wald! Zu Fausts Feld! Zu Fausts Ostermorgen und zu allen den Frauen und Männern, die an dem Tage dort über die Wiesen gingen, zum Bettler, der sang, zu den Soldaten, die marschierten, zu den Mädchen, die auszogen, und den Burschen, die hinter ihnen hergingen.

# Rückkehr zum geliebten Deutsch

wieder Berlin

Der Ostertag fiel dann doch etwas anders aus, als er sich's gedacht hatte. Ein rauher Wind wehte vor Berlin über die großen Flächen und warf die junge Saat hin und her. Große Wolken zogen am Himmel dahin, und die spärlichen Wanderer wunderten sich über Drahtzaun, der mit ausgebreiteten Armen im Felde stand und vor sich hin redete. Fausts Pudel war nirgends zu sehen. Fern am Horizont standen die Fabrikkamine, aber in den Kaffeehäusern an den Bahnhöfen sprachen die Leute deutsch, alle, ohne Ausnahme, besser oder weniger gut, weniger von Gegenständen, die ihm nahe waren, und mehr von Dingen, an die er in der Regel nicht zu denken pflegte.

Bei der Frau Oberstleutnant in der Brandenburgischen Straße war er hochwillkommen. Sie hatte gerade einen Mieter gesucht fürs große Vorderzimmer. Drahtzaun schien ihr genehm zu sein, zumal er versprach, seine Miete pünktlich zu zahlen, woran ihr ganz besonders viel liegen mußte, weil der Vorgänger ohne zu zahlen davongegangen war. Die alte Helene freute sich auch, daß das Zimmer nicht länger leer stand, teils der Frau Oberstleutnant wegen, teils auch, weil sie nun für den Insassen zu sorgen hatte. Für einen Nächsten zu sorgen war nämlich ihr eigentliches Lebensziel, sonst hätte sie nicht dreißig Jahre im Hause der Frau Oberstleutnant als Magd gedient. Die Söhne des Hauses hatten sich verheiratet und waren fortgezogen, der Herr Oberstleutnant lebte nicht mehr, ohne Mieter war das Leben im Hause mit Frau Oberstleutnant allein doch allzu einsam. Die große Wohnung kostete viel Geld, aber man wollte die Räume nicht verlassen, darin die Frau des Hauses mit ihrem Gatten ein glückliches Leben geführt. Die Mieter sollten das Ihrige zu den Zinszahlungen beitragen, insbesondere spielte der Inhaber des Vorderzimmers bei den rechnerischen Überlegungen der Frau Oberstleutnant eine ziemlich wichtige Rolle. So kam Drahtzaun vom ersten Tage an ohne weiteres Zutun zu einem gewissen Ansehen in einem kleinen Kreise und war nicht länger ein verachteter Dachkammermieter. Das Zimmer selber war hell und groß und zeigte viele Annehmlichkeiten des zeitgenössischen Lebens, deren Vorhandensein ihm halb aus dem Gedächtnis entschwunden gewesen. Lukars Wohnung allerdings zeigte diese Annehmlichkeiten in noch reicherem Maße. Drahtzaun merkte schon an der Flurtür, daß es mit Lukar eine andere Bewandtnis als früher hatte: ein Dienstmädchen öffnete und behandelte ihn mit herablassender Geringschätzung. Er mußte sich anmelden. Bei Lukar. Das war früher nicht vorgekommen. Aber eben, die Leute konnten ja nicht wissen, wer er war. Lukar und Drahtzaun umarmten sich zum Wiedersehen, wie sie es früher getan, wenn sie nach den Ferien sich wieder begegneten. Diese Umarmung stand im Mißverhältnis zu den wenigen Briefen, die sie gewechselt, und zu den spärlichen Gedanken, die sie seit der helvetischen Reise und der Trennung in Venedig für einander gehabt. Lukar hatte mehr Möbel im Zimmer als Drahtzaun. Darunter sogar einen Schallplattenkasten, der ihm selber gehörte. Lukars Stimme tönte auch anders als früher. Fester! Voller! Etwas angreiferisch, dachte Drahtzaun. Ein paar Vorhänge trennten einen Erker vom übrigen Raum ab, im Erker nahm Lukar sein Frühstück ein, vor dem Erker standen die Bäume des Tiergartens, an dem rings herum die schönsten Wohnungen der Stadt lagen. Dieses Drum und Dran verfehlte seinen Eindruck auf Drahtzaun keineswegs, und er wunderte sich darüber. Früher hatten sie derlei Dinge übersehen. Aber Lukar wies ihm alle Errungenschaften einzeln vor und freute sich darüber. Die Bühnenleiter, die sie vormals in Gedanken aufgesucht und verblüfft, hatten ihn inzwischen gerufen und Verträge mit ihm abgeschlossen. Drahtzaun träumte neue Träume, aber Lukar hatte die alten verwirklicht. Drahtzaun war geneigt, ihm das übelzunehmen, verbarg aber die Regung, und Lukar erkannte sie nicht, denn er hatte überhaupt nicht so viel Zeit oder Aufmerksamkeit für den Freund wie früher. Der sah mit Eifersucht, wie sein Erscheinen und Dasein bei Lukar viel weniger schwer als vormals ins Gewicht fiel und daß er nur ein Vorfall unter vielen anderen Vorfällen war: der Fernsprecher schrillte, die Wohnungstür klingelte, Verabredungen fielen, schöne Frauen frugen dem Freunde nach, das Dienstmädchen war unterwürfig, Geld kam in seine Hände, ging wieder, wie es gekommen war, die Schallplatten sangen ihm zum Frühstück, und er aß mit gewaltiger Lust an den teuersten Gaststätten der Stadt.

Mit dem Geld war es auch anders. Er konnte nicht mehr an die Schalter gehen und für eine helvetische Note ganze Bündel deutscher Scheine in Empfang nehmen. Die meisten Schalter von vordem waren geschlossen, und an den übriggebliebenen gab's keine Umrechnungen im alten Stil mehr, die sich jeden Tag anders gestaltet hatten. Sie blieben gleich, und seine helvetischen Franken gaben in der fremden Währung nicht eine größere, sondern eine kleinere Zahl, als der Wechselbetrag darstellte. Die fremden Häuserkäufer waren in ihre Länder zurückgekehrt, ebenso die Nutznießer und Zuschauer des Volksbankrotts, welche seinerzeit die Eisenbahnen und Gasthäuser gefüllt. Wenn Drahtzaun Straßenbahn fuhr oder ein Brötchen kaufte, nannte man beim Zahlen eine vernünftige Ziffer, die der entsprechenden Ziffer in andern Ländern glich, nannte allemal ungefähr die gleiche Zahl, die Drahtzaun bei einem derartigen Handel auch in Helvetien gehört hätte. Er wußte, woran er war, wußte bei jeder Ausgabe, um wieviel ärmer er wurde. Die Umrechnerei und das Mißverhältnis der Kurse hatte seinerzeit immer Gelegenheit zu falschen Vorstellungen über die Daseinskosten gegeben. Das war vorbei. Er konnte haargenau ausrechnen, wie lange der Rest des ererbten Vermögens noch reichen würde. Bis dahin mußte er mit dem reinen Deutsch im reinen sein. In Paris war er mit seinen eigenen Leistungen sehr zufrieden gewesen. Vielleicht war's wirklich an der Zeit, einen Saal zu mieten und die Leute durch seine Kunst zum Staunen zu bringen.

«Hat Herr Drahtzaun jetzt eine Stellung?» fragte von Zeit zu Zeit die alte Helene. Ein Mensch ohne Stellung war etwas Unvollkommenes, Unhaltbares, ein Mensch, der keine Stellung hatte und auch keine suchte, war etwas Unvorstellbares. Die alte Helene durfte die Frage wohl stellen, denn sie kümmerte sich auch sonst um ihn, pflegte ihn, sah nach ihm, kochte seinen Tee, deckte den Tisch, wie sie es mit anderen Schutzbefohlenen gemacht und ganz so, wie sie es mit den Söhnen der Frau Oberstleutnant gehalten. Die mußten auch Stellungen suchen, obgleich sie doch Offiziere und gerade so alt wie Drahtzaun waren.

Die alte Helene besorgte für Drahtzaun die nötigen Einkäufe für den Abendtisch. Wenn sie daran verhindert war, mußte Drahtzaun selber nach Wurst, Butter und Käse laufen. Dann stand er mit selbstzerstörerischen Betrachtungen zwischen den Köchinnen und Hausmädchen in den Läden und dachte an den Herrn Oberstleutnant, der ein Mann gewesen und einer Sache treu.

Einmal nahm er seine Bleistiftkritzeleien aus Paris und von der Insel und ging zum großen Verlag. Solche Skizzen sah man oft in den Zeitungen. Die konnte er verkaufen. «Was wünschen Sie?» fragte ihn in dem großen Hause ein kleiner Junge. Es gab Dutzende solcher Jungen, die so fragten, draußen in den Gängen schon, ehe man nur durch eine einzige von den tausend und tausend Türen kommen konnte. Seine Zeichnungen taugten nichts. Das verschmerzte er rasch, aber den kleinen Jungen vergaß er nicht wieder. Drahtzaun war dreimal so alt wie der, aber noch nie hatte er einen kleinen Menschen, geschweige denn einen großen, in solcher Weise kühn zur Rede gestellt wie der ihn. Es war, als sei der Junge dreimal so alt wie er gewesen, entfernt, überlegen, gewandt. Drahtzaun wollte sich den Eindruck von der Seele lachen, aber er war beunruhigt.

Die Welt war anders, als er sich's gedacht hatte. Sie wollte nicht, wie er wollte. Es war leicht, mit ihr umzugehen, so lange er seines Vaters Geld ausstreute, sie nahm gern und gab ungern. Die Inschriften an den Häusern, die Geschäftsschilder mit den vielfältigen Namen und merkwürdigen Zusammenstellungen waren nicht da zum Gut-ausgesprochen-Werden, wie er oft gedacht, waren nicht allein fesselnde, halsbrecherische oder vielmehr zungenbrecherische Wortgebilde, nein, das waren Fanfaren, Rufe, Kräfte, waren böse Gebilde zum Nehmen, zum Verdienen, ihm zu entreißen, was er hatte. Geldfallen und Verdienernetze. Die Menschen in den Straßen hatten keine Verse im Kopf noch den Wunsch nach vollkommen Gesprochenem im Herzen, fühlten keine Sehnsucht nach entschwundenen Zeiten, die stießen sich, drängten sich, rannten, eilten, die wollten alle etwas und wußten, was sie wollten: Geld. Geld! Das ganze Land wollte Geld, lieh Geld, ermangelte des Geldes; die Gemeinden suchten Geld, die Fabriken suchten es, die Händler, die Banken, die großen, die mittleren und die kleineren Leute, alles verlangte nach Geld. Es fehlte in jeder Ecke. Der Krieg hatte alles verschlungen. Nun entlehnten und liehen sie. Von Staat zu Staat, riesige Summen. Gutachter und Makler reisten im Lande umher, prüften, wer des nachgesuchten Leihgelds würdig war, preßten Menschen und Gesellschaften in Zinsknechtschaft, verdienten durch Leihen, ermöglichten Arbeit durch Leihen, machten reich durch Leihen. Selbst ein Sümmchen, wie Drahtzaun es noch besaß, wäre an tausend Stellen hochwillkommen gewesen, wäre ein Anfang, eine Macht, ein erster Baustein zu einem Handelsunternehmen gewesen, und es gab große Werkbesitzer, die mit weniger begonnen hatten, aber Drahtzaun besaß einen Gaul, den er nicht aufzuzäumen verstand, er konnte nichts anderes mit seinem Besitztum anfangen, als es, wie alte Großmütter tun, langsam aufbrauchen und sich wie ein klappriger Rentner aufzuführen, der Deutsch lernte. Am Sonntag, wenn die Arbeitsamen ausflogen, wenn die Stadt sich leerte, die Schreibmaschinen ruhten und die Eingesperrten hinauszogen, wagte auch Drahtzaun freier seine vier Wände zu verlassen. Dann fiel er nicht mehr durch Nichtstun auf. Stundenweit lief er durch die Wälder und an den Seen entlang. Ruderer schlugen das Wasser. Segler schwebten dahin. An den Ufern lagen die Badenden. Auf Schiffen tönte Musik. Zelte standen unter Bäumen. Schöngewachsene Menschen sonnten sich. Verliebte bargen sich hinter Büschen. Und die Farben leuchteten. In den Waldwirtschaften trank er nicht kühles Bier, wie die andern, sondern heißen Tee, daß die schwitzenden Kellner die Köpfe schüttelten. Immer weniger kam er mit den Gewohnheiten der Welt zurecht.

## Törpinghaus

Drahtzaun kam mit Lukar zusammen zu Törpinghaus und seiner Frau zu Tisch. Zur Zeit der Osten-Bühne waren die beiden ein neuvermähltes und unzertrennliches Paar gewesen. Die junge Frau hatte bei allen Bühnenproben ihres Mannes mit großer Aufmerksamkeit und Geduld in den leeren Stuhlreihen des Zuschauerraumes gesessen, auf ihn geachtet, seine Angelegenheiten mit ihm besprochen, ihn ermuntert und war bei den ausgedehnten Wiederholungen bis zuletzt zur Stelle geblieben. Sie entzückte die lauten Theaterleute durch ihre leise Art und dadurch, daß sie in ihrer Ergebenheit gegen den Gatten ein wenig rührend aussah oder leicht lehrerinnenhaft, weil sie oft einen nicht ganz vorteilhaften Hut trug. Man wußte, daß Törpinghaus sie nach der ersten Begegnung auf einem Ball schnurstracks geheiratet hatte und so, daß sie die gelehrten Studien nicht beenden durfte, denen sie obgelegen. Sie hatte eine überaus liebenswürdige Art gehabt, mit den Theaterleuten umzugehen, hatte alle entzückt, weil sie ein wenig scheu und mädchenhaft war und von ihrer bevorzugten gesellschaftlichen Stellung nichts zu wissen schien.

Jetzt aber, als Drahtzaun ins Haus kam, war sie anders. Scheinbar größer von Gestalt, schlank, modisch gekleidet, mit roten Lippen, viel sicherer, mehr im Vordergrund des Geschehens, zeigte die Zähne beim Lachen und schloß die Augen, daß sie verführerisch aussah. Sie ging frei durch die weiten Wohnräume, daß Drahtzaun ihr nachsehen mußte und Lukar ihr nachsehen mußte.

Nun war Drahtzaun also in jenes Törpinghaus Wohnung gekommen, mit dem er während der ganzen gemeinsamen Osten-Bühnen-Zeit sozusagen nie ein Wort gewechselt, den er aber um so sorgfältiger beobachtet hatte. Törpinghaus litt, so wie Drahtzaun an der Bühne gelitten: unter der Scham, sich zu zeigen, auf Gefallen zu warten und mit fremden Worten und Gedanken sich zu zieren. Der Ehrgeiz trieb ihn, und die Angst vor dem Mißerfolg beraubte ihn der sorglosen Heiterkeit. Er schloß Verträge mit großen Theatern, die in keinem Verhältnis zu seinen Bühnenerfolgen standen, weil er einen großen Namen trug und von Hause aus den Stil derer mitbrachte, die von Menschen erreichen, was sie erreichen wollen. Dort war man gewohnt, die Zeitgenossen nach den eigenen Plänen zu zwingen und sie in Scharen ergeben kommen zu sehen: Arbeiter, Werkführer, Erfinder, Geldleute, Träumer und Rechner. Da rauchten die Kamine, dehnten sich die Fabrikräume, arbeiteten die Gehirne, rollten die Erzeugnisse Törpinghaus' in die Welt. Da wollte der alte Törpinghaus seinen Sohn haben. Aber nun war er bei der Bühne, eigensinnig, trotzig und verbissen und dachte in den Spalten der

Zeitung mit nicht geringerem Ruhm zu erscheinen, als er im Handelsteil den Erzeugnissen der väterlichen Werke und den zugehörigen Wertpapieren zuteil wurde. Aber die Bühne widerstrebte seinem Bemühen. Die geborenen Spieler zwangen die Menge durch Selbstverständlichkeit, aber Törpinghaus lief nach einem Abgang zum nächsten Bühnenfeuerwehrmann, der hinter dem Versatzstück halb schlief, und fragte ihn um sein Urteil. Verärgerte kleine Zeitungsschreiber rächten sich in den Spalten ihrer Blätter an ihm dafür, daß sie aus engen Stuben kamen, während er eine vorteilhafte Herkunft aufzuweisen hatte. «Sie haben's überwunden», hatte Törpinghaus zu Drahtzaun gesagt, als dieser der Osten-Bühne den Rücken kehrte. Nun warb er nach so viel Jahren immer noch um den Erfolg und dachte durch Fleiß und saure Arbeit die widerspenstige Bühne zu zwingen. Seine Frau aber war in der Zwischenzeit zur unentbehrlichen Mitarbeiterin und Lehrerin geworden. Ihr Ohr hatte sich verfeinert. Viele Nächte waren dem unersättlichen Theaterdrang geopfert worden. Ohne merklichen Erfolg. Manchmal war sie des blinden Eifers müde und mußte den arbeitenden Gatten mit jenen vergleichen, die Meisterleistungen lächelnd und ihrer nur halb bewußt vollbrachten. Zum Beispiel mit Lukar. Der war von der Schulbank zur Bühne gekommen und hatte Törpinghaus längst überholt. Der spielte, wie er atmete oder aß und trank, kam aus der großen Neanderstraße im kärglichen Osten der Stadt, wo die kleinen Leute wohnten, aber die Bühnenleiter riefen höflich bei ihm an, um ihn zum Spielen an ihre Bühnen zu bitten. Ihm gelang mit Leichtigkeit, was Törpinghaus mißlang, und er hatte als Spieler alles das in Fülle, was dessen Frau immer deutlicher an ihrem Mann vermißte. Nun kam er oft zu den beiden Eheleuten zu Tisch, kam oft in Rollen mit Törpinghaus zusammen, die Arbeit ging in heitererer Weise mit ihm als sonst vonstatten, und es war in seiner Nähe leicht zu leben. Frau Törpinghaus bewunderte den aus dem Dunkel, ohne jeden Helfer, nur durch seine Begabung ans Licht gekommenen Künstler.

Einmal saßen sie zu dreien bei einer festlichen Vorstellung im schönsten Theater der Stadt. Lukar neben Törpinghausens Frau. Er konnte nicht zuhören. Er mußte an die Frau an seiner Seite denken und daran, daß ihr Gatte sich zu wenig aus ihr und zu viel aus einer aussichtslosen Laufbahn mache. Ihr bloßer Arm lag neben ihm auf der Lehne des Theatersitzes. Das Schauspiel vor den Sitzen war Spiel wie immer und wie er's selber täglich trieb, aber der Arm an seiner Seite war eine neue und verwirrende Nachbarschaft. Er berührte den Arm. Ohne recht zu wissen, was er tat. Sie drückte seine Hand an ihre Seite. Hernach saßen sie alle drei beisammen im Licht. Törpinghaus redete von der Vorstellung, aber Lukar und die Frau sahen sich in die Augen.

Er gewann sie ganz für sich. «Mein Gatte rührt mich nicht an», sagte sie, um sich zu verteidigen. Sie umarmte ihn im ehelichen Schlafzimmer, und Lukar erfuhr alles, was sie von sich, von ihm, vom Ehemann und von ihrer Ehe gedacht und mit dem Gatten nicht besprochen hatte, weil er es nicht hatte hören wollen oder keine Zeit zum Zuhören gefunden hatte. Wenn sie nun alle zusammen waren und der Ehemann mit seiner Unrast und Ungeduld, mit seinem Ehrgeiz oder mit seiner gewissen herrschsüchtigen Eckigkeit das Vergnügen des Augenblicks störte, nahm

Lukar bei sich in allem ihre Partei, nahm er sich in seinen Überlegungen das Recht, den Ungeschickten zu hintergehen.

«Ich liebe dich», sagte er zu ihr.

Es war die fertigste Frau, die angesehenste, die am besten gekleidete, am reichsten gebildete, von den besten Männern verehrte Frau, die ihn je geliebt, aus dem schönsten Hause und hinter dem Rücken des ungewöhnlichsten Mannes. Er war berauscht. Früher hatte er in Großvaters Kleiderkeller hinterm Ladentisch geschlafen, nun in solcher Umgebung, und nur darum, weil er war, wie er war, und weil er spielte, wie er spielte.

Die Erfahrungen schüttelten ihn. Er mußte davon sprechen und anvertraute sich Drahtzaun.

Dem fällt alles in den Schoß, dachte dieser und schlug sich auf die Seite des Ehemannes.

«Du mußt wissen, daß du seine Freundschaft aufs Spiel setzest.»

«Was liegt mir an ihm!»

Der Sieg über den Ehemann bläht ihn auf, dachte Drahtzaun.

Lukar vernahm von der vornehmen Frau die berauschendsten Geständnisse. Er war ihr erster Geliebter, auf den die vom Gatten Vernachlässigte oder von ihm Unentdeckte seit langem gewartet hatte. Nun vergaß sie sich völlig an ihn. Die Unerfahrenheit machte sie unvorsichtig. Die Leidenschaft machte sie blind. Sie fuhren zusammen nach Liebesverabredungen im offenen Wagen durch die Straßen der Stadt, hinaus in die Wälder oder nach den Seen. Den Blicken der Straßengänger preisgegeben, lag sie berauscht in seinem Arm, daß ihr der Wind übers Gesicht blies und durch die Haare wehte. Sie kam zu ihm in sein Zimmer, wo schon andere Geliebte bei Lukar gewesen, setzte sich seinen heimlichen Vergleichen aus und den Beobachtungen des Mädchens, das die Tür öffnete. Wo war die Haltung, die sie vorher in den weiten Räumen der ehelichen Wohnung besessen? In den weitläufigen Gängen und halbverdunkelten Räumen des großen Theaters, wo der Gatte und Lukar zur Zeit ein Stück einübten, fragte sie häufiger als früher nach Lukar, und die feinen Ohren der anderen Frauen hörten den neuen Ton. Sie widersprach den Plänen einer ganzen Gesellschaft von Spielern, die zusammen eine Gemäldeausstellung besuchen wollten, weil Lukar mit war, weil sie nicht mitgehen konnte, weil sie zur Teestunde in ihrem eigenen Hause erwartet wurde, und zwang, um Lukar bei sich zu sehen, ihn und alle andern, ihren Plan aufzugeben und den Tee bei ihr zu nehmen. Sie verlor jede Überlegenheit und Besinnung, ja den guten Geschmack, nahm, mit Lukar im Wagen sitzend, seine Hand verliebt in die ihre, während vor ihnen der Gatte am Steuer saß, von dem sie wissen mußte, daß er ein unberechenbarer und gefährlicher Beleidigter sein würde.

Es war mehr, als Lukar gewagt hatte. Die dauernde Gefahr des Entdecktwerdens und die immerwährende Heimlichkeit waren ihm auf die Länge sehr unbequem. Sie verdarben ihm die wahre Freude an ihr. Sie merkte nichts und verschlimmerte dadurch den Zustand. Er wurde der Geliebten satt und versuchte, das Mißvergnügen, das er selber deswegen über sich empfand, durch ungerechtfertigte nachträgliche Urteile über die Geliebte zu mildern. Seine wachsende Zurückhaltung machte sie vollends wirr. Sie kämpfte um die Fortführung des alten Zustands, schminkte sich stärker und kam in auffällig betonter Eleganz zu ihm. Die Frauen am Theater waren inzwischen ihrer Sache sicherer geworden und tuschelten unverschämter darüber. Törpinghaus wurde aufmerksam.

Eines Tages, als Drahtzaun wieder nach der Wohnung des Ehepaars kam, war sie leer. Eine kleine Krankenschwester huschte durch die Räume. Törpinghaus befand sich in einer Nervenheilanstalt, die Frau war fort.

Nach seiner Rückkehr klingelte der Gatte Drahtzaun an. Der war Lukars Freund und mußte wissen, was zwischen dem und seiner Frau vorgefallen war. Aber Törpinghaus wollte im Grunde nichts wissen, wollte nichts wahrhaben, er fragte zwar Drahtzaun nach den Geschehnissen, aber er schämte sich zugleich seiner Fragerei. Durch die Art, wie er fragte, bat er gleichzeitig, daß an allem nichts sein oder daß Drahtzaun nichts sagen möchte. Er erwartete die Bestätigung der Untreue und fürchtete sie. Was hatte die Frau preisgegeben? Sich selbst? Oder auch ihn? Was von ihm? Wieviel von ihm und ihrem Leben zu zweit? Wußte Drahtzaun, ob sie, Julia Törpinghaus, Lukars Geliebte gewesen? Wenn sie's nur nicht gewesen wäre! Oder wenn Drahtzaun nur nein sagen würde, denn dem Drahtzaun konnte man glauben.

Drahtzaun sagte nein.

«Lukar liebte und verehrte Ihre Frau, etwas anderes hat er mir nicht erzählt. Und er hätte mir mehr erzählt, wenn ein Anlaß dazu dagewesen wäre.» Törpinghaus atmete auf. Die Theaterweiber allerdings boten ihm Beweise an, aber das waren untergeordnete Geschöpfe, und er lehnte es ab, sich mit ihnen über seine Frau zu unterhalten. Die Börsennotizen der väterlichen Werke machten von sich reden, es war peinlich, mit einer Ehegeschichte von sich reden zu machen. Sollte er Lukar töten? Aber Drahtzaun hatte gesagt, daß nichts vorgefallen wäre. Immerhin, Lukar hatte ihn schmählich hintergangen, und er würde natürlich im Leben kein Wort mehr mit ihm wechseln. In der Wohnung herrschte ein großes Durcheinander, an Möbeln hingen weiße Zettel, und die Bibliothek war geteilt. «Anna Julia» stand auf den Zetteln. «Die gehören meiner früheren Frau», sagte Törpinghaus, als rede er von einer Gestorbenen.

Die Frau war bei ihrem Vater. Im Weltbad. Sie ging an seinem Arm, groß, schlank, gut angezogen, und er war stolz auf sein Kind. Wie erfreulich, ein paar Worte mit der Gescheiten reden zu können, ohne daß der Schwiegersohn mit seinen absonderlichen Ansichten dazwischen kam oder mit seinem Eigensinn und unbequemen weltfernen Ehrgeiz.

Die Ehescheidung war nicht zu vermeiden. Die Nacht, die der Trennung der Gatten vorangegangen, ließ darüber keinen Zweifel. Und dann waren da die Erfahrungen mit Lukar. Aber davon durfte nichts an den Tag kommen. Die Zeiten waren schwierig, die Bequemlichkeiten des Lebens erforderten Mittel, Geld war schwierig zu erwerben. Die Rente mußte gerettet werden. Es durfte keine Schuld bei ihr sein. Wer konnte allenfalls um das Vorgefallene wissen? Die Theaterfrauen. Mochten die ihre Vermutungen haben und äußern, deren Wahrheit konnte man leugnen. Wer sonst noch? Drahtzaun vielleicht. Wenn Lukar sich dem Freund anvertraut hätte! Sie kam zurück. Im ersten Hotel stieg sie ab. Wie eine Fremde. Drahtzaun saß bei ihr, unten in der großen Halle zum Fünfuhrtee, wenn die Musik spielte. Sie trug einen schwarzen Samthut, von dem der Schleier ihr ein wenig spielerisch bis über die Mitte des Gesichts herunterhing. Die Kellner bedienten sie mit ausgesuchter Höflichkeit. Sie sprach ausgezeichnet und sehr lebhaft vom Weltbad, aus dem sie kam, und von den überaus komischen Männern, die sie dort auf dem Dach des gegenüberliegenden Hotels beobachtet, eine Art Mönche, die ihre Sonnenbäder genommen, ohne einen Badeanzug auf dem Leibe zu tragen, und deren Treiben sie von ihrem Zimmer aus hatte beobachten können. Derlei Schilderungen hatte Drahtzaun nie von ihr gehört, als sie noch bei Törpinghaus durch den hohen Wohnraum ging.

Ob er Lukar, seinen Freund, gesehen?

«Lange nicht», sagte Drahtzaun.

Ob er aber von den dummen Redereien gehört, von dem sinnlosen Geschwätz, das sich in bezug auf sie und Lukar herumgesprochen?

«Sinnloses Geschwätz», sagte sie, und «sagen Sie Lukar», fügte sie mit Eindringlichkeit hinzu, «daß er derlei Gerüchten nachdrücklich entgegentreten soll, da er doch am besten weiß, daß an all dem nicht ein wahres Wort ist.» Dabei sah sie über den Teetisch zu ihm hin und sah ihm stracks in die Augen. Ganz ruhig!

Drahtzaun verzog keine Miene. Hatte er je in einem Bühnenstück eine fesselndere Rolle gespielt? Was war auf der Welt alles möglich! Womit hatte er nur seine Zeit bis anhin zugebracht! Gott dafür zu danken, daß er ihm ein menschliches Antlitz gegeben und das schöne Vermögen, die Sonne sehen zu können und den Mond und die Berge. Was aber so ein schönes menschliches Antlitz alles verbergen konnte, darüber nachzudenken hatte er wohl bis anhin zu wenig Zeit verwendet.

Die Scheidung wurde eingeleitet. Die Rechtsanwälte der beiden Parteien hausten Tür an Tür. So war die Verständigung über die gegenseitigen Ziele leicht. Je leiser alles ging, um so besser. Vor allem handelte es sich darum, die Rente für die geschiedene Frau herauszuholen. Törpinghaus war bereit, sie zu zahlen. Warum? Was hatte er begangen? Wer hatte die Ehe gebrochen? Der Mann oder die Frau? Die Frau doch, wie Drahtzaun wußte. Warum wollte er zahlen und der Schuldige scheinen? Aus Ritterlichkeit? Aus Feingefühl, Feigheit, Stolz? Aus Dankbarkeit für die gemeinsam verbrachten Ehejahre oder um die Scheidung zu erleichtern und unangenehmen Fragen der Richter nach den Verborgenheiten seines ehelichen Lebens zu entgehen? Warum schonte er die Frau in ungewöhnlicher Weise? War er sich vielleicht doch irgendeiner Schuld ihr gegenüber bewußt? Einer feineren Schuld, einer tiefer verborgenen Schuld als die, welche er nun vor dem Gesetz auf sich nehmen wollte: Ehebruch? Törpinghaus suchte einen Zeugen für einen Ehebruch. Einen Zeugen für eine Verfehlung, die er nicht begangen. Einen lügenhaften Zeugen, der Törpinghaus einen Gefallen erweisen sollte. Man konnte solche Zeugen irgendwo in der Stadt für Geld haben. Unter seinen Anhängern hätte sich mehr als einer zu dem Dienst bereit gefunden, irgendein Schauspieler, der geeignet war, die Rolle eines Zeugen zu spielen, und dem sich so die Gelegenheit geboten hätte, näher an Törpinghaus heranzurükken. In Wirklichkeit hatte ihn keiner je in anderer als in seiner Frau Begleitung gesehen, keine Frau des Theaters hatte hinter den Kulissen je eine Zärtlichkeit erfahren, weder eine wahre noch eine gespielte. Törpinghaus ehebrüchig? Das zu bezeugen, konnte für den Beklagten wie für den Zeugen zur Posse werden. Es handelte sich zwar nicht darum, als unmittelbarer Zeuge aufzutreten, der mit Augen gesehen, was er erzählen sollte, sondern nur als mittelbarer, dem Törpinghaus sich anvertraut hatte. Der Vertraute aber mußte sorgfältig ausgesucht werden, denn das Auftreten eines Unwürdigen oder allzu anders Gearteten machte Törpinghaus lächerlich vor den Richtern.

Törpinghaus bat Drahtzaun. Mit etwas starren und erschrockenen Augen und vielen Entschuldigungen. Es kam ihn sauer an, zu bitten, und Drahtzaun empfand die Auszeichnung, die darin lag, daß Törpinghaus sich an ihn wendete. Er sagte zu. Er war einverstanden, vor den Prozeßbeteiligten als der Angeber zu erscheinen, der mit Törpinghausens vertraulich gegebenen Eröffnungen zu dessen Frau gelaufen war und geplaudert hatte. Vielleicht konnte er Törpinghausens Freund werden. Der hatte keinen, wie ihm schien, und er selber, Drahtzaun, hatte den seinigen verloren. Nun schlug er sich auf Törpinghausens Seite. Aus alter Neigung und mit der Genugtuung zugleich, Lukar die Untreue in der Freundschaft nun vergelten zu können. Die Vergeltung aber erhielt ihren besonderen Reiz und eine Art vollkommener Form dadurch, daß Drahtzaun rein äußerlich betrachtet ja Lukars Sache mitvertrat, weil er des Liebhabers Geheimnis behütete, weil er als Entlastungszeuge für die ungetreue Frau erschien, weil er half, die Aufmerksamkeit vom Wesentlichen abzuziehen, sie vom geschehenen Ehebruch auf den erfundenen zu lenken. Oh, es war ein wundervolles Zusammentreffen erfreulicher Umstände: er diente Lukar, er diente der Frau, er diente Törpinghaus, der ihn an der Bühne nicht beachtet oder nicht aufgefaßt, der, wie er, in Zimmern auf und ab gegangen und vor sich her geredet, um ein Bühnenheld zu werden, und doch wie Drahtzaun mit viel Mühe wenig erreicht hatte, während die süßen Früchte des Ruhmes anderen mühelos in den Schoß fielen. Nun war er zu ihm gekommen. Damit Drahtzaun für ihn vor Gericht ein falsches Zeugnis ablege.

Das zu tun war strafbar. Aber Drahtzaun kümmerte sich darum nicht, er hatte ohnehin wider die Gesetze gehandelt, nicht wider die geschriebenen, aber wider die ungeschriebenen, nicht minder strengen des Lebens: sich rechtzeitig um einen guten Platz in der Welt zu kümmern, den täglichen Erfordernissen nachzuhängen und einen Beruf und Verdienst zu haben. Törpinghausens Vorschlag hatte es ihm beweisen können: Es war leichter, aus einem Träumer ein Vergeher gegen die Gesetze als ein wacher Tagmensch nach allgemeinem Zuschnitt zu werden.

Drahtzaun erfand eine ehebrecherische Liebesgeschichte für Törpinghaus. Und die Aussagen, die zu ihm selber darüber gefallen waren. Wie es nötig war. Nicht zuviel und nicht zuwenig. Er erfand die vorgekommenen heimlichen Zusammenkünfte und deren Orte samt einigen Aussprüchen der leidenschaftlichen Verliebtheit Törpinghausens zu der Frau, die nicht war. Die also vorbereiteten Aussagen unterbreitete er Törpinghaus. In seiner Wohnung, da, wo seine wirkliche Frau und Lukar sich umarmt hatten. Der Mann wand sich wie eine Blindschleiche, der man auf den Schwanz tritt, aber er war zufrieden. Drahtzauns Bericht war ungemein schonungsvoll.

Die Anwälte waren ihres Erfolgs sicher. Sie würden mit der Scheidung glatt durchkommen. Die Herren hielten auf erstrangige Kundschaft. Ihr Ruf war glänzend, ihre Streitfälle erfüllten die Presse, ihre Preise waren sagenhaft, ihr Verstand verblüffend. Törpinghausens Sache war bescheiden, trug aber den Namen der Großwerke, deren Erzeugnisse die Welt durchreisten und deren Papiere die Weltbörsen in Bewegung brachten. Man hatte Tee in Gesellschaft zusammen getrunken. Die rein sachliche Angelegenheit zeigte in diesem Fall einen freundschaftlich persönlichen Schimmer, und es galt, die Verhandlungen mit größter Schonung der beiden Beteiligten zu führen. Die Anwälte waren einig. An deren Übereinstimmung konnte es nicht fehlen. Die Forderungen waren abgestimmt. Die Richter brauchten bloß ja zu sagen. Es gab keinen ungewissen Punkt mehr. Nur der Zeuge Drahtzaun konnte etwas Unvorhergesehenes sagen. Mit dem mußte man sich ins Einvernehmen setzen.

Törpinghaus brachte Drahtzaun zum Anwalt. Es gab ein Zimmer mit holzgetäfelten Wänden und Leisten, viele Bücher hinter Glas, einen großen Tisch und reichgeschnitzte Stühle, wie er sie bisher in friedlichen Wohnräumen, nie aber in Vorzimmern geschäftemachender Herren getroffen. War er vielleicht zu einer freundschaftlichen Unterhaltung eingeladen, zu einem Gespräch über seine Zukunft, weil er Törpinghaus den großen Gefallen tat?

Der Herr Rechtsanwalt aber, der schließlich erschien, sah nicht nach Umschweifen aus. Der war glatt, jung, korrekt, setzte sich Drahtzaun gegenüber und ging ohne jede Frage nach dessen Zukunft auf die Sache selber los:

«Herr Törpinghaus hat Ihnen einiges von seinen Zusammenkünften mit einer Frau erzählt, welche nicht die seinige war. Wollen Sie mir wiederholen, was Sie vernahmen.»

Wie? dachte Drahtzaun, der tut ja, als ob er von der ganzen Spiegelfechterei nichts wüßte? Die Frau ist doch meine Erfindung, gerade für den Herrn Anwalt habe ich sie erfunden, und nun tut der so, als ob er sie für ein Geschöpf aus Fleisch und Blut hielte und den ganzen faulen Zauber für Wahrheit ansähe. Der große Prozeßler spielte vor ihm in seinem vornehm getäfelten Zimmer den ehrlichen Rechtsmann. Der tat so, als glaube er selber an den Zeugen, den er von Törpinghaus für den glatten Verlauf des Prozesses gefordert hatte. Aus Advokatenvorsicht. Um sich keine Blöße zu geben. Man traute ihm, Drahtzaun, nicht. Man brauchte ihn, aber man hielt nichts von ihm. Man mußte sich für den Fall vorsehen, daß er hinging und die ganze Abmachung mit der falschen Zeugenaussage ausplauderte.

Das wurmte Drahtzaun. Er zerstörte dem Anwalt die Rolle des Uneingeweihten, die er hatte spielen wollen. «Machen Sie den Richter, Herr Doktor», sagte er, «fragen Sie mich so, wie der nach Ihren Erfahrungen allenfalls fragen kann, und ich werde antworten.»

Drahtzaun erfand Törpinghausens Aussagen, ohne zu stocken. Er schilderte dessen verliebte Verabredungen und Entzücken mit gelassenen Worten, indessen Törpinghaus selber in der Ecke des Zimmers auf einem Stuhle saß und leidend aussah. Drahtzaun hatte von seinen Dichtern genügend Wörter und Worte gelernt, um sich gut und mit Maß und Form ausdrücken zu können. Die Ehebruchsaussagen wurden in eine Art dichterische Höhe gehoben. Es gab keine platten Aussprüche, keine gewöhnlichen Redeweisen fielen aus der Geliebten und aus des Liebhabers Mund.

«Haben Sie den Erzählungen des Herrn Törpinghaus Glauben geschenkt?» fragte der Anwalt-Richter zuletzt. Törpinghaus hob den Kopf. Hier war eine Klippe. Ein Nein war unmöglich, ein glattes Ja aber warf nicht eben ein gutes Licht auf die Klugheit des Zeugen. Es gab eine Pause.

«So, wie ich Herrn Törpinghaus kenne, hatte ich keine Ursache, an der Wahrheit seiner Berichte zu zweifeln.»

«Gut», sagte der Anwalt. «Wie lange kennen Sie Herrn Törpinghaus?»

«Seit mehreren Jahren.»

Seit mehreren Jahren. Das war gut für den Prozeß. Immerhin war der Anwalt in dieser Zeit oft mit Törpinghaus zusammengekommen und war von dessen Umgang im wesentlichen unterrichtet, aber von Drahtzaun hatte er nie etwas gehört. Das war wohl einer von den vielen, die sich in Törpinghausens Kreise drängten, weil sie sich den oder jenen Vorteil davon versprachen.

Drahtzaun witterte des Anwalts Gedanken. Sie beleidigten ihn. Auf der Straße entschuldigte sich Törpinghaus für die Unannehmlichkeiten, in welche er Drahtzaun verwickelte. Der stand vor großen Dunkelheiten. Warum zahlte Törpinghaus, wenn er doch ohne Schuld war, so bereitwillig die Rente, noch ehe ein Richter gesprochen? Was hatte seine Frau zu Lukar gesagt: er rührt mich nicht an? Was verbarg sich da im Gedächtnis der beiden Leute? Aber Drahtzaun war nicht neugierig. Wenn Törpinghaus sein Freund war, würde er ihm eines Tages die volle Wahrheit sagen. Er wartete umsonst. Törpinghaus schwieg, und Drahtzaun blieb ein Werkzeug, das er gebrauchte.

Der unmittelbarste Vorteil der Drahtzaunschen Zeugenschaft fiel der Frau zu. Er verschaffte ihr die Freiheit und die Rente. Er besuchte sie in dem großen Hotel, mitten in der Stadt, wo die Fürsten abstiegen und wo es große Rechnungen gab, die Törpinghaus bezahlen mußte, da sie noch immer seine Frau war. Der Kellner brachte den Tee ins Zimmer, die schöne Frau lag auf dem bequemen Sofa und war liebenswürdiger gegen Drahtzaun als je zuvor. Auf den Lippen lag deutlich das Rot, und das weiche Seidenkleid schmiegte sich eng an ihre Glieder. Draußen dunkelte es, und sie wußte allerlei Klatsch über das Liebespaar im nächsten Zimmer.

«Oh, er benimmt sich ja so schlecht», sagte sie von ihrem Mann, aber sie meinte damit nicht einen der Mängel, die man in der Regel mit diesen Worten bezeichnet, vielmehr dachte sie dabei an dieses oder jenes Möbel ihres gemeinsamen Hausrats, das er nicht herausgeben wollte, an diese oder jene Bücher, an eine Kette, ein Schmuckstück, ein Schränkchen oder Bild, das sie gern gehabt hätte.

Ein wenig verwirrt nahm Drahtzaun nach solchen Eröffnungen Abschied. Im Zimmer und in allen Gängen des Hauses lagen dicke Teppiche. Man hörte keinen Schritt. Unwillkürlich machte er beim Weggehen die Türe hinter sich ganz leise zu, und als er lautlos den Gang entlang ging, kam's ihm vor, als habe er im ersten Berliner Hotel seine heimliche Geliebte besucht.

Frau Törpinghaus brachte ihn ebenfalls zu ihrem Anwalt, welcher der Geschäftsteilhaber des Törpinghausenschen Rechtsverteidigers war. Sie saß aber nicht, wie ihr Gatte, zerknirscht auf dem Stuhl, um zu hören, was Drahtzaun zu sagen hatte, o nein, da saß Drahtzaun als Nebensache im Stuhl, sie aber stand vor dem Schreibtisch, lächelte, wiegte den Kopf, blickte durch den Schleier, klagte, jammerte, forderte dieses Schmuckstück und jene Perlenkette, die ihr gehörten, ein wenig hart, ein wenig laut, und ihr gegenüber stand der Anwalt, ganz jung, viel jünger, als der erste gewesen, glatt wie ein Bub, mit schönem Kragen, mit sorgfältig gewähltem Schlips, mit glänzenden Zähnen und lächelte und grinste und scherzte, als stände es in seinem Belieben, ihr noch ein paar Schmuckstücke und Ketten mehr herauszuholen, vorausgesetzt, daß sie ihn nur genügend bezaubernd darum bitte. Drahtzaun war rein Luft, und es lohnte sich gar nicht, sich mit ihm abzugeben.

Am Gerichtstag saß er viel zu früh im Gerichtsgebäude. Aber nicht allein. In allen Gängen gab's Menschen, auf allen Bänken saßen sie, kamen und gingen. Treppen hinauf, Treppen hinunter, Rechtsanwälte bogen um Ecken, Aktenmappen wanderten durchs Haus. Endlose Gänge, Türen, Türen, Türen! Hinter allen Türen wurde gesprochen, verhandelt, geurteilt. Man konnte hineingehen und zuhören. Drahtzaun vernahm verblüfft die Kleinigkeiten aus vielen Leben, von deren Dasein er im Augenblick vorher nichts geahnt. Häuser wurden aufgeschnitten und wiesen ihm ihren Inhalt: streitende Menschen, Wohnungstüren sprangen auf, Schiebladen gaben ihre Geheimnisse preis, vor ihm, der nur ganz zufällig hergekommen und mit halber Scham anhörte, was ihn nicht betraf und was nur deshalb nun so ans Licht kam, weil Streit war, weil die Anwälte an den Kleinigkeiten ihren Witz, ihren Verstand und ihre Fähigkeit beweisen sollten. Wirklich befaßten sie sich mit größtem Ernst mit den Kleinigkeiten allen, die sie aufgetischt bekamen. Diese Menschen zankten sich, aber sie befaßten sich miteinander, er befaßte sich mit niemandem. Worauf wartete er? Warum nahm er nicht seinen gehörigen Anteil an den Kleinigkeiten des Lebens, die doch, wie's schien, das Leben selber waren?

Drahtzaun saß auf der Bank vor dem Zimmer, das man ihm bezeichnet hatte. Durch den Gang kam Frau Törpinghaus. Sie sah fertig wie zum Nachmittagsspaziergang aus und ging in den Saal hinein. Dann erschien Törpinghaus mit dem Anwalt. Er war blaß. Der Anwalt öffnete die Tür, sie gingen hinein, der Zeuge Drahtzaun mußte warten.

Es dauerte aber nicht lange, da kam Frau Törpinghaus wieder durch die zweite Tür zurück. Strahlend! Lächelnd. Mit einer Handbewegung gegen Drahtzaun: das ist ja gar nichts. Sie war frei. Sie sah aus wie ein Glücklicher, Erleichterter, der beim Zahnarzt ohne Schmerzen davongekommen ist, und ging den Gang entlang fort. Bald darauf erschien Törpinghaus, noch bleicher als vorher, warf den Kopf in den Nacken, schaute weder nach rechts noch nach links und verließ das Haus.

Drahtzauns Zeugnis war nicht nötig gewesen. Nun kümmerte sich niemand mehr um ihn. Eine Weile noch blieb er auf der Bank sitzen und ging dann auch weg. Es war Nachmittag geworden. Jenseits des Wassers lag vor dem großen Gebäude ein weiter Park, die Sonne fiel auf die Bäume. Steinfiguren standen am Uferrand, und die Welt sah friedlich aus.

«Haben Sie meine frühere Frau gesehen?» fragte Törpinghaus von Zeit zu Zeit. Mit Mißtrauen in der Stimme. Drahtzaun gestand jedes Zusammentreffen und was allenfalls gesprochen worden. Es lag ihm dran, in Törpinghausens Nähe zu bleiben. Er diente ihm. Der geschiedene Mann brauchte neue Möbel für seine leergewordenen Räume, suchte schöne Stücke bei Althändlern aus und hatte viel zu tun, das Passende an verschiedenen Stellen zusammenzusuchen. Er fuhr mit dem Wagen bei den Läden vor und wurde mit Bücklingen empfangen. Drahtzaun gab sich so, daß auch immer einige Bücklinge für ihn abfielen. Törpinghaus hatte seine ganz besondere Vorstellung von der zukünftigen Gestalt seiner Räume, beriet sich allerdings darüber immer wieder mit Drahtzaun und tat am Ende nur das, was er von Anfang an gewollt hatte. Es gab lange Verhandlungen wegen des Farbtons, in welchem die langen Vorhänge aus chinesischer Seide einzufärben wären, zu denen auch die kleine Krankenschwester herbeigezogen wurde, die seit den Scheidungszeiten im Hause war und die Törpinghaus in einem nächsten Augenblick mit beleidigender Nichtachtung behandelte.

Er saß ja im Verwaltungsrat des größten deutschen Fabrikrings, dessen Mitglieder er in verzerrter Weise nachäffen konnte, daß sie zu widerwärtigen Gestalten wurden. Dennoch sprach er häufig im Ton, der am Tische der großen Werkherren herrschen mochte, und reihte die Menschen nach Begriffen ein, die den Warengattungen angehörten. Die Papiere des Unternehmens standen an der Börse in schwindelhafter Höhe. Törpinghaus war allein auf Grund ihrer Kurse in einem Jahre dreimal so reich geworden, wie er ein Jahr zuvor gewesen. Als er aber einen alten Schrank nicht im Augenblick des Kaufs bar zahlen konnte und Drahtzaun ihn zur Ausstellung eines Wechsels veranlassen wollte, sah er ihn wie einen Verführer an, der zu gefährlichen Geschäften riet. Drahtzaun brachte die Bücher auf dem großen Holzgestell im Hinterzimmer in Ordnung, reihte sie nach Wissensgebieten auf, machte ein Verzeichnis und bezog dafür eine Entschädigung. Es war seit vielen vielen Monaten die erste Einnahme und kam von dem Mann, dessen Freund er gern geworden wäre.

«Sehen Sie Lukar?» fragte ihn der.

Aber Drahtzaun bekam Lukar kaum mehr zu sehen und gab zu, daß der sich jetzt in seinen, in Drahtzauns, schwierigen Augenblicken von ihm entfernt habe.

«Schlechte Rasse», sagte Törpinghaus und warf den schmalen Kopf zurück. Drahtzaun ließ den Schimpf auf Lukar sitzen. Es war Verrat und Untreue, Rache für die Untreue des Freundes. Wenn er diesen aber traf, kamen ihm die Unterredungen mit Törpinghaus in den Sinn, und es war ihm unmöglich, noch ein offenes Wort an den alten Freund zu richten.

«Was sagt denn Törpinghaus in bezug auf mich?» fragte der.

«Er hat Angst vor dir! Daß du plauderst.»

Aber zu Törpinghaus sagte Drahtzaun, daß er nie mit Lukar über seine Frau noch über die Angelegenheit der Scheidung spräche, denn er wußte, daß Törpinghaus es so haben wollte.

«Bitte, erzählen Sie auch meiner Frau nicht, wie ich jetzt die Wohnung eingerichtet habe.»

Aber die Frau traf sich mit Drahtzaun in dem Kaffeehaus mit den vielen Hinterstuben, wo die müßigen und gepflegten Frauen sich den neuesten Klatsch erzählten, damit sie dort von ihm erführe, wie ihres Mannes Wohnung denn nach ihrem Wegzug umgeändert worden. Drahtzaun gab keine Auskunft. Sie verzog schmerzlich das Gesicht und



Drahtzaun zwischen Törpinghaus, dessen geschiedenen Frau und Lukar.

tat, als habe Drahtzaun durch die Weigerung ihr zartes Inneres verletzt.

Immer öfter dachte der an die Werke, die zum Teil den Törpinghausens gehörten, dachte an die tausend und tausend Arbeiter oder Helfer, die dort Hand in Hand unter einem Dache arbeiteten, für ihr Brot sorgten, auf irgendeine Weise, und zusammengehörten. Warum konnte er nicht so ein Angehöriger der Werke werden und sein Teil dort wie die anderen tun? Da doch Törpinghaus dem Verwaltungsrat angehörte.

«Sie wollen in der Industrie unterkriechen?» sagte der, als Drahtzaun ihm seinen Wunsch andeutete. Der schwieg. Unterkriechen? Nein! Ja? In den Worten lag's: man kannte seine Sorte, die Erfolglosen, die nach Mißgeschicken und Abenteuern an fremden Küsten schließlich vor die Fabriktore kamen und um eine sichere Stellung bettelten, unterkrochen, wie Hunde vor dem schlechten Wetter. Er fühlte sich erraten. Durchschaut konnte man fast sagen. Er war jetzt nur einer von den vielen, die schon bei Törpinghaus angeklopft, um mit seiner Hilfe durch das Tor der großen Werke vordringen zu können. Drahtzaun hatte ja selber an Törpinghausens Tisch vormals von ihnen gehört, von den Chemikern und Erfindern, von den Arbeitern des Geistes, Leuten, die etwas konnten und taugten, wie die Zeugnisse und Papiere bewiesen, die sie dem Werksohn auf den Tisch legten oder durch Mittelsleute legen ließen. Trotzdem hatten sie ihre Papiere immer wieder mit höflichem Bedauern zurückbekommen, weil niemand nötig war in den Werken. Wie sollte nun Drahtzaun nötig sein, der ja keine solchen Papiere aufzuweisen hatte?

In Törpinghausens Gesellschaft begegnete Drahtzaun

immer häufiger einigen Leuten von der ehemaligen Osten-Bühne, lauter solchen, die er nie gemocht und die ihn nicht beachteten. Die hatten sich bei Törpinghaus an die leere Stelle gesetzt, welche dessen Frau offengelassen. Vor allem war da die blonde Tochter eines Bühnenleiters, die sich mit lautem Gebaren als die bevorzugte Beschützerin des verlassenen Ehemanns aufspielte, während sie eben vorher das meiste zum Klatsch über die Unstimmigkeiten in Törpinghausens Ehe beigetragen. Deren Gatte aber vergriff sich vollends im Ton und drechselte geschmacklose Schmeicheleien, die höchstens noch von den Redereien jenes Piehle übertroffen wurden, den Drahtzaun vordem vor Heinzenberg dienernd getroffen, den er dann als Johns Parteigänger gekannt, einer, der überhaupt sein spärliches Talent nur um den Preis immer wieder auf den weltstädtischen Bühnen aufpflanzte, daß er ohne Scham und immer zur rechten Zeit von stürzenden Machthabern zu den heraufkommenden herüberwechselte.

Diese Gesellschaft nun begrüßte den wiederauftretenden Drahtzaun mit einer gewissen Vertraulichkeit als Gesinnungsgenossen. Das war das falsche Zeugnis, das er für Törpinghaus abzulegen bereit gewesen und mit welchem er gewissermaßen ihr liebedienerischer Kamerad geworden. Törpinghaus behandelte ihn auch in durchaus gleicher Weise wie die anderen oder jene anderen wie ihn und schien keinen Unterschied in den Diensten zu finden, die ihm von den beiden Seiten erwiesen worden waren. Drahtzaun war verletzt. Er hatte Törpinghaus um seiner selbst willen beigestanden. Um ihn zu gewinnen. Hernach freilich hatte er wie andere auf dessen Beistand zu hoffen begonnen. Was hinderte Törpinghaus, ihn nun mit den anderen zu verwechseln und ihm Beweggründe zu unterschieben, die nicht seine Beweggründe gewesen? Vielleicht mit Absichten? Um ihn fernzuhalten? Am Ende behagte es Törpinghaus, ihn mit den anderen zusammen zu tun, um eine Nähe zu zerstören und eine Mitwisserschaft zu verwischen, die ihm nun unbequem waren. So oder so, Drahtzaun wollte diese Verwechslung nicht dulden. Es blieb ihm also nur übrig, sich von Törpinghaus zu entfernen, dem er doch nahezukommen gehofft hatte.

In einer Gaststätte begegnete er dem jungen Anwalt, welcher Törpinghausens Frau seine schönen Zähne gewiesen, als sie von ihm die Herausgabe der Perlen verlangt hatte. Es war Frühling. Auf den Tischen lagen weiße Tücher. Die Menschen waren guter Laune. Der junge Anwalt musterte ihn. Drahtzaun grüßte, aber der Gegengruß blieb aus. Er war ja nur ein falscher Zeuge in einem abgetanen Scheidungsprozeß. Ach, es fiel ihm manchmal schwer, zu leben, im Zimmer drin ging alles gut, aber der Umgang mit Menschen brachte Wunden.

## Der Bierwirt

Um diese Zeit hörte er Ludwighardt wieder vortragen, den kleinen Mann mit dem großen Kopf, mit den Haarbüscheln an den Seiten des Schädels, mit den schmalen Lippen und dem schönen Gedächtnis. Drahtzaun saß in der vordersten Reihe des Saales. Kein Hauch entging ihm des Mannes, der den Saal voll Menschen verzauberte. Er kannte jede Zeile, hatte sie alle auch hergesagt, irgendwo bei Frau Zepke oder im Feld draußen, aber Ludwighardt packte die Worte noch kühner und führte die Zeilen in sicherer Weise vor, daß Drahtzaun merkte, wie weit er noch hinter jenem zurückblieb. Doch das kränkte ihn nicht. Die Vollkommenheit entmutigte ihn nicht, wie früher, wenn er ihr begegnet war. Zuhören war ein Glück. Was war er denn seit langer Zeit anderes gewesen als sein eigener Zuhörer? Nun sah er diesen Mann, im Scheine einer großen Lampe neben einem Tischchen stehend, eine Hand aufgestützt, einen Arm in der Luft, und die Zuhörer unten im Saal klatschten Beifall. Sie klatschten für die Art, wie er das Geschriebene vortrug, dafür, daß er sie unterhielt und daß er angenehm oder eindrucksvoll aussah, wenn er die Zähne zeigte oder das Gesicht in Falten legte. Sie klatschten dem Spieler zu, nicht dem Taillefer, der auf Hastingfeld gesungen und gekämpft hat, nicht denen, die heldenhaft geliebt, mutig gestritten, groß gelitten hatten. Sie spendeten Beifall für den, der's erzählte, nicht für jene, die das Außergewöhnliche getan. Was lag am Entzücken solcher Zuhörer? Nichts! Aber alles lag an den Helden, an den Gestalten. Die hatten keine Zuhörer gebraucht, Taillefer hatte nicht für Zuhörer gestritten, und jener Mann, der täglich Gott dafür dankte, daß er ihm ein menschliches Antlitz verliehen, hatte das nicht vor Zuschauern, sondern für sich abgemacht. Taillefer sein, ein Ritter sein, ein Lobpreiser des Daseins sein, das war's. Die Gestalten alle in den Versen hatten ihr Leben so gelebt, daß es sangeswürdig befunden worden. Was lag am Schwatzen! Sangeswürdig leben war alles. Sangeswürdig handeln! Wie der Postillion, der nachts sein Horn blies, daß es über die Hügel klang, wie Bertrand de Born und der König, der ihm die Fesseln gelöst, und wie alle anderen, die so lange schon und überall in Gedanken seine Gesellschaft gewesen. Die hatten es ihm angetan, hatten sich eingefressen in ihn, hatten ihn, ohne daß er's gewahr geworden, dadurch verwandelt, daß sie ein Teil seines Selbst geworden. Was konnte nun noch an neugierigen Hörern und vollen Sälen liegen, da die Gestalten täglich zu ihm sagten: Sei wie wir. Wie jener Bauer vielleicht, der mit seiner Frau den Rauhreif beschaute und so schöne Gedanken darüber hegte. Würde er sich jemals neben so ein Lämpchen hinstellen und vor Zuhörern schwatzen und sich beklatschen lassen, dafür, daß er tat als ob? Der pflügte. Der pries. Und wenn er starb, war er tot und stand nicht mehr auf, um sich zu verbeugen. Der tat! Nicht nur sagen tat er das Seinige, tun tat er's! Tue, sagten sie alle zu ihm. Vortragskünstler mit vollen Kassen? Das war vorbei. Es galt ohne Zuschauer zu leben.

Was aber sollte er treiben? Seine Kasse, die er als Vortragskünstler zu füllen gedacht hatte, würde nun bald ganz leer werden. Was dann? Die Kantonsbank schickte zwar, wenn er um Geld schrieb, ohne Zögern das Verlangte. Und er schrieb regelmäßig jeden Monat. Viele Jahre lang schon. «Vom Vermögen reißest du?» hatte ein Schulfreund in Helvetien ausgerufen, als er Drahtzauns Wirtschaftsweise erfuhr, und war erbleicht. Vom Vermögen, nicht vom Zins oder Einkommen oder Verdienst. Drahtzaun erinnerte sich an den Vorfall und beschloß, dem Freunde nachzueifern, der viele Kunden und eine Buchführung besaß, die große Eingänge zeigte. Wenn die Anweisungen der Kantonsbank kamen, wurde er nun jedesmal nachdenklich. Sie waren von Herrn Mötteli unterzeichnet und von einem andern Herrn, dessen Namen er nicht lesen konnte. Dieser Herr

Mötteli hatte sicher seinen Vater noch gekannt, ihn gesehen, wenn er um Martini zur Bank kam, etwas Geld zum früheren legte und mit der schwieligen Hand die schönen Buchstaben schrieb. Herr Mötteli wunderte sich wohl, wie sehr er, Drahtzaun, das Häuflein zum Schmelzen gebracht hatte. Bald würde er schreiben, daß nichts mehr da sei. Jeden Tag konnte das eintreffen. Drahtzaun war nicht einmal imstande, zu sagen oder auszurechnen, wann des Vaters Ersparnisse endgültig verpufft sein würden. Herr Mötteli wußte das sicher ganz genau. Wie der wohl aussah? Kurzes Schnurrbärtchen wahrscheinlich, kleine Nase, wenig Haare, goldene Brille. Die Unterschrift war ganz fein, wie gestochen, aber gar nicht ängstlich, sondern selbstsicher ansteigend. Wenn Drahtzaun den Zügen begegnete, glaubte er immer Herrn Möttelis vorwurfsvolles oder fragendes Gesicht zu sehen.

Was für Leute nahmen eigentlich sein Geld ein? Die Zimmervermieterinnen, die Lehrer für reines Deutsch, die Gaststätten, die Eisenbahnen, die Wäschereien und Kaffeehäuser. Konnte er sie daran hindern? Die Droschkenfahrten kosteten auch allerlei, wenn's Verspätungen einzuholen galt. Auf allen Plätzen standen die Taxen und warteten auf Fuhren. Die Fahrer saßen auf den Sitzen, stundenlang manchmal, ohne sich zu rühren, lasen oder schliefen. Wie er daheim in seinem Zimmer. Was die trieben, konnte er auch. Warten war ihm vertraut. Anstatt zu lesen würde er leise Verse reden. Dazwischen konnte er einen Gast fahren. Er würde sein Geld verdienen und mit Menschen leben.

Auf keinen Fall aber wollte er einen Wagen von der Art führen, wie sie schon zu Tausenden in den Straßen der

Stadt zu sehen waren, vielmehr beschloß er, einen Zweiräder mit Seitenwagen anzuschaffen. Die waren billig, fuhren billig, drin war man ein halber Sport- und Rennfahrer, saß frei da und hatte das Seitenwägelchen gleichsam zum Vergnügen neben sich, gerade eben um zu zeigen, wie geschickt man damit zwischen den großen Wagen durch und um die Ecken flitzen konnte. Mit diesem kleinen Wagen fuhren alle jungen Leute gern und auch die flinken Mädchen, die wenig Geld, aber viel Reiz hatten. Er konnte bei dieser Beschäftigung alle alten Anzüge zu Ende tragen und auch die dicke Manchesterjacke, in der er daheim auf die Berge gestiegen, die schon zehn Lebensjahre hinter sich hatte und bei seinem Zimmerleben gar nicht zur Geltung gekommen war. Nun würde er, in dieses dicke Tuch gehüllt, auf seinem Kraftrad sitzen, Verse reden, Benzindunst atmen, Ecken nehmen, geschickt ausweichen und die Luft durchschneiden. Nach den Theatervorstellungen aber würden sich die Schauspieler darum reißen, von ihm nach Hause gefahren zu werden, irgendeine von den schönen Künstlerinnen der Stadt würde am Ende eines großen Abends vor ihm stehen, die Arme so voll Blumen, daß der Seitenwagen davon überbordete und schwere Sträuße noch auf die Schutzblechbogen und über der Laterne aufzupflanzen waren. Droschkenfahrer

Lukar erfuhr den Plan bei einer ihrer spärlichen Begegnungen. «Mach keine Witze», sagte der oder etwas Ähnliches, was ihm leicht von der Zunge ging. Es war peinlich, die Freuden des guten Essens durch derlei abliegende Sachen zu stören.

«Du wirst immerhin den Wagen nicht selber reinigen und besorgen.»

«Doch, das werde ich», sagte Drahtzaun. «Je besser man das Triebwerk pflegt, um so länger arbeitet es.»

Der erwähnte Entschluß war ihm gerade eben eingefallen. Die Antwort kam sachverständig. Lukar mochte daraus sehen, was seinem Freund bevorstand: Wagenwaschen, schmutzige Arbeit und ölige Hände, während er bei der Bühne im Ruhme lebte. Drahtzauns Herz wurde schwer. Vor Mitleid mit sich selber. Er erwartete, daß Lukar gleich heftig widerspreche. «Drahtzaun», sollte er sagen, «das ist Unsinn, dazu paßt du nicht, komm zum Theater zurück, meine Bühne soll dich verpflichten, das setze ich durch und wenn ich meine eigene Stellung aufs Spiel setzen muß.»

Falls Lukar das sagen würde, konnte er, Drahtzaun, immer noch dankend abwehren, denn er wollte ja nicht mehr spielen oder reden, sondern handeln. Aber Lukar sagte nichts dergleichen.

Am folgenden Tag ging Drahtzaun nach dem großen Laden unten im Haus der Frau Oberstleutnant, gleich neben dem Tor, wo hinter der gewaltigen Scheibe die glänzenden Fahr- und Krafträder in Reihen zum Verkauf ausgestellt waren. Was ein Kraftrad mit geschlossenem Seitenwagen koste? Die Summe war beträchtlich. Drahtzaun hatte nie so viel auf einmal ausgegeben. Herr Mötteli von der Kantonsbank würde sich wundern. Aber Drahtzaun würde von seinen Fahrgästen das Ausgegebene mit Leichtigkeit wieder hereinholen, wenn er nur die Erlaubnis zu seinem Unternehmen bekam.

Diese Erlaubnis war allerdings nicht so ohne weiteres zu bekommen. Erst mußte ein ausführliches schriftliches Gesuch an die Polizeioberleitung gerichtet werden. Gut!

Das würde er tun. Drahtzaun ging zufrieden fort. Verwandelt!

Monatelang war er ohne die Blätter ausgekommen, die täglich Neues berichteten, während er täglich das Alte wiedergekaut hatte. Jetzt ließ er sich am Morgen von Helene die dicken Nachrichten neben die Teetasse legen. Sie waren voll von Anzeigen, die das Pflaster betrafen, darauf er nun rollen wollte. Er dachte über seine mutmaßlichen Einnahmen nach und versuchte eine Art Betriebsrechnung. Es wurde überhaupt in der Welt viel mehr gerechnet, als er's sich vorgestellt hatte. Das sah man in den Zeitungsanzeigen. Da war immer von Preisen die Rede. Man konnte nicht nur Fahrräder kaufen, wie er's vorhatte, sondern alle möglichen anderen Dinge, die zu einem Unternehmen nötig waren. Land für Hühnerfarmen, Land zu Gewinnzwekken, Buchdruckereien, Läden, Werkstätten und so fort. In der Zeitung waren auch Stellungen ausgeschrieben, Anzeigen, mittels welchen man nach gewissen Leuten wie nach verlorenen Nähnadeln suchte. Da brauchte es nicht einmal ein Rad zum Anfangen, sondern man konnte gleich drauflos verdienen. Einem Reisehaus in Sevilla fehlte ein oberster Leiter. Nach Sevilla wäre er schon lange gern gegangen. Über Reisen zu plaudern war ihm auch ein angenehmer Gedanke. Er bewarb sich, obgleich der Bescheid wegen des Kraftrades von der Polizeibehörde noch nicht eingegangen war. Wenn nur nicht beides zugleich eintraf: Die polizeiliche Erlaubnis und der Ruf nach Sevilla. Das war ein Leben! An zwei Stellen der Welt befaßte man sich mit ihm, während nur vor einigen Tagen noch kein Mensch von ihm Notiz genommen hatte. Das war das Wollen. Hatte er je etwas gewollt? Nein, nur gewünscht.

Wollen, das war ein Zaubermittel, da reckten die Menschen die Köpfe nach einem und setzten ihre Gedanken in Bewegung. Die Sevillaner allerdings wollten nicht, wie er wollte, sondern schrieben ihm einen Brief, der ihn von Sevilla fernhielt.

Oh, es tat gar nichts, daß einige Tage darauf die Polizeileitung schrieb, die Taxen mit Seitenwagen befänden sich noch auf der Stufe der ersten Versuche und es gäbe zur Zeit keine Gewerbescheine von der nachgesuchten Art, nein, das hatte nichts weiter zu bedeuten, denn in dem fraglichen Brief war nicht der geringste Zweifel an seinen Fähigkeiten ausgedrückt, und man hatte ihn nicht einem andern Bewerber vorgezogen, wie das in Sevilla der Fall gewesen. Der Bescheid war also leicht zu verschmerzen, um so leichter, als man ja täglich in der Zeitung arbeitswillige Leute suchte: Gerichtsberichterstatter, Pferdewärter, Klubkassierer, Nachtwächter, Versicherungsreisende, Anzeigenfänger. Überallhin schrieb er seine Briefe. Mit einer gewissen Herablassung, denn wenn aus der einen Sache nichts wurde, gab's am nächsten Tag neue Anzeigen. Er bewarb sich auch um die schwedische Reederstochter mit der Viertelmillion Mitgift, deren Vater einen Mitarbeiter fürs Geschäft suchte. Für Reedereien hatte er seit der Sevillanersache eine besondere Vorliebe. Als er aber gar keinen Bescheid bekam, wandte er sich gleich am nächsten Tag jener Waise mit dem Rittergut zu, der's an einem landwirtschaftlichen Gatten gebrach. Ein Rittergut: Drahtzaun erinnerte sich an die Äcker der Heimat, an die Rebberge hinterm Dorf, an den alten Knecht, an die Wiesen im Langen und im Schalmen und schrieb einen landsüchtigen Brief, auf welchen er nie eine Antwort bekam. Er überwand die Sehnsucht nach der Scholle und erinnerte sich an andere Briefe, auf welche die Antworten noch ausstanden. Diese Antworten ließen manchmal so lange auf sich warten, daß Drahtzaun die zugehörige Bewerbung inzwischen aus dem Gedächtnis verlor. So gab's freundliche Überraschungen, unverhoffte Wiedersehen sozusagen mit alten Freunden, und der Postbote hatte von Drahtzaun den Eindruck eines Menschen mit den lebhaftesten Beziehungen zu anderen Menschen.

Vor und hinter den Anzeigen las Drahtzaun die Nachrichten. Die Schilderungen der Zusammenhänge und die Bilder von der Lage des Landes. Es gab viele Hiobsposten, Klagen und Tadel, der Staatskarren knackte, der Handel stockte. Die Geschäftsabschlüsse waren ungünstig, die Welt feindlich, die Zeiten schwer. Hochöfen gingen aus, Dampfhämmer feierten. Auf den Bänken der öffentlichen Anlagen saßen junge Menschen, die niemand beschäftigen konnte. Der Staat entließ Beamte, die ein Menschenalter lang in seinem Dienst ihre Pflicht getan. In den Gerichtssälen häuften sich die Prozesse, die Vergehen nahmen zu. Große Läden wurden geräumt, weil die Umsätze schrumpften, aber die Wohnungen waren überfüllt, weil die Menschen den Raum zum Leben nicht mehr bezahlen konnten.

Wenn Drahtzaun diese Nachrichten durchging, sank ihm der Mut. Es war unwahrscheinlich, einen freien Platz erobern zu können. Und unrecht: Er sperrte ihn einem andern. Der Schreibschwung ließ nach, ließ um so gründlicher nach, seitdem Drahtzaun im Anzeigenteil auf neue Kolonnen gestoßen war: Geschäftsverkäufe. Die hatte er nie vorher beachtet. Da waren nicht die umständlichen und geheimnisvollen Anfragen unter Zeichen und Nummer an unbekannte Menschen, wie beim Stellungsmarkt, da stand vielmehr allemal Straße und Hausnummer deutlich zu lesen, wo es anzupacken galt.

«Geschäftsverkäufe. – Existenz. – Goldgrube. – Zufallshalber. – Gelegenheit. – Fünftausend erforderlich! – Sechstausend, zehntausend erforderlich. – Zehn Tonnen. – Fünfzehn Tonnen. – Zwanzig Tonnen.» Bis hundert Tonnen. Was denn? Bier!!!

Zehn, fünfzehn, zwanzig Tonnen Bier waren in den angebotenen Kneipen im Monat zu verzapfen, oder die Leute kamen an diese Stätten in solchen Mengen und mit solchem Durst, daß der Wirt eintausend bis eintausendfünfhundert, bis zehntausend Liter Bier im Monat los wurde. Das gab Gold!

Goldgrube stand ja deutlich da. Immer wieder. Es gab viele Goldgruben. Wer wollte nicht eine Goldgrube haben? Die fünftausend, welche erforderlich waren, Mark nämlich, besaß er auch noch. Herr Mötteli würde sie herausgeben müssen.

Ganze Reihen von Tonnengeschäften waren aufgezählt. Die Wahl fiel schwer.

«Ecke.» Ecken waren die besten Geschäfte. Da strömten die Leute gleich von vier Seiten zusammen. Da blieb was hängen.

Manche Tonnengeschäfte blieben wochenlang angezeigt. Drahtzaun grüßte sie in den Spalten der Zeitung wie alte Bekannte. Andere tauchten auf und verschwanden wieder. Ein glücklicher Käufer hatte dann allemal eine gute Gelegenheit ausgenützt. Ganze Reihen von Angeboten trugen den gleichen Namen, das war der Name des Vermittlers, an welchen man sich wenden mußte, um so ein Geschäft zu erwerben. Es gab überraschende Gelegenheiten: Alte Leute, die sich von der Arbeit zurückzogen und glücklichen Nachfolgern Kneipen von gefestigtem Ruf überließen, Todesfälle, die von einem Tag auf den andern blühende Unternehmen herrenlos machten, sonderbare Umstände, die von heute auf morgen Geschäfte käuflich werden ließen, zu denen kurz vorher niemand den Wunsch zu erheben gewagt hätte. Man brauchte nur zuzupacken. Warum nicht? War es nicht eine sangeswürdige Tat, Durstige zu tränken und ein selbständiger Mann zu sein mit Tonnen im Keller, zu dem man kam, wenn einem von der Sommersonne der Schweiß auf der Stirne stand?

Zum mindesten, dachte Drahtzaun, konnte er sich einmal nach dem Verlauf eines Kneipenkaufes erkundigen und nach den Anforderungen, die man an ihn stellen würde. In der Potsdamer Straße fand er einen freundlichen Mann von seinem Alter mit blondem Schnurrbärtchen, der bereitwillig Auskunft gab – mehr! – der gerade nichts Wichtiges zu tun hatte und sich anerbot, Drahtzaun eine Kneipe zu zeigen, die auf einen Menschen, wie er es war, sozusagen gewartet habe. Hinterm Urbankrankenhause. Wo die Ärzte, durstig vom Operieren, hinkämen, um ihr Bier zu trinken oder ihr Schnitzel zu essen.

Man fuhr hin. Mit der Straßenbahn vier. Der Wirtschaftsraum hatte große Fenster und war voll Licht wie eine Malerwerkstätte. Der Wirt drückte Drahtzaun die Hand, daß dem die Gelenke knackten. Er sprach ostpreußisch und war zwei Köpfe größer als Drahtzaun. «Das Geschäft ist kinderleicht hier, nur meine Frau, sehen Sie, ist keine Wirtin – darum verkaufe ich.»

Die Mittagssonne schien auf die Sonnendächer vor den

Fenstern, ein gelber Widerschein tauchte die Bierkneipe in goldenes Licht, ein Liebespaar drückte sich hinter der nächsten hohen Banklehne. Drahtzaun ließ sich die kleine Küche und den Keller zeigen. Vierzig Flaschen Champagner hatten die Gäste in der Neujahrsnacht ausgehöhlt! Das Geschäft war gut! Der Keller sah ordentlich aus, aber im Schlafzimmer lagen die Betten noch durcheinander, obgleich der Mittag da war. Da haben wir's, dachte Drahtzaun, die Frau! Schließlich kam sie selber durch die Kneipentüre herein geschwebt, sprach mit gekräuselten Lippen von den Gästen, die ihr frech begegneten, und tänzelte, nachdem sie sich genügend ins gute Licht gesetzt hatte, mit dem Körbchen am Arm in die Küche hinaus.

«Na», sagte der Vermittler mit dem blonden Schnurrbärtchen zu Drahtzaun, «was habe ich Ihnen erzählt: Sie ist zu vornehm.»

Am andern Tag läutete der Makler an: Herr Drahtzaun möchte sofort nach der Kneipe hinterm Urbankrankenhaus kommen, die andernfalls ohne Rücksicht auf ihn einem neuen Mann verkauft würde. Der Nebenbuhler saß, als Drahtzaun zur Stelle kam, bereits hinterm Tisch. Mit ihm seine Frau. Der Vermittler mit dem blonden Schnurrbärtchen entpuppte sich als belangloser Zutreiber und hatte gar nichts mehr zu sagen. Sein Brotgeber, der Herr Olschowsky, hatte in diesem entscheidenden Augenblick persönlich in den Gang des Geschäftes eingegriffen, lief nun mit breitem Rücken, mit lebhaftem jugendlichem Gesicht und wundervollen, vielen grauen Haaren zwischen den Beteiligten hin und her und sorgte in ausgezeichneter Weise dafür, daß Drahtzaun und der neue Käufer, der ein Architekt war, keine Gelegenheit hatten, sich darüber zu unterhalten, wem von ihnen nun eigentlich mehr an der Kneipe liege, oder darüber, daß keinem von beiden viel daran liege. Er flüsterte jedem der beiden Herren so viel von der Kauflust des andern vor, bis ihnen beiden die Kneipe in begehrenswertem Licht erschien. Zuletzt wurde sie doch dem Herrn Architekten zugeschlagen, der nun froh sein mußte, aus der Hand des Herrn Olschowsky seine Bierzapfgelegenheit zu erhalten, wenngleich er vielleicht am Abend zuvor noch geschwankt hatte, ob er wirklich vom Häuserbauen zum Zapfen abschwenken sollte.

Drahtzaun sah ihn noch die Scheine der Anzahlung auf den Tisch legen und prägte sich deutlicher ein, daß er auch deshalb den kürzeren gezogen, weil die beim Abschluß fällige Summe nicht bar in seiner Hand gewesen. Die lag noch daheim beim Herrn Mötteli. Diese Lage durfte sich nicht wiederholen. Also schrieb er nach Helvetien. Herr Mötteli verkaufte an der Börse die guten Wertpapiere mit staatlicher Bürgschaft, schickte Drahtzaun eine Anweisung auf eine Berliner Bank mitsamt einer Schlußabrechnung des Inhalts, daß Drahtzaun von der Kantonsbank nun nichts mehr zu verlangen habe.

Mit der Anweisung mußte begreiflicherweise etwas geschehen. Die konnte nicht in der Schieblade des Herrn Oberstleutnant liegenbleiben, sondern schrie nach Verwendung. Es waren ja inzwischen auch wieder eine Menge neuer Kaufgelegenheiten aufgetaucht. Und neue Makler. Ein derartiges Schild hing sogar am alten großen Platz, wo des Volkswirtschafters Wohnung lag: «Burgdorf & Meyer, Grundstücks- und Geschäftsverkäufe, zwei Treppen.»

Drahtzaun ging hinauf und brachte sein Anliegen vor.

«Was sind Sie?» fragte Herr Burgdorf, der gleich an der

Tür vor dem großen Schreibtisch saß und Drahtzaun nun sein käsebleiches Gesicht zuwendete, darin ein lehmfarbenes vergilbtes Schnurrbärtchen saß. Auf der andern Seite des Schreibtisches, mehr hinten im Zimmer, stand im grünen Anzug der junge Herr Meyer mit braunem Gesicht.

«Was sind Sie?»

«Schauspieler.»

«Schauspie...? Schauspieler? Schauspieler! – Wieviel haben Sie?»

«Sechstausend Mark.»

«Hat Sechstausend», schrieb der käsebleiche Burgdorf schleunigst auf einen Zettel, auf welchen er bereits Drahtzauns Namen gesetzt hatte.

«Wo wollen Sie hin?» fragte Herr Meyer im gutsitzenden grünen Anzug. Das war aber keine Frage nach Drahtzauns innerer Entwicklung, vielmehr wollte Herr Meyer wissen, ob Drahtzaun fürs Bierzapfen einen bestimmten Stadtteil vor andern bevorzuge. Der verneinte. Meyer war zufrieden, denn die Unvoreingenommenheit erleichterte das Geschäft.

Drahtzaun bekam eine lange Liste verkäuflicher Bierwirtschaften in die Hand, lauter ausgesuchte Gelegenheiten. Ob er verheiratet sei? Nein. Dann gab's nur eins: Das Heidelberger Faß, gleich um die Ecke in der Passauer Straße, das war was für einen Schauspieler, da sollte er nach zehn Uhr abends mal hingehen und sich den Betrieb anschauen, der dort herrschte. Drahtzaun gehorchte sofort, obgleich die Uhr nicht zehn Uhr abends, sondern zehn Uhr morgens zeigte. Demgemäß war auch das große Leben nicht vorzufinden. Ein vereinzelter junger Mann stand hinter dem Schenktisch, spülte Gläser aus und trällerte mit fraulicher Stimme den letzten Schlager. Zwei Bierfahrer füllten den übrigen Teil des Raumes aus. Die Tischchen standen eng wie Pflastersteine beisammen, über ihnen wölbte sich die Tonne, die dem Ganzen das Recht gab, sich Heidelberger Faß zu nennen, aber es war nur eine gerundete Decke aus Sackleinwand, darauf ein Maler etwas Farbe gespritzt hatte. Die Stätte mißfiel ihm gründlich. Die anderen Adressen waren nicht besser: eine Reihe Spelunken, in denen die Dirnen herumsaßen und auf die Dunkelheit warteten. Burgdorf und Meyer konnten's ihm nicht recht machen. Er entzog ihnen sein Vertrauen und übertrug es auf einen neuen Makler.

«Harzer & Sohn» war ein ganz anderes Unternehmen. Vater Harzer saß allein im Hauptraum am Schreibtisch, als habe er auf Drahtzaun gewartet, als sei ihm nichts wichtiger, denn Drahtzaun zu dem zu verhelfen, was ihm nötig war. Er war fett, klein, von glänzender Haut, mit zwei Wülsten im Nacken, ohne Haare, ein Strich, an beiden Enden nach unten gekrümmt, fand sich da im Gesicht, wo sonst bei Menschen der Mund zu sehen ist.

«Gehen Sie an die Ecke Baerwald-Bergmann-Straße», sagte er mit knarrender Stimme zu Drahtzaun, «sehen Sie sich mal die Gaststätte dort an, sie ist etwas heruntergewirtschaftet, das wird Ihnen nicht entgehen, aber lassen Sie sich dadurch nicht zu sehr beeinflussen. Ich komme nach.»

Der Raum war dort fast so hell wie jener erste hinterm Urbankrankenhaus, aber lange nicht so groß, mehr gemütlich, stubenhaft wie daheim, mit vier oder fünf Tischen und von unregelmäßigem Grundriß. Das Mauerwerk bröckelte ab. Ein Sprechkasten brüllte. Daran lehnte mit aufgestülpten Hemdärmeln der Wirt, neben ihm sein Freund, das Bierglas in der Hand, eine Fliegererzählung im Mund und den Ausdruck eines Verbrechers im Gesicht. Der Wirt brachte Drahtzaun den bestellten Schnaps, setzte ihn in etwas gezierter Weise mit märzenfleckigen nackten Armen vor ihn hin und kehrte zu dem Sprechkasten zurück. Drahtzaun nahm die Zeit zur Hand, um dahinter unvermerkt den Schnaps in den Aschbecher gießen zu können. Es gelang ihm. Schnaps und Asche gaben ein seltsam anzusehendes Gemisch, das wie ein widerwärtiger Sumpf den halben Aschbecher füllte.

Vor der Kneipe lag die Straße, still und breit. Auf der gegenüberliegenden Seite zog sich eine Mauer weithin an ihr entlang. Grüne Bäume ragten darüber. Unter den Bäumen lagen die Toten. Sechs Kirchhöfe hatten sich da zusammengetan. Drahtzaun war's schwer ums Herz, es war ein Tag wie tausend Tage gewesen und doch ein ganz anderer Tag.

«Entschuldigen die Verspätung.» Das war Harzer, die Uhrkette auf dem Bauch, den Stock in der Hand, mit weißer Weste. Aus vornehmen Stücken etwas scheckig zusammengesetzt. Die Verspätung war nicht der Rede wert und die Entschuldigung nichts anderes als eine gutberechnete Ziererei. Der Flieger schlich sich fort. Willi Sakowski, der Wirt, wurde schlapp wie ein Gummischlauch, dem die Luft entwischt.

«Das Bierbuch, bitte», sagte Harzer.

Das Bierbuch? Was ist das, dachte Drahtzaun, aber er fragte nichts, sondern bemühte sich sachverständig auszusehen und unterließ es, mit in das schmutzige blaue Heftlein zu gucken, das Willi Sakowski aus einer Schieblade herauskramte und in welchem eben die Tonnen aufgeschrieben waren, die man an dieser Ecke monatlich ausschenkte. Der Wirt aber sah wie ein Schulbub aus, der dem Vater das Zeugnis vorweist, darin nichts Gutes steht. Er dauerte Drahtzaun. Harzer gewann gewaltig an Ansehen. Die beiden tuschelten. Drahtzaun fürchtete zu stören. Gut, daß in dem Augenblick die Frau Wirtin kam, daß sie sich mit einer dicken Steinguttasse voll Kaffee in die nächste Ecke setzte, da konnte er auf begründete Weise von den zwei Herren wegkommen, konnte sich zu der Frau setzen und dem Ganzen ein wenig das Gepräge eines Fünfuhrtees geben. Die Frau war dickrandig wie ihre Steinguttasse, mit festen Armen und kräftiger Brust, schwarzhaarig und hatte volle Lippen.

Warum die beiden wohl die Kneipe verkauften? Vielleicht war's ein schlechtes Geschäft?

Er fragte.

«Es ist etwas vorgefallen», gab die Frau einsilbig zur Antwort.

Hernach ging Drahtzaun mit Harzer zusammen fort. Auf der anderen Seite der Straße blickte er aus einiger Entfernung nach der Kneipe zurück. Das ganze Eckstück war blau bemalt, auch das Mauerwerk, wie eine blaugeschlagene Nase. Der Anstrich zeigte wenig Geschmack, aber Drahtzaun lobte die Farbe, um Harzer etwas Angenehmes zu sagen. Der antwortete als Makler: «Wir drücken sie noch.» Sakowskis nämlich.

«Den Allerwertesten sollte man den beiden vollhauen», fuhr er fort, «so ein Geschäft zu verkaufen. Ganz heruntergewirtschaftet haben sie's. Er läuft mit der Ladenkasse fort und besäuft sich anderswo, wenn er dann heimkommt, kann sie den Mund nicht halten, und sie zanken und beschimpfen sich vor den Gästen.»

Ganz falsch, dachte Drahtzaun, da werde ich ja viel klüger sein.

«Immerhin», fuhr Harzer weiter, «muß es ja solche Leute geben, wie wollten sonst wir unsere Geschäfte machen.»

Sie besahen zusammen noch eine weitere Kneipe, die Drahtzaun aber gründlich mißfiel, denn es saßen Gäste darin, und er vermißte die Stille, die bei Sakowski geherrscht.

Sollte er die Ecke kaufen? Sollte er nicht? Die Entscheidung drängte. Harzer wartete auf Bescheid. Der Scheck in der Schieblade wartete auf seine Verwendung. Ab und zu durchlas Drahtzaun noch in der Zeitung die Reihen der feilgebotenen Kneipen, aber nicht so ruhig wie zuvor, sondern in Eile und mit dem Gefühl, als täusche er sich selber die Freiheit eines Entschlusses vor, die er nicht mehr habe.

Einmal wollte er doch noch einen Blick ins Heidelberger Faß werfen, das Burgdorf und Meyer ihm empfohlen hatten. Das lag doch in der Passauer Straße, nahe beim großen Platz im Westen, wo er früher gewohnt, wo ab und zu ein alter Bekannter von der Osten-Bühne an der Tür vorbeigehen oder gar durch die Tür hereinkommen würde, während in allen anderen Kneipen, die er inzwischen besichtigt, sicher nie eine derartige Begegnung sich ereignen würde. Auf dem Wege traf er auch richtig gleich den blonden Gustl mit den ausrasierten Stirnecken. Der kam gleich mit. Er war Feuer und Flamme für Drahtzauns Plan, der sich wie eine gut erfundene Filmgeschichte anhörte, in welcher Gustl im gleichen Augenblick mitspielen sollte.

Die gewölbte Decke aus Sackleinwand steigerte seine Begeisterung, denn er hatte ja meistenteils mit Gebäuden, Wänden und ganzen Städten aus Pappe zu tun.

Der enge Raum machte einen ganz anderen Eindruck als bei Drahtzauns erstem Besuch. Der Gläserputzer von damals war im schwarzen Gesellschaftsanzug und sang die schmalzigen Lieder nicht trällernd vor sich hin, sondern vernehmlich und mit Hingabe zur Zither. Es standen keine groben Bierfahrer im Gang, sondern gutangezogene Gäste saßen an den Tischchen und sahen gepflegter aus als die meisten, die Drahtzaun auf seinen langen Kneipenreisen getroffen. Da war auch der Besitzer oder also der Verkäufer, von großer Gestalt, ein wenig gebeugt, ein wenig lässig, mit einem blonden Haarschöpfchen neben viel Kahlheit, mit langsamen Bewegungen, gelassener Redeweise, überlegen schmerzlich lächelnd. Sein Name, Aegidius, hätte in einem alten Gedicht vorkommen können.

Ärgerlicherweise saß auch ein Käufer im Raum, ein junger Mensch, der schon sehr besitzerisch drein sah und mit prüfenden Blicken das Ganze kühl abschätzte.

Ein wahres Glück nur, daß er noch nicht gekauft hatte, ein Glück, daß er überhaupt nicht allein hinter dem Schenktisch stehen, sondern mit einem angenehmen Zweiten sich zusammentun und in die Nachtarbeit teilen wollte. Er besaß Weinberge im Rheinland. Sein Geld lag auch noch dort. Anderntags wollte er hinfliegen, zur Mutter, um sich mit ihr zu beraten und das Nötige zu holen. Drahtzaun durfte sich diese Gelegenheit, als Partner mitzutun, keineswegs entgehen lassen. Er bemühte sich, als er mit dem jungen Mann zusammenkam, so angenehm als möglich zu erscheinen, und wurde auch nicht abgelehnt.

«Das Geschäft ist gut», sagte der junge Rebenherr, und Gustl war vom ganzen Plan entzückt, denn es gehörte zum Bühnengeist, daß man den lieben Freund allemal in der Rolle hinreißend findet, welche er gerade spielt, was es auch sei.

Am Morgen surrte Harzers Anruf: «Herr Drahtzaun, wie steht's nun? Wollen Sie kaufen oder wollen Sie nicht kaufen?» Die Kneipe an der Baerwald-Bergmann-Straße mit dem blauen Anstrich! Er hatte sie fast vergessen.

«Ein gutes Geschäft», sagte Harzer am andern Ende. «Sagen Sie ja, sagen Sie nein, aber seien Sie gerade. Sie wissen, daß ich mich für Sie besonders bemüht habe. Also Offenheit, Mann gegen Mann.»

So ein Mann war Harzer! Und er, Drahtzaun, hatte sich ins Heidelberger Faß verliebt, das nicht von Harzer kam.

Mann gegen Mann! Nun, da wollte er nicht zurückstehen, «um zwei Uhr bin ich bei Ihnen, Herr Harzer», sagte Drahtzaun und nahm sich vor, alles zu gestehen. Um so eher konnte er die Sache mit dem Heidelberger Faß weiter betreiben. Gegen zehn Uhr morgens erschien er bei Burgdorf & Meyer, welche dieses Wiedersehen nie erwartet hatten.

«Ich will mich beteiligen. Am Heidelberger Faß.»

«Beteiligen?» fragte Burgdorf etwas zögernd. «Mit wem denn?»

Drahtzaun beschrieb den jungen Mann mit den Reben am Rhein, der zu Muttern fliegen und Geld holen wollte.

«Ach, der? Warum denn beteiligen? Wenn Ihnen das Geschäft gefällt, dann kaufen Sie's doch selber. Oder haben Sie das Geld nicht?»

«O doch.»

«Haben Sie's flüssig?»

«In einem Scheck auf die Dresdener Bank.»

Burgdorf und Meyer standen von ihren Sitzen auf: «Ja, warum kaufen Sie denn nicht?»

«Eben, weil ich dem andern aus dem Rheinland versprach, mit ihm gemeinsame Sache zu machen.»

«Kennen Sie ihn denn?»

«Erst seitdem wir gemeinsame Sache machen wollen.»

«Na also! Der hat doch kein Geld. Wer zuerst kommt, mahlt zuerst.»

«Ich hab's ihm versprochen.»

«Versprochen? Was heißt versprochen? Warum teilen? Das Geschäft ist gut.»

«Aber Aegidius Scholz, der Verkäufer, will's ihm drei Tage frei halten, bis er das Geld aus dem Rheinland geholt hat.»

Burgdorf ergriff den Hörer. «Scholz, Aegidius Scholz, bitte! – Scholz? Hallo Scholz! Ist das Scholz? Ja! Wie ist das mit dem Geschäft? Herr Drahtzaun kauft es.»

Kaufe ich es wirklich? dachte dieser.

«Was?» sagte Burgdorf in das Rohr hinein, «das Ehrenwort haben Sie ihm gegeben, dem andern? Zuzuwarten? Na ja, was ist Ehrenwort? Was heißt Ehrenwort? Hat er 'ne Anzahlung geleistet? Nein! Nun, dann kommen Sie sofort hierher!»

«Da machen wir gleich einen kleinen Vorvertrag», sagten die freundlichen zwei Herren zu Drahtzaun, «damit Sie sicher sein können.»

Der bleiche Burgdorf aber holte gleich hinterher insgeheim den Aegidius Scholz in einer Taxe heran, damit dem lieben Herrn Drahtzaun das Heidelberger Faß nicht entgehen könne.

Scholz weigerte sich, das Wort zu brechen, welches er dem Rheinländer gegeben. Burgdorf und Meyer redeten ihm gewaltig zu, das war so zwischen Scholz und Burgdorf eben vorher im Wagen vereinbart worden. Drahtzaun aber bekam's mit der Hochachtung für den Mann zu tun, um so mehr, als er inzwischen vernommen, daß Scholz einen selbsterzeugten Schnaps unter seinem Namen, Aegidius, in den Handel brachte. So ein Fachmann war das. Als der daher aus freiem Gedächtnis mit den Zahlen herausrückte, auf die es beim ganzen Handel eigentlich ankam, wieviel Geld nämlich abends in der Kasse liege, wieviel Unkosten man zu berechnen habe und welcher Verdienst dabei bliebe, nun da hörte Drahtzaun gespannt zu, und es entstand ganz von selber ein hübscher Vertrag mit genauen Angaben, mit einer Verkaufsverpflichtung für Aegidius, mit einer Kaufspflicht für Drahtzaun und mit einer Anzahlung von tausend Mark, die bei Unterzeichnung des Vertrags zu entrichten waren.

«Stimmt auch alles?» fragte Drahtzaun zuletzt, damit Burgdorf und Meyer mitsamt Scholz sehen sollten, daß nicht so einfach mit ihm Geschäfte zu machen war.

«Es stimmt.»

«Setzen Sie, bitte, in den Vertrag hinein, daß alles stimmt.»

Also setzte man noch zu dem Geschriebenen hinzu, daß das, was im Vertrag stehe, mit dem übereinstimme, was in ebendiesem Vertrag ausgesagt sei. Nun konnte Drahtzaun unterzeichnen.

Die behördlich zugelassenen Makler begleiteten ihn zur

Bank, ins Innere der Stadt, dorthin, wo die Anweisung einzulösen war. Die Zeit drängte. Der Schalterschluß drohte. Man nahm einen Wagen. Die Makler zahlten. Alle drei betraten zusammen die Bank. Der Scheck verschwand im Schalterfenster.

«Heb em sorg», hatte sein Vater am Sonntag abend jeweils zu ihm gesagt, hinten im Schreibzimmer des großen Hauses im Dorf, wenn er ihm das Geld für die Schulen in der Stadt in die Hand legte. «Es hängt mancher Schweißtropfen dran.» Darum war's auch keine faule Anweisung, die er da durch den Schalter gegeben, wie Burgdorf und Meyer leise zu fürchten schienen, sondern eine bodenmäßig gute Anweisung, an welcher die Herren der Bank gar nichts würden auszusetzen haben. In der Tat erschienen nach einer Weile die sechs Tausenderscheine im Schalterfenster. Drahtzaun nahm sie. Einen davon reichte er dem käsebleichen Burgdorf. Dann fuhren sie zurück. Burgdorf war verwandelt. Er hopste auf dem Polster des Wagens wie ein kleiner Junge auf und nieder, lachte und schrie, drehte den Kopf nach allen Frauen, winkte den Dirnen und war so glücklich, daß Drahtzaun an Burgdorfs Glück deutlich erkennen konnte, wie wenig glücklich er selber war.

«Mann gegen Mann» hatte Harzer mit ihm reden wollen. Um zwei Uhr. Nun war's drei. Drahtzaun ließ den Wagen am Potsdamer Platz halten, verabschiedete sich, ging die Königgrätzer Straße hinunter und nach Harzers Kanzlei.

«Was ist los?» sagte der. Drahtzaun stotterte etwas von westlichen Stadtteilen, von seinen Freunden, den Schauspielern, die da wohnten und große Zechen machten, und dachte nebenbei an die gepflegten Hände der Frau Törpinghaus, die früher oder später auch zu einem süßen Schnaps bei ihm einkehren würde.

Harzer wußte sofort Bescheid. Ob er etwas in Aussicht habe?

«Ja, in der Passauer Straße.»

«Doch nicht etwa das Café Martel.»

«Nein, das Heidelberger Faß.»

«Aber das ist doch das Café Martel! Haben Sie's gekauft?»

«Nur anbezahlt.»

«Wieviel?»

«Tausend Mark.»

Harzer sank in den Stuhl zurück. Drahtzaun schämte sich, daß er geglaubt hatte, das Heidelberger Faß sei das Heidelberger Faß und sei es immer gewesen, während es vor kurzem noch als Café Martel auf dem Markt gelegen. Davon hatten Burgdorf und Meyer ihm kein Wort gesagt.

«Fritz», rief Harzer nach dem Nebenraum, «komm mal her und erzähle dem Herrn Drahtzaun Nase, was es mit dem Café Martel für eine Bewandtnis hat.» Fritz hielt mit seinen Erfahrungen nicht hinterm Berg. Er hatte das Café Martel schon verschiedene Male hin und her verkauft, und Drahtzaun mußte nun hören, daß sein Heidelberger Faß über alle Maßen mit rückständigen Mieten belastet war, daß der frühere Wirt noch immer zu Unrecht einen Hausschlüssel in der Tasche trug und sich nachts zum Schlafen in den Keller schlich. Ob er, Drahtzaun, denn nicht gesehen habe, daß es für zweierlei Menschen nur einen Ort gab, wo die Gäste wieder los werden konnten, was sie bei ihm getrunken, derart, daß die Sitten- oder Gesundheitsbehörde ihm jeden Tag die Bude schließen konnte? Davon abgesehen aber, erreichten die Kasseneinnahmen auch nicht die Hälfte der von Scholz genannten Ziffer.

«Herr Drahtzaun Nase will nämlich das Café Martel kaufen», sagte Vater Harzer zum Sohn, «tausend Mark hat er anbezahlt. Bei Burgdorf & Meyer, die Brüder, die nicht einmal Mitglieder des Maklerverbandes sind. Da siehst du wieder, wie weit man mit der Anständigkeit kommt.»

Er sah enttäuscht aus. Drahtzaun war bekümmert.

«Die tausend Mark kriegen Sie nie wieder. Folgen Sie mir und werfen Sie da kein Geld nach.»

Der ganze Harzer! Ehrlich! Geradezu! Aufrichtig! Erfahren! Und dieses Mannes Mithilfe hatte er ausgeschlagen! Drahtzaun saß zerknirscht auf seinem Stuhl. Wie war das nur wieder gutzumachen? Harzer hatte einen Gedanken, wie die tausend Mark Anzahlung bei Burgdorf & Meyer wieder herauszuholen wären, aber es konnte ihm nichts daran liegen, Drahtzaun aufzuklären, wenn der nachher hinging und bei irgendeinem Dritten anstatt bei dem treuen Harzer eine Kneipe kaufte.

«Wissen Sie was», sagte er schließlich, «kaufen Sie jetzt sogleich die Ecke Sakowski an der Baerwald-Bergmann-Straße, und ich hole Ihnen die tausend Mark wieder.»

«Gut», sagte Drahtzaun. Die Kehle schnürte sich ihm zusammen vor Angst, aber dem Harzer mußte Gerechtigkeit widerfahren. Sie gingen zusammen nach der Ecke. Im Hinterzimmer zog Harzer dort einen Vertrag aus der Tasche. Er kommandierte, Willi gehorchte. Und Drahtzaun auch. Der versuchte den Kaufpreis noch ein wenig herunterzudrücken, aber Sakowski lehnte lärmend ab, und Harzer schwieg. Sakowskis Augen guckten trüb und klein aus ihren Höhlen, er war halb betrunken, faselte, lallte und tuschelte viel überflüssiges Zeug. Harzer schnitt ihm das Wort ab, trat sicher auf und schüchterte ihn ein. Mit ungelenker Hand setzte er seinen Namen unter den Verkaufsvertrag, der ihn seiner Arbeits- und Verdienstgelegenheit beraubte. Drahtzaun unterzeichnete ebenfalls und legte tausend Mark Anzahlung auf den Tisch, von welchen siebenhundert sofort als Verkaufsvermittlungsgebühr in Harzers Tasche verschwanden. Den Rest von dreihundert Mark steckte Sakowski ein und sah aus wie einer, der zum erstenmal einem Zauberstückchen beiwohnt, das er nicht versteht. In Harzers Taschen wanderten auch die viertausend Mark Restkaufgeld, Drahtzauns ganzer Besitz, den er dem vertrauenswürdigen Mann zu treuen Händen übergab, damit er's am Tage der eigentlichen Geschäftsübernahme dem Sakowski auszahle. Mit geschwellter Brust ging der Makler nach Hause. Er schlief großartig in dieser Nacht.

Drahtzaun kam, ohne einen Bissen gegessen zu haben, spät abends heim, um zweitausend Mark erleichtert und mit zwei Kaufverträgen in der Tasche. Auf dem Tisch lag ein Brief von Lukar aus dem Seebad: Kaufe keinesfalls eine Kneipe für Dich allein, Du mußt mindestens noch einen starken Mann neben Dir haben, besoffene Fahrer sind häufig und Keilereien gehören zum Ganzen.

Zu spät. Er hatte gekauft.

In zwei Wochen sollte er die Kneipe betreiben. Bis dahin galt es, sich einzuarbeiten. Voller Vorsätze reiste Drahtzaun täglich gegen Mittag nach der Ecke. Sakowski schlief dann noch. Hie und da stieß er dort auf ein paar Gäste, aber nicht auf solche, die zahlten, sondern auf solche, die sich dort zu Hause fühlten, arbeitslose junge Leute, die am

Familientische in der Ecke saßen, darauf das blaue Decklein lag, die nach Kaffeebohnen, Würstchen und Seife liefen, wenn solche Dinge im Haushalt fehlten. Sie gehörten zu den Vertrauten der Frau, wurden in den Verkauf eingeweiht, versprachen Verschwiegenheit und rannten um die Ecke, um die Neuigkeit weiter zu erzählen.

Einmal stand Drahtzaun am Morgen sehr früh auf, um den Tagesanfang der Kneipe zu sehen. Bis dahin hatte er immer nur dem Ende beigewohnt, wenn der letzte Gast fortging und die Rolladen heruntergelassen wurden, hatte aber nie den Anfang mitgemacht, wenn man sie hochzog. Zeitig stand er vor der Ecke. Immerhin kam schon die Sonne über die Bäume der Kirchhöfe gestiegen und warf ihre Strahlen in die breite Bergmannstraße hinein und an die Rolladen der Kneipe. Die schlief noch. Niemand war zu sehen. Nichts rührte sich. Nichts, am frühen Morgen, wenn der Fuhrmann gern seinen Schnaps haben wollte. Lotterei, dachte Drahtzaun. Hab' ich euch. Kein Wunder, daß ihr an der Ecke nicht vorwärtsgekommen seid.

Er hatte nicht ausgeschlafen und fühlte sich etwas müde. Von dem großen Friedhof aus konnte er die Ecke gut im Auge behalten. Drahtzaun ging dorthin und saß lange auf einer halb verfallenen Bank unter mäßig hohen Rüsterbäumen hinter dem Kirchhofsgitter, gerade der blauen Ecke gegenüber. Es war ganz still wie auf einer Insel. Man begrub da niemanden mehr. Es war lange her, seitdem der letzte Tote angekommen war. Die ihn hergebracht und die um ihn geweint hatten, waren offenbar inzwischen auch irgendwo unter die Erde gekommen, denn es bekümmerte sich allem Anschein nach niemand mehr um die Gräber. Seinerzeit hatten die treuen Hinterbliebenen allerlei Bänklein neben die Gräber gesetzt, um darauf zu trauern und nachzudenken, aber nun waren die Bänklein verfault, zusammengesunken oder schwer schadhaft. Gras wuchs ringsumher. Es gab dichte Gebüsche, darin die Vögel zwitscherten und in denen es ganz dunkel war. Drahtzaun ging in dem Wirrsal umher, verlor sich darin, trieb ziellos dahin, las viele Namen auf verwitterten Steinen.

Als er wieder nach vorn ans Gitter kam, war die Kneipe immer noch geschlossen. Hier, zunächst der Straße, zeigte sich der Friedhof noch verhältnismäßig gut gepflegt. In einer saubern kleinen Allee konnte man gedankenvoll auf und ab gehen. An deren Ende stand ein einzelner Grabstein von auffallender Form. Das Wasser tropfte von den Bäumen auf ihn herunter, grünes Moos überzog ihn zu großen Teilen. Ein paar griechische Worte, ein deutscher Name und folgende Verse standen darauf zu lesen:

Sicher führet der Weg zum Hades,
Ob Du im Tode von Kekropias Flur,
Ob Du von Meroë kömmst,
Gräme Dich nicht, wenn fern vom Vaterland
Klotho Dich abruft:
Überall wehet der Wind,
Welcher zum Hafen Dich führt.

Drahtzaun schrieb die Verse auf die letzten Seiten seines Taschenblocks, auf dessen ersten, ihm von Sakowski genannt, die empfehlenswerten Mostrichlieferer und die mutmaßlichen Zechpreller aufgezeichnet waren.

Inzwischen hatte man an der Ecke die Rolladen hochgezogen. Die Türe stand gähnend offen. Drinnen stand die feste Wirtin mit dem Putzlappen in der Hand, ein wenig schlaftrunken noch, braunhäutig, schwarzhaarig, die sich schwer bewegte, wenig redete und mit den Augen beim Lachen blinzelte. Drahtzaun begegnete ihr überaus höflich. Er fürchtete ihre Gedanken, aber sie dachte vielleicht gar nicht. Er wollte, daß sie freundlich zu ihm wäre, aber sie blieb gemessen, denn er war der Mann, welcher den Platz einnehmen wollte, den sie räumen mußten, ohne zu wissen, wohin ziehen und was treiben. Die Kneipe war ohne eine Frau nicht möglich. Weil Drahtzaun also keine hatte, galt es ein Fräulein zu suchen. Ein Schenkmädel. Eine kalte Mamsell. «Ein Fräulein zieht immer», sagte Frau Sakowski nicht ohne Bitterkeit. «Wenn meine Schwester sich mal aus Ulk hinter den Schenktisch stellte, da hätten Sie sehen sollen, wie der Laden gegangen ist.»

Drahtzaun suchte also eine Helferin voll guter Eigenschaften, stellte in der Anzeige sein Unternehmen ins schöne Licht der Ehrbarkeit und verschwieg nicht, daß er ein alleinstehender Gastwirt war. Die Antworten kamen in Menge.

Unter den Briefen war auch Fräulein Gretes Angebot. Sie schrieb am natürlichsten: Achtundzwanzig Jahre alt, ansehnlich und gesund, stand da. Ansehnlich war ein gutes Wort. Arbeiten konnte sie auch. In einigen Tagen sollte Drahtzaun die Kneipe antreten. Diese Grete wollte er sich auf alle Fälle einmal ansehen.

Sie kam nach der Ecke.

Drahtzaun führte die Verhandlungen mit ihr im hintern Gastzimmer. Sie war untersetzt, hatte volle Wangen, einen kleinen, etwas gewöhnlichen Mund und sehr viele blonde Haare. Sie erzählte von der Mutter in Pommern, lächelte viel, zeigte hübsche kleine Zähne und zog das Bild ihres unehelichen Töchterchens aus der abgeschabten Handtasche, welches auch bei der Mutter in Pommern untergebracht war. Drahtzaun schloß mit ihr ab und war dankbar, daß sie ihm zu Hilfe kommen wollte.

An den letzten Abenden, die Sakowski als Kneipwirt noch blieben, herrschte ziemlich viel Bewegung an der Ecke. Harzer erschien mit Sohn, Frau und Tochter. Drahtzaun durfte mit den Herrschaften am Familientisch in der Ecke sitzen, auf welchem das blaue Deckchen lag. Neugierige Nachbarn kamen. Ein Klavierspieler saß im Hinterraum und hieb die neuesten Schlager auf die Tasten. Drahtzaun hielt zum Tanzen die große Maklerstochter im Arm und beobachtete über ihre Schultern hinweg, daß die zerrissenen Tapeten von den Wänden herunterhingen.

An so einem bewegten Abend fiel der besoffene Simke ihm um den Hals, weil er nun bald in die Kneipe einzöge und sie Nachbarn würden, Drahtzaun und er, der Hochbahnbeamte mit dem roten Schnurrbart, der im Nebenberuf mit alten Möbeln, Spieldosen, Porzellan, Münzen, Stichen und Zahngebissen handelte. Er hinkte und ging am Stock, der Zwicker saß schief auf seiner Nase, die langen Schnurrbartspitzen troffen von Bier, er tanzte ungeschickt, aber mit Heftigkeit mit seiner jungen, wohlgewachsenen Frau, die schielte und zugleich hübsch aussah. «Heiraten Sie doch das süße Mädel, die Tochter des Herrn Vermittlers, das süße Kind», raunte und sabberte er in Drahtzauns Ohr und machte sich selber, so gut es ging, in der Zwischenzeit an sie heran. Das süße Mädchen aber versuchte mit allen Mitteln, Drahtzaun von den Gesprächen mit dem Vati-Makler loszureißen und zum fleißigen Tanzen zu veranlassen. Sie sah dem Vater ähnlich, nur daß sie viel mehr Haare als er und keinen dicken Bauch hatte, sondern schlank und großgewachsen war. Sie trug ein ärmelloses Kleid, und die hübschen Arme waren bis zur Schulter sichtbar. Drahtzauns Gedanken blieben aber nicht bei ihr, sondern gingen nach dem Kneipengewoge, wo Sakowski in Hemdärmeln die Gäste bediente, wo er vor Harzer die Hacken zusammenschlug und die Biere mit Schwung und leichter Ziererei auf die Tische setzte. Sein schläfriges Säufergesicht war belebt, die brennende Zigarette, seine dauernde Begleiterin, verlieh seiner Tätigkeit einen Schimmer von Überlegenheit und Spielerei. Er faßte die Maklerstochter wie ein Soldat fest um die Hüften zum Tanzen, verbeugte sich beim Zutrinken und brachte selbst Drahtzaun mit kecker Aufforderung dazu, mehr Schnaps zu trinken, als dieser je bis anhin auf einmal vertragen, also daß er vor Sakowskis Geschick einen späten gründlichen Respekt bekam und die ganze Überlegenheit verlor, die er einst frühmorgens vor dem geschlossenen Rolladen der Ecke empfunden.

In der letzten Straßenbahn traf Drahtzaun eines Nachts einen jungen Mann, den er im Dienste des Vermittlers in der Kommandantenstraße kennengelernt hatte.

«Haben Sie gekauft?» sagte der.

«Ja.»

«Dann geben Sie acht, daß der alte Wirt, ehe er auszieht, auch alle Fernsprechgebühren bezahlt hat, dazu die Rechnungen für Gas und Licht bis zum Tage der Übergabe, sonst haften Sie für ihn.»

Das war aber nicht alles. Vor allem galt es eine Bierzapferlaubnis von den Behörden einzuholen, die war persönlich, und um diese mußte Drahtzaun sich selber kümmern. Ferner gab es gewisse Steuern, die nicht an dem Inhaber des Geschäfts, sondern am Geschäft selber hingen. Für die mußte Drahtzaun, wenn die Zahlungen im Rückstand waren, selbst aufkommen, falls Sakowski nicht, ehe er auszog, die Sache ins reine brachte. In der Tat war der mit Zahlen im Rückstand. Drahtzaun fuhr frühmorgens nach der Ecke, um ihn aufs Amt zu schleppen und zum Zahlen zu veranlassen, um ihn zu allen den Stellen zu ziehen, denen Kenntnis von dem Besitzwechsel in der Kneipe gegeben werden mußte.

Lächerlich, dieser Herr Drahtzaun, dachte Sakowski, was der für Sorgen hat! Was lag an den paar Gebühren und Steuern oder fälligen Rechnungen, wo er doch aus der Kneipe fort mußte, wo viel gefährlichere Gläubiger als diese belanglosen Amtsstellen darauf warteten, ihm den Rest des Geldes zu entreißen, den ihm Harzer noch herauszahlen würde, dieser Harzer, der ihm für die paar Zeitungsanzeigen und die wenigen Besuche oder Bemühungen glatte siebenhundert Mark Vermittlungsgebühren abgezogen hatte. Wieviel ihm wohl letzten Endes bei dem ganzen Handel überhaupt noch bliebe? Sicher nur ein Teilchen der ganzen runden Summe, die er seinerzeit bei der Schutzpolizei in langen Dienstjahren erworben und dann nach seinem Abschied von der Truppe in der Kneipe angelegt hatte. Ach, das waren noch Zeiten gewesen, damals im Dienst. Viel bessere Zeiten, viel einfacher alles als jetzt, viel leichter. Befehl war Befehl. Man hatte genau gewußt, was zu tun war. Aber nun war die Karre verfahren, und er mußte das machen, was der verdammte Harzer ihm vorredete, der die Tausender des Käufers in der Tasche trug.

Drahtzaun war seinerseits nicht wenig über Harzer verstimmt, weil der sich so wenig um die unbezahlten Lichtrechnungen und Fernsprechgebühren bekümmerte, aber Harzer verachtete Drahtzaun, der noch nicht gemerkt hatte, daß das Klavier und alle Möbel, die er bar zu zahlen gedachte, bereits das Siegel des Gerichtsvollziehers trugen. Da staken die Forderungen der Herren Bierlieferer und des großen Selterwassermachers darunter. Diese Herren wollte Harzer vor allem aus dem Vermögen des guten Drahtzaun zufriedenstellen, ehe Sakowski das Seinige davon in die Hände bekam. Auf diese Weise brauchte Herr Drahtzaun am Abend des Kauftages sich nicht an ein Klavier zu lehnen, das am nächsten Tag vom Betreibungsamt abgeholt wurde. Die großen Gläubiger aber würden mit Harzer zufrieden sein, und das war gut, denn mit diesen Herren gab's noch manches Geschäft gegen unfähige Kneipwirte zu machen.

Unter den Gästen der Kneipe gab es Leute, die Drahtzaun von vornherein als Wirt nicht anerkennen wollten. Ein Schauspieler! Was hat der vor? In keiner Kneipe des ganzen Viertels gab's einen Schauspieler. Der beabsichtigte wohl, ein neuartiges Vergnügungshaus einzurichten, mit Knutschecken, Schauspielerinnen oder Champagner. «Oho», sagte Frau Anton, «da haben wir auch noch ein Wort mitzureden.» Frau Anton besorgte das Zigarrenlädelchen zwei Eingänge von der Ecke entfernt. Sie war die Verwalterin des Hauses und hatte die Pflicht, den neuen Sachverhalt der Frau Justizrätin zu melden, denn die Frau Justizrätin hing mit großer Anhänglichkeit an diesem Hause, darin sie ihre Jugend verbracht und daraus sie nun immer noch die Zinsen zog, welche ihr den Aufenthalt fern davon im vornehmeren Viertel von Schöneberg ermöglichten. Sakowski war mitsamt seiner Kneipe ein Mieter der Frau Justizrätin gewesen, und wenn Drahtzaun auch sämtliche Tausender für den Ankauf der Kneipe ausgab, hatte er immer noch kein Recht, in die fraglichen Räume einzuziehen, ehe nicht die Frau Justizrätin ihre Erlaubnis dazu gegeben.

Das wollte sie nun ganz und gar nicht tun. Einen Mieter, der im Hause ihrer unschuldigen Jugend eine Nachtvergnügungsstätte einzurichten gedachte, war sie entschlossen, dort nicht einziehen zu lassen. Sie hatte aber zunächst keine Gelegenheit, diese Meinung am entscheidenden Ort anzubringen, denn es fiel niemandem ein, sie nach ihrer Meinung zu fragen. Drahtzaun schwieg, weil er von der Bedeutung der Frau Justizrätin nichts ahnte. Harzer aber schwieg deshalb, weil er vor allem das Geschäft unter Dach bringen und die Hausbesitzerin vor eine fertige neue Lage stellen wollte.

«Verschaffen Sie sich ein paar gute Empfehlungen», sagte er zu Drahtzaun, «und am Fünfzehnten wird übernommen.»

Also übernahm Drahtzaun am Fünfzehnten. Willi mußte mit der Sonne aus dem Bett. Harzer stellte sich mitten in die Kneipe, nahm Bleistift und Papier, schrieb alle Schnapsreste auf mitsamt den vollen Bierflaschen und dem Bierrest in der Tonne, die Selterwasservorräte und die Zigaretten, alles kam auf einen Zettel zu stehen, und Drahtzaun kaufte die aufgeführten Dinge gesamthaft zum Selbstkostenpreis von Sakowski. Was fortan ein und aus ging, war seine Sache und ging auf seine Rechnung. Er trat sein Wirtschaftsunternehmen an und hatte von dem Augenblick an allein das

Recht, Hand an den Bierhahn zu legen. Um neun Uhr sollte das Fräulein kommen. Als sie um halb zehn Uhr noch nicht zur Stelle war, sagte Harzer, daß sie überhaupt nicht käme. Um zehn Uhr kam sie doch. Drahtzaun schloß sie nicht in die Arme, wie er gern getan hätte, schloß sie dafür ein wenig ins Herz und hätte ihr fast für ihr Erscheinen gedankt, aber das ging nicht, denn er war ja nun ihr Vorgesetzter und Arbeitgeber.

Die Kneipe bevölkerte sich an diesem Tage ungewöhnlich früh, ungewöhnlich dicht und mit ungewöhnlichen Leuten. Gott sei Dank, daß das Fräulein Grete zur Stelle war, sie schenkte aus und schwenkte wie ein gut gesteuerter Kahn zwischen den Tischen hindurch. Drahtzaun machte große Augen, aber sie machte kleine und ging in selbstverständlicher Weise mit den Gästen um.

Im Hinterzimmer waren inzwischen die Herren Brauereivertreter und der gewaltige Selterwassermacher eingetroffen. Sie kamen Drahtzaun, als er zu ihnen hineintrat, wie böse Tiere vor: harte Augen, schwarze tiefe Rinnen zwischen Nase und Mundwinkel im Gesicht des einen, grobe Stimmen, feiste Gestalten, haarlose Köpfe und gönnerhaftes Gebaren. Sie legten ihm allerlei Papiere vor, Verträge, Abmachungen, überlegen und überlegt, Harzer saß mit dabei und warf sich in die Brust, auf welcher die Brusttasche mit Drahtzauns Vermögen ruhte. Harzer war der Mann des Tages, er gab seine Weisungen, und Drahtzaun zog die Buchstaben seines Namens auf die Papiere, deren Inhalt ihm nur zur Hälfte deutlich war.

Siebentausend sollte die Kneipe kosten. Viertausend wurden außer der bereits geleisteten Anzahlung von Drahtzaun gefordert, zweitausend zahlte die Brauerei

Malz & Schaum, Gegner der Schultheiß-Patzenhofer-, Engelhardt-, Kindl- und anderer Biere, mit ihren Kellern voll Millionen Liter, welche alle um jeden Preis an den Mann gebracht werden und durch menschliche Kehlen rinnen mußten. Drahtzaun übernahm dafür die Verpflichtung, kein anderes Bier auszuschenken und vom geliehenen Geld jeden Monat ein Häppchen zurückzuzahlen. Ein paar Mark nur, damit er die Verpflichtung recht lange nicht los wurde, damit das blaue Malz-&-Schaum-Schild ungestört über seinen Fenstern am Hause kleben konnte.

Während des ganzen Kauftages herrschte in der Gastwirtschaft ziemliche Bewegung. Für Drahtzauns Empfinden war es sogar ein äußerst lebhaftes Hin und Her, denn jeder neue Ankömmling bereitete ihm Sorgen, bis er an seinem Platz saß und das Seinige bekommen hatte. Sollte er jeden persönlich begrüßen oder sollte er es nicht tun? War's dem vereinzelten Gast angenehmer, allein zu sitzen, oder wartete er auf ein Wort? Auf einen Händedruck? Auf ein Nicken? Manche musterten ihn. Was wollten sie? Er wußte es nicht und ging vor die Tür hinaus, um aus der Sache zu sein, oder nach hinten in die Küche. Sakowski stand immer noch hinter dem Schenktisch und stützte den nackten Arm auf den Bierhahn, obgleich Drahtzaun doch den Betrieb übernommen hatte. Es war ärgerlich. Was sollte das Fräulein denken, da er doch ihr Arbeitgeber und Inhaber der Bierstube war? Irgendwie mußte er das dartun. Drahtzaun strich also mehr als anfänglich um die Neuankömmlinge herum, lehnte sich gerade vor dem Bierhahn rücklings an den Schenktisch und machte sich, wenn ein Gast zur Türe hereinkam, mit ihm bekannt als der neue Wirt. Den zufällig Eingetretenen machte das keinen Eindruck, wer aber die Ecke einigermaßen kannte, sah den Willi Sakowski wie immer am Bierhahn stehen, lächelte über den schlechten Scherz oder ärgerte sich über das Spiel, das man mit ihm zu treiben versuchte. Drahtzauns Selbsteinführung entbehrte jeder Großartigkeit.

Es kamen allerlei junge Leute, die «Willi» und «du» zu Sakowski sagten, Mariechen die Putzfrau und der alte Zeitungsverkäufer waren ebenfalls zur Stelle. Auch Simke und die anderen nähern Nachbarn wie Frau Schlosser, deren Küchentür der Drahtzaunschen gegenüberlag. Drahtzauns Habseligkeiten und Bücher wurden angefahren. Eine, zwei, drei, vier, fünf Kisten voll Gedrucktes, Bühnenschicksale und Tausende von Versen. Hunderttausende von Versen. Simke von der Hochbahn nickte anerkennend bei jeder Kiste, die hereingeholt wurde, daß die Biertropfen an den Spitzen seines roten Schnurrbartes zitterten. Er nahm zwei alte Münzen aus der Westentasche und wies sie vor, nahm eine neue Münze aus dem Beutel, legte eine angefeuchtete Briefmarke darauf und warf sie mittels der Münze an die Decke hinauf, daß sie dort kleben blieb.

Drahtzauns Bücherkisten wurden im Hinterzimmer aufgestapelt. Die jungen Leute tanzten daran vorüber. Alle rühmten die Kneipe, und Frau Sakowski erklärte mit Tränen in den Augen, daß sie überhaupt nicht hätten verkaufen sollen. Es dauerte lange, bis die Uhr endlich eins war, da man die Rolladen herunterlassen und Schluß machen konnte. Fräulein Grete war lange vorher weggegangen, denn sie wohnte hinter dem Schlesischen Bahnhof und hatte eine weite Reise zu machen. Sie lag aber tief im Schlafe, ehe in der Kneipe der angetrunkene Sakowski sich endlich bequemte, dem Inhaber Drahtzaun die Zeche zu bezahlen, die das Fräulein im Laufe des Tages auf ein Blatt Papier geschrieben, welches sie dem Herrn Drahtzaun, ehe sie ging, zum Einziehen des Betrages übergeben. Es wollte ihm nicht in den Kopf, daß er, wie vordem, den Ellbogen auf den Bierhahn stützen und im gleichen Raum wie bis anhin schlafen sollte, ohne, wie bis anhin, trinken zu dürfen, ohne zu zahlen. Nach und nach rückte er auf Drahtzauns sanftes Drängen mit dem Geld heraus. «Nun mach doch schon ins Bett», sagte seine Frau unwillig zu ihm. Aber Willi wollte noch dieses und jenes, wünschte noch einen Schnaps und noch ein Bier, und Drahtzaun bewirtete tief in der Nacht den unberechenbaren Mann, weil er ihm nichts abzuschlagen wagte, stand mit den beiden Wirtsleuten, die alles noch als das Ihrige betrachteten, allein in dem öden Raum und wußte nichts zu sagen, als Frau Sakowski ihm bedeutete, daß das Fräulein ihres Mannes Zeche größer angeschrieben habe, als sie wirklich gewesen sei. Zuletzt schleppte man ein Sofa in die hintere Gaststube. Die Eheleute Sakowski verschwanden in ihr Schlafzimmer. Drahtzaun nahm die Kasse an sich, umstellte das Sofa, um die Decke zu halten, mit Stühlen, legte die Kasse auf den Stuhl zu seinen Häupten und schlief ein. Schlief nicht lange, denn der frühe Tag kam bald über die Bäume des Kirchhofs herauf und drang durch die Fenster. Draußen begannen die Wagen zu fahren. Drahtzaun zog die Rolladen hoch und sah im Morgenschein, daß alle Strippen, daran sie hingen, zu drei Vierteln durchgescheuert waren. Er schaute durch die Fenster, war ratlos und freute sich, wenn Sakowskis schweres Weib mit schläfrigen Augen aus der Kammer kam, um eine Flasche Selterwasser für ihren durstigen Gatten zu holen. Sie zeigte Drahtzaun, wie man das weiße Blech des Schenktisches und den Bierhahn mit Blitzblank putzte. Drahtzaun zog eine alte Hose aus seinem Koffer und begann zu reiben. Der Schweiß trat ihm auf die Stirne. Schließlich kam das Fräulein. Sie war Frau Sakowski im Wege, und die Frau war ihr im Wege. Grete behauptete, Sakowski stelle ihr nach, dabei blickte sie aus den Augenwinkeln nach ihm hin, und Sakowski maß sie wie ein Stück Hausrat, das ihm gehörte.

Endlich kam der Anruf der Frau Justizrätin. Die Nachprüfung der Empfehlungsschreiben hatte befriedigt. Der Bierbrauertag wiederholte sich. Am andern Morgen kam ein Wägelchen und holte Sakowskis Sachen ab. Ehe der Tag graute, denn es galt, die Habseligkeiten unbemerkt wegzuschaffen, bevor noch eines weiteren unbefriedigten Gläubigers Hand sich darauf legte. Sobald die Sonne da war, kamen sie auch wirklich wie die Mücken, alle, denen er Geld schuldete, von Spandau, aus dem Osten und aus Neukölln, mit der Hochbahn und mit der Straßenbahn, stellten sich vor den Schenktisch und verlangten den Wirt zu sprechen.

«Der bin ich», sagte Drahtzaun.

Dann maßen sie ihn mit einem mißtrauischen Blick und fragten nach Sakowski.

«Er ist fort.»

«Wohin?»

«Weiß ich nicht.»

«Müssen Sie doch wissen.»

«Ich weiß es aber nicht.»

«Mensch», sagte dann mancher, «ich bin ja nicht doof», ging und kam nicht wieder. Alle Unzufriedenen hielten Drahtzaun für den Helfershelfer und kamen nicht wieder.

Harzers Tochter aber brachte in blauem Kleid und mit bloßen Armen einen Blumenstrauß, den Grete mit überlegenem und zudringlichem Lächeln auf das Glasschränklein stellte, dahinein die Rollmöpse und belegten Brötchen kommen sollten. Dort oben war er rasch verdorrt und vergessen, das Mädchen blieb weg, und auch der Vater legte gewaltige Pausen zwischen seine Besuche. Die Brauerei ließ ihn zu sich rufen. Er war pünktlich wie ein Schüler. Ein wohlwollender Brauereileiter belehrte ihn, am großen Schreibtisch sitzend, darüber, daß er nun möglichst viel Bier verkaufen sollte. Dazu gehörte eine Frau. Drahtzaun sollte sich eine nehmen. «Ich will mich bemühen», sagte der und ging.

Diese Kneipe war überhaupt etwas ganz anderes, als Drahtzaun sich's gedacht hatte. Er hatte sie bezahlt, aber es war, als habe sie ihn bezahlt. Er führte nicht die Kneipe, sondern sie führte ihn. Er schlief zwar in seinem eigenen Bett, hinter eigenen Fenstervorhängen, und es ging niemanden etwas an, daß er eine viel zu kurze schlechte Strohmatratze und kein Kopfkissen hatte, sondern auf einer zusammengerollten alten Hose schlief, es ging niemanden etwas an, daß kein Schrank im Raum war, daß seine Kleider alle zusammen an zwei mächtigen Nägeln an der Wand hingen und, von einem Tuch bedeckt, wie zwei gewaltige Geschwülste in den Zimmerraum hereinragten. Aber diese Freiheit dauerte ja nur kurze Zeit, dauerte etwa von zwei Uhr nachts bis um acht Uhr morgens. Dann mußte er die Rolladen hochziehen und sich hinter den Schenktisch stellen. Das gehörte sich so. Wenn die Rolladen nicht hoch gingen, erschrak die Stadt und vermutete einen Todesfall. Wenn er aus dem Schlafzimmer in den dämmerigen Schenkraum hinaustrat, strömte der Geruch des erkalteten Zigarrenrauchs in seine Lunge, zerkaute Stummel lagen auf dem Fußboden, Aschenhäufchen und eingetrocknete Bierlachen auf den Tischen. Die Strippe des großen Rolladens wurde mit jedem Tag dünner. Bald würde sie reißen. Wenn dann ein früher Gast zur Türe hereinkam, traf ihn der fallende Laden, machte ihn für den Rest des Lebens gebrechlich und Drahtzaun haftete für den Schaden. Das brachte sein Kneipenkauf mit sich. Es kam aber niemand zu so früher Stunde. Nur die Schulkinder zogen an der offenen Tür vorbei, gewaschen und gekämmt, so wie Drahtzaun früher auch sauber gewesen. Jeden Morgen rieb er den Schenktisch und die Hähne mit Blitzblank rein, so wie Frau Sakowski es ihm gezeigt hatte. Die Blitzblankbrühe verkroch sich gerne in Ecken und Winkeln, von wo sie schwer herauszukriegen war. Blieb sie längere Zeit in den Verstecken des Bierhahns sitzen, war's kein Blitzblank mehr, sondern Schmutz.

Im Schlafzimmer standen zwei Böcke, darauf lagen zwei Bretter. Die trugen ein Emaillebecken und das Rasierzeug. Aber Drahtzaun durfte sich nicht mehr selber rasieren, das wollte der Nachbar Haarschneider besorgen. Dafür trank der abends ein Glas Bier an der Ecke und brachte Drahtzaun die ausgelegten zwanzig Pfennig zurück. Auf dem Ereignis lag die Umsatzsteuer, und das Ganze nannte man Geschäftsleben. Wenn Drahtzaun vom Rasieren zurückkam, stand das Frühstück auf dem Tisch. Grete setzte sich zu ihm und goß den Kaffee ein. Durch den Schlafzimmereingang kam sie nie. Drahtzaun ließ Staub und Flaum unter dem Bett sich sammeln und wünschte nicht, daß fremde Augen seine kurze Strohmatratze streiften oder die Holzböcke und die Kleiderbeulen an der Wand. Wenn er aus der Kneipe ins Zimmer oder aus dem Zimmer in die Kneipe trat, öffnete er die Tür nur spaltweit und schob sich wie ein Papierblatt hinein oder hinaus, damit kein Unberufener das Waschbecken auf den ungehobelten Brettern sähe. Es war ärgerlich genug, daß die Leute den ganzen Tag durch die Außentür zu ihm hereinkommen durften, ungefragt und ungeladen, ohne Zögern, sicher und selbstverständlich, mit Mienen, als müsse er froh sein, daß sie überhaupt kamen. Um die Frühstückszeit war's in der Regel noch ganz still. Grete machte ein niedliches Mäulchen beim Eingießen, schlug die Augendeckel auf und nieder und wollte nicht mehr vom Stuhle aufstehen. Manchmal versuchte er, sie zart zu verscheuchen, aber umsonst. Hie und da kam ein verfrühter Gast ihm zu Hilfe, indem er «Frau Wirtin» rief. Sie erhob sich dann lächelnd vom Sitze und ging zum Bierhahn. Das war auch eine von den Eigenmächtigkeiten der Leute, daß sie durchaus eine Frau Wirtin haben wollten. «Fräulein Grete», sagte er, «das geht nicht, die Frau Wirtin dürfen Sie nicht auf sich sitzenlassen, die Leute dürfen nicht in diesem Irrtum belassen, sondern müssen aufgeklärt werden.» Sie errötete, sah in den Spülteich hinein, schaute verschmitzt aus, sagte ja, vergaß die Abmachung im nächsten Augenblick wieder, und Drahtzaun mußte dic Aufklärung selber besorgen. «Das ist nicht meine Frau», sagte er dann, wenn so ein Schlechtunterrichteter gerade sein Bier von ihr vorgesetzt bekam, sagte es entweder zu früh oder zu spät, sagte es jemandem, der's nicht glaubte, oder jemandem, der sich nichts daraus machte, sagte es zu Gretes Mißvergnügen, zu seinem eigenen Mißvergnügen, und niemand dankte ihm dafür.

Sie tadelte die Kücheneinrichtung, die Drahtzaun von Frau Sakowski gekauft, und entdeckte jeden Tag neue Mängel daran. Drahtzaun mußte eine Eisenpfanne zum Eierbacken kaufen und konnte auch nichts dagegen einwenden, daß sie einen hölzernen Bierabstreicher für zehn Pfennige anzuschaffen wünschte. Einen Quirl aus Holz für fünfundzwanzig Pfennig hätte sie auch gerne für die Küche gehabt. Den lehnte Drahtzaun rundweg ab. «Leihen Sie ihn bei Frau Spengler.» Frau Spengler wohnte gerade gegenüber der Küchentür, hinten hinaus nach dem Hof. Dort saß sie unterm Fenster, hinter viel Grünem, und nähte seine Wäsche. Sie hatte einen Sohn, der am Stock ging, und einen Freund, der wie ein gesunder Bauer aussah und weit draußen in Marienfelde wohnte. Manchmal kamen sie zu Dreien zum Bier. Der Freund war glücklich und wollte, daß Drahtzaun ebenso glücklich wäre.

«Na, wie steht's denn mit euch beiden?» sagte er. «Wann wird's denn? Ich kenne euch ja. Ihr wollt nicht herausrücken.» Dazu guckte er zwischen Drahtzaun und Grete hin und her. «Die ist ja so tüchtig», flüsterte er vorwurfsvoll zu diesem, wenn der nicht so zufrieden aussah, wie der Freund es gerne gehabt hätte. Tüchtig war sie wohl, obgleich sie mehr Schnaps daneben goß als er und die Biergläser immer aufrecht in den Waschteich hineinstellte, anstatt sie zu legen, so daß sie also im Wasser herumtrieben und die Ränder gegeneinander schlugen, bis sie Risse bekamen. Zwar leugnete sie, dies zu tun, aber es war doch so. Die Biersuppe, welche sie ihm zu Mittag des öfteren vorsetzte, war hingegen über alles Lob erhaben. Kalbskoteletten braten konnte sie auch. Das Biereingießen allerdings hatte Drahtzaun inzwischen auch gelernt. Er hielt das Glas schräg unter den Hahn, drehte auf, drehte zu, und das Helle hatte seinen richtigen Kragen, nicht zu viel und nicht zu wenig. Mit den Schnäpsen war's schwieriger. Er konnte den Geruch nicht ausstehen, verwechselte Sorten und Preis.

Unterdessen saß Grete hinter dem Schenktisch, so daß man nur ihre blonden Zöpfe und nichts von den dicken Beinen sah. Sie tauchte, wenn ein Gast wissen wollte, wie sie hieß, den Finger in den Spülwasserteich, spritzte ein paar Tropfen nach dem Gast am Tisch und guckte aus den Augenwinkeln: «Ein schönes Mädchen – heißt Gretchen.» Sie kannte viele Sprüche, nur nicht dieselben wie Drahtzaun, und wiederholte diese nicht still für sich, wie er, sondern nur vor Zuhörern. «Vierzig, und wer's nicht glaubt, der irrt sich», war der Spruch für die Bevorzugten unter jenen Gästen, deren Zeche vierzig Pfennig betrug, wer sie aber lobte, konnte mit Sicherheit auf die Zeile zählen: «Im Osten, da sind die Frauen auf'm Posten.» Daß die Spree noch immer durch Berlin fließe, war ihr unermüdlich wiederholter Gesang, sobald die diesbezügliche abgenutzte Spielplatte den alten Schlager aus dem Trichter schrie. Zoten hatte sie ebenfalls im Gedächtnis. Drahtzaun merkte es immer, wenn welche mit den Gästen zur Sprache kamen, auch wenn er weit weg saß, sie lachte dann allemal auf eine besondere Weise, indem sie fast einen Atemzug lang gakkerte und kullerte, bis zuletzt ein langgezogener schamloser Lachschrei ans Licht kam. Die Zote selber wurde im Flüsterton vorgebracht, wobei Grete zu Drahtzaun hinüberschielte, kam er näher, dann hörte sie auf und zeigte ihm, daß sie seinetwegen abbrach. Sie sang und summte alle Schlagerlieder und freute sich, wenn die Leute ihretwegen sitzenblieben und mehr Bier tranken, als sie zu trinken vorgehabt. Wenn ein verliebter Gast sie zum Schnapstrinken einlud, schlug sie Sherry Brandy vor, der rot wie Sirup war, derart, daß sie das Schnapsglas heimlich mit dem Sirupglas vertauschen konnte, daß sie ein halbes Dutzend solche Brandy ohne Schaden vertrug und eine Rechnung für ein Dutzend ausstellen durfte. Hatte sie so ein Spiel hinter sich, dann lachte sie aus vollem Halse, ergriff Drahtzaun am Arm und zog ihn an sich, um ihm das Geheimnis ins Ohr zu flüstern. «Ihnen möchte ich mal 'nen richtigen Schwips anhängen», sagte sie dann und sah ihn verführerisch an, daß er unsicher wurde und eine heimliche Angst vor ihr oder vor sich bekam. Da es an der Ecke keine Gelegenheit für sie zum Ruhen gab, saß sie oftmals am frühen Nachmittag mit halb geschlossenen Augen schläfrig hinterm Bierhahn. Drahtzaun versuchte dann, auf seiner Strohmatratze nebenan ein Schläfchen zu tun, aber es kam immer ein gelangweilter Arbeitsloser oder sonst ein armer Teufel, der seine gefälschten Groschen in den Spielkasten warf, daß der seine vertrauten Schlager zu brüllen anfing.

Die Schlager waren veraltet und verfielen dem Achselzucken der jungen Leute. Nur Grete war mit den Platten zufrieden, denn sie spielten Melodien aus jener Zeit, da sie noch kein uneheliches Kind bei der Mutter in Pommern wohnen hatte. Simke genügten sie auch. Der saß immer noch von Zeit zu Zeit mit der übrigen Nachbarschaft in der Kneipe, besonders am Monatsanfang, wenn's genug Geld gab, oder dann, wenn er ein gutes Nebengeschäft zu Ende gebracht hatte. Die wurden allerdings immer schwieriger. Wegen der Zahnärzte. Die stellten sich für den beschränkten Simke immer klarer als die größten Betrüger heraus, weil sie den Leuten für gutes Geld nicht Gold, sondern irgendwelchen wertlosen glänzenden Plunder in die hohlen

Zähne steckten oder auf die abgefaulten Stumpen packten, derart, daß Simke beim Zähneeinkauf auf Kirchhöfen, bei Totengräbern und in Trauerhäusern mit immer größerer Vorsicht und allerlei Säuren und Probierstoffen zu Werk gehen mußte, um nicht goldenen Schein für Gold zu halten. Im ganzen war allerdings das Geschäft mit alten Zahngebissen immer noch besser als das mit den Uhren, Zylinderhüten, Schränken und Münzen, am angenehmsten war es allemal dann, wenn man zu so einem angekauften vollständigen Gebiß auf Hartgummi gleich einen passenden zahnlosen Mund auftreiben und es in diesen hineinverkaufen konnte.

Zu Drahtzauns Freunden gehörte ein altes Ehepaar. Die beiden kamen öfters um fünf Uhr nachmittags, waren freundliche Menschen und verbrachten den Lebensabend zusammen. Sie tranken Berliner Weiße und ließen sich gerne von dem Wirt die Zeitung in die Hand drücken. Mit der Zeit wollte er viel mehr Zeitungen anschaffen, Zeitungen aller Art, schöne Bilderzeitungen, für jeden Gast ein Blatt, denn dann saßen sie alle still bei ihren Bieren und fingen keine Gespräche an, die er nicht fortzuführen vermochte. Der bleiche Eidechsen-Franz war hinter Grete her, aber die schüttelte sich beim Gedanken an einen derartigen Liebhaber. Da waren Gerhard und Kurt denn doch zwei andere Kerle. Die kamen allerdings in der Regel erst spät in der Nacht, wenn Grete schon nach Hause gefahren war. Gerhard, ein Kneipwirtsohn, arbeitslos, dessen Stempelamt in Drahtzauns Gegend lag, mit rundem braunem Kopf, und Kurt, Arbeiter im Gaswerk, blaß, schmalköpfig, mit unwahrscheinlich blauen Augen. Sie waren, wenn sie nach der Ecke kamen, meistens schon betrunken. Im Rockaufschlag stak bei jedem ein Fähnchen mit der Aufschrift «Freundschaft». «Mensch», sagten sie zu Drahtzaun, «weeste, nun haste noch nicht eene Runde bezahlt und bist doch schon lange Budiker hier. Du kennst det nich, det wissen wir und machen dir drum druff uffmerksam.» Drahtzaun zahlte bereitwillig die Runde. «Mensch, hast en jutet Herz! Prost, Drahtzaun!» Damit hakten sie ihre Arme in die seinen und tranken Brüderschaft mit ihm. Das war der Anfang einer beständigen Freundschaft, die nie getrübt wurde, weil man nicht mehr als «Mensch», oder «'n Abend, Mensch», «Hör mal, Mensch» oder «Komm mal, Mensch» zueinander sagte.

Der Umgang mit Paul Mamke war nicht so herzlich, aber viel fesselnder. Drahtzaun hatte den blassen, schmalen, übernächtigen Mann mit dem kleinen Schnurrbärtchen und der gutgeformten Stirn am Tage seines Geschäftsantrittes zum erstenmal an den Tischchen der Kneipe gesehen und hatte von diesem Gesicht an die Züge eines früheren Bekannten von der Bühne denken müssen. Paul Mamke, dem er das sagte, war geschmeichelt gewesen und kam seither regelmäßig zu dem liebenswürdigen Wirt an der Ecke, soweit bei ihm von Regelmäßigkeit überhaupt die Rede sein konnte. Paul Mamke, genannt Blumen-Paule, verkaufte Blumen, stückweise, in der Nacht, im Westen am Kurfürstendamm, in den glänzenden Gast- und Vergnügungsstätten, wo die schönen Frauen in ihren besten Kleidern saßen und die Herren sich gerne freigebig zeigten. Diese Blumen kaufte er am Morgen in der Markthalle ein. Wenige mit Sorgfalt ausgewählte Rosen oder Nelken. Das bescheidene Bündelchen trug er immer in einem Körbchen nach Hause oder vielmehr durch die Wirtschaften zwischen der Markthalle und seiner Wohnung. Oftmals war er, wenn er bei Drahtzaun gegen Mittag eintrat, schon mehr oder weniger betrunken, war aber nie laut, und immer galt da sein erster Gedanke nicht sich selber, sondern seinem Hund, dem kleinen kurzhaarigen und hochbeinigen Tier, das hinter ihm her durch die Türe schlich.

«Etwas Wasser für Chéri.» Drahtzaun stellte das Schälchen hinter dem Schenktisch auf den Boden. Paule verwahrte den Blumenkorb. Aus der Zeitungshülle der Blumen ragten immer ein paar Adjantumzweige heraus, jenes zierliche fremde Gras oder Farrengewächs, das die Blumenbinder in allen Ländern zu den Rosen und Nelkenkäufen gerne hinzufügen.

«'n bißken Adjantum jeb' ick dazu», sagte Paule, wenn er von seinen nächtlichen Verkaufserfolgen und Verkaufsweisen sprach, oder «Heute hab' ick janz besonders schönes Adjantum», wenn er nach einem Platz für seinen alten Korb mit dem bescheidenen Inhalt sich umschaute. Das war dann längst nicht mehr das Adjantum des Hallenhändlers oder des Pflanzenforschers, war kein Kraut mehr, Adjantum war das Schöne schlechthin, das Unerreichliche, Ferne, Geträumte. Und Paule setzte das Wort in sein Berlinisch hinein, daß es da wie eine fremde Perle schimmerte. Seine Brust war bemalt und mit eingeätzten Zeichnungen bedeckt, ein nacktes Weib mit Flügeln schwebte auf der blassen Haut seines Oberarms, Herzen, strahlende Edelsteine und kostbare Armringe bedeckten die Körperfläche dieses Armen. «Det sind Millionen Stiche», sagte er, wenn er das Hemd aufknöpfte, um sie irgendeinem gläubigen Zuhörer vorzuweisen, um von dem als Belohnung für die alten Seefahrerzeiten, denen sie entstammten, noch ein

Freibier zu erobern. So brachte er es bis zur Mitte des Nachmittags in der Regel zu einer beträchtlichen Trunkenheit, ohne aber jemals laut zu werden. Ganz leise aber wurde er, wenn gegen drei Uhr seine Frau in der Kneipe auftauchte: Ein hakennasiges vollbusiges Weib, mit wildem Wuschelkopf und scharfen blauen Augen, die Drahtzaun vertraulich begegnete und viel von ihren Angorakatzen redete. Sie gab dem Paule ein paar kurze Rippenstöße, die wie gewaltsam unterdrückte mächtige Schläge aussahen. «Warum kommst du denn nicht?» knurrte sie, und «Ich komme ja schon», sagte Paule darauf, nahm sein Körbchen mit dem Adjantum, ging neben ihr her an der Kirchhofsmauer entlang nach Hause, leicht gebeugt, mit angegrauten Schläfen, die Mütze in die schöngewölbte Stirn gezogen und von Chéri gefolgt. Hie und da, wenn's Bier umsonst gab, blieb sie ebenfalls in der Kneipe sitzen, legte dann ihr dick eingewickeltes Bein mitten in der Stube auf einen Stuhl, weil es krank war.

«Da 's Wasser drin», sagte sie. «Das kommt davon, daß ich mit Paule durch ganz Deutschland getippelt bin, von der Donau unten herauf, im Herbst, beim scheußlichsten Wetter.» Dort unten hatte er sie getroffen. Als Hausierer. Abends auf einer Bank an der Donau und hatte ihr, umgekehrt wie's im Paradiese gewesen, einen Apfel angeboten. «Ich gehe nach Berlin zurück, dann schicke ich dir Geld und du kommst nach», hatte er hernach zu ihr gesagt. Aber Paule war ein unsicherer Kumpan. Sie zog es vor, gleich bei ihm zu bleiben oder ihn bei sich zu behalten, und wanderte mit ihm, mit Nähnadeln, Sicherheitsnadeln, Seifen, Kämmen, Knöpfen und Schnürsenkeln handelnd und in Heuschobern nächtigend, durchs ganze Land. Jetzt besorgte sie die Geschäfte und Treppen eines großen Mietshauses.

Die großen Möbelwerke der Gegend setzten eine Betriebsversammlung in der Ecke an. Drahtzaun wurde benachrichtigt. Frau Simke und Frau Schlosser, mit denen das Einvernehmen wiederhergestellt war, klärten ihn über die Tragweite des Ereignisses auf und liehen ihm, da Drahtzauns Möbel nicht ausreichen würden, ihre sämtlichen Stühle. Dann kamen die Arbeiter. Unaufhörlich strömten Schreiner und Tischler herein, gingen am Schenktisch vorbei nach hinten in den Versammlungsraum, bis der ganz voll war. Jeder Platz besetzt. Viele standen. «Herr Ober», riefen die Männer. Grete zapfte, er rannte. Kein Glas war unbenützt, die Kasten ausgeräumt, die ältesten Gefäße, die er Sakowski bezahlt hatte, ohne zu wissen, was sie maßen, kamen nun aus den Tiefen der Schränke, wurden mit Bier gefüllt und einem Durstigen hingesetzt. Die Männer sahen blaß und ernsthaft aus. Sie riefen ihn, sagten ihm ruhig, daß er Gläser von ungenügendem Maß unter die von richtigem Maß mische und sich voll dafür bezahlen lasse. Drahtzaun schämte sich, bat um Entschuldigung, gab einen Teil des Geldes zurück, und sie betrachteten ihn mit lächelnder Überlegenheit. Hernach begannen die Verhandlungen. Man schloß die Türen. Drahtzaun wagte nicht mehr, den Raum zu betreten. Dann rief aber einer nach dem andern nach Bier, und er ging auf Zehenspitzen zwischen den Reihen hindurch und hörte die Verhandlungen. Es gab Streitigkeiten im Betriebe, Lohnfragen, Forderungen nach vermehrter Rücksicht auf die Gesundheit der Arbeiter oder nach verbesserten Schutzvorrichtungen vor gefährlichen Maschinen. Sie brachten ihre Angelegenheiten ruhig vor, vom Kollegen Schulze, über den Kollegen Müller bis zum Kollegen Meyer und so sicher, wie Drahtzaun es mit den Seinigen nie gekonnt. Kollegen, so nannten sie sich.

Dem Drahtzaun kam das Latein seiner Schule in den Sinn, er verstand: es waren Collegati: Zusammengehörige. Sie wußten, daß keiner viel für sich allein bedeutete, daß ihre kleinen Meinungsverschiedenheiten vor dem großen gemeinsamen Geschick nicht ins Gewicht fielen. Der Holzstaub saß auf ihren Augenlidern. Wie ein Heerbann saßen sie da, verbunden gegen den Feind Ausbeutung, keiner konnte die Stadt verlassen, noch den Beruf ändern, keiner hatte Geld genug, um auch nur die Arbeitsstätte im Lande zu wechseln. Sie zahlten der Krankenkasse ihre Beiträge und wußten, was für Arbeit sie im nächsten Jahr machen würden, kannten den Kirchhof, der sie einmal aufnehmen sollte, wußten das Los ihrer Kinder, wußten auf lange Zeit hinaus, was sie verdienen konnten, jeder wußte es vom andern, und daß der Verdienst gerade eben zum Leben reichen würde. Wie ein Heerhaufen waren sie, nicht vergrämt, aber entschlossen, gleichgeartet, wie ein Feld voll Halme, derart, daß Drahtzaun, sich als abseitiges vereinzeltes Kraut vorkommend, mit klopfendem Herzen an die Türwand lehnte.

Die Männer zahlten und gingen. Sie hatten mit wenigen Ausnahmen alle dieselbe bescheidene Menge Bier getrunken. Zusammen gab's ein ansehnliches Maß. Das Faß hatte sich so rasch geleert, wie nie sonst. Die Nachbarsfrauen bedeuteten ihm, was für ein gutes Geschäft er mache, und Drahtzaun erkannte mit Verwunderung, wieviel Bier man unter Umständen auf einmal loswerden könnte.

In der Regel war's ganz anders. Er mußte zufrieden sein,

wenn die angebrochene Tonne nicht sauer wurde. Es kam kein Geld ein. Wenn die Miete fällig war, mußte er immer wieder nach dem baren Rest seines Vermögens greifen, der ihm nach dem Kauf noch geblieben war, ebenso, wenn es galt, Gretes Gehalt zu zahlen. Es war ein offenes Geheimnis, daß die Kneipe ein schlechtes Geschäft sei. Ein junger fahrender Kartoffelhändler, der während eines langen Abends nie mehr als zwanzig Pfennig bei Drahtzaun ausgab, sagte nach einigen Besuchen ganz ruhig, daß dieser an der Ecke nicht werde bestehen können.

«Ich habe Angst», sagte Grete.

«Um was? Um Ihren Lohn?»

Sie sah gekränkt aus. «Um Sie. Ich habe mir gleich gedacht, daß das eine tote Ecke ist.»

Tote Ecke! Was tun? Verkaufen? Harzer machte sich anheischig, die Kneipe einem Dritten anzuhängen. Mit großem Verlust für Drahtzaun und gegen eine bar zu zahlende Vermittlungsgebühr in etwa der Höhe, wie er sie kurz vorher Sakowski abgenommen. Er setzte eine Anzeige in die Zeitung, die Drahtzaun bloßstellte und ihn als unfertigen Nichtskönner in ein paar hunderttausend Blättern dem Schmunzeln der Leser preisgab. Es kamen ein paar Neugierige, dic sich über ihn lustig machten. Einer blieb an einem zerbrochenen Stuhl hängen, zerriß die Hose und verlangte Schadenersatz. Ein Schnapsreisender kam und wollte Drahtzaun beim Verkauf behilflich sein. Das sagte er aber nur, um ungestörter dessen Geschäftsführung bespötteln, die Nase über den dänischen Korn halten und behaupten zu dürfen, daß der aus Leichensprit gebraut wäre. Jedermann verurteilte die lange Kirchhofswand in der Bergmannstraße und die ebenso lange Bretterwand vor dem öden Platz auf der anderen Seite der Ecke. Wo sollten da die Gäste herkommen?

Achtzig Mark konnte Drahtzaun jeden Monat sparen, wenn er Grete heiratete. Konnte jede Woche einmal gute Biersuppe bekommen, mit geschlagenem Eiweiß darauf, weiß wie die Eisberge auf dem Ozean. Alle wollten diese Heirat. Die Brauerei wollte es, die Nachbarn und Nachbarinnen wollten es, die Geldverhältnisse verlangten's, und Grete wollte es vielleicht auch. Denn sie träumte jetzt von ihm und erzählte das den bevorzugten Gästen. Sie hängte Hut und Mantel längst nicht mehr wie zu Anfang in der Küche auf, sondern in Drahtzauns Zimmer an den Haken hinter der Tür. Die Holzböcke, Bretter und Wandgeschwülste waren ihr kein Geheimnis mehr. Lächelnd und siegesgewiß war sie eines Tages mit dem feuchten Bodenlappen gegen die Staubmengen unter Drahtzauns Bett vorgegangen. Sie spritzte ihn in besonders freundlichen Augenblicken nun auch mit Wasser aus dem Spülteich an, und er wußte nicht, wie er sich dabei verhalten sollte. Es wurde immer schwieriger, der allgemeinen Meinung entgegenzutreten. Manche derartigen Versuche mißlangen ihm gründlich. So mit Mudicke.

Der kam eines Abends in vorgerückter Stunde, dick wie das Zerrbild eines Bürgers, mit drei Falten im Genick, mit blitzenden Brillengläsern, ohne Haare, mit wulstigen Lippen. «Frau Wirtin», sagte er und tanzte mit Grete, dick wie ein Frosch, mit rundem Rücken, der prall im Anzug stak.

«Das ist nicht meine Frau», sagte Drahtzaun, als der Dicke an den Schenktisch zurückkam.

«Freilich ist das Ihre Frau.»

«Nein.»

Grete sah zu Boden.

«Ihr seid doch verheiratet.»

«Nein», sagte Drahtzaun.

«Aber das ist doch eine Schweinerei», schrie der Dicke, daß es durch die Kneipe dröhnte. «Schweinerei! So was! So 'ne Schweinerei! Unerhört. Diese Wirtschaft betret' ich nie wieder.»

Damit ging er. Es war peinlich.

Inzwischen war Lukar aus dem Seebad zurückgekommen, gesund und braun gebrannt. Was hatte nur dieser Drahtzaun jetzt angestellt, mitten im Sommer, wo die verführerischen Frauen in Badeanzügen am Strande liefen? Ach, diese Bierkneipenluft kannte er ja, die Gespräche, die darin geführt wurden, und den Lärm, der manchmal aus den Türen nachts auf die Straße drang, kannte er seit damals, da er in Großvaters Kleiderkeller geschlafen. Das war die Jugendzeit, die Drahtzaun heraufbeschwor, war der Stadtteil, dem er entronnen, von welchem weg er zu den Frauen gekommen war, die Zeit hatten, sich zu pflegen, die Zeit hatten, zärtlich zu sein und durch weite Wohnungen ohne Mängel zu gehen. Die Begegnung mit Drahtzaun würde in gewisser Weise unerwünscht sein. Auf alle Fälle nahm er den Gustel mit. Gustels Gegenwart würde dem Besuch etwas Förmliches geben, denn mit ihm zusammen waren sie nie so gute Freunde gewesen wie zu zweien.

Eines Abends kamen sie an, gut gekleidet, mit wattegepolsterten Schultern. Drahtzaun versuchte seine Verlegenheit zu verbergen oder sie Lukar zu ersparen, indem er lauter war als sonst. Lukar versuchte das gleiche, indem er das Wiedersehen leichter nahm, als es ihm vielleicht in Wirklichkeit fiel. Drahtzaun protzte in seiner neuen Umgebung mit den Freunden, die in jenen Stadtteilen wohnten, die nicht mit den Groschen so ängstlich zu rechnen brauchten. Grete machte ihre schönsten Äuglein, und Gustel versprach ihm ein großes Bildnis mit eigenhändiger Unterschrift und Widmung als Zierde für die kahlen Wände. Lukar lobte den Schweizerkäse, der vom Eis kam und über alle Maßen frisch schmeckte. Es war wie das Echo jener Abende bei Frau Zepke, wenn Drahtzauns Einkäufe seines Freundes Beifall gefunden.

Plötzlich ging das Bierfaß zu Ende. «Anstich, Anstich», schrie Grete, und Drahtzaun zitterte nicht mehr wie zu Anfang vor diesem Augenblick, brauchte auch nicht wie damals den Körber oder sonst einen ehemaligen Sakowski-Gast zu rufen, ruhig nahm er Schraubenschlüssel und Kellerschlüssel und stieg in die Tiefe. Lukar und Gustel kamen auch mit. Unten stülpte Drahtzaun die Hemdärmel zurück, rollte ein Faß heran, löste die Schrauben, schloß die Kohlensäureleitung ab, nahm die Röhre heraus, griff zum Putzer, um die Röhre auszufegen; und weil die alten Freunde ihn beguckten, die doch keine Freunde mehr waren, spielte er den stilgerechten Wirt, sprach die Zote aus, die zum Rohrausfegen paßte, und hatte seinen Erfolg damit.

Als die drei wieder aus dem Keller heraufkamen, war der Blumen-Paule da. Betrunken.

«Mensch, Drahtzaun Nase», sagte der mit tieftrauriger Miene, «siehste, siehste, da hab' ich nun schon wieder Unglück gehabt. Da hatt' ich nun noch so een langen, so een langen Zijarrenstummel, und der is mir jetzt in't Klosett jefallen.»

Wie bei Zille! meinte Lukar. Wie bei Zille, dem Zeichner, der seine Bücher mit Gestalten vollgezeichnet hatte, wie der Blumen-Paule eine war. Zilles Bücher waren Mode. Man konnte darin blättern und sie hernach wieder weglegen. Darin eben lag der Unterschied, Drahtzaun konnte nicht umblättern, wenn ihm ein Anblick mißfiel. Lukar hielt's nicht lange in der Stube aus, wurde des Kneipraumes überdrüssig, als einer von Drahtzauns Gästen ihn belästigte. Ein paar Leute riefen nach Bier. Drahtzaun füllte sechs Kugeln und trug sie hin, trug sie an Gustel und Lukar vorbei ohne hinzusehen, ohne zu winken oder zu nicken, nicht aus Absicht, sondern weil er über der kleinen Pflicht die beiden ganz einfach übersah und vergaß. Er bemerkte es mit Schmerz und Genugtuung.

Sie fuhren alle zusammen auf dem Rücken der großen Wagen ein Stück stadtwärts, so als reiste Drahtzaun mit den beiden den alten Weg zurück zum Träumen und Spielen. Eine Weile lang wünschte er sich's, fühlte zugleich in seinem Innern die Unmöglichkeit, ertränkte die Entdeckung in übermütigem Abschiedsgebaren und fuhr nach der Kneipe zurück.

Dort fand er Gerhard und Kurt. Sie waren schwerer als je betrunken, trugen immer noch die Freundschaftsfähnchen im Knopfloch und erbrachen sich draußen in Drahtzauns Abort. Amerikanisches Büchsenfleisch, das sie bei Muttern oder anderswo gegessen. Er sah's, als sie weg waren, blieb gelassen und machte sich ans Auswischen. Nicht ein Wort wollte er über die Sache verlieren. Man konnte darüber nachdenken, das war viel ergiebiger. Konnte über die Fleischfabriken von Chikago nachsinnen, die das Büchsenfleisch hergeschickt hatten, über die Geldleute, die ihre Millionen daran verdienten, konnte darüber nachdenken, warum die jungen Kerle so viel soffen und das teure Büchsenfleisch wieder auswarfen, wie der Sarg den toten Vater Hamlets ausgeworfen, so wie er's früher tausendmal vor sich hergesagt. Man konnte darüber nachgrübeln, wie es kam, daß er nicht eine Büchsenfleischfabrik betrieb und worin die Unterschiede zwischen ihm und einem solchen Fabrikinhaber bestanden oder was für Fehler er wohl gemacht hatte, daß er nun ausgebrochenes Büchsenfleisch aufwischen mußte, wo er doch so schöne Worte im Gedächtnis führte, da er doch vor kurzem noch dem Törpinghaus bei der Scheidung behilflich gewesen war.

Am Sonntag blieb die Kneipe nunmehr geschlossen. Entgegen den Gebräuchen der Gegend. Aus Rache! Es war eine Genugtuung, die Rolladenstricke nicht anzufassen. Nur mit Hemd und Hose bekleidet ging er morgens in der Stille im Halbdunkel des Schenkraumes hin und her und besah sich die Samstagabendreste, schmutzige Gläser und Zigarrenstummel. Der Eisfuhrmann hatte lange vorher schon die Klötze auf die Schwelle vor dem Eingang gelegt. Die Sonne stieg und schmolz das Eis. Simkes Buben kamen schreiend vor die Schlafzimmerfenster. «Dat Eies, dat Eies.» Sie wollten ihn zwingen, das Vernünftige zu tun, das, was sich gehörte. Er tat's nicht, sondern schlich sich durch den hintern Ausgang an Frau Schlossers Küchentür vorbei und durchs Hoftor auf die Straße. Nun sah er die Kneipe von außen. Alles geschlossen. Ausgestorben! Das schmelzende Eis hatte zwei Bächlein von der Türe weg über den Gehsteig gezogen, als ob zwei Hunde da gewesen wären. Mit Schadenfreude sah Drahtzaun sein Besitztum erniedrigt, das ihn ebenso besaß, wie er das Besitztum besaß.

An der Ecke des nächsten Häuserblocks aß er zu Mittag, bestellte ein Bier und brauchte nicht nach dem Hahn zu rennen, um dem Gast Drahtzaun das Glas zu füllen. Eine alte Frau besorgte das Nötige. Ohne Erregung. Ein Lebenlang trieb sie das schon und würde das Geschäft weiter treiben, solange dieses Leben eben noch ausreichte. Nach dem Mittagessen drückte er sich an den Häuserwänden entlang, ging in seine Kneipe zurück, setzte sich im Schlafzimmer an den wackligen Tisch und dachte darüber nach, ob er die Rolladen hochziehen sollte. Einmal kamen, als er eben mit dem Hochziehen fertig war, an einem Sonntagnachmittag, sehr zahlreiche neuartige Gäste. Sie hatten auf dem Tempelhofer Feld ein Flugfest gesehen. Drahtzaun hatte auch von der Straße aus nach den großen Vögeln über den Kirchhofsbäumen geguckt und die staunenden Menschen auf den Dächern der hohen Häuser beobachtet. Nun strömten nach Schluß die dichten Scharen der Besucher vom Flugfeld zurück in die Stadt, überfüllten die nächstgelegenen Kneipen, denn es war ein sonniger Spätsommertag gewesen. Die keinen Platz zum Trinken fanden, kamen nun, müde vom Schauen und Warten, mit Frau, Kinderwagen und Schwiegermutter bis zu Drahtzauns Ecke und setzten sich auf die freien Stühle. Väter, Mütter, Onkels und Familienfreunde, alle Abstufungen der Zusammengehörigkeit. Sie bekümmerten sich kaum um ihn, sondern gegenseitig um sich selber, blieben auch nicht lange sitzen, sondern begehrten nach Hause. Eine Mutter ließ die Säuglingsflasche mit dem Gummischnuller auf dem runden Tisch stehen, gerade dem Bierhahn gegenüber. Drahtzaun sah das fremde Gefäß erst spät. Die Familie war mitsamt ihrem Wägelchen schon weit weg. Eine Weile sah er das unpassende Ding zwischen den Biergläsern stehen, unschlüssig, was zu tun sei. Mit einiger Überwindung griff er schließlich danach, rannte durch die lange Bergmannstraße hinter der Familie drein und brachte der Mutter die Flasche. Sie zeigte sich hocherfreut und dankbar, Drahtzaun war mit seiner Tat zufrieden. Im Zurückgehen war's ihm, als brenne ihm die Hand, die Innenfläche, welche die Milchflasche getragen. Er fürchtete, sich vor den Gästen lächerlich gemacht zu haben. Er hatte das Trinkgefäß eines kleinen Menschen gehalten, klein wie er selber einmal gewesen, der Vater und Mutter hatte, wie er Vater und Mutter gehabt hatte. Sein Laufschritt durch die lange Bergmannstraße war eine Art väterlicher Handlung gewesen. Eben, ein Vater hätte er auch werden können. Da lagen große Geheimnisse verborgen, von denen er gar nichts wußte, da würde er mit Frau und Kind und der Milchflasche oder dem Kinderwagen zusammengehören, jetzt gehörte er nirgends hin und wollte nirgends hingehören. Das konnte kein gutes Ende nehmen.

Am folgenden Donnerstag, da Grete frei war, räumte Drahtzaun frühmorgens im Keller bei den Bierfässern den Schmutz und das Gerümpel beiseite, das dort seit Sakowskis Zeiten noch herumlag, und stieß dabei auf eine lange Paketreihe unbenutzter Briefumschläge mit der Aufschrift des Herrn Schacht: überländische Verfrachtungen. Schacht war der Mann, welcher Sakowski die Kneipe angehängt hatte. Ein geriebener Kerl in der Erinnerung aller. Tausende von Briefumschlägen lagen da in Reihen auf dem Kellerbrett. In der Kellerfeuchtigkeit waren die gummibestrichenen Flächen zusammengeklebt. Drahtzaun nahm die Haufen nach oben, setzte das Wurstpfännchen mit Wasser aufs Gas, bis es kochte, hielt dann die Briefumschläge einzeln über das dampfende Pfännchen, so daß der verklebte Deckel sich löste und der Umschlag wieder brauchbar wurde. «Schacht: Zwischenländische Verfrachtungen.» Tausende von Malen. Da brauchte er nur den Schacht auszustreichen, und es stand ihm nichts mehr im Wege, in dem Umschlag seine eigenen Briefe zu Tausenden zu verschikken. An wen? das würde sich schon geben. Die Bestimmungen würden ihm schon einfallen. Zunächst war's beglückend, ein Gut in den Händen zu halten, das ihm nicht von einem Brauereimenschen oder einem Schnapsmann anvertraut worden war, damit er's mit Gewinn wieder verkaufe. Es war schön, zu denken, wie viel vollgeschriebene und gefalzte Papiere er in die Umschläge stecken, an Leute schicken konnte, die ihn liebten und ihm wiederschreiben würden. Das Wasser im Wurstpfännchen brodelte. Er legte die fertigen Umschläge auf einen Stapel hinter den Schenktisch.

Die Bierfahrer schreckten ihn auf. Nach den Bierfahrern kam ein Unbekannter, der in einem ausgezeichneten Maßanzug stak. Reisender in Entstaubungsmaschinen. Von Erinnerungen erfüllt, da er eben die Straßen des Drahtzaunschen Viertels durchstreift, darin er seine Jugendzeit verbracht hatte. Da konnte er ohne lange Vorbereitungen seinem Herzen Luft machen und vom Vater erzählen, der Wachtmeister bei der Wache gewesen, von der Lehrzeit, von der ersten Ausfahrt nach Afrika, da Vater und Mutter nach Hamburg zum Schiff gekommen und so im Abschiedsschmerz geweint hatten, daß dem wohlbestallten Entstaubungsreisenden nachträglich nochmals die Tränen des ausreisenden Sohnes in die Augen kamen. Drahtzauns

Augen blieben auch nicht trocken. Mit verschleiertem Blick schenkte er dem Gast eine neue Molle ein. Dann kam der Blumen-Paule dazu. Der war auch zur See gefahren. Aber nun saß er auf dem Trockenen. Die eine Molle war längst zu Ende. Für die zweite fehlte das Geld. Drahtzaun erhob sich leise und ging, während der Entstaubungsmann die späteren Stufen seiner erfolgreichen Laufbahn zum besten gab, zum Bierhahn und stellte Paule die zweite Molle hin. Der begriff mit Leichtigkeit, woher der Wind wehte: Es war ein guter Tag. Heimlich hob er ein wenig später die Molle, trank heimlich Drahtzaun zu, mit unmerklicher Gebärde für die Spende dankend und mit so viel Feingefühl, daß Drahtzaun über die Stunde und die Gesellschaft der Stunde überglücklich wurde und nun seinerseits den Gästen ein anderes Bild seines Daseins zu entwerfen begann, als dasjenige, welches ihnen zu der Zeit vor Augen lag. Die Seegeschichten waren vorbei, der Entstaubungsmann war aufs Gebirge übergegangen, als Drahtzaun in die Erzählung eingriff und die Schilderung jener Zeiten begann, da er noch über Gletscher gegangen, über Schründe geturnt und an hohen Kanten geklettert war. Niemand konnte an der Wahrheit des Erzählten zweifeln, noch der Schilderung sich entziehen, denn Drahtzaun war längst aufgesprungen, stand mitten im Raum auf dem geölten Boden vor dem Schenktisch und beschrieb mit allen zugehörigen Bewegungen und Wendungen die lebensgefährlichen Ersteigungen, die hinter ihm lagen. Welch tiefe Lust aber bot es Drahtzaun, seinen Biergästen, seinen Tapeten, seinen Rollladen derart mit Nachdruck zu verkünden, daß er vielleicht nur vorübergehend ein Bierzapfer war, daß er zum mindesten nicht immer abwärts in den Keller, sondern vormals aufwärts nach den Höhen gestiegen sei. Oh, es war berauschend, da vor den Schnapsflaschen zu stehen, die Berge heranzuzaubern, auf schmalen Graten zu schreiten, den Fuß vorsichtig auf die Gwächten zu setzen, in Abgründe zu schauen, daß der Kneipenraum sich wie ein Nebelgebilde auflöste, daß das ganze Gestell mit den Schnapsflaschen mitsamt dem Schenktisch, dem Spüleimer und den Bierfässern sozusagen in die bodenlose Tiefe fuhr und in den Schründen zerschellte. Als der Entstaubungsmann zuletzt wieder nach Berlin-Westen zurückreiste, hatte er das Gefühl eines ungemein angenehm verbrachten Abends. Der Blumen-Paule auch machte auf seinem Heimwege längs der Kirchhofsmauer durch die Bergmannstraße um eben diese Stunde nicht die unscheinbare Figur wie immer, denn auf seinen Schultern wiegte sich das Prachtstück eines gelben Kronleuchters, ein Abbruchding aus einem Hause der prunkhafteren Stadtviertel, das er in der Nacht zuvor auf seinen Gängen, auf einem Schuttplatz oder irgendwo weggeworfen, in einem Winkel gefunden. Mit diesem Fund beladen ging er aus Drahtzauns Kneipe weg, nun leuchtete das Prunkding auf seinen krummen Schultern fernher in der Sonne wie Gold, daß Paules Gang längs der Kirchhofsmauer zu einem weithin sichtbaren prächtigen oder fürstlichen Ereignis wurde.

Der Nachmittag war schon weit vorgerückt. Das Postgebäude in der Ecke des großen Platzes hinter der Bretterwand warf seine Schatten fast bis zu Drahtzauns Ecke hin. Da drin war es ganz still geworden. Die Tür stand offen, aber es kam niemand mehr herein. Selbst Körber blieb aus. Die Malzbierflasche wartete umsonst auf ihn. Auch die beiden alten Leute zeigten sich nicht. Tags zuvor hatte Drahtzaun der Frau noch die Zeitung gereicht. Nun war sie tot. Drahtzaun hatte es eben vernommen.

Als es dämmerte, kam Mudicke. «Schweinerei», hatte er bei seinem vorigen Besuch unter der Türe zurückgerufen. Jetzt rief er nichts. Sprach kaum. Die Stellung bei der Gelddruckerei war ihm gekündigt worden. So viele Banknoten hatte er dort drucken helfen. Nun wollte man ihm keine mehr zu verdienen geben. Vier Häuser trennten ihn noch von seiner Frau. Dort stand auch die Tiegeldruckpresse. Er erzählte Drahtzaun, was es damit für eine Bewandtnis hatte. Seine Brillengläser funkelten. Die Zigarre rauchte zwischen den wulstigen Lippen, wie ein vierschrötiges Tier saß er stundenlang an dem winzigsten Tischchen vor dem Schenktisch und rührte sich nicht vom Fleck. Die Tiegeldruckpresse daheim neben dem Bett sollte ihn retten. Er hatte auch viel Satz, Schriften, Setzbuchstaben aus Metall, so viel, daß die untere Wohnung durch die Last gefährdet war. Das alles wollten sie mitsamt der Presse zu Drahtzaun herüberschaffen und sich zusammentun. Die Kneipeneinrichtung hinauswerfen. Drucken! Besuchskarten und derartiges verächtliches Zeug zu Anfang, dann aber immer Größeres und Besseres mit Schnelldruckpressen und gegen allerbestes Geld, bis sie zuletzt die schönsten Dinge der lautersten Dichter durch die Maschinen laufen ließen und lächelnd auf Bezahlung verzichteten. Gleich am folgenden Tag wollten sie die ersten Schritte tun, denn Mudicke konnte nicht ohne Verdienst bleiben. Als erstes sollte Drahtzaun von ihm eine Besuchs- und Geschäftskarte bekommen, mittels der er nebenbei die ersten Aufträge für Mudickes Tiegeldruckpresse heranschaffen wollte. Mudicke trank unterdessen ein Bier nach dem anderen, gegen das Ende der Verhandlungen sank ihm der Kopf auf den Tisch herunter, und er schlief ein. Es war schon spät am Abend, als ein Wagen draußen übers Pflaster rollte und ihn aufweckte. Da erhob er sich und ging nach Hause, um seiner Frau zu sagen, daß er keine Arbeit mehr habe.

Draußen hatte sich ein Wind erhoben. Vom heitern Himmel her. Der Vorbote des Umsturzes. Es rauschte in den Bäumen des Kirchhofs und knackte im Hause. Drahtzaun nahm die Schnapsflasche vom Gestell und goß ein. Eins, zwei, drei Gläser leerte er. Allein für sich. Zum erstenmal. Das beschäftigte den Gaumen und lenkte die Gedanken ab. Man konnte sich daran gewöhnen. Entweder war er ein Gastwirt, oder er war keiner. Jeder Kneipwirt trank. Was sollte die Ausnahme. Seine Gäste hatten das Recht, einen Kneipwirt nach der Regel zu fordern, so wie sie's gewohnt waren, einen, der sein gemessenes Maß vertrug und mit seinem dicken Weib und den Kindern im hinteren Raum wohnte.

Draußen rauschte der Wind immer stärker. Kein Gast kam. Drahtzaun goß sich ein neues Glas Danziger Goldwasser ein.

Vor ein paar Tagen hatte ein Gast zusammen mit seiner reizenden Freundin bei ihm gesessen. Ein schlankes und schmales Mädchen. Die hatte Drahtzaun angeschaut, als er ihr eine Zeitung zur Unterhaltung in die Hände gab, weil sie offensichtlich gelangweilt bei ihrem Begleiter saß. Als Wirtin für die Kneipe? Nein, da würde sie keinesfalls passen. Dann schon eher Mullecken, Willis Schwester, die war eine Wirtstochter und so fett, daß sie allen Erwartungen der Gäste genügen konnte. – Die Zeit ging.

Es war schon spät in der Nacht, als die Tür aufging. Herein kam, schwer und betrunken, mit halbgeschlossenen Augen, den Kopf tief zwischen die Schultern versenkt, Willi Sakowski, mit schlurfenden Schritten gegen den Schenktisch, so wie er vordem schlurfend mit hängenden Hosenträgern und in Strümpfen unter der Schlafzimmertür erschienen war, nachdem Drahtzaun stundenlang umsonst draußen am Ecktischchen auf ihn gewartet hatte, um mit dem Gleichgültigen und Saumseligen die notwendigen Gänge zu den Ämtern zu tun. Jene Gänge, die dann allemal zu spät begannen und ergebnislos verliefen. Nun stand der Kerl vor dem Schenktisch, begehrte zu trinken, schwankte und sah drohend und unberechenbar drein. Oben an der kleinen, rechteckigen Oberlichtscheibe über der Eingangstüre stand immer noch sein Name als Inhaber der amtlichen Bierzapferlaubnis. Die Ämter hatten's mit der Übertragung der Rechte nicht so eilig, wie's Drahtzaun mit dem Kaufen gehabt, und die mangelhaften Vorbereitungen des Handels wirkten in derlei ungeklärten Rechtsverhältnissen nach. Zwar hatte Drahtzaun, von vielen Gästen bespöttelt oder aufgefordert, auch seinen Namen in weißer Ölfarbe neben denjenigen Sakowskis hingemalt, in unsichern, laienhaften und schwankenden Buchstaben, die man nicht recht ernst nehmen konnte, die ihm den groben Spott eines Malermeisters eingetragen. Sakowski guckte aber keineswegs nach der Oberlichtscheibe, sondern sah mit gesenktem Kopf schräg auf Drahtzaun, wankte vor dem Schenktisch hin und her, lehnte über den Bierhahn, ragte wie ein schiefer Baum zu Drahtzaun herüber und brachte kein ganzes Wort mehr aus dem Munde. Gereizt und unberechenbar wie ein fremdes Tier. Ein Untier, das ein Bier nach dem andern forderte, keines austrinken konnte, ohne die Hälfte zu verschütten, und keines trank, ohne daß Drahtzaun seinen Becher ebenfalls füllte. Ein Zwingherr, ein Tyrann vor dem Schenktisch. Groß, starr und taub. Wo mochte er sich den ganzen Tag herumgetrieben haben? Weit draußen in den äußersten Vororten sollte Harzer ihm eine Kneipe vermittelt haben. Wenn's schief damit ging, konnte ihm dieser zum Verkauf seine Dienste anbieten und abermals seinen baren Anteil eintreiben. So würde es nun weitergehen, bis Sakowski rein gar nichts mehr besaß. Ein Glas fiel vom Rand des Schenktisches klirrend zu Boden, daß der Lärm erschreckend durch die Leere klang. Die hintere Gaststube, darin sonst die Burschen tanzten, war dunkel. Ihre Höhlung verstärkte alle Geräusche wie der Bauch eines Instrumentes. Das Echo dröhnte lange nach.

Drahtzaun rührte sich nicht. Sakowski setzte sich in Bewegung und trat auf die Scherben, daß es knirschte. Er strebte nach dem Küchengang und den Aborten hinten im Küchengang, wie's schien. Dann aber geriet er gleich am Ende des Schenkraumes zur Linken in Drahtzauns Schlafzimmer, welches einst seines und seiner Frau Schlafzimmer gewesen, ins Zimmer, darin die Bücherkisten standen, und die Böcke mit den Brettern und der Emailleschüssel darauf. Was für Verwechslungen mochten in Sakowskis halbbetäubtem Gehirn vor sich gehen? Dachte er vielleicht die Nacht in der alten Umgebung zu verbringen? Begab er sich in Drahtzauns Schlafzimmer, im Glauben, die alten Zeiten wären wieder da und sein Auszug aus der Ecke und der Zusammenbruch seines Bierwirtlebens dort seien nur Spuk oder Traum gewesen? Hatte er nicht in jenen Verkaufstagen noch immer den nackten, leberfleckigen Arm besitzerisch über den Bierhahn gelehnt, nachdem Drahtzaun längst seine Tausendmarkscheine auf den Tisch gelegt gehabt hatte? Sollte denn nie eine reinliche Scheidung von diesem Sakowski zustande kommen? Nur hinaus mit ihm und die Rolläden heruntergelassen!

Drahtzaun ging ihm nach. Sakowski stand mitten im Zimmer. Von Abneigung und Widerstreben erfüllt, ergriff, nein riß er Sakowski am Arm, wortlos und heftig, um ihn zum Zimmereingang zurückzubringen. Der aber gab ihm, ohne einen Schritt zu tun, einen heftigen, feindseligen Stoß vor die Brust, derart, daß Drahtzaun, auf diesen Bescheid nicht gefaßt, rückwärts gegen die halboffene Tür geworfen wurde. Die Tür schlug zu. Es war stockdunkel im Raum. Kein Strahl der Stadtbeleuchtung fiel hinein, denn die Läden waren geschlossen, nicht nur jetzt, sondern den ganzen Tag, weil Sakowski ihm die ganze Einrichtung in unbrauchbarem Zustande hinterlassen. Einen Augenblick lang war es ganz still, Sakowski schnaufte hörbar, dann bewegte er sich im Raum. Drahtzaun tastete nach der Tür, dabei geriet er Sakowski, oder Sakowski geriet ihm in die Hände. Drahtzaun versuchte nun seinerseits ihn zurückzustoßen und freie Hand für die Türe zu bekommen. Sakowski aber hatte ihn am Rock gepackt und ließ nicht mehr los. Drahtzaun riß und zerrte umsonst, schlug umsonst zuletzt mit Fäusten auf Sakowski ein und stemmte die Hände gegen dessen unrasiertes Kinn. Sakowskis Griff wurde nicht lockerer, tastete sich vielmehr an Drahtzauns Rockkragen höher, bis plötzlich ein hartes Zupacken einsetzte, daß er vor lauter Griff und Druck fast keine Luft mehr bekam. Eine grenzenlose Angst, ein lähmendes Entsetzen überfielen Drahtzaun und eine Wut zugleich über alle Verfehltheiten und Verkehrtheiten seines Daseins, Wut über den frechen Eindringling, Wut darüber, daß er eine Kneipe bewirtete, Wut und Enttäuschung darüber, daß Lukar ihm nicht zur Bühne zurückverholfen, oder über sein Vaterland, das ihm ein mangelhaftes Deutsch mit auf den Weg gegeben. Blindlings schlug er darauf los, mitten in Sakowskis Gesicht, wo er hintraf, zappelte und wand sich wie ein Junge, der widerwillig auf den Armen eines Erwachsenen sitzt, bog sich wie ein Fisch, schlug mit den Beinen und erreichte nicht mehr, als daß der schwere Mann oder daß sie alle beide zuletzt für einen Augenblick das Gleichgewicht verloren und gegen die Böcke stießen, darauf die Bretter lagen und das Waschbecken stand. Die Bretter fielen herunter, das Waschbecken rollte mit großem Lärm durchs Zimmer und schlug gegen die Bettstatt. Der Griff an Drahtzauns Hals lockerte sich, nur eine Hand hielt noch am Rockkragen fest. Beim Fallen gegen die Bretter aber war dem Sakowski der Hammer in die Rechte geraten, den Drahtzaun dort am Morgen hatte liegenlassen, als er die Haken mit seinen Kleidern daran fester in die Mauern getrieben. Was für Erinnerungen und Zusammenhänge aber mochten tief in Sakowski wirksam geworden sein, was für Vorstellungen von Schlägereien und Raufereien mochte das Gepolter und Gedröhne in ihm wachrufen, der nun, den Hammerstiel in der Hand, blind auf den Kerl losschlug, der da im Dunkeln mit ihm angebandelt hatte.

Eine Mark und fünfzig Pfennig hatte Drahtzaun einige Wochen früher in der Mittenwalder Straße für den Hammer bezahlt. Es war ein gutes Werkzeug, ein Schlag auf seinen Schädel genügte, daß er vom Kampfe abließ, daß ihn für einen Augenblick nur ein großes Besinnen überfiel, eine Art Genugtuung, daß offensichtlich alles zu Ende ging und er nicht länger Kneipwirt zu bleiben brauchte, eine selige Dankbarkeit fürs Leben, das er gelebt, und dafür, daß er seinen Gedanken hatte nachhängen dürfen, nur einen unmeßbar kurzen Augenblick war's ihm so süß zumute, dann verblaßten schon die inneren Bilder, und das wundervolle Licht der Erinnerungen verdunkelte sich. Ein zweiter Schlag zersplitterte die Schädeldecke, die spitzen Knochenteile drangen ihm ins Gehirn und in die graue Rinde des Gehirns, wo das Gedächtnis saß, wo die tausend und aber tausend Worte und Zeilen aufgespeichert waren, welche die Dichter ersonnen und mit deren Wiederholung er sein Leben verträumt hatte, anstatt mit den Menschen umgehen zu lernen. Nun hatte ein unbescholtener Verwahrloster, ein jähzorniger Unordentlicher ihn erschlagen, einer, dem das Zusammentreffen mit diesem Ungeschickten zum Verhängnis geworden, denn die Träumer, die sich an ihre Jugendsüchte gewaltsam klammern, im Leben nicht wach werden, sondern auf den milden Inseln des Anfangs sitzenbleiben wollen, sind nicht nur gefährdet, sind auch eine heimliche Gefahr für die Wachen.

Drahtzaun lag auf dem Rücken mitten im Zimmer. Das Blut sickerte aus der Wunde auf den staubigen Boden. Der Mörder, mit ihm gestürzt, schlief neben dem Opfer. Die Tür des Schenkraums stand offen. Bis lange nach Mitternacht brannte vorn überm Schenktisch das Licht und warf seinen Schein auf die einsame Straße hinaus. Eine Streife kam, um den säumigen Wirt an die Vorschriften über den Gaststättenschluß zu mahnen. Sie fanden den Toten und den Schlafenden. Die seltsame Zusammenstellung erregte ihre Verwunderung in höherem Grade, als ein unglückseliger Vorfall es in der Regel noch vermochte.

Am folgenden Tag brachte Mudicke die neue Besuchskarte: «Drahtzaun Nase, fachmännische Beratung für Druckaufträge aller Art.» Er mußte sie wieder zurücknehmen, und seine Frau sagte, daß sie das mit dem Wirt zum vorneherein als Blödsinn betrachtet habe. Mudicke kam aber doch zum Begräbnis. Fräulein Grete hatte rotgeweinte Augen. Der Blumen-Paule soff sich bei der Gelegenheit einen fürchterlichen Rausch. «Raben Drahtzaun», sagte er an die tausendmal, «det war 'n Mensch.» In der Heimat arbeiteten, als die Erde auf Drahtzauns Sarg fiel, die Brüder auf den Äckern und taten, was der Tag von ihnen verlangte. Auf dem Kirchhof gegenüber der Ecke rauschten die Blätter über dem Grabstein mit der geliebten Inschrift:

> Sicher führet der Weg zum Hades,
> Ob Du im Tode von Kekropias Flur,
> Ob Du von Meroë kömmst,
> Gräme Dich nicht, wenn fern vom Vaterland
> Klotho Dich abruft:
> Überall wehet der Wind,
> Welcher zum Hafen Dich führt.

# NACHWORT

Von Peter von Matt

> Einer von jenen, welche die Sprache so handhabten, daß die abgebrauchte Münze der alltäglichen Worte einen neuen Glanz und Gehalt bekam, eine Zauberkraft von der Art, daß die Dichter sich in den Gräbern rührten vor Freude und das Weltall erschauerte, weil ein gut gedachter Satz gut gesprochen zu den flüchtigen Vollkommenheiten der Erde gehörte, um deretwillen es sich zu leben, zu arbeiten und zu entbehren lohnte.

Raben Drahtzaun kehrt zurück. Zeit war's. Ein halbes Jahrhundert lang blieb er verschollen. Nun steht er wieder da, etwas schief in der Landschaft wie zu Beginn schon, in kein Erwartungsmuster passend, liebenswürdig und störend, von einem eigentümlich schrägen Charme, wie er sonst kaum anzutreffen ist im schweizerischen Erzählen.

Wie soll man mit ihm umgehen? Er ist kein Opfer, an dem man Anteil nehmen könnte und dessen Schicksal einem die wohlige Empörung über eine Gesellschaft ermöglichte, zu der man zwar selber gehört, aber denn doch mit Vorbehalten. Was ihm passiert, das will er alles selbst. Er will es mit dem harten Schädel seiner bäuerlichen Vorfahren und im klaren Wissen, gegen alle Normen der bürgerlich fleißigen Schweiz zu verstoßen. In dieser ist er aufgewachsen, und er kann sie nicht mehr ausstehen. «Die Heimat war unerträglich», heißt es einmal, und anderswo ist vom «verhaßten Land Helvetien» die Rede. Böse Worte. Wer sie fallenläßt, muß damit rechnen, daß sie ihm zurückgezahlt werden, vorsichtig, aber unerbittlich, wie es in diesem Lande gebräuchlich ist. Drahtzaun kümmert sich nicht darum. Er hat seinen Traum, seine Vision, seinen Wahn, seine Idée fixe – ja, wie soll man es denn nennen, was ihn so erfüllt und selbst im Versagen noch beseligt? Auch für den Traum des Don Quijote finden wir das richtige Wort nicht, und ein kleiner Bruder jenes spanischen Ritters ist Raben Drahtzaun durchaus, wenn auch ohne den dürren Hengst und den fetten Begleiter. Daß uns das Wort fehlt, sei's aus der Psychologie, sei's aus dem Alltagsdenken, das Wort, welches die deutliche Diagnose für die Besessenheit dieses merkwürdigen Helden liefern würde, ist das Schlüsselsymptom für den vertrackten Sinn des ganzen Buches.

Man könnte es sich einfach machen – und hat es beim ersten Erscheinen des Romans auch getan –, man könnte reflexhaft die nächstliegenden Muster suchen und würde bald einmal, wie so oft, Gottfried Keller beschwören. Raben Drahtzaun sei ein neuer Grüner Heinrich: irgendwann taucht der Gedanke beim Lesen ja wohl auf, und weil er sich gut macht, steht er rasch auch im Text der Rezensenten. Womit das Werk allerdings erledigt ist. Mag die angebliche Vorläuferschaft des berühmten Staatsschreibers für den *Verhinderten Schauspieler* auch als Lob klingen, sie verdeckt doch ganz und gar das Spezifische des Werks. Denn sie entreißt es der Zeit, aus der heraus es entstanden ist und zu der es gehört und die nun gerade nicht mehr die Schweiz, nicht mehr das Europa, nicht mehr der sittliche Kosmos Gottfried Kellers ist.

## *Katastrophenzeit*

Diese Welt liegt 1919, als die Romanhandlung einsetzt, in Trümmern. Innerhalb weniger Jahre sind die großen Kaiserreiche kollabiert. Kein Zar mehr, kein deutscher Kaiser mehr, keine österreichisch-ungarische Monarchie mehr. Was es an Thronen sonst noch gibt, wackelt oder wird zur Folklore. Rechts und links bauen sich die radikalen Fronten auf, zwischen denen der tapfere Versuch der Weimarer Republik zerrieben werden wird – nicht ohne lauten Beifall aus der literarischen Welt.

Das Ungeheure dieses großen Untergangs wird im späten 20., im frühen 21. Jahrhundert nicht mehr klar genug gesehen. Der Zweite Weltkrieg und das Naziregime mit seinen Massenverbrechen stehen heute wie eine Nebelwand vor den Katastrophenketten des Ersten Weltkriegs, obwohl diese auch jene begründet und ausgelöst haben. Karl Kraus hat die Vorgänge von 1914 bis 1918 protokolliert, von Tag zu Tag, von Lüge zu Lüge, von Niedertracht zu Niedertracht. *Die letzten Tage der Menschheit* nannte er sein Werk. Er nahm das Wort «Menschheit» in dem alten und ersten Sinn, den es im Jahrhundert der deutschen Aufklärung besaß. Nicht die Gesamtheit aller lebenden Menschen meinte das Wort damals, sondern das, was den Menschen in seinem Wesen ausmacht und seine Würde begründet: Freiheit, Vernunft, Selbstverantwortung und Anerkennung der andern auf Grund der gleichen Natur, nicht des sozialen Rangs oder des nationalen oder biologischen Herkommens. Diese «Menschheit» als Inbegriff sittlicher Kultur brach für Kraus zusammen und riß Millionen in den Tod. Europa wütete gegen sich selbst, erfand Kampfgas und Panzer, Flugzeuge und Bomben und verklärte das endlose Abschlachten als Kampf gegen die Barbarei. Nicht ohne lauten Beifall aus der literarischen Welt.

Der Epilog von Kraus' monumentalem Stück spielt in der letzten Nacht des Ersten Weltkriegs. Die Bühnenanweisung lautet: «Schlachtfeld. Trichter. Rauchwolken. Sternlose Nacht. Der Horizont ist eine Flammenwand. Leichen. Sterbende. Männer und Frauen mit Gasmasken tauchen auf.» Das Bild als apokalyptisch zu bezeichnen, wäre eine Verharmlosung. Die Apokalypse ist eine prophetische Fiktion. Dies hier aber zeigt die genaue Wirklichkeit jenes Krieges und ist zugleich die symbolische Darstellung des Zustands, in dem er Europa zurückgelassen hat. Obwohl die deutschen Städte nicht zerstört wurden, liegt eine geistige und soziale Welt in Trümmern, rauchend aus öden Ruinen wie nach dem Zweiten Weltkrieg die deutschen Städte selbst. Das handgreifliche Zeichen dafür ist die Inflation. Sie frißt in wenigen Jahren alles ersparte Geld auf. Die ganz Reichen wissen davon zu profitieren, das mittlere Bürgertum, einst der Garant von Stabilität im Lande, rutscht in die Misere und verliert die soziale Identität. Weltvertrauen, Staatsvertrauen, Heimatsicherheit – alles ist dahin. Erst 1923 gelingt die Sanierung der deutschen Währung. Eine Billion bisheriger Mark gilt nun als eine einzige neue Rentenmark.

In genau diesen Jahren spielt der Roman. Durch dieses

Deutschland, dieses Europa treibt Raben Drahtzaun, der die Schweiz nicht mehr aushält, aber recht angenehm von seinem kleinen, in der Heimat angelegten Vermögen lebt. Nicht von den Zinsen allerdings, sondern gleich vom Kapital. Sein harter Schweizerfranken gilt in Deutschland zunächst das Zehn-, bald einmal das Zwanzig- und Mehrfache. Drahtzaun könnte Geschäfte machen und, wie viele seiner Landsleute, aus der deutschen Not seinen kleinen helvetischen Gewinn ziehen. Er denkt nicht daran. Er folgt seinem Traum, seinem Wahn, seiner Idée fixe. Als die Inflation endlich gestoppt wird und das Chaos endet, ist auch Schluß mit seiner finanziellen Geisterfahrt. Jetzt stehen Mark und Franken 1:1. Und noch rascher, als es mit Deutschland aufwärtsgeht und in die Golden Twenties hinein, geht es nun mit Raben Drahtzaun bergab.

## *Abkehr vom bürgerlichen Erzählen*

Arnold Küblers Roman läßt die Erzählmuster der Bildungs- und Erziehungsromane, welche die deutsche Literatur bis weit ins 20. Jahrhundert hinein prägten, entschieden hinter sich. Da führt kein Weg per aspera ad astra. Da wird niemand vom Jüngling zum Mann. Da geht der Held nicht in die vielzitierte Schule des Lebens, um durch Irrtümer und Krisen heranzureifen und schließlich die Aufgabe seines Daseins zu finden – mit der systemimmanenten Besiegelung des Werdegangs durch eine angenehme Frau. Dieses Muster war die Basis alles vormodernen Erzählens, in der Schweiz noch mehr als anderswo. Über dieses

Muster konnten die Normen des bürgerlichen Lebens literarisch vermittelt werden, in einer Fülle von Vorbildern und abschreckenden Beispielen. Mit seinen Erziehungsromanen, Erziehungsnovellen, Erziehungsballaden rechtfertigte der bürgerliche Schriftsteller seine Existenz als Künstler gegenüber einer Gesellschaft, die ihn grundsätzlich unter Verdacht hielt. Lobend und tadelnd begleitete er die Selbstwerdung des bürgerlichen Subjekts. Er zeichnete die Geschlechterrollen vor, entwarf Mutter- und Vatermodelle, warnte vor Verführern und insbesondere Verführerinnen, und was zuletzt heraussprang, war der Typus des sittlich gefestigten, arbeitsfreudigen, gesellschaftlich integrierten Menschen. Nach der Krise dieses ästhetischen Konzepts in der frühen Moderne hat der sozialistische Realismus es nochmals zum Leben erweckt. Und eine naive Literaturkritik kultiviert es in politisch verallgemeinerter Form bis heute. Sie benützt es als Alibi, um vor den schwierigen Fragen der Ästhetik in den Schonraum des moralischen Mainstreams auszuweichen. Dort ist alles einfach, und man steht immer auf der richtigen Seite.

Erst die Folie dieses herkömmlichen Modells hebt die eigentümliche Beschaffenheit von Küblers Roman ans Licht. Manches, woran man sich stoßen könnte, erscheint jetzt als überraschend folgerichtig. Die seltsame Zufälligkeit, mit der die Handlungsteile einander folgen, die plötzlichen Übergänge und Ortswechsel, das Fluktuieren der Freundschaften und Liebesverhältnisse, es gewinnt seinen Sinn aus der Abkehr von der Erzählstruktur des gestuften Werdegangs. Diese erlaubte in der Tradition keinen Zufall. Alles war für den Helden Weg und Stufe; jede neue Stadt, jede neue Freundschaft, jede neue Liebe führte ihn einen

Schritt weiter. Doch wenn Raben Drahtzaun auf die südliche Insel kommt oder nach Paris oder wieder zurück nach Berlin, bleibt er stets derselbe. Er könnte nach Grönland reisen, in die afrikanische Savanne oder an den Amazonas, er würde sich nicht ändern. Auch angesichts gleitender Eisberge oder jagender Löwen ließe ihn die Sehnsucht nicht los, einmal wenigstens Uhlands ‹Taillefer›-Ballade so makellos zu sprechen, daß Schrift und Schall, Geist und Klang, Dichtung und Kehlkopf zusammenfinden in ekstatischer Vollkommenheit und – so steht es tatsächlich da – «das Weltall erschauert».

## *Signale der Moderne*

Drahtzauns Besessenheit von der Idee einer höchsten möglichen Vollendung des gesprochenen Worts schwebt irgendwo zwischen dem kindlichen Eifer Buster Keatons und der teuflischen Verbissenheit, mit der Thomas Bernhards Zirkusdirektor Caribaldi mit vier Dilettanten zusammen das Forellenquintett spielen will. Eine isolierte Vision tritt an die Stelle aller andern Werte. Das ist skandalös und auch für eine heutige Leserschaft irritierend. Man kann sich in diesen Mann nicht ohne weiteres einfühlen, so wenig wie in jenen Caribaldi oder in Kafkas Hungerkünstler. In der ringsum einstürzenden Ordnung absorbiert ein einziges absurdes Ziel den Sinn und Zweck des Lebens. So warten Vladimir und Estragon auf Godot. Der Vergleich mag verkehrt anmuten angesichts des munteren Realismus, in dem der Roman daherkommt. Es gibt aber Stellen, wo der dunkle Hintergrund durchschimmert und die Nähe dieses Drahtzaun zu den Wartenden der radikalen Moderne – von Strindberg und Kafka bis zu Walser und Beckett – einen streift wie ein kalter Hauch. Einmal phantasiert er sich als Taxifahrer:

> Auf allen Plätzen standen die Taxen und warteten auf Fuhren. Die Fahrer saßen auf den Sitzen, stundenlang manchmal, ohne sich zu rühren, lasen oder schliefen. Wie er daheim in seinem Zimmer. Was die trieben, konnte er auch. Warten war ihm vertraut. Anstatt zu lesen würde er leise Verse reden.

Die Verlorenheit der Moderne inszeniert sich ja nicht nur melodramatisch-düster. Sie tendiert vielmehr zu einem eigentümlichen Gelächter, das man gerne überhört. In Kafka die Ankündigung der Konzentrationslager zu sehen, ist eben viel einfacher, als seine Komik auszuhalten. Niemand steht Kafka näher als Charlie Chaplin in einigen Szenen seiner besten Filme. Und kein Roman aus der deutschsprachigen Schweiz steht Chaplin näher als *Der verhinderte Schauspieler* von Arnold Kübler.

Trug der Autor deshalb so gerne die Melone? Jene Melone, die auch auf Robert Walsers Fensterbrett liegt, von Karl Walser für die *Prosastücke* von 1916 gezeichnet, und Robert Walser sitzt daneben auf seinem legendären Reisekorb, wartend. Eines der merkwürdigsten Bilder, die es von Arnold Kübler gibt, zeigt ihn 1946 in den Trümmern Wiesbadens, mit Melone und Fliege, die Hände in den Hosentaschen, und das weiße Hemd bauscht sich hinter Hosenträgern hervor (*du*, März 1991). 27 Jahre nach dem Ende des Ersten Weltkrieges steht da ein gealterter Raben Drahtzaun mit aufgerissenen Augen im Schutt des Zweiten. So sah Minetti aus, als er den Caribaldi spielte.

Drahtzaun lebt in der großen Einsamkeit, obwohl er Freunde hat und Frauen liebt. Denn keine menschliche Beziehung übersteht auf die Dauer die Konkurrenz mit seinem Wahn vom herrlich klingenden Wort. Selbst der zauberhaften Kathrin, die bereit wäre, sein Leben zu teilen und lachend an die Stelle jenes Wahns zu treten, gibt er schmerzlich und erleichtert den Abschied. Nichts kann man ihm als Leser schwerer verzeihen als diese halb erlittene, halb bewerkstelligte Trennung. Auch hier *will* er, was ihm geschieht. Wie er die bürgerliche Welt mit ihren Regelsystemen solider Lebensführung ohne Bedenken verwirft, verwirft er auch die Möglichkeit, mit dieser außergewöhnlichen und unabhängigen Frau zusammen eine gemeinsame Welt aufzubauen. An der uneingestandenen Katastrophe, die einem beim Lesen durch die Seele reißt, zeigt sich die verborgene Dämonie der Figur. Nichts darf seinen Traum in Frage stellen, nichts darf daneben Geltung haben, auch wenn es das Schönste ist, was die lebendige Menschenwelt aufweist. Nichts. Durch dieses Nichts bewegt er sich, und er genießt es als seine Freiheit. Ein Existentialist der ersten Stunde ist er, noch ohne Theorie und Jargon, und er lebt das gewählte Dasein bis zum dunklen Ende. In der geistigen und moralischen Trümmerlandschaft nach dem Ersten Weltkrieg ist der Existentialismus entstanden, der steile Kult des einzelnen, der nichts hat als seinen Entschluß, nichts als seine Entscheidung ins Leere hinaus. In dieser Trümmerlandschaft feiert auch der seltsame Raben Drahtzaun die einsamen Feste mit sich selbst.

Im traditionellen Erzählen hatte jedes Ding seinen Wert und seinen Ort. Nichts stand nur für sich allein. Alles verwies auf die größeren Zusammenhänge. Ein Sprung im Suppenteller deutete entweder auf die Unordentlichkeit einer Person und war damit ein Akt des erzählenden Tadelns. Oder er deutete auf Armut und Not und inszenierte so das soziale Mitleid und die Kritik an den Verhältnissen. Sobald die Literatur aus dieser vertrauten Technik heraustritt, gewinnen die Dinge ein merkwürdiges Eigenleben. Jetzt gibt es keine Hierarchien mehr in der erscheinenden Welt. Alles steht gleichwertig nebeneinander. Ein neuer Blick entsteht auf alle Dinge. Diesen Blick richtet Raben Drahtzaun auf Berlin. Sein Schauen ist nicht vorstrukturiert, sein Empfinden ergibt sich allein aus dem gelebten Augenblick. Das führt zu einer Prosa von hoher Sinnlichkeit und überraschendem Witz. Das Großspurige wird banal, das Banale gewinnt Rang und Bedeutung. Was man als «alltäglich» bezeichnet und vom «Wichtigen» abhebt, gibt es nicht mehr. Drahtzaun schaut in die Großstadt:

> Es gab in seinem Umkreis nichts Alltägliches mehr, nichts, das nicht höchster Beachtung wert gewesen wäre. Auch die nüchternsten Häuserzeilen der Stadt noch bewegten sein Inneres. Die Hinterhöfe aber, die abseitigen Bauplätze, die Güter-Umschlagstellen an den Bahnhöfen und Stapelplätze waren erhabene Stätten in der Abendruhe. Lebendig empfand er die Geduld der wartenden Kohlenhaufen, die Klugheit der Bogenlampen, die Kraft der beladenen und wartenden Wagen, die

> Trauer der einsamen Deichsel ohne Bespannung. Er weinte im Zwielicht über die Eisenbahnschienen, über ihren Hang und Drang nach der Ferne, über die Kameradschaft der vielen dicken Möbelwagen, die im Schatten der Häuserblöcke ihre Köpfe zusammensteckten, weinte über die Verlassenheit der riesigen Alteisenhaufen und über die vergessenen Alten, die dazwischen hausten. Nichts Nebensächliches war auf der Welt, die Ergriffenheit hörte nicht auf, willenlos besah er das Dasein, ziellos, in himmlischer, trauriger Glückseligkeit.

Das ist so bewegend wie komisch. Wie einsam muß einer sein, wenn er die Dinge so sieht, und wie frei ist er zugleich von den unbewußten Befehlen, denen unsere Augen gehorchen, wenn sie schauend werten und wertend schauen. Es gibt unvergeßliche Sätze in dem Buch, die sich allein diesem gefährlich besonderen Blick verdanken. Dieser hier zum Beispiel:

> In dem kahlen Raum hing ein Fliegenfänger, der war mit ausgetrockneten Fliegen so dicht bedeckt, daß die lebendigen Gott sei Dank ohne Gefahr daran herumklettern konnten.

Das ist eine Winzigkeit, gewiß, aber wie lange muß der Blick auf ihr geruht haben, bis der Satz entstand, bei dem uns wahrhaftig die Erleichterung streift, daß wir nicht selber kleben bleiben mit kletternden Füßchen.

Aus der Freiheit solcher Weltbetrachtung entspringen die vielen Menschenporträts, die den Reichtum des Romans ausmachen. Nicht nach sozialem Rang und Namen wählt der Erzähler sie aus und auch nicht nach der Funktion, die eine Figur für den Lebensweg des Helden hat. Die zwei alten Schwestern, bei denen Drahtzaun zu Beginn des Romans in der tiefsten Theaterprovinz lebt, in Örlewitz (was Görlitz meint), sind so eindringlich mitfühlend ausgestaltet wie Marianna, die erste Geliebte, oder Lukar, der jüdische Freund, dessen Aufstieg aus der sozialen Tiefe in umgekehrter Parallele zu Drahtzauns Niedergang verläuft. Wer in diesem Erzählen auftaucht, gewinnt ein einmaliges Menschengesicht, das nach keinem Stereotyp zugeschnitten ist. Noch den Troglodyten Sakowski, den Riesen, dem Drahtzaun mit dem letzten Geld die Kneipe abkauft und der seiner flackernden Existenz das finstere Ende setzt, behält man in Erinnerung, als hätte ihn Michel Simon in einem französischen Film noir gespielt.

## *Auf der Insel*

Herrlich ist das Kapitel ‹Drahtzaun und die Sonne›. Herrlich und höchst seltsam. Denn es erscheint im Erzählgang so unerwartet, wie es endet, ist plötzlich da und erlischt wieder. Es erlischt – man kann es nicht anders sagen. Denn ein solches Leuchten, solch flammende Himmel und glühende Horizonte kennt das Buch sonst nicht. Wie aus einem andern Roman taucht das Kapitel auf. Es bestätigt die ungesteuerte Existenz des Helden und deren Äquivalent, das offene Erzählen. Rom, vorher, wird mit einem Nebensatz abgetan. Auch hier, bei dieser Feier der südlichen Natur auf der Insel im Mittelmeer, ist man zuerst versucht, nach herkömmlichen Kriterien zu lesen. Hier werde, könnte man denken, die reine Natur den grauen Städten gegenübergestellt, die Wahrheit des Ursprungs dem Niedergang der Zivilisation. Aber genau besehen ist die ungeheure Wirklichkeit aus Licht und Steinen, durch die Drahtzaun geht, ebensosehr Phantasma wie Realität. Diese Natur ist nicht – wie einst bei Goethe, als er durch Sizilien ritt – das, was von nun an gilt, unbedingt, das Maß alles Lebens und Erkennens. So scharf Drahtzaun jede Einzelheit sieht, so unbestechlich er auch Krankheit und Not registriert in den armen Dörfern, die Höhepunkte sind doch Ekstasen imaginärer Art, Protuberanzen des Innern. Das Doppelgesicht seiner Lebenseinsamkeit, daß sie Gefängnis ist und Freiheit zugleich – die Existenzchiffre der Moderne –, hier wird es aufgehoben in der Erfahrung eines hingerissenen Daseins:

> Wir sind da, dachte Drahtzaun. Wo? Da: zwischen Klippen und fremdem Grün, da: wo er nichts zu suchen, nichts zu tun hatte, wo man ihn nicht kannte, noch erwartete. Da: auf der Erde, einfach, neugeboren, zum erstenmal, da: zwischen Bäumen und Felsen, da: in der Luft, atmend und schauend. Da-Sein war alles, nicht Dort-Sein, nicht Fort-Sein, nicht im Gestern, nicht im Morgen, sondern mit allen Augen da sein, wo er war.

Man beachte die vielen «nicht» und «nichts» in der kurzen Passage; siebenmal fallen die Vokabeln. Hier wird nicht nur empfangen, hier wird auch vernichtet. Vernichtet wird, was nicht zu ihm gehört, ihm, Drahtzaun, dem Gescheiterten, der seinen Traum hat und diesen Traum mit Gewalt ausweitet zur ganzen Welt. Deshalb ereignet sich jetzt auch für ein einziges Mal der Einklang zwischen seiner inneren Besessenheit vom vollkommenen Sprechen und der ganzen äußeren Wirklichkeit. Drahtzaun rezitiert vor der sinkenden Sonne, rezitiert mit ausgebreiteten Armen alle Verse von Licht und Nacht, die er in seinem «geliebten Deutsch» kennt und die in den Zeilen Fausts über die Sonne gipfeln:

> Sie rückt und weicht, der Tag ist überlebt,
> dort eilt sie hin und fördert neues Leben ...

Und keiner hört's. Der Vorgang ist lächerlich, aber vielleicht der Höhepunkt von Drahtzauns Leben. «Nur Narr! nur Dichter!», wie ein anderer sagte. Und der Erzähler, der im Gegensatz zu Drahtzaun seine Fassung nie verliert, weiß die Gefahr der billigen Romantik mit einem ironischen Signal zu brechen. Auf das Zitat folgt der Satz: «Die ewige Sonne rückte und wich, überstrahlte ihn mit dem letzten Licht, die Ziegenböcke wackelten mit den Hörnern hinter den Büschen.»

Das Beklemmende an diesem Glücks-Kapitel ist die Zukunftslosigkeit. Weil nichts eine Stufe bildet in Drahtzauns Lebensgang, weil aus keiner Raupe ein Schmetterling wird, weil die Idee der prozeßhaften Selbstwerdung, die das bürgerliche Zeitalter geprägt hatte und die esoterische Hälfte unserer Gegenwart weiterhin beflügelt, mit schroffer Verachtung verworfen wird, müssen die unerhörten Erlebnisse auf der Insel vergehen wie ein Rauch. Deshalb ist dieser Hochgesang von der Sonne auch eine große Klage.

Drahtzauns Vater würde das alles nicht verstehen. Er steht gelassen in der alten Ordnung, die dem Sohn fremder geworden ist als die Ziegenböcke Sardiniens. Unter des Vaters Händen ist das Geld langsam zusammengekommen, das unter den Händen des Sohnes immer rascher schwindet. Doch die beiden befehden sich nicht. Der böse Konflikt zwischen Sohn und Vater, der in den Zeiten jäher Umbrüche oft besonders heftig aufflammt und den die Literatur gerne vorführt, um die Vorgänge der großen Geschichte im kleinen Labor der Familie zu zeigen, dieser Konflikt bleibt hier aus. Wohl ist der Vater besorgt über das seltsame Leben des Sohnes, aber er läßt ihn seines Weges ziehen und geht den eigenen gelassen zu Ende. Daher liebt ihn der Sohn und setzt ihm ein ergreifendes Denkmal.

Nicht aber daß er sich über dem toten Vater mit der Heimat versöhnte! Im Gegenteil. Jetzt will er endgültig nichts mehr wissen von ihr. Jetzt fällt der Satz: «Ohne Heimat sein, hieß frei sein.» Und man kann den Verdacht nicht abschütteln, daß auch seine Idée fixe, der Traum vom vollkommen erklingenden Deutsch, nur ein Vorwand sein könnte, die radikale Freiheit zu gewinnen und zu leben. Im Kollaps aller alten Ordnungen öffnet sich ihm eine Perspektive, welche die höchste Gefahr mit den höchsten Genüssen verbindet. Das Werben um die Bühne, um die Karriere auf den Brettern, gibt er nämlich genau dann auf, als er endlich so etwas wie einen dauerhaften Vertrag in Händen hat. Das Theater wird ihm nie geben können, was er auf jenem Felsblock im Süden angesichts der sinkenden Sonne erlebte. Was soll er sich da weiter bemühen?

Es bleibt dem Leser, bleibt der Leserin überlassen, mit dem, was Drahtzaun einmal sein «innerstes Geheimnis» nennt, nachdenkend zu Rande zu kommen. Deshalb wird jeder den Roman in etwas anderer Weise verstehen. Das schreckliche Ende gibt in seiner wilden Komik ein letztes Echo auf das, was Raben Drahtzaun nach dem Tod des Vaters durch den Kopf geht: «Freiheit ist Gefahr. Viele schreien nach Freiheit, aber sie wissen nicht, wovon sie reden. Sähen sie, was Freiheit ist, würden sie zittern.»

## *Arnold Kübler*

Arnold Kübler, der Autor, hat nie ein Hehl daraus gemacht, daß er mit den Abenteuern Raben Drahtzauns auch ein Stück seines eigenen Lebens erzählte. Viele Geschehnisse des Buches decken sich mit dem, was Kübler selbst in den Jahren nach dem Ersten Weltkrieg unternommen und erfahren hat. Sogar eine Kneipe hat er eine Zeitlang in Berlin betrieben. Aber das biographische Material wird im Roman künstlerisch organisiert. Das zeigt sich schon daran, daß der Autor viele biographisch wichtige Ereignisse stillschweigend übergeht, obwohl sie erzählerisch Effekt gemacht hätten. So wurde Kübler zwar eines Tages tatsächlich zu einem «verhinderten Schauspieler», aber nicht auf die Art, wie es Raben Drahtzaun ergeht, sondern weil ihm ein Arzt in Dresden das Gesicht verstümmelte. Er sollte eine Entzündung behandeln und operierte dabei so dilettantisch, daß eine breite Narbe quer über den Mund von

Wange zu Wange zurückblieb. Fürs ganze Leben. Das machte jeden Auftritt auf der Bühne unmöglich. Ebensowenig erwähnt der Roman Küblers Berliner Erfolg als Dramatiker. Seine Komödie *Schuster Aiolos* wurde 1922, noch vor dem Tod des Vaters, über fünfzigmal aufgeführt, und die Stars des Volkstheaters, die den Nebenschauspieler belächelt hatten, mußten nun seine Rollen spielen. Auch dies hätte ein kostbares Kapitel ergeben können. Aber die fatale Lebenskurve des Helden, seine Gefangenschaft in der Freiheit und die tragikomische Treue zu seiner Passion, wäre dadurch verfälscht worden. Dieser Roman ist nicht Abklatsch eines Lebens, sondern gebaut und gefügt, gefügt gerade in der scheinbaren Zufälligkeit, im ziellosen Treiben und Sichtreibenlassen des Helden, gefügt in der subtilen Gestaltung einer Figur. Diese ist weit mehr zeichenhaft und epochentypisch als biographisch. Wenn man literarische Verwandte sucht, findet man sie am ehesten in den Protagonisten von Erich Kästners *Fabian* und Siegfried Kracauers *Ginster*.

Als Arnold Kübler nach der chirurgischen Katastrophe unter dem Messer eines Arztes, der seine Behandlungsmethoden auf den Schlachtfeldern entwickelt hatte, in die Schweiz zurückkehrte, wurde er Leiter der neu gegründeten *Zürcher Illustrierten*. Diese war als Schweizer Pendant zur berühmten *Berliner Illustrirten Zeitung* gedacht. Kübler griff den modernen Fotojournalismus, den das Berliner Vorbild initiiert hatte, auf und entwickelte ihn weiter. Er holte junge Fotografen an sein Blatt, ohne zu wissen, welche Pioniergeneration er da um sich versammelte. Es war die Generation, auf die später Werner Bischof, Robert Frank, Georg Gerster und René Burri folgten. Alles, was heute Rang und Namen hat in der Geschichte der Schweizer Fotografie und später ihren Ruf in die Welt trug, findet sich zwischen 1929 und 1941 in Küblers *Zürcher Illustrierter*: Herbert Matter, Gotthard Schuh, Paul Senn, Hans Staub, Emil Schulthess, Theo Frey, Hans Finsler, Jakob Tuggener, Michael Wolgensinger, Hans Baumgartner ... Auch der Name Brassaï taucht einmal auf. Jener neue Blick, den wir im Drahtzaun-Roman finden, ist verwandt mit dem Blick der jungen Fotografen, die Kübler suchte und schulte, die er in die Arbeiterviertel schickte und auf die Bälle der Reichen, in die Baracken der Soldaten und an die steilen Hänge der Bergbauern, nach New York und in den spanischen Bürgerkrieg. Als der Verlag die *Zürcher Illustrierte* durch eine Monatszeitschrift ersetzte, wurde Kübler auch deren Leiter. Er setzte durch, daß man sie *du* nannte – wie sie heute noch heißt – und entwickelte hier die Bildkultur des untergegangenen Blattes im neuen Rahmen weiter.

Es gibt viele Merkwürdigkeiten im Leben dieses außerordentlichen Intellektuellen. Kurz nachdem er es unternommen hatte, in der Schweiz mit dem fotojournalistischen Profil der *Berliner Illustrirten Zeitung* zu wetteifern, wurde diese von den Nazis zum Propagandainstrument degradiert. Die Redaktion mußte kuschen oder fliehen; große Fotografen wie der Ungar Munkácsi setzten sich nach Amerika ab. Gleichzeitig verboten die Nazis auch die junge *Zürcher Illustrierte* in ganz Deutschland. So kam Kübler zu der keineswegs ungefährlichen Ehre, die erste in Deutschland verbotene Schweizer Zeitung zu leiten. Der Mann, der den Roman vom Heimatverächter Drahtzaun geschrieben hatte, sah sich nun vor die Aufgabe gestellt, der von den Diktaturen bedrängten Schweiz in Bild und Text Auskunft zu geben über sie selbst. Dafür zog er mit Hilfe des Redaktionskollegen Friedrich Witz auch die Schriftsteller heran, Annemarie Schwarzenbach zum Beispiel, Albin Zollinger und Friedrich Glauser, auch den noch unbekannten Max Frisch, von dem in der *Zürcher Illustrierten* zum ersten Mal ein Bild in der Öffentlichkeit erschien. Im Oktober 1933, Foto Hans Staub. Glauser, mit Raben Drahtzaun auf seine Weise verwandt, konnte hier seinen *Wachtmeister Studer* als Fortsetzungsroman veröffentlichen und wurde rasch zum beachteten Autor.

Die Bedeutung Arnold Küblers für Kultur und Publizistik der Schweiz ist noch lange nicht endgültig erforscht. Die seltsame Mischung von Ausdauer und Unberechenbarkeit, die ihn kennzeichnet, führte dazu, daß man ihn stets nur schwer auf einen festen Begriff bringen konnte. Als die Zeitschrift *du* immer gepflegter und eleganter wurde, begann er plötzlich als Einmann-Kabarettist auf Winkelbühnen inmitten von Schrott und Gerümpel aufzutreten. Auch zeichnete er immer leidenschaftlicher. Der alte Mann, der irgendwo auf einem Mäuerchen saß und ein Straßenstück skizzierte, gehörte lange Zeit zum Stadtbild von Zürich. Mit 76 Jahren marschierte er zu Fuß von Paris nach Basel und schrieb darüber seinen einzigen Bestseller: *Paris–Bâle à pied*. Er war oft in Paris; seine Tochter war Tänzerin und hatte Boris Vian geheiratet. Und von 1943 bis zu seinem Tod trieb er ein Riesenprojekt voran, ein Romanwerk, das jetzt tatsächlich die Chronik seines privaten und öffentlichen Lebens werden sollte. Einen dicken Band nach dem andern stellte er in die Welt, und so berühmt wie Ludwig Hohl in seiner Genfer Kellerwohnung war jahrelang Arnold Kübler in seiner Ecke des Zürcher Bahnhofbuffets III. Klasse. Dort schrieb er in den frühen Morgenstunden an den nur wenig verschlüsselten Memoiren. Als *Öppi*-Romane sind sie bekannt geworden; denn so, Öppi von Wasenwachs, nennt sich der Autor darin selbst. Viele lieben diese Wälzer und genießen ihre merkwürdige Verbindung von Uferlosigkeit und Prägnanz. Aber die schweren Dinger haben auch den Blick auf den Erstling verstellt und bewirkt, daß ein so jugendlich blitzendes, witziges und weises Buch wie *Der verhinderte Schauspieler* fast ganz vergessen ging.

Nun steht Raben Drahtzaun wieder da. Wie wird es ihm gehen? Wer ihn kennt, ist auf alles gefaßt.

# Editorische Notiz

Der vorliegende Text folgt der Erstausgabe, die 1934 im Verlag Weltbuchhandel G.m.b.H. in Leipzig erschien (gedruckt bei Philipp Reclam jun., Leipzig). Die später im Morgarten-Verlag Zürich (Conzett & Huber) erschienene Schweizer Ausgabe ist mit der Leipziger Ausgabe druckidentisch.